원주문서

§ 원수문서 §

2013년 7월 3일 초판 1쇄 인쇄
2013년 7월 8일 초판 1쇄 발행

지은이 § 강선영(홍차)
발행인 § 곽중열
기획&편집디자인 § 신연제, 이윤아
발행처 § (주)조은세상

등록 § 2002-23호(1998년 01월 20일)
주소 § 경기도 고양시 일산동구 장항동 558번지 6호
Tel § 편집부 (02)587-2977
영업부 (031)906-0890
e-mail romance@comics21c.co.kr
값 9,000원

ISBN 979-11-5512-078-1

CIP제어번호 : CIP2013010262
이 도서의 국립중앙도서관 출판시도서목록(CIP)은 e-CIP홈페이지(http://www.nl.go.kr/ecip)와
국가자료공동목록시스템(http://www.nl.go.kr/kolisnet)에서 이용하실 수 있습니다.

*The contract*
*that hate turns into love*

# 원수문서

## 강선영 장편소설
GOOD WORLD ROMANCE NOVEL

(주)조은세상

# contents

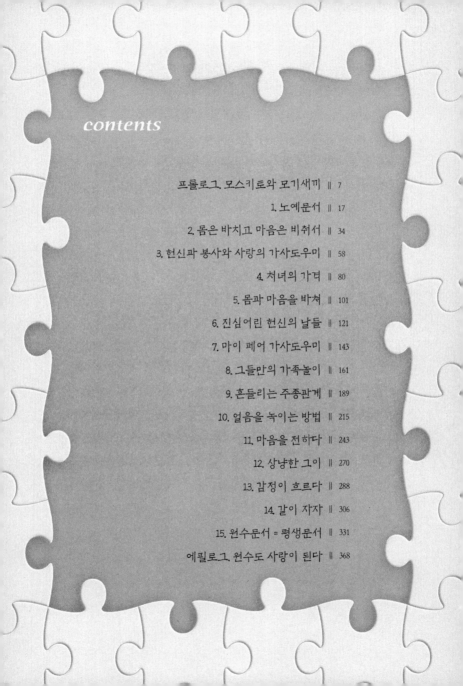

"저 집입니다."

강우는 짙게 선팅된 자동차의 창문을 내리며 차가운 시선으로 주위를 훑어보았다. 굳이 자세히 살펴보지 않아도 사는 사람들의 수준을 금방 알 수 있을 만큼 너저분한 변두리의 산동네였다.

단층 작은 집들은 이웃의 소음마저 들릴 정도로 가깝게 붙어 있었고, 이미 개발이 진행된 탓에 골목엔 군데군데 빈집조차 눈에 띄어 사람이 살기에도 그다지 적합해 보이지 않았다.

"어떡하시겠습니까? 제가 다녀올 테니, 여기서 기다리시겠습니까?"

앞좌석에 앉아 있던 중년 남자가 예의 바른 목소리로 질문을 건네자 강우는 눈을 돌려 나직하니 대꾸했다.

"됐습니다. 제가 직접 가도록 하죠."

그 말이 떨어지기가 무섭게 운전석에 있던 젊은 남자가 냉큼 일어나 자동차의 문을 열었다. 그러자 기다렸다는 듯 오후의 햇살 속에 섞인 칙칙한 먼지들이 강우를 감쌌다.

"역시 공기마저도 다른 이들의 등이나 칠만한 인간들이 마실 듯 지저분하군요. 안 그렇습니까, 유 실장님?"

평상시와 달리 노골적으로 감정을 드러내는 말투에 함께 내린 중년 남성이 어색한 미소를 지어보였다. 바람에 휘날리는 결 좋은 머리카락을 쓸어 넘긴 채 성큼 앞서 걷는 강우의 뒤를 따르긴 했지만 그의 마음은 썩 편치만은 않았다.

'하필이면 사기를 쳐도 그분을 택해 이런 일이 생기게 만들다니.'

유인건 실장은 자신들이 찾아온 '정만복' 이란 남자가 이름과 달리 참 지질이 복도 없단 생각을 하며 낡은 대문 앞에 멈춰 선 강우 앞으로 서둘러 나섰다.

"제가 먼저 들어가 안을 살펴보도록 하겠습니다."

그때, 뒤에서 나이 지긋한 노파의 음성이 들려왔다.

"뉘시오? 거긴 지금 아무도 없는데."

유 실장은 이쪽을 유심히 쳐다보고 있는 노인에게 몸을 돌리며 공손한 어조로 입을 열었다.

"혹시 여기에 살고 있는 사람들을 알고 계십니까?"

"내가 세주고 있는 집 사람들인데. 왜, 무슨 일이라도 있는 게요?"

노인의 물음에 유 실장은 가볍게 고갤 저었다.

"아닙니다. 단지, 이곳에 사는 정만복 씨에게 볼일이 있어서요."

"정만복? 그 정씨 말이오?"

노인이 허연 눈썹을 치켜뜨더니 정중한 표정의 유 실장을 지나 뒤에서 냉랭한 눈빛을 보내고 있는 강우를 곁눈질했다. 그러다 이내 짐작이 간다는 듯 깊게 팬 이맛살을 찌푸렸다.

"그 사람이 또 무슨 일이라도 저지른 게요?"

또라…….

유 실장은 이미 한두 번이 아니라는 듯한 노인의 말투에 새어나오는 한숨을 간신히 참았다. 여기서 그런 말을 들어봤자 뒤에 계신 저분의 심기에 좋을 건 하나도 없을 텐데.

"그게 아니라, 정만복 씨가 저희 회사와 개인적으로 거래한 부분이 있어서요. 확인 차…….."

순간 그의 말을 가로막는 활기찬 여자의 목소리가 골목 어귀에서 들려왔다.

"할머니, 죄송해요! 제가 너무 늦었죠? 예상보다 일이 늦게 끝나서."

이제 막 고등학생쯤 되었을까?

빨갛게 달아오른 두 볼에 하나로 질끈 묶은 긴 생머리, 손에는 여러 개의 검정 비닐봉지를 든 한 여자가 빠른 걸음으로 그들에게 다가오고 있었다.

"아이고, 주나야! 이제 오는 게냐?"

"네. 그런데 제 동생은요?"

"시방 주오가 문제가 아니다. 이 사람들이 네 아비를 찾아왔는데."

"아빠를요?"

그녀가 당황한 듯 그 자리에 멈춰 섰다. 이 틈을 놓칠세라 유 실장이 재빨리 그녀에게 다가갔다.

"정주나 양?"

"그런데요?"

"아버님을 찾아왔는데 지금 어디 계신지 알고 있습니까?"

그 말에 주나가 경계하듯 동그란 눈을 가늘게 떴다.

"아니요, 모르는데요. 무슨 일 때문에 그러시죠?"

"그야, 빤하지. 사람만 좋은 네 아비가 또 뭔 일을 저지른 거 아니 겠느냐?"

노인이 대신 답하더니 힐끔 유 실장을 쳐다보았다.

"아까 뭔 거래 어쩌고 저쩌고를 혔다고 했지?"

그 순간 주나의 날카로운 눈초리가 유 실장에게로 향했다.

"혹, 저희 아빠에게 돈을 빌려주셨나요?"

그녀의 물음에 유 실장이 입을 다물었다. 엄밀히 말하면 틀린 것은 아니었지만 어쩐지 타박하는 듯한 말투가 마음에 걸렸다.

"만약 그렇다면 왜 그러신 거죠? 이미 둘러보셔서 아시겠지만 갚을 능력이 없다는 것쯤은 짐작하고도 남으실 텐데요."

"그거야 당신 아버지가 정식으로 빌린 게 아니니까."

귓가에 들려오는 굵은 저음에 주나는 유 실장 너머에 있는 젊은 남성에게 시선을 주었다.

이런 산동네와는 어울리지 않는 짙은 색의 고급 슈트에 값비싼 액세서리를 한 세련된 남자였다. 칠흑처럼 검은 눈동자가 왠지 지독히도 차가운 느낌을 주었지만, 누가 봐도 한 번은 뒤돌아볼 만한 준수한 외모의 소유자였다.

"뭔가 착각하고 있나 본데, 우린 당신 아버지에게 돈을 빌려준 적이 없어. 오히려 사기를 당해 피해를 본 건 이쪽이야."

"사기라니, 그게 무슨?"

상상치도 못한 말에 주나가 두 눈을 휘둥그레 떴다.

"그럴 리가 없어요. 우리 아빠는 당신이 손해를 보셨으면 봤지, 누군가에게 해를 끼치는 일은 절대로 안 하시는 분이거든요."

여기서 누군가란 자신의 가족은 제외다.

"그런 아빠가 사기를 치다니 하늘이 무너져도 있을 수 없는 일이에요."

그랬다. 타고난 호인好人으로 늘 누군가에게 이용당할지언정 해코지할 줄 모르는 사람이 바로 정만복이었다. 덕분에 가족들은 고생하기 일쑤였지만, 설마 사기라니!

"그럼, 내가 하늘이 무너지는 소리를 하고 있다는 건가?"

하지만 태풍이 몰아치기 전의 고요처럼 조용히 반문하는 강우에게 주나는 그대로 침묵할 수밖에 없었다. 골목에 들어서기 전 나란히 주차되어 있던 수입 세단 옆으로 누군가를 기다리는 듯한 검은 양복의 남자들만 봐도 그가 한가해서 여기까지 왔을 리 없다는 것을 충분히 짐작할 수가 있었으니까.

"전 그런 뜻이 아니에요. 잘은 모르겠지만 뭔가 오해가 있을 거란 거고 그건 아빠가 와 보셔야 설명을……."

"아참! 주나야, 잊고 있었는데 오늘 점심때쯤 네 앞으로 등기가 하나 왔더라."

주나는 눈치 없이 노인이 내민 편지를 받으며 서둘러 그것을 주머니 속에 집어넣었다. 하필이면 왜 이 타이밍에서.

그녀가 당혹스러움에 숨을 몰아쉬고 있는데 강우가 빈정대듯 중얼거렸다.

"그러지 말고 읽어보지, 그래? 아마 당신 아버지가 보낸 것 같은데."

그가 무심한 듯 긴 속눈썹을 내리깔더니 양손을 강하게 팔짱을 끼었다.

"방금 전 내게 왜 돈을 빌려줬냐고 물었지? 그 설명이 거기에 쓰여 있을지도 모르지."

어쩐지 단언하는 듯한 강우의 말투에 주나가 지그시 입술을 깨물었다. 확실히 아빠의 편지임에는 분명하겠지만.

결국 그녀가 할 수 없다는 듯 편지를 꺼내 읽기 시작했다. 한데, 안색이 점점 하얗게 변해갔다.

"뭐, 뭐야 이건! 몸과 마음을 바쳐 이 빚을 갚겠다고? 게다가 자신이 못 갚을 시에는 자식인 정주나가!"

거기다 그 빚이라는 게…….

파직, 소리가 날 정도로 종이를 구기며 주나가 매서운 눈빛으로 강우를 노려보았다.

"당신들 사채업자인가요?"

이를 악물 듯 강하게 내뱉는 그녀의 말에 강우가 한쪽 눈썹을 치켜떴다. 그저 세상의 신기하고 이상한 물건이라도 보듯 미묘히 미간을 모으고 있는데, 유 실장이 앞으로 나서며 두 손을 가로저었다.

"아닙니다, 정주나 양. 저희는 사채업자가……."

"그게 아니라면 이 빚은 대체 뭐죠? 원금 일억에 이자가 오천이라니, 이게 고리대금업자가 아니면 대관절 뭐란 말이죠?"

연이자 50프로가 넘는 엄청난 금액이었다.

입이 떡 벌어질 만큼 어마어마한 이자는 둘째 치고 그야말로 억! 소리가 나는 원금이라니!

주나는 하단에 선명하게 찍혀 있는 만복의 인감에 '홋!' 하니 헛웃음을 토했다.

"당신 같은 사람들이 우리 서민들에게 돈을 빌려주는 건 단 한 가지 이유 아닌가요? 바로 노예로 만드는 거. 돈을 갚을 수 없다는 걸 이미 알고 있으니까 원하는 대로 부려 먹으려고 이런 거금을 내준 거잖아요?"

그래, 늘 이런 패턴이다.

뉴스를 봐도, 신문을 읽어도 가난한 사람들은 원금은커녕 이자도 갚지 못해 허덕거린다. 그러다 보면 빚은 점점 더 불어나게 되고 최악에는 몸마저 내놓게 되는 연쇄 고리의 법칙.

'바보같이 아빠는 거기에 넘어간 거고.'

이쯤 되면 이 사람들의 정체를 파악하기에 충분했기에 주나는 거칠 것이 없었다. 세상에 먹을 것이 없어 우리같이 가난한 이들을 빨아먹는 혈귀보다도 못한 인간들!

이때, 강우가 유연한 걸음걸이로 그녀에게 다가왔다. 그리곤 자신보다 머리 하나는 작은 주나를 내려다보며 손가락으로 턱을 들어 올렸다.

"노예로서 가치는 있는 건가?"

헉!

주나가 움찔하는 사이 강우가 들고 있던 편지를 빼앗아 곁에 있던 유 실장에게 건넸다.

"소인은?"

"인천입니다."

"멀리 가지는 못한 모양이군. 사람 푸세요."

"네, 사장님."

그제야 정신을 차린 주나가 뒤돌아가는 강우의 소매를 붙잡았다.

"잠깐만요! 아직 정확하지도 않은데!"

"이 이상 뭐가 더 필요하지? 분명한 건 당신 아버지는 돈을 빌렸고 우린 그 돈을 받기만 하면 되는 건데. 아니면…….."

그가 그녀의 손에 잡힌 옷을 빼내며 냉랭하게 덧붙였다.

"당신이 갚을 텐가?"

"그거야…….."

못 갚는다. 당연하지 않은가?

하지만 뭔가 억울했다. 아무리 그녀의 아버지가 돈을 빌렸다고 해도, 그게 사실이라고 하더라도!

"그럴 마음이 없으면 입도 뻥긋하지 마. 난 당사자가 아닌 다른 사람에게 빚을 받을 만큼 비열하진 않으니까."

그가 마치 경멸하듯 입가를 일그러뜨렸다.

"하긴, 사기로 남의 돈을 갈취하는 것만큼 비열한 짓은 없겠지만."

그 말에 정만복의 첫째 딸, 정주나! 실처럼 가느다래진 이성의 끈이 뚝하니 끊어지는 것을 느꼈다.

"모스키토 주제에!"

아니, 그나마 남아 있던 겁을 상실했다고나 할까?

"지금 누구한테 사기꾼이라고 하는 거죠? 애당초 갚을 능력도 없는 사람에게 돈을 빌려주고 그 몇 배의 이익을 얻어내는 인간이 사기꾼인 거지, 차용증까지 써 주고 제대로 돈을 빌린 사람이 잘못이란 건가요?"

서민들 피나 빨아먹는 사채업자 주제에.

"그런 당신이 비열 운운하다니 지나가는 개가 웃겠네요!"

순간 멀뚱히 서 있던 그들 사이로 무거운 침묵이 흘렀다. 더불어 쓰레기봉투를 뒤지고 있던 개 한 마리가 멀건 눈으로 네 사람을 응시했다.

"재미있군."

한참의 시간이 흐른 후―적어도 유 실장은 그리 느꼈다―강우가 비스듬히 고개를 기울인 채 주나를 바라보았다.

"그 말은 어찌 됐건 당신도 제대로 빌린 돈이라고 인정하는 건가?"

"최소한 사기는 아니란 소리예요."

"그렇다면 갚아. 원칙적으로 부모의 빚을 자식이 대신 갚을 의무는 없겠지만 차용증에 당신 이름을 적어놓은 거 보니 보증인으로의 역할은 확실히 한 거 같고, 설사 그게 아니더라도 사기꾼이 아닌 당신 아버지가 딸의 동의 없이 보증을 세우진 않았겠지?"

"그, 그건."

주나가 당혹스러움을 감추지 못한 채 말을 더듬었다. 당연하겠지만 만복은 늘 그녀 모르게 일을 저질렀고 그 뒷수습을 하는 건 주나의 몫이었다.

"안타깝게도 난 당신 주장만큼이나 정당한 절차에 따라 돈을 빌려준 채권자이니 그쪽 사정을 봐줄 마음은 추호도 없어. 그러니 내일 이 시간까지 어떻게 돈을 갚을 건지 잘 생각해서 날 찾아오도록 해. 그 여부에 따라……."

그가 의도적으로 한 박자 쉬었다.

"당신을 어떻게 할지 결정하도록 하지."

그 말에 주나의 머릿속으로 수많은 단어들이 스쳐지나갔다. 감금, 폭행, 고기잡이배, 섬 아가씨 그리고 장기적출.

'맙소사, 내 인생 이렇게 끝나버리는 거야?'

그녀가 하얗게 질려 미동도 못하고 있는데 강우가 보란 듯 싸늘하게 몸을 돌렸다. 그로서는 예상치도 못한 방해물로 인해 시간을 허비해버렸으니 그 보답은 반드시 받아내리라. 그리고 한 가지 더!

"아, 그거 아나? 사람의 피를 빠는 모스키토는 암컷뿐이야. 그러니 부디 내 피만 빨아 먹고 도망가는 모기새끼가 안 되길 진심으로 바라."

비꼬는 그의 말에 주나는 와르르 무너지고 말았다. 제기랄, 저 사채업자가 지금 뭐라니?

그런 그녀의 뒤에서 유 실장이 안쓰럽다는 듯 주름진 눈가를 내리깔았다. 하필이면 저분을 건드려서는.

허나, 일은 일이었기에 그는 조심스럽게 주나에게 명함을 내밀었다.

"연락 주십시오."

그러나 이미 자신이 파 놓은 덫에 걸려버린 그녀는 유 실장의 말 따위는 귀에 들어오지도 않았다. 그저 손안에 꼭 쥔 노예문서를 보며 씹어뱉듯 읊조리고 있을 뿐.

"그 돈, 꼭 갚아주마!"

 1. 노예문서

생각해보면 주나의 기억 속의 아버지 만복은 늘 웃는 사람이었다. 타고난 사람 좋음으로 인해 주변의 부탁이란 부탁은 다 들어주고 고맙다는 말 한 마디 듣지 못해도 '헐헐' 웃어버리고 마는 어찌 보면 바보 같은 사람.

그런 만복이었기에 가족들은 항상 고생이었다. 그는 좋은 사람일진 몰라도 좋은 아빠는 아니었기에 주나는 하다못해 능력 있는 부모였으면 하고 얼마나 바랐었는지 모른다.

[미안하다, 주나야. 이 집을 비워줘야만 할 거 같구나.]

만복이 20년이 넘도록 연락 한 번 없었던 친구에게 빚보증을 서줘 살던 집을 남의 손에 넘겨줘야 했을 때도, 그 때문에 새엄마가 갓 태어난 어린 동생을 버려둔 채 남은 돈을 모두 들고 집을 나갔을 때에도 주나는 하늘을 향해 진심으로 기도했었다.

[제발요, 하느님. 제가 타고난 심청이는 아니잖아요?]

하지만 그 후로도 끊임없이 일어나는 만복의 만행에 그녀가 말없이 상도동의 심청이를 자청한 건 오래전 엄마가 돌아가셨을 때 그가 해준 말 때문이었다.

[괜찮아, 주나야. 그러니까 우리 같이 행복해지자.]

그 말이 늦은 밤 혼자서 가슴을 부여잡고 낮게 흐느끼던 만복의 모습과 겹쳐 주나의 마음속에 평생 자리 잡았다. 나만은 절대 아빠 곁을 떠나지 말자 굳게 다짐할 만큼.

"그래도 이건 아니잖아요, 아빠."

주나는 옆에 있지도 않은 만복에게 중얼거리며 눈앞에 펼쳐져 있는 '노예문서'에 내리 한숨을 쉬었다.

불과 한 시간 차였다.

한 시간 전만 해도 그녀는 그저 이 심청이 역할에서 벗어나기만 해도 행복할 거라 여겼는데 이제는 평생 갚을까, 말까 한 엄청난 빚을 진 채무자가 돼버렸다.

물론 마음 같아선 당장이라도 도망가고 싶었다. 하지만 아무렇지 않게 '사람 풀어'라고 얘기하던 그 냉랭한 모스키토를 떠올리니 그나마도 튀어봤자 벼룩이란 판단이 들었다. 무엇보다 성질도 더러워 보이는 것이 쉽게 놔줄 거 같지도 않은데다가 사람만큼은 좋은 만복을 사기꾼이라 연발하는 그에게 정말로 모기새끼가 되고 싶지는 않았다.

"진짜로 좋아하셨는데. 이번에야말로 열심히 일하겠다면서 꼭 성실한 모습을 보여주겠노라 우리랑 약속하셨는데."

주나는 몇 달 전 과거 신세 진 친구가 소개해줬다며 노인요양원에 관리인으로 취직한 만복을 떠올리며 어두운 눈빛을 띠었다.

행여 이번에도 사기가 아닐까 걱정했던 자신과는 달리 그는 돌아가신 할아버지, 할머니가 생각난다며 누구보다 열심히 일했고 덕분에 그녀 역시 매달 꼬박꼬박 들어오는 월급에 난생처음 목돈을 만져보는 기쁨도 알게 되었다. 이대로라면 남들처럼 평범한 가정의 무난한 딸내미가 될 수 있겠구나, 나름 기대도 하고 있었는데.

"결국 이렇게 크게 한 건 터트려주시는 건가요?"

그녀는 다시 봐도 믿을 수 없는 억 단위가 적힌 종이에 후 하고 깊은 숨을 더했다. 장담하건대 자신은 이 돈을 갚을 능력이 없었다. 그건 아빠인 만복도 마찬가지겠지만.

한 가지 이해할 수 없는 건 아빠가 왜 이런 큰돈이 필요했을까 하는 거다. 그동안에는 자신의 철저한 교육과 잔소리 덕분인지 만 원 한 장도 허투루 쓰지 않았고 식사조차 요양원에서 나온다며 교통비를 제외한 용돈마저도 마다하지 않았던가?

"분명 뭔가 이유가 있으실 테지만."

지금으로선 차용증 외에는 아무런 설명도 쓰여 있지 않으니 그저 답답할 따름이었다.

주나는 미간을 찌푸린 채 이제는 구깃구깃해져버린 노예문서를 들어 올렸다.

나, 정만복은 최창만에게 상기 금액 일억 원을 차용하였기에 몸과 마음을 바쳐 약정을 이행할 것을 확정하며 만약 불가피한 사유로 이를 불이행 시 자식인 정주나가 변제할 것을 약조합니다.

"몸과 마음을 바쳐서라."

그녀가 코웃음을 쳤다.

이런 말하긴 뭐하지만, 아무리 몸과 마음을 바쳐도 안 되는 건 안 되는 거다. 초등학교 때부터 지금까지 줄기차게 외쳐왔던 국민의례만 봐도 모든 걸 다 바쳐 충성할 것을 다짐하지만 나라 팔아먹은 매국노들이 대한민국엔 수두룩하지 않은가?

"문제는 이쪽은 사채업자라 그렇지."

주나는 차라리 나라를 팔아 법대로 하는 게 나으려니 여기며 모스키토의 비서인 듯한 남자가 주고 간 명함을 꺼내들었다. 어찌 됐건 만복의 사인과 인감도장이 확실한 만큼 아까까지의 그 건방진 태도는 버리고 모든 채무자들이 채권자들에게 사용한다는 비굴모드를 이용, 통사정하는 수밖에 없었다. 최소한 장기적출은 피해야 하지 않겠는가?

그런데 명함을 살피던 주나의 얼굴이 일그러졌다.

"뭐야, 이 사람들 사채업자가 아니었던 거야?"

그녀는 명함에 박혀 있는 '태신금융그룹'이라는 이름과 익숙한 로고에 재빨리 서랍을 뒤져 통장 하나를 끄집어냈다. 그러자 같은 로고가 그곳에도 박혀 있었다.

"맞네, 태신은행. 나도 거래하고 있는 곳이잖아?"

그랬다. 그녀가 고리대금에 사채업자라고 생각했던 그들은 멀쩡한, 그것도 대한민국에서 손꼽는 은행을 가지고 있는 합법적 금융회사였던 것이다.

그렇다면 더 이해가 가질 않았다. 그런 곳에서 왜 대출을 아니, 그걸 떠나 제대로 된 담보물 하나 없는 만복에게 어떻게 그런 큰돈을 내줄 수 있었던 걸까?

순간 주나의 머릿속으로 그 잘난 모스키토가 했던 말이 떠올랐다.

[우린 당신 아버지에게 돈을 빌려준 적이 없어. 오히려 사기를 당해 피해를 본 건 이쪽이야.]

"그럼, 설마 아빠가 진짜로 사기를 치셨단 거야?"

하지만 그럴 리가 없었다. 자식이라고 편드는 것은 아니었지만 만복은 천성이 선善한 사람이었고 무엇보다 여기 있는 차용증이 그의 결백을 증명하고 있었다. 그렇다면 그 모스키토가 가진 거 하나 없는 만복에게 돈을 빌려주고 그걸 빌미로 협박을 하고 있다는 소리인데.

"제대로 된 은행이라면 좀 더 정확하게 조사하고 파악해야지, 갚을 능력도 없는 사람에게 무조건적으로 대출을 해주는 건 너무 무책임한 행동 아니야? 게다가 원금이 일억에 이자가 오천?"

나쁜 자식, 역시나 속이고 있는 건 그쪽이었던 거다.

주나가 새삼 솟아오르는 분노에 주먹을 움켜쥐었다.

"없는 사람들에게 돈을 빌려주고 시중보다 훨씬 비싼 금리로 이자를 받으면 그게 바로 사채업자지, 대체 뭐가 사채업자란 거야? 그래놓고 자기들이 피해자인 양 모기새끼 운운하고. 하긴, 거기는 원래 대부업체로 시작한 곳이니까."

그녀는 오래전 소문으로 들은 적이 있는 태신은행에 대해 기억하며 이를 악물었다. 떠도는 말에 의하면 태신의 시초는 사채업으로 현사장의 조부가 코스닥에 상장을 하며 지금의 은행을 설립했다고 한다. 추후 확장을 거듭해 현재의 금융그룹으로까지 성장했다고.

"아무리 그래도 그렇지, 뒤에서 서민들 피나 빨아먹고 부당 이익을 취하면 나라에서 인정한 금융회사래도 아무 의미가 없는 거 아닐까? 결국 고리대금임에는 분명하니까."

주나는 확 금융감독원에 신고할까 고민하다 이내 고개를 가로저었다. 그들의 행동은 괘씸하기 이를 바 없었지만 그녀의 아버지 또한 돈을 빌렸고 더욱이 '나 몰라라' 도망까지 갔으니 엄밀히 얘기하면 범죄였다.

생각이 이쯤 미치자 일평생 솔직함 하나로 살아온 정주나, 다시 한 번 굳게 다짐했다.

"그래, 약조대로 그 돈 내가 갚아주마. 어차피 노예문서나 다름없는데 열심히 일하면 일억인들 못 갚겠어? 단!"

그냥은 안 갚는다.

그런 악질 모스키토에게 원금을 포함해 이자까지 공손히 바칠 마음은 추호도 없었다.

"자기들이 돈이 얼마나 남아돌아 그렇게 쉽게 빌려주는지는 모르겠지만, 누군가에게는 세상을 살아가는 원동력인 만큼 다시 받아내는 게 쉽지 않다는 걸 보여줄 거야. 돈 무서운 줄 모르고 돈으로 괴롭히는 인간들한테는 그 가치만큼이나 쓰임새도 중요하다는 것을 알려줄 필요가 있으니까."

돈은 삶을 살아가는 수단이지 결코 그 전부가 될 순 없었다. 돈으로 벌고 돈으로 노는 사람들이라, 그럼 어디 그 돈으로 고생 한 번 해 보시지!

그리 결심한 주나는 서둘러 노예 청산 프로젝트에 돌입하기 시작했다.

이미 어둠이 내린 시각이었다.

복잡한 러시아워를 피한 자동차는 거리를 매끄럽게 질주하고 있었고 뒷좌석에 앉은 강우는 아무런 말이 없었다. 이런 상황에서 껄끄러운 이야기를 꺼내봤자 좋을 건 없었지만 유 실장은 운을 떼듯 조심스럽게 입을 열었다.

"결국 안 오실 모양입니다."

"누가 말입니까?"

"사장님께서 직접 돈 갚을 계획을 짜 오라던."

"아, 그 모기새끼 말입니까? 설마하니……."

잠시 말을 멈춘 강우의 입가가 비틀어지듯 올라갔다.

"정말로 올 거라 여겼던 건 아니시겠죠?"

"그건 그렇지만."

"만약 그러셨다면 유 실장님도 그만 물러나실 때가 된 듯합니다. 더 이상 사람 보는 눈이 없으시니."

차갑게 중얼거린 강우가 더는 관심 없다는 듯 차창 밖으로 시선을 돌렸다. 하루를 마감하는 피곤함 속에서 그런 소모적인 얘기는 하고 싶지 않았다.

"그보다 정만복은 어떻게 됐죠? 아직 못 찾은 겁니까?"

"그게 예상보다 꽁꽁 숨었는지 벌써 인천을 떠난 후더군요. 조사해 보니 편지를 보낸 직후 광주로 가는 버스를 탔다고 합니다."

"광주라, 사기꾼 자식이 전국 팔도를 찍게 할 생각인가? 뭐, 상관 없습니다. 무조건 찾아내세요. 찾아서 내 눈앞에 데려오십시오."

"네, 사장님."

유 실장의 대답을 들으며 강우는 지끈거리는 통증에 이맛살을 찌푸렸다. 종일 바쁘게 돌아간 업무에 쓸데없는 일까지 신경 쓰다 보니 두통이 재발한 모양이었다.

"또 머리가 아프십니까? 가시는 길에 이 박사님이라도 만나 뵙고 갈까요?"

그늘진 낯빛에 유 실장이 걱정스럽게 묻자 그가 손을 저어보였다.

"됐습니다. 들어가서 쉬면 나아지겠죠. 굳이 이 시간에 그럴 필요까진 없습니다."

애당초 노친네가 일만 저지르지 않았으면 되었을 것을, 이 모든 게 오래전 놓아버린 정신줄에 지나치게 안심하고 있던 자신의 탓이었다.

강우가 자조하며 머리를 감싸 쥐고 있는데 유 실장이 차분하게 응수했다.

"너무 신경 쓰지 마십시오. 큰일은 아니지 않습니까? 뭐하면 그 아가씨가 대신 빚을 갚겠다고 했고."

"지금 내가 그깟 일억 때문에 이러는 줄 아십니까?"

깨진 얼음처럼 날 선 목소리에 유 실장이 입을 다물었다.

알고 있다. 태신금융그룹의 최강우 사장이 고작 돈 따위에 이렇게 몸소 움직일 리 없다는 것을.

"다만, 전 제게 맡기셔도 된다는 의미입니다. 사장님께서 굳이 손 쓰실 필요 없이."

침착한 유 실장의 말에 이번엔 강우가 입을 다물었다.

아버지 때부터 태신을 지켜왔던 유 실장이 자신이 무슨 마음으로 이리 반응하는지 모를 리는 없었다. 하지만 누구에게도 들키고 싶지 않았다. 태신의 수장으로서 어찌 보면 나약할 수도 있는 이런 마음들은 그에게 치명적인 약점이 될 수도 있을 테니까.

"무슨 수를 써도 좋습니다. 내가 더 이상 신경 쓰지 않길 바란다면 정만복, 그 자식을 빨리 찾아오십시오."

단호한 강우의 말투에 유 실장이 알았다는 듯 고개를 끄덕였다. 어찌 됐건 그는 자신의 보스였고 부하직원으로서 유 실장은 상사의 말에 따를 의무가 있었다.

마침내 삼성동 자택에 도착하자 유 실장은 차에서 내리는 강우를 정중하게 배웅했다.

"편히 쉬십시오. 내일 아침 8시에 모시러 오겠습니다."

그때, 다급한 여자의 목소리가 골목에 울려 퍼졌다.

"잠깐만요!"

갑작스런 그녀의 등장에 당황한 경호원들이 재빨리 강우의 주위를 에워쌌다.

"누구십니까?"

"정 만자, 복자의 딸인 정주나인데요?"

놀란 듯한 그녀의 대답에 유 실장이 가까이 다가왔다.

"주나 양, 여기는 웬일이십니까?"

"그야……"

저 모스키토가 오라고 했으니까.

주나는 소가 모기 보듯 무심하게 쳐다보는 강우를 향해 신중하니 용건을 꺼냈다.

"돈 갚으러 왔는데요?"

순간 강우의 그린 듯한 눈썹이 치켜 올라갔다.

"방금 뭐라고 그랬지?"

"돈 갚으러 왔다고요."

그 말에 강우가 찬찬히 그녀를 응시했다. 마치 가격이라도 매기듯 노골적으로 위아래로 훑다 어느 순간 초롱거리는 눈동자와 시선이 마주치는데, 그가 보란 듯 입매를 활처럼 휘었다.

"그래, 대체 어떻게 해서 갚을 거지?"

그러자 주나가 당당하게 이야기했다.

"몸으로요."

개인적으로 강우는 요즘의 여성 트렌드가 마음에 들지 않았다. 특히 허황된 드라마나 지극히 동화적인 소설 등이 원인인 건지, 여자들이 남자에 대해 갖는 환상은 가히 언급조차 하고 싶지 않을 정도였다.

그런 그였기에 '몸'으로 갚는다는 주나의 채무변제 계획은 그야말로 순정만화 속 얼빠진 대사나 다를 바 없으리라.

"지금 날 보는 눈도 없는 장님으로 아는 건가?"

도통 알 수 없는 강우의 물음에 주나가 고개를 꺄우뚱했다. 장님이라니, 내가 뭐라고 그랬는데?

"그런 외모로 잘도 몸으로 갚는다는 소리가 나오는군."

그제야 강우의 뜻을 눈치 챈 주나가 새빨개진 얼굴로 소리쳤다.

"이봐요, 최창만 씨! 도대체 사람을 뭘로 보고!"

순간 모두의 표정이 경악으로 일그러졌다. 절대 해서는 안 될 말을 한 것처럼 격하게 숨을 삼키다 멍하니 그녀를 보는데, 주나는 이 이해할 수 없는 상황에 커다란 눈만 껌벅였다.

"왜요? 이분 이름이 최창만 씨 아닌가요? 차용증에 보니 그렇게 쓰여 있던데."

"아닙니다, 주나 양. 이분의 존함은……."

당황한 유 실장을 강우가 손을 들어 막았다.

"됐습니다. 굳이 착각하고 있는 사람에게 제 이름을 알려줄 필요는 없습니다. 거기다 돈을 빌려준 사람은 그분이 맞으니까요."

무감각하게 대꾸한 강우가 차가운 눈빛으로 주나를 내려다보았다.

"고작 생각한 방법이 몸으로 때우는 건가? 안타깝게 됐군. 난 개인적으로 어린 여자에게 관심이……."

"착각도 유분수지, 누가 그 몸으로 갚는데요?"

미처 그의 말이 끝나기도 전에 주나가 씩씩대며 끼어들었다.

"제가 말한 몸은 바로 체력, 즉 노동력을 얘기한 거예요. 세상에서 가장 성실하고 깨끗한 만인의 돈벌이 수단 말이에요."

그래, 돈놀이로 돈을 버는 사람들과는 차원이 다른 것이다.

"아무리 차용증에 몸과 마음을 바쳐 빚을 갚는다고 했더라도 그렇지, 설마 그 몸으로 생각했다니."

일부러 말을 멈춘 그녀가 비스듬히 입술을 들어 올렸다.

"존경받는 사회지도층의 한 사람으로서 부끄럽지도 않으세요?"

하지만 이 정도의 반격에는 눈 하나 꿈쩍 안 하는 사회지도층은 우아한 동작으로 팔짱을 낄 뿐이었다.

"글쎄, 적어도 노동보다는 그쪽으로 유혹받는 일이 많은 위치라서 말이야."

헐!

주나가 황당함에 기염을 토하고 있는데 그가 성큼 한 발자국 다가왔다.

"그래서 체력을 제외한 다른 몸에는 자신 없는 정주나 양, 어떤 신성한 노동을 해서 내게 돈을 갚을 거지?"

"그 점에 대해서는 염려하지 마세요. 뭘 해서라도 꼭 갚을 테니까. 아직 젊은데 뭘 못하겠어요?"

그녀가 여유롭게 답하더니 한 마디 덧붙였다.

"단, 제가 무슨 일을 하든 방해는 하지 말아주세요. 혹시라도 말도 안 되는 이유로 빚을 올린다든지, 불법적인 일을 자행하신다면."

주나가 가방 속에서 통장 하나를 꺼내 그의 눈앞에 흔들어댔다.

"금융감독원에 고리대금으로 신고해버릴 테니까."

일순 그녀가 든 것이 태신은행의 통장임을 확인한 강우의 눈살이 매섭게 구겨졌다. 처음 봤을 때 짓밟아주는 건데 실수한 건가?

그는 감정을 드러내지 않은 채 한기 서린 미소만 지어보였다.

"재미있군. 정말로 모기새끼 같은 게 생각보다 윙윙거리는 걸? 유 실장님!"

강우의 말이 떨어지기가 무섭게 유 실장이 속사포처럼 토해냈다.

"정주나 양, 올해 스물세 살로 백합여고를 졸업한 후 명성여대에 들어갔으나 가정 형편 상 1학년 1학기만 마치고 휴학하였습니다. 현재는 전공을 살려 중소업체에서 프리랜서로 의상디자인을 해주고 있으며 간혹 아는 사람들의 부탁으로 옷을 만드는 일을 하고 있다고 합니다. 월평균 소득은 80만 원으로 우리 은행과는 매달 10만 원씩의 적금을 거래하고 있으며 현 875만 232원의 자산을 보유하고 계십니다."

주나는 상상치도 못한 자신의 신상명세에 떡하니 입을 벌렸다. 그저 대단하다는 듯 커다래진 눈으로 유 실장을 보고 있는데, 그가 미안하다는 듯 겸연쩍게 웃었다.

"죄송합니다, 이게 제 일이라서요."

허나 대한민국 대표 서민 정주나, 감히 있을 수 없는 뒷조사에 '나중에 이것도 신고해야겠다.' 여기며 애써 태연한 얼굴로 강우를 바라보았다.

"이런 표면적인 것으로 사람을 판단하시면 곤란하죠. 설마하니 제가 월 80만 원으로 일억을 갚겠다고 설쳐대겠어요?"

대뜸 손을 내민 그녀가 강우의 팔을 움켜잡았다. 그리곤 손끝에 전해지는 온기에 조금은 놀라며 그의 손바닥 위에 자신의 통장을 올려놓았다.

"제 전 재산인 1천 875만 232원이에요. 참고로 천만 원은 지금 살고 있는 집의 전세금을 뺀 거고 10만 원짜리 적금은 올 6월에 만기니까 받는 대로 넣어드릴게요."

말을 마친 그녀가 그가 다가온 만큼 뒤로 물러났다.

"일단은 이 정도로 기다려주세요. 나머지 1억 156만 2210원은 찬찬히 갚도록 할게요. 어차피 차용증을 보니 언제까지 드려야 한다는 기한도 없는 거 같고, 봐주시는 만큼 이자는 꼬박꼬박 넣어드리도록 하겠습니다."

이런 주나를 보는 강우의 안색은 어떠한 변화도 없었다. 그러나 뒤에서 이 사태를 지켜보고 있는 유 실장은 알고 있었다. 강우의 이마위 주름이 미세하게 깊어졌다는 사실을.

"궁금한 게 하나 있어. 왜 갚아야 할 금액이 1억 156만 2210원인 거지? 차용증에는 분명 1억 5천인 걸로 아는데."

"그야, 태신은행의 시중 금리를 적용했으니까요. 알아보니까 태신은행에서 일억 원을 빌릴 시 금리는 11.48퍼센트더라고요? 물론 직장인 신용대출에 최하등급 기준으로요."

"한 가지 간과한 게 있군. 우린 아무리 최하등급을 매긴다 하더라도 당신 같은 조건의 사람들에겐 일억이란 거금을 빌려주지 않아."

내 말이! 그러니까 아빠에겐 왜 빌려준 거냐고!

그녀가 튀어나오려는 말을 간신히 참으며 생긋 웃음을 지었다.

"그래서 그 점에 대해서도 이자에 넣었답니다. 자격이 안 될 것이 분명한데도 무리하게 대출해주신 점을 감안해서 연체 이자율로 플러스했어요. 바로 25프로."

주나가 또다시 가방을 뒤적거리더니 자그마한 계산기를 끄집어냈다.

"고로, 갚아야 할 금액 1억에서 현 자산 1천 875만 232원을 빼고 거기에 25퍼센트의 금리를 적용해 이를 다시 남은 빚과 합산해보면……."

열심히 자판을 두들겨대던 그녀가 보란 듯이 강우에게 계산기를 내밀었다.

"1억 156만 2210원! 맞죠?"

"……."

문득 '풉!' 하는 웃음소리가 강우의 귓가에 들려왔다. 힐끔 뒤를 보니 입을 막은 채 어깨를 들썩이는 경호원들 사이로 유 실장마저 표정 관리가 안 되는지 그의 시선을 피하고 있었다.

'한심하군.'

강우는 아까부터 시작된 두통이 이제는 목덜미까지 타고 내리는 것을 느끼며 두 눈을 순진하게 뜨고 있는 주나를 향해 싸늘하게 중얼거렸다.

"대단하군. 하루 사이에 이 조사를 다 했다는 건가?"

"저에겐 검색 프로그램이라는 무료 뒷조사 전문가가 있으니까요. 대한민국이 달리 인터넷 강국이겠어요?"

"그렇군. 나 역시 비싼 월급만 받는 주변 사람들을 좀 더 유능한 이들로 교체해야 할까?"

그 한마디에 경호원들의 얼굴이 사색이 되어 자세를 바르게 했다.

"좋아, 정주나 양. 생각보다 똑똑한 거 같으니 할 수 있는 만큼 해 봐. 체력이 어느 정도인지는 모르겠지만 아마도 1억 156만 2210원을 갚을 때까지는 버틸 수 있겠지?"

"그야, 뭐."

"기다려주도록 하지. 단, 정상적인 과정을 통해 빌려준 돈이 아닌 만큼 연체 시에는 두 배의 이자를 적용하겠어. 이자는 반드시 정해진 날짜에 넣어야 하고 두 번 이상의 미납 시에는 원금을 기준으로 복리로 불어날 테니까, 그리 알도록 해."

"네."

"행여나 돈을 다 갚기도 전에 도망간다면 그때는 법이 아닌 다른 방법으로라도 받아낼 테니 이 점도 명심하도록 하고."

건조하게 말을 잇던 그가 짙은 눈썹 속에 싸인 검은 눈동자를 번득였다.

"그전에 당신 아버지가 돌아온다면 이 일은 없었던 걸로 하지. 난 은행가지 사채업자가 아니니까."

아, 그러세요? 좀 전에 법 아닌 다른 방법 운운하던 사람은 어디의 누구셨더라?

주나가 입술을 씰룩거리고 있는데 그가 감정을 자극하듯 나직이 말을 이었다.

"부디 당신의 앞날을 위해서라도 심봉사 아버지가 꼭 돌아오길 바라."

심봉사라니, 내가 심청전을 얼마나 싫어하는데!

하지만 심봉사 정만복의 딸내미 정주나는 알고 있었다.

'그 돈, 우리 아빠가 돌아오셔도 절대 못 갚아요.'

그리 되뇌는 주나를 뒤로 하고 강우가 몸을 돌려 집 안으로 향했다. 어제에 이어 오늘까지, 저 정씨 부녀 때문에 그의 골칫거리가 늘어나고 있었다.

유 실장 또한 이점을 눈치 챘는지 서둘러 강우의 뒤를 따랐다.

"괜찮으시겠습니까?"

"뭘 심려하시는 겁니까? 그래봤자 모기새끼인데."

"그렇지만……."

"이자만 해도 월 이백만 원 가까이 되는 금액입니다. 아무리 저 여자가 날고 기어봤자 제 아비가 돌아오기 전에 갚을 수나 있을까요? 아니, 돌아온다 한들 과연 해결이 가능할지 그것조차도 의문이군요."

그가 손에 쥐어진 통장을 잠시 보더니 힘껏 바닥에 내던졌다.

"혹 모르겠군요. 본인 말대로 돈 많은 노인네들 노예 짓이나 하면 가능할지도. 그 아버지에 그 딸 아니겠습니까?"

"사장님……."

유 실장은 냉랭하게 자택으로 들어가는 강우를 보며 길게 한숨을 내쉬었다. 하필이면 정만복도 모자라 그 딸인 정주나까지 강우의 신경을 건드려놓다니.

"그래도 그 아가씨 꽤나 마음에 든단 말이야."

그는 천하의 최강우 앞에서도 태신은행 통장을 들고 협박하던 주나의 모습이 떠올라 피식 웃음을 터트렸다. 아마도 강우의 생각과는 달리 그 모기새끼는 꽤나 그를 귀찮게 하리라.


다음날, 밤새 두통에 시달린 강우는 평소보다 늦게 거실로 내려왔다. 잠을 제대로 못 잔 탓인지 신경마저 날카로워 그는 늘 그렇듯 커피부터 찾았다.

"아주머니, 오늘은 진하게 부탁드립니다."

그리곤 소파에 앉아 스마트패드를 실행시키며 그날의 경제뉴스를 파악하고 있는데 불현듯 낭랑한 목소리가 귓가에 들려왔다.

"커피 내왔습니다, 주인님."

주, 뭐?

강우가 당혹스러움에 고개를 치켜들었다. 그러자 해맑은 표정의 젊은 여자가 그를 내려다보고 있었다.

"당신!"

"뭐 또 필요하신 거 없으세요, 주인님?"

상냥하기 그지없이 묻는 그녀는 바로 그가 경멸해 마지않던 모기새끼였다.

## 2. 몸은 바치고 마음은 비춰서

사람이 모기에 물리면 처음에는 아무 자극도 느끼지 못한다. 그저 뭔가에 긁힌 듯 피부가 부풀어 오르고 그 주변이 살짝 간지러울 뿐.

사실 가려움증은 우리 몸이 모기의 몸에서 나오는 하루딘이란 성분을 침입자로 생각하고 그에 대한 면역반응을 일으키기 때문이다. 문제는 그때부터다. 가려움을 느낀 순간 사람의 짜증은 극에 달하고 그 부분이 신경 쓰여 견딜 수가 없게 되니까.

바로 '정주나'라는 모기새끼의 침입에 최강우가 반응하듯.

"이게 대체 어떻게 된 일인지 설명 좀 해보시겠습니까?"

강우는 최대한 감정을 억누르며 걱정스레 자신을 보고 있는 수원댁을 향해 물었다. 아주 오래전부터 집 안의 살림을 봐주고 있는 그녀는 얼마 전 손목을 다쳐 일에 어려움을 겪고 있는 중이었다.

"그게, 사장님께서 집안일을 도울 수 있는 사람을 구하라고 하셔서."

수원댁이 깁스를 한 팔을 만지작거리다 이내 이해할 수 없다는 듯 곁에 있는 주나를 힐끔거렸다.

"이 아가씨가 무슨 일이라도 저질렀나요?"

무슨 일이라, 아직은 아니다.

다만, 천진한 듯 두 눈을 껌벅이며 고개를 가로젓는 주나를 보고 있자니 강우는 간신히 가라앉은 두통이 또다시 밀려오는 것이었다.

"사람 구하는 일을 아주머니에게 맡겼다고 해서 아무나 구하라는 뜻은 아닙니다. 적어도 경험이 어느 정도 있는, 나이도 적당한 사람으로 구해야 하지 않겠습니까? 대관절 이 여자는 어디서 소개받으신 겁니까?"

"제 동생의 아는 언니의 이웃사촌에게서요."

"그게 뭡니까? 그럼, 남에게서 소개받았단 소리 아닙니까?"

"그건 그렇지만, 갑자기 사람을 구하자니 쉽지도 않은데다가……."

살짝 말을 흐린 수원댁이 난감한 표정을 지어보였다.

"들어보니까, 이 아가씨 사정이 너무 딱해서요."

"딱하다고요?"

"네. 듣자하니 아가씨 아버지가 가족 몰래 일억이란 돈을 빌리고 어디론가 잠적했는데 채권자라는 사람이 이 아가씨에게 돈을 갚으라고 하는 모양이더라고요. 게다가 그 사람 순악질인 건지, 오천만 원이라는 고高 이자를 요구하는 건 물론이고 못 갚을 시에는 복리로 이자를 받겠다며 협박까지 했다는데."

별안간 그녀가 화가 난다는 듯 강우를 쳐다보았다.

"그건 법적으로 문제 있는 거 아닌가요, 사장님? 부모의 빚을 자식이 물려받는 것도 잘못됐는데 고리대금에 말도 안 되는 이자까지 내라고 하는 거잖아요."

수원댁이 마치 남의 일이 아니라는 듯 혀까지 끌끌 찼다.

"나이도 어린 아가씨가 얼마나 겁을 먹었으면 그 천벌 받을 자식에게 전 재산도 모자라 전세금까지 빼주고 이리 남의 집 가정부로 들어왔을까요? 그 생각만 하면 전 가슴이 먹먹해져서."

그녀가 감정이 벅차오르는지 눈물을 그렁거렸다. 허나, 이를 어쩌랴? 그 악질에 천벌 받을 자식이 지금 눈앞에 있는 최강우인 것을.

강우는 귓가에 생생하게 들려오는 수원댁의 한숨을 모르는 척 먼 곳을 응시하고 있는 주나를 날카롭게 노려보았다. 과연 이러고도 그녀가 이 집에 있기를 바라는 걸까?

"다른 사람으로 구하도록 하십시오. 그냥 도우미도 아니고 입주가정부를 구하는 건데 그런 말도 안 되는 동정심으로 사람을 들여서야 되겠습니까? 되도록 일을 가르치는 게 아닌 바로 일을 할 수 있는 경험자로 찾도록 하세요."

"그렇지만 사장님!"

다급하게 외치는 수원댁의 말을 무시하며 강우는 주나 곁을 스쳐 지나갔다. 건방진 것, 감히 날 우롱하려 들어?

그때, 주나가 황급히 그의 앞을 가로막았다.

"잠깐만요, 전 거짓말을 한 게 없는 걸요? 그저 사실만을 말씀드린 것뿐이잖아요."

그녀가 억울하다는 듯 강우를 향해 항의하는 눈빛을 띠었다.

"이 집도 처음부터 알고 들어온 건 아니에요. 어제 어떻게 돈을 갚을 건지 고민하던 차에 집주인 할머니께 의논 드렸었고, 그분이 아시는 분을 통해 이곳을 소개시켜 주신 거뿐이에요. 애당초 미리 알았더라면 절대로 들어오지 않았을 텐데."

"그래? 그럼, 나가."

매서운 강우의 말투에 주나가 움찔했다.

"이곳에 들어오게 된 경로는 둘째 치고 이런 식으로 내게 빚을 갚으면 아무 의미 없는 거 아닌가? 당신 입으로 분명히 세상에서 가장 성실하고 깨끗한 방법으로 돈을 갚겠다고 한 거 같은데."

"하지만 이만한 일자리는 또 없는 걸요? 특별한 능력도 요구하지 않는데다가 월급도 많고."

주나가 일부러 떨리는 목소리를 토해냈다.

"입주도 가능하니까요. 아시다시피 저 이제 갈 데가 없거든요."

그런 주나를 보며 수원댁이 또다시 눈물을 흘릴 듯 '저런!'을 연발했다. 그러나 강우는 그녀의 발연기에 속아줄 생각은 추호도 없었다.

"자신이 없으면 지금이라도 못 갚겠다고 하던가. 말했잖아? 난 은행가지 사채업자가 아니라고. 만약 당신이 그렇게 말한다면 더 이상 채무에 대해선 묻지 않도록 하지."

단, 그럴 경우 모든 책임은 '사기꾼' 정만복에게 넘어가게 된다.

이를 아는 주나가 입술을 깨물었다. 진즉에 무리임을 알고 있었지만 실제로 듣고 나니 눈앞이 깜깜했다.

그 모습을 보는 강우의 마음도 편치 않기는 매한가지였다. 애초에 그 노인네만 얽히지 않았더라면 이렇게까지 강경하게 나가진 않았을 것을.

'운이 없군, 당신도.'

강우는 낮게 눈을 내리깐 채 현관문을 향해 몸을 돌렸다. 왠지 더 이상 이 자리에 있고 싶지 않았다.

이때, 주나가 그를 향해 큰소리로 외쳤다.

"미안하게 생각해요!"

그 말에 강우가 우뚝 발걸음을 멈췄다.

"아무리 아빠가 저지른 일이라고는 하지만 갚지도 못할 금액을 빌리고 그로 인해 폐를 끼친 건 가족으로서 정말 드릴 말씀이 없어요. 그렇지만……."

주나가 얼굴을 들어 그와 시선을 마주했다.

"사죄하는 마음이야 아빠가 가지셔야 하는 거고 제가 몸으로 빚을 갚겠다고 하는 게 잘못은 아니잖아요? 차용증에도 명백히 몸과 마음을 바쳐 변제하겠다고 되어 있었고."

물론 자신은 몸으로만 갚을 예정이지만.

"제게는 이 일자리가 누구보다도 중요해요. 유일하게 아무 자격 없는 제가 제일 자신 있게 할 수 있는 일이고 가장 시급한 잠자리 문제도 해결되니까요. 게다가 아까부터 자꾸 동정심 운운하시는데."

주나가 옆에 있는 수원댁에게 물었다.

"저 시험 보고 들어온 거, 맞죠? 요리에, 세탁에, 청소에 여러 집안일들을 시켜보시고 마음에 들어서 들이신 거잖아요."

주나의 말에 수원댁이 고개를 끄덕였다.

"맞아요, 사장님. 아무리 사람이 급하다고 해도 태신그룹에 들이는 건데 아무나 들일 순 없잖아요? 제가 동생에게 신원보증 서게 하고 기본적인 살림 솜씨 등은 직접 눈으로 확인해봤답니다."

수원댁이 함박웃음을 짓더니 아주 대견하다는 듯 주나를 바라보았다.

"젊은 아가씨가 어찌나 손이 야무지던지, 어려서 어머니를 잃고 집 안일을 도맡아 해왔다더니 정말 나무랄 데가 없더라고요."

하지만 이런 수원댁의 칭찬에도 불구하고 주나의 명줄을 쥔 것은 강우였기에 그는 딱 한마디를 내뱉을 뿐이었다.

"다른 사람으로 구하도록 하십시오."

그렇게 다가오는 봄도 멀어질 만큼 싸늘하게 사라지는 강우의 뒷 모습에 남은 두 사람은 멀거니 서로를 응시했다.

"원래 저러신 분이 아닌데, 지난밤에 뭔가 안 좋은 일이 있으셨나 봐. 오늘따라 무척 날카로우시네."

미안하다는 듯한 수원댁의 말에 주나가 손을 저어보였다.

"아니에요. 주인이 싫다고 하시는데 할 수 없죠."

"그야 그렇지만, 내 맘이 편치가 않아서. 어린 동생까지 데리고 있 는데 어디 갈 데라도 있는 거야?"

그 순간 그제야 생각났다는 듯 주나가 큰 소리를 내질렀다.

"맞다, 내 동생!"


"안녕하세요!"

강우는 자신을 향해 허리를 굽혀 인사하는 어린 꼬마를 보며 한순 간 헛것을 보고 있는 게 아닌가 스스로를 의심했다. 설마하니 이 시간 에, 그것도 자신의 집 정원에서 어린아이의 모습을 보게 되다니.

"너는 누구지?"

"주오예요."

"주오?"

"네. 정……."

"주오야!"

아이의 말을 가로채며 주나가 쏜살같이 달려왔다.

"누나!"

"미안해, 혼자서 무서웠지?"

그리곤 배시시 웃는 아이를 끌어안은 채 얼굴을 비벼대자 그제야 꼬마의 정체를 파악한 강우가 한쪽 눈썹을 치켜떴다. 모기새끼 주제에 간도 크지, 이 집에 몰래 숨어들어온 것도 모자라 자기 동생까지 데리고 들어와?

"그럼, 어떡해요? 살 곳도 없어진데다 아무도 봐줄 사람이 없는데."

주나가 강우의 속뜻을 알아챘는지 해명하듯 종알거렸다. 그래봤자 그에게는 모기새끼가 쌍으로 늘어난 것뿐이지만.

"아침에 일어나서 울진 않았어? 옆에 아무도 없다고 놀라진 않고?"

"응, 누나. 여기 집 대따 좋아. 창문도 크고 방도 넓은 게 해님이 반짝반짝 들어와서 하나도 무섭지 않았어."

그 말에 주나가 환하게 웃었다.

"아휴, 우리 주오 용감하기도 하지. 이젠 혼자서도 잘 일어나고 더이상 울지도 않는 게, 다 컸는걸?"

하지만 곧이어 그녀는 슬픈 눈동자를 일렁였다.

"그런데 어떡하지? 우리 오늘 이 집에서 나가야 하는데."

"나가? 왜?"

"그게……."

주나가 옆에서 묵묵히 지켜보고 있는 강우를 올려다보았다.

"주인아저씨가 나가래."

"주인아저씨?"

순간 주오의 시선이 매서운 눈빛의 '주인아저씨'에게로 향했다.

"주오, 장난 안 쳤는데요? 그냥 여기서 노란 꽃만 봤어요."

아이의 손가락이 정원 한 귀퉁이에서 막 피기 시작한 애기똥풀을 가리켰다.

"절대로 안 만졌어요."

그리곤 올망졸망한 눈망울을 깜박거리자 어느샌가 밖으로 나온 수원댁과 그녀의 남편 윤씨가 그 모습을 사랑스럽게 바라보았다.

"마치 예전의 사장님을 보는 것 같지요?"

"그러게. 똑똑하니 얼굴도 잘생긴 게 어렸을 적 사장님을 꼭 **빼닮** 았구먼."

허나, 그런 과거가 있을까 의심되는 주인아저씨는 주나를 향해 차갑게 중얼거릴 뿐이었다.

"이런데도 이 집에 들어오는 게 계획적이 아니었다는 말은 하기 힘들 거 같군."

"무, 물론 동생도 있으니까 되도록 사정을 봐줄 만한 곳이 좋긴 하겠다 했지만."

잠시 머뭇거리던 그녀가 에라, 될 대로 되란 식으로 말을 이었다.

"얘 밥, 조금밖에 안 먹어요. 보세요, 벌써 여섯 살인데 키도 요만 큼밖에 안 되고 발 사이즈도 너무 작아서 이제 다섯 살 아이들이 신는 운동화를 신는걸요? 그리고……."

"됐어, 정주나 양. 이 정도에서 끝내도록 하지."

강우가 더는 듣기 싫다는 듯 기다란 속눈썹을 내리깔더니 서로를 부둥켜안고 있는 정 남매를 내려다보았다.

"아무쪼록 내가 오늘 밤에 돌아왔을 때는 더 이상 정만복의 가족들이 눈에 띄지 않았으면 좋겠군."

그렇게 마지막 경고를 날린 채 그가 대문으로 사라지자 주나는 그 모습을 힘없이 바라보았다. 그래, 확실히 무리긴 했지. 아무리 일을 잘한다고 하더라도 이리 혹까지 데리고 들어오면 어느 주인이 좋다고 하겠어?

주나가 무겁게 한숨을 쉬고 있는데 주오가 천진난만하게 물었다.

"누나, 주인아저씨 화났어? 주오가 뭐 잘못한 거 있어?"

"아니야, 네가 잘못한 게 아니라 누나한테 화가 나서 그래. 누나가 좀 실수를 했거든."

그녀가 애써 미소를 지으며 주오의 머리를 쓰다듬었다. 그 광경이 안쓰러웠는지 수원댁이 주나의 어깨에 손을 올렸다.

"이해해요. 여러모로 일이 많은 분이시라 유독 여유가 없으셨나봐. 아마 그때 그 일만 아니었으면 이렇게 차갑게 굴진 않으셨을 텐데."

"여보, 지금 무슨 쓸데없는 소리를 하는 거야! 사장님이 들으시면 어쩌려고!"

윤씨의 말에 수원댁이 실수했다는 듯 입을 다물었다.

"아휴, 나도 참. 이 입이 방정이라니까."

"그나저나 사장님께선 아침식사나 하고 나가신 거야? 설마, 또 거르신 건 아니겠지?"

"그게 미처 드시라는 말을 건넬 겨를도 없었어요. 워낙에 쌩하니 나가셔서. 안 그래도 요즘 자꾸 식사를 거르셔서 일부러 신경 써서 차려놨는데."

신경 써서…….

그 순간 주나가 수원댁의 손을 움켜잡았다.

"아주머니, 부탁이 있어요."

"부탁?"

"네. 저희 남매가 이 집에 살 수 있는 마지막 기회예요. 그러니까 꼭 좀 들어주세요."

그리 말하는 그녀의 눈동자가 새 희망을 찾은 듯 눈부시게 빛나고 있었다.

*

태신금융그룹.

2006년 12월에 출범하여 현재 그룹 총 자산 300조 원의 종합금융그룹으로 주株 태신은행과 태신TS카드, 태신투자증권, 태신생명 등 8개의 계열사와 함께 글로벌 네트워크를 통한 지점 확장으로 해외까지 손을 뻗치고 있는 국내 5위의 금융회사이다.

그리고 그 본사가 있는 분당 TS빌딩 앞에서는 때 아닌 비단 보자기를 든 여자의 등장으로 보기 드문 실랑이질이 벌어지고 있었다.

"저기, 전 그러니까 최창만 씨를……."

"하아, 이 아가씨 도통 말을 못 알아듣네. 우리 회사엔 그런 이름을 가지신 분이 없다니까, 도대체 그 사람이 누군데 아까부터 계속 최창만이를 찾는 거야?"

어느새 점심시간이 가까운 시각이었다.

오전 내내 이러면 안 된다는 수원댁을 간신히 설득해 음식을 만든 주나는 평소엔 엄두도 안 낼 택시마저 탄 채 서둘러 이곳까지 날아왔다.

'그러니 절대로 포기할 수 없어!' 라고 굳게 다짐하며 그녀는 건물 외부를 지키는 경비원에게 간절하니 애원했다.

"그러지 말고 한 번만 연락해봐 주세요. 정 만자, 복자의 딸인 정주나가 왔다고 하면 들여보내라 하실 테니까."

"나야말로 그러지 말고 이만 돌아가라 말하고 싶네. 딱 봐도 물건 팔러 온 학생 같은데 아무리 보자기로 위장했다 한들 우리가 모를 거 같아요? 괜히 저 안에 들어가서 더 무서운 사람들한테 창피당하지 말고 그냥 이쯤에서 물러서요."

주나는 자신을 외판원 취급하는 경비원에게 답답함으로 가슴을 쳤다. 이러다가 싸온 음식들이 다 식어버리면 일부러 '신경 써서' 만든 의미가 없어져 버릴 텐데.

그녀가 이러지도 저러지도 못하고 있는데, 윤이 나는 검은 세단 한 대가 정문 앞에 멈춰 섰다. 주나가 무의식중에 그쪽을 보니 회색 슈트를 입은 젊은 남성이 차에서 내리고 있었다.

"최창만 씨!"

그 순간 그녀는 모든 사람들이 자신을 쳐다보는 것도 아랑곳하지 않은 채 서둘러 그에게 달려갔다.

"이봐요, 아가씨! 지금 뭘 하는 거야?"

물론 채 근처에 도착하기도 전에 당황한 경비원들에 의해 제지당하고 말았지만.

"저분을 뵈러 왔단 말이에요. 최창만 씨!"

필사적인 그녀의 외침에 경비원들이 '무슨 헛소리야?' 라는 듯한 표정으로 주나를 응시했다. 강우 역시 그녀를 못 본 듯 냉랭하게 뒤돌아서는데 갑자기 주나가 큰 소리로 부르짖었다.

"주인님!"

그와 동시에 강우의 서늘한 눈빛이 쏟아졌다. 마치 눈으로 살인이라도 할 듯 차가운 성광을 비치다 이내 입을 여는데.

"쫓아버려."

헉!

주나는 커다란 걸음걸이로 로비 안으로 들어가는 강우를 보며 망연자실했다. 아무리 내가 안 반가워도 그렇지, 이건 좀 너무 한 거 아니야?

그녀가 원망스러움에 보자기를 든 손에 힘을 주고 있는데 유 실장이 슬며시 다가왔다.

"주나 양, 여기는 웬일이십니까?"

"비서 아저씨."

반가움에 환하게 웃는 주나를 마주하며 유 실장이 곁에서 맴도는 경비원들에게 눈짓을 주었다.

"별일 아니니 가서 볼일 보십시오."

"네, 비서실장님."

그렇게 경비원들이 물러나고 유 실장이 비단 보자기에 눈길을 돌렸다.

"그건?"

"도시락이에요. 그분이 저 때문에 아침도 드시지 못하고 출근하셔서."

"일부러 싸가지고 오신 건가요?"

"네."

그런 주나를 보는 유 실장의 입가에 미소가 담겼다. 안 그래도 오늘 아침 강우의 기분이 언짢아 보여 수원댁에게 대강의 내용을 전해 들은 그였다. 다만, 이 어린 아가씨의 행동력에는 그도 혀가 내둘러진다고 할까?

"감사합니다. 굳이 이렇게 챙겨주시고."

온화한 유 실장의 말에 주나가 고개를 가로저었다.

"아니에요, 이렇게까지 싫어하실 줄 알았다면 오지 않았을 텐데. 괜히 폐만 끼친 거 같아 제가 더 죄송해요."

"……손수 만드신 건가요?"

"네. 솜씨는 없지만 빈속보다는 나을 거 같아서."

시무룩하니 답한 그녀가 대뜸 유 실장에게 도시락을 내밀었다.

"괜찮다면 대신 드셔주시겠어요? 어차피 이 분위기를 봐선 전해드린다 해도 안 드실 거 같고, 비서 아저씨라도 맛있게 드셔주신다면 여기까지 온 보람이 있을 거 같아요."

해맑게 얘기하는 주나에게 유 실장이 잠시 아무 말도 하지 않았다. 그러다 소매를 들어 올리더니 손목시계의 시간을 확인했다.

"때마침 점심시간이고 하니 같이 올라갈까요?"

"올라가다니, 어딜요?"

고개를 꺄우뚱하는 주나에게 유 실장이 상냥한 어조로 대꾸했다.

"태신금융그룹의 최강우 사장실로요."


정주나, 너 정말로 큰일 났다.

마른침을 꿀꺽 삼키며 주나는 현대적인 책상 위에 위압적으로 자리 잡은 명패를 훑어보았다.

－태신금융그룹 사장 최강우－

그녀는 자신이 그토록 열창하던 '최창만'이란 사람이 '최강우'라는 이름을 가진, 그것도 이곳의 사장이라는 사실에 식은땀을 흘렸다.

'태신이라고 해서 기껏해야 계열사 사장 정도인지 알았는데.'

게다가 그런 줄도 모르고 하필이면 창만이란 이름으로 열심히 불러댔으니 그가 오죽이나 싫었을까?

주나는 그동안의 자신의 착각에 얼굴을 붉히며 벽면 한쪽을 모두 장식한 창문 아래 조용히 서류를 훑고 있는 강우를 훔쳐보았다. 이 와중에 할 말은 아니었지만 참 잘난 사람이란 생각이 들었다. 햇살 아래 저리 빛나는 남자라니, 극히 드물지 않은가?

'하긴, 저 얼굴에 성격은 지랄 맞으니 얼마나 다행인지 몰라. 만약 저런 외모에 성품마저 정승감이었다면 난 정말 세상 살맛이 안 났을 거야.'

그녀는 이제 여섯 살인 주오 못지않게 뽀얀 피부를 자랑하는 강우를 내심 질투하다 그 곁에서 묵묵히 서 있는 유 실장을 쳐다보았다.

약 20분 전, 간이 부은 게 아닌가 의심될 정도로 당당하게 주나를 데리고 이곳에 온 그는 그 기백이 무색할 만큼 아무 말 없이 서 있기만 했다.

'아저씨, 이러다가 아저씨도 쫓겨나면 어쩌죠?'

주나가 걱정스러움에 마음 졸여 하고 있는데 강우가 탁! 소리를 내며 서류철을 덮었다.

"지금 이런 행동은 제 명령을 무시했다고 여겨도 되겠습니까?"

모든 것을 얼려버릴 듯 차가운 말투에 유 실장이 침착하게 응수했다.

"그렇지 않습니다. 전 단지 비서실장으로서 사장님의 건강을 책임질 의무가 있고, 이리 점심시간까지 할애하셔서 일하시는 모습에 안에서 드실 수 있는 식사 준비를 해왔을 뿐입니다."

"식사 준비라……."

강우가 눈에 띌 만큼 입술을 일그러트렸다.

"그 식사담당이 저 모기새끼라는 겁니까?"

"모기새끼가 아닌 엄연히 태신 본가에 면접을 보러 온 사람입니다."

"면접이라, 재미있군요."

불현듯 강우의 시선이 소파에 앉아 있는 주나에게 향했다. 마치 네

가 뭘 할 수 있냐는 듯 무시하는 눈빛을 띠우다 이내 비소를 짓는데,
이에 주나가 자리에서 벌떡 일어나 그에게 다가갔다.

"그렇게 보실 거 없어요. 전 그저 증명하러 온 것뿐이니까요."

"증명이라고?"

"네. 제가 얼마나 준비된 가사도우미인지요."

말을 마친 주나가 강우의 책상 위에 도시락을 올려놓더니 보자기
를 풀기 시작했다.

"제게 동정심 운운하셨죠? 실력도 없는 게 마음 약한 아주머니 휘
둘러서 그 집에 들어간 거 아니냐고. 하지만 아니에요. 저 정말로 정
정당당히 테스트를 거쳐 그곳에 채용된 거고 그 점에 대해선 한 치의
부끄럼도 없어요."

그걸 증명이라도 하듯 삼단으로 되어 있는 찬합도시락을 열자 고
슬고슬한 잡곡밥을 필두로 여러 가지 부침과 조림, 무침 등이 형형색
색 튀어나왔다.

"이래봬도 남 못지않게 살림할 줄 알고 종갓집 음식 저리 가라 할
정도로 손맛에도 자신 있어요. 알뜰 하나는 재개발 큰손이신 집주인
할머니가 인정하실 만큼 똑소리 나고요, 오늘 당장 시집가도 내일 바
로 제사 치를 만큼 남의 손도 필요치 않은 사람이에요."

주나는 보온병에 싸온 된장국을 사기그릇에 옮겨 담으며 계속해서
말을 이었다.

"그런 제게 흡사 그 집에서 빌붙어 빚을 갚는 거처럼 말씀하시면 그
건 못 참아요. 하물며 아무 일도 못하는 것처럼 취급하시는 건 더더욱
못 참고요."

그녀가 젓가락으로 파프리카 소고기전을 들어 올리더니 강우에게 내밀었다.

"그러니까 아! 해보세요."

뜬금없는 주나의 행동에 강우가 미간을 찌푸렸다.

"지금 뭐하는 거지?"

"맛보시라고요. 자고로 음식이란 남이 먹여줘야 제 맛이잖아요? 그러니까 아! 해보세요."

강우는 아무렇지 않게 입가로 음식을 들이미는 주나를 보며 황당함에 헛웃음을 토했다. 과연 이 여자가 제정신인 건가?

"왜요, 부침 싫어하세요? 그럼, 샐러드 맛보실래요?"

그는 따로 준비해온 소스를 정성스레 채소에 붓는 주나의 모습에 낮은 한숨과 동시에 고갤 저었다. 나야말로 지금 뭐하는 건지.

그때, 그의 시야 사이로 노랗게 생긴 뭔가가 보였다. 언뜻 봐도 돌돌 잘 말려 여러 채소들과 맛깔스레 어울린 그것은 오래전 자주 맛보았던 것과 모양이 꼭 닮아 있었다.

"그건······."

"아, 계란말이 말씀이세요? 이건 좀 입맛에 안 맞으실 수도 있는데. 사실 우리 주오가 채소를 너무 싫어해서 이렇게 하면 먹어볼까 하고 만든 거거든요. 그래서인지 단맛도 약간 나고."

"단맛?"

"네, 우유랑 설탕을 조금 넣었거든요."

우유랑 설탕이라······.

강우가 아무 말 없이 젓가락에 손을 뻗었다. 약간은 긴장한 듯 물끄러미 쳐다보는 주나를 뒤로 한 채 천천히 계란말이를 입 안에 넣은 그는 그 맛을 음미하듯 가만히 턱을 놀렸다.

"어떠세요?"

조심스러운 그녀의 물음에 그가 간략하게 답했다.

"맛있군."

예상하지도 못한 반응에 놀란 주나가 환하게 웃었다.

"아무렴요, 우리 주오가 인정한 맛인데."

"우리 주오라고?"

강우는 오늘 아침 정원에서 만났던 어린아이를 떠올리며 입가를 비틀어 올렸다.

"친동생도 아닌데 잘도 챙기는군."

"아……."

그의 말에 주나의 표정이 굳어졌다. 친동생이 아니라니, 확실히 그렇긴 하지만.

"아무리 새엄마가 낳으셨다 하더라도 한 혈육인 건 분명해요. 의붓동생이라도 동생인데 챙기는 건 당연하잖아요?"

"그 덕에 일자리에서 쫓겨나도 말인가?"

당황한 기색이 역력한 주나를 강우가 유심히 바라보았다.

"만약 그 동생만 없다면 일을 구하기가 훨씬 수월할 텐데. 집도 없는 상황에서 그 어린애는 짐이 될 게 뻔한데 힘들지 않겠어?"

그가 의중을 살피듯 다시 한 번 물었다.

"당신은 이렇게 만든 아버지를 원망하지 않을 만큼 동생을 챙길 자신이 있나 보지?"

그 말에 주나가 입술을 깨물었다. 자신이라, 애초부터 그런 건 없었다.

"다만 제가 원망을 한다면 그건 아빠지, 주오가 아니에요. 그 애는 유일하게 곁에 있는 내 핏줄이고 앞으로도 힘이 되어줄 제 가족이니까요."

주나가 크게 숨을 들이마시더니 강우와 똑바로 시선을 마주했다.

"사실 전 아빠도 그다지 원망하지 않아요. 화도 나고 속도 상하지만 그건 아빠의 행동이 그런 거지, 그분이 진심으로 미운 건 아니니까요."

그래, 아빠도 분명히 우릴 버린 건 아닐 것이다.

"솔직히 말하건대 전 이 순간에도 아빠가 보고 싶어요. 언젠가 우리와 같이 살리라 믿어 의심치 않고 있고요."

마치 고백하는 듯한 그녀의 말에 강우가 고개를 돌렸다. 결국 그 이유로 돈을 갚는 건가? 행여나 빚진 돈으로 인해 그가 가족들에게 돌아오지 못할까 봐.

강우는 하나하나 정성스레 싼 도시락을 보며 굳은 눈꺼풀을 내리깔았다. 자신은 가족이 아닌 누군가에게조차 이런 도시락을 받아본 지가 얼마나 오래되었던가?

"어찌 됐건 고맙습니다. 맛있다는 말도 해주시고. 그나마 위안이 되었어요. 적어도 제가 동정심 때문에 그 집에 들어간 게 아니라는 건 인정해주시는 거죠?"

애써 쾌활하게 이야기한 주나가 그에게 고개를 숙였다.

"말씀하신 대로 오늘 밤에 돌아오시면 저희 정만복 가족들은 더 이상 보지 않아도 되실 거예요. 이런 조건의 자리가 또 나올진 모르겠지만 곧 일을 구하는 대로 이자도 넣어드리도록 하겠습니다. 반나절이지만 신세 많이 졌어요."

그리 인사를 하며 주나는 씩씩하게 뒤돌아섰다. 어찌 됐건 앞날은 어둠 천지와 같았지만 가는 마당에 비굴해 보이고 싶진 않았다. 그때였다.

"조건은 이미 들어서 알고 있겠지? 입주를 해야 하는 일인 만큼 근무시간은 정해져 있지 않고 필요할 때는 언제 어느 때고 당신의 그 신성한 노동력을 제공해야 돼. 주말이나 휴가도 딱히 정해진 날짜에 갈 수 있는 것도 아니고 아픈 수원댁을 대신해 당신이 할 일이 늘어날 텐데, 그래도 괜찮겠나?"

뜻밖의 말에 주나는 그대로 발걸음을 멈췄다. 방금 무슨?

"더욱이 월급은 이자를 제외한 나머지만 들어가게 될 거야. 때로는 원금에 대한 독촉도 받게 될 테지. 아무리 일을 하고 받는 돈이라고는 하지만 난 엄연히 채권자에 당신은 채무자니까. 상관없겠지?"

그야…….

"당연하죠!"

주나는 생각지도 못한 모스키토의 배려에 온 세상이 환하게 변하는 것을 느꼈다. 이게 바로 광명 찾았다고 하는 걸까?

"근로계약서는 별도로 작성할 거고 그에 준해 일을 하지 못할 시에는 정당한 사유로 해고할 테니, 그 점도 각오하도록 해."

"그런 일은 맹세코 없을 거예요. 빚을 떠나 저 정주나, 반드시 몸을 바쳐 마음은 비춰 최선을 다할 테니까요."

그래, 까짓것 마음도 약간 비춰준다.

"그 말 잊지 않길 바라. 더불어 정주오라고 했던가? 당신 동생."

"아, 네."

주나가 불안한 기색으로 그를 응시했다. 설마, 동생은!

"당신이 알아서 잘 챙기도록 해. 그런 것까지 내가 신경 써야 할 만큼 뻔뻔스럽진 않겠지?"

물론 그 정도로 뻔뻔스럽지는 않다. 게다가 그 아이, 밥도 조금밖에 먹지 않는다고 말하지 않았던가?

주나는 혹시나 그의 마음이 변할까 연신 고개를 끄덕이며 곁에서 흐뭇하게 웃고 있는 유 실장을 향해 감사의 미소를 날렸다. 고마워요, 이게 모두 아저씨 덕분이에요!

그렇지만 정작 유 실장은 주나가 나간 직후 조용히 젓가락을 내려놓는 강우를 보며 조심스럽게 묻고 있었다.

"어째서 허락하신 겁니까?"

"왜 그러시죠? 이거야말로 유 실장님이 바라던 거 아니셨습니까?"

"그야 그렇지만, 사장님이 받아들이신다는 확신은 없었기에……."

"이해가 안 되는군요. 단 한 번도 제 말에 거역하는 일이 없으셨던 분이 좀 전엔 왜 그러셨는지."

"주제넘었다면 죄송합니다. 전 그저……."

"됐습니다. 앞으로 이런 일이 또 생긴다면 그땐 결코 용서치 않을 테니까요."

말을 마친 그가 따스한 녹차 잔을 들어 올린 채 슬쩍 유 실장에게 물었다.

"그보다 그녀가 하는 말을 들으셨습니까?"

"어떤?"

"가족으로서 함께 살길 바란다고."

서늘하게 내뱉은 강우가 기묘히 입 끝을 올렸다.

"그런 말은 아무에게나 나오는 것이 아닙니다. 특히나 아비란 작자가 일억이 넘는 돈을 자식에게 떠넘기고 간 상황에서는 더더욱. 적어도 그 사기꾼 자식이 자기 핏줄에게만큼은 정을 듬뿍 주었던 모양이군요."

그리도 솔직하게 '보고 싶다' 고 이야기하다니.

"정만복이 어디로 숨었는지 찾을 수가 없다고 하셨습니까?"

"네, 사장님."

"그럼, 일단 기다려보죠. 그렇게나 사랑하는 자식들인데 부정父情이란 미끼를 쳐 놓고 기다리고 있으면 녀석이 알아서 나타나지 않겠습니까?"

그래서 이름도 정주나, 정주오였던 것이다.

"조급해 말고 약간은 여유를 갖도록 하죠."

강우는 의자 깊숙이 몸을 기대며 두 손을 깍지 끼었다. 최소한 그때까지는 그녀가 소원하는 대로 데리고 있으면 되는 것이다. 그로서는 결코 손해 보는 일이 아닐 테니까.


그날 밤, 태신그룹 본가 한편에 마련된 별채에서는 정주나, 정주오 남매의 극적인 재취업 및 새로운 집들이 축하를 위한 조촐한 파티가 벌어지고 있었다.

"누나, 이거 진짜로 먹어도 되는 거야?"

"당연하지. 전부 우리 주오 먹이려고 누나가 만든 건데."

"그러다가 그 무서운 주인아저씨가 또 나가라고 하면 어떡하지? 주오는 여기가 너무너무 좋은데."

그도 그럴 것이, 이제 여섯 살 아이가 걱정할 만큼 자그마한 상 위엔 다리가 휘어질 정도로 수많은 음식들이 차려져 있었던 것이다.

"괜찮아, 주오야. 오늘 주인아저씨랑 약속하고 왔으니까. 누나가 몸을 바치고 마음을 비치면 그냥 여기 살아도 좋다고 하셨어."

"정말로?"

"물론이지."

그 말에 주오가 환하게 웃었다.

"그럼, 나도 도와줄게. 매일 심부름도 열 개씩 하고 착하게 말도 잘 들어서 주인아저씨를 기쁘게 해드릴 거야."

"아휴, 우리 주오 기특하기도 하지. 그래, 우리 꼭 몸은 바치고 마음은 비춰서 최선을 다해 섬기도록 하자, 알았지?"

"응, 누나."

그렇게 두 남매의 의기투합 속에 주나가 파프리카 소고기전을 집어 주오 입에 넣어주었다.

"어때?"

"맛있어."

"그거 오늘 누나가 처음 만들어본 거야."

그러자 주오가 신기하다는 듯 고개를 까우뚱했다.

"근데 왜 맛있어? 누나가 처음 만든 거면 이상해야 하잖아."

이상하다라…….

주나가 쓴웃음을 지었다. 확실히 처음 해본 음식은 이상하리만큼 솜씨 발휘가 안 되긴 하지만.

"이상한 거는 누나가 또 다 먹은 거지? 그런 거 먹음 배탈 난다고 주오가 그랬잖아. 그러지 말고 나랑 같이 다른 거 나눠먹자, 응?"

"아니야, 누나 안 먹었어. 실패한 건 다른 사람이 먹었어."

"다른 사람? 누구?"

순간 주나의 뇌리로 자신이 만든 도시락을 먹던 강우의 모습이 떠올랐다.

'뭐, 그것만 빼고 다른 음식들은 괜찮았으니까.'

그녀는 초롱초롱 두 눈을 굴리는 동생을 보며 시원스럽게 대꾸했다.

"응, 잔반 처리반이. 그러니까 신경 쓰지 말고 어서 먹어."

그리 해맑게 이야기하는 그녀는 결코 만만한 상대가 아니라는 것을 당시의 최강우는 아직 모르고 있었다.

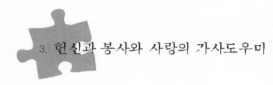

## 3. 헌신과 봉사와 사랑의 가사도우미

여느 때와 똑같은 아침이었다.

아직 햇살이 비치지 않은 어두운 창가에서는 시원한 공기가 스며들고 있었고 맞은편에 있는 오디오에선 피아노 선율이 은은하게 흘러나오고 있었다.

강우는 전날 준비해놓은 와이셔츠에 맞춰 커프스 버튼을 골라 정갈하게 채웠다. 넥타이를 매고 음악을 끈 채 상의를 집어 들자 시곗바늘이 정확히 7시 20분을 가리켰다.

이건 그가 태신의 사장으로 취임한 이래 거의 변함없이 지켜지고 있는 하루의 시작이었다.

다만, 요즘 들어 달라진 것이 있다면…….

"안녕히 주무셨어요!"

문을 열자마자 서 있는 저 모기새끼 한 마리!

강우는 대뜸 자신에게 쟁반부터 내미는 주나를 보며 냉담한 어조로 입을 열었다.

"그건 뭐지?"

"녹즙이요. 오늘은 특별히 케일과 사과를 함께 갈아봤어요. 케일은 비타민과 무기질이 풍부하고 사과는 항산화작용이 있다는 거 알고 계시죠? 그러니까 건강 챙기는 차원에서 쭈욱 들이켜세요."

그는 턱 아래로 컵을 갖다 대는 주나를 모르는 척 말없이 스쳐지나 갔다. 벌써 일주일째였다. 그녀는 그가 단 한 번도 마시지 않았음에도 불구하고 온갖 종류의 과일과 채소를 갈아 끈질기게 뒤를 따라다니고 있었다.

"그러지 말고 한 번만 드셔보세요. 올리브오일에 레몬도 듬뿍 넣어서 그다지 쓰지도 않단 말이에요."

허나, 늘 그렇듯 주나의 말은 간단히 무시한 그는 1층 소파에 앉아 스마트패드를 실행시켰다.

"커피."

이쯤 되면 싸늘한 강우의 반응에 그냥 물러날 만도 한데, 이 집에 새로 들어온 가사도우미는 결코 그렇지 않았다.

"이거 드시면요."

"……."

이를 주방에서 몰래 지켜보는 수원댁과 윤씨는 가슴이 조마조마했다. 언제 갈라질지 모르는 얼음판과 이를 녹여대는 불꽃 때문에 서로의 눈치만 볼 뿐이지만, 절대로 끼어들지 말자는 게 두 사람의 불문율이었다. 그도 그럴 것이 괜히 참견해봤자 본전도 못 찾는데다…….

"제가 먹고 탈이 나는 음식을 드리는 것도 아니잖아요? 몸에 좋은 거, 특히 아침 공복에 마시면 십 년 먹은 산삼도 안 부럽다는 녹즙을 일부러 유기농만 골라 갈아드리는 건데 한 번쯤은 드셔보셔도 상관없는 거잖아요."

어린 가사도우미의 말이 구구절절 옳았기 때문이다. 문제는 최강우라는 남자가 결코 쉬운 사람이 아니라는 점.

"지금 내가 내 집에서, 내가 고용한 사람에게, 그것도 내 돈으로 산 커피를 친히 가져다달라고 부탁까지 해야 하는 건가?"

상황이 이 지경이 되면 일단 수원댁은 요령 있게 갓 내린 커피를 내오며 주나를 주방으로 들이민다. 그리곤 강우를 향해 상냥하게 묻는 것이었다.

"저기, 아침식사는?"

"됐습니다. 오전에 회의가 있어 금방 나가봐야 할 거 같습니다."

"그래도 조금이라도 드시지. 봄날이라 시원하게 냉잇국 끓였는데."

"커피면 충분합니다."

이를 듣는 수원댁의 입에선 한숨이 절로 새어나왔다. 그러니까 저 아가씨가 만든 녹즙이라도 드시고 가시면 오죽이나 좋아?

그럼에도 그녀가 그냥 물러나는 건 든든한 지원군이 있기 때문이다.

"두고 보세요, 아주머니. 언젠간 꼭 드시게 하고 말 테니까!"

강하게 주먹까지 움켜쥔 채 굳건히 다짐하는 주나를 보고 있으면 수원댁은 마음 한편이 든든하기도, 또 한편으론 걱정스럽기도 했다.

"정말 아가씨는 씩씩하기도 하지. 저리 대하는 우리 사장님이 무섭지도 않아?"

"무섭기는요. 저분의 건강을 챙기는 게 바로 제 몫인데다가 고의로 저러시는 것도 아니잖아요? 전 아무렇지도 않아요."

강우를 만난 이래 단 한 번도 '친절'이라는 것을 경험하지 못한 주나였다. 그러다 보니 으레 싸가지 없는 것이 그의 성격이요, 거만함은 생활이려니 여기다 보니 이젠 엔간한 것은 눈 하나 꿈쩍 안 하게 되었다.

그런 주나가 수원댁은 나름 안쓰러웠다. 하지만 이렇게라도 나서 준다면 자신에게는 큰 도움이었기에 더 이상은 아무 말도 하지 않았다. 무엇보다 이리 성실하고 열성적인 사람을 어디서 또 구한단 말인가?

"아무래도 나중에 도시락이라도 싸서 갖다드려야겠어요. 이제 나가시면 또 언제 식사를 하실지 모르는데 이대로 보내드리면 제 맘에 편치 않을 거 같아요."

"그래도 싫어하실 텐데."

"싫어하셔도 상관없어요. 사람이 건강이 우선이지, 감정이 먼저인 건 아니잖아요? 어! 지금 나가시나보다. 아주머니, 저 배웅하고 올게요."

마치 강아지가 주인을 따르듯, 강우가 나가는 소리에 쪼르르 달려나가는 주나를 보며 수원댁은 흐뭇한 미소를 지었다. 사장님이 어떤 이유로 마음을 바꾸셔서 그녀를 들이셨는지는 모르겠지만 정주나, 저 아가씨는 이 집안의 복덩이가 틀림없었다.

'부디 사장님을 위해서라도 힘내주길 바라.'

수원댁의 주나에 대한 애정이 극에 달하는 순간이었다.

한편, 현관 밖에서 기다리고 있던 유 실장과 함께 대문으로 향하던 강우는 때마침 별채에서 눈을 비비고 나오던 주오와 시선이 마주쳤다.

"어, 안녕하세요!"

주오가 강우를 향해 배꼽인사를 하자 아이의 까치집 같은 머리가 하늘로 부웅 떴다. 그로 인해 커다란 눈동자에 매달린 눈곱과 토마스 기차가 그려진 내복 그리고 알록달록한 수면양말이 시야에 들어오자 강우는 살짝 미간을 찡그렸다.

'머리가 좀 긴 듯한데 잘라줘야 하지 않나?'

자연스럽게 그리 생각하고 있는데 주나가 집 안에서 뛰어나오며 주오의 어깨를 감싸 안았다.

"이제 일어났어?"

그리곤 강우를 향해 두 남매가 이구동성으로 외치는 것이었다.

"안녕히 다녀오세요, 주인님!"

강우는 정 남매의 깜찍하다 못해 끔찍한 배웅에 그대로 몸을 돌려 밖으로 나갔다. 매일 아침마다 듣는 말이었건만 저놈의 '주인님' 소리는 도통 적응이 되지 않았다. 게다가 그 의미 역시도 그의 실소를 자아내고 있었다.

[제가 신세 지고 있는 집의 주인이니까, 주인님이시죠.]

신세 지고 있는 집의 주인이라.

고로, 집주인을 극존칭 시켜 그리 부른다는 뜻인데 주나가 은근히 차용증을 비꼬아 노예문서라 칭하고 그 채권자인 자신을 주인님이라 부른다는 것을 모를 강우가 아니었다. 단지, 상대하고 싶지 않음에 그냥 지켜보고 있을 뿐.

"주나 양이 상당히 열심이십니다. 아침마다 사장님을 배웅하는 것도 모자라 이젠 주오 군까지."

"재미있으십니까?"

강우는 유 실장의 웃음기 섞인 소리에 차갑게 답하며 대기하고 있던 자동차에 올라탔다. 고작 모기새끼가 한 마리에서 두 마리로 늘어났을 뿐이건만 왜 그의 두통은 아침부터 시작되는 건지.

"그래도 일처리가 굉장히 야물다고 들었습니다. 청소면 청소, 요리면 요리 못하는 게 하나 없다고 수원댁이 입이 마르도록 칭찬하더군요. 정말 그녀 말대로 노동력 하나는 타고난 것 같습니다."

확실히 주나의 노동력은 강우의 예상을 뛰어넘고 있었다. 그 점만은 그도 인정할 수밖에 없었다.

아침 일찍부터 밤늦게까지 온종일 집안일을 해대는 것도 모자라 다른 사람의 손이 안 가게끔 어린 동생도 봐주고 아픈 수원댁 대신 가사 전반을 도맡아 하면서 틈틈이 윤씨까지 신경 쓰고 있는 듯했다. 덕분에 그들 부부는 틈만 나면 주나의 성실함과 주오의 사랑스러움에 대해 그에게 피력했고, 강우도 나름 괜찮은 일꾼이 들어온 것에 대해 안심하고 있었다.

"그런데도 열심히 해서 문제란 생각이 드는 건 그 여자가 처음이니 참으로 이상한 일입니다."

강우는 아마 그녀가 아침마다 들이미는 녹즙이 원인이라 여기며 차창 밖으로 시선을 돌렸다. 어찌 됐건 아직은 위험한 단계는 아니었기에 그다지 신경 쓰고 싶지 않은 게 그의 솔직한 심정이었다.

그렇지만 그날 점심시간, 강우는 낯익은 비단 보자기를 들고 오는 유 실장을 보며 어쩌면 자신이 섣불리 판단했을지도 모른다고 생각했다.

"그건?"

"본가에서 보냈습니다."

본가라, 역시 저 비단 보자기는 일주일 전 받은 삼단도시락과 같은 것인 듯했다.

"돌려보내세요."

강우는 보고 있던 노트북에 눈길을 돌리며 무심하게 대꾸했다.

"뭔지 열어보지 않으십니까?"

"두께와 부피 그리고 그 촌스러운 천을 봤을 때 모기새끼가 보낸 게 분명하지 않겠습니까? 굳이 내용물을 살피지 않아도 알 수 있으니 그대로 보내도록 하세요."

그 말에 유 실장이 쓴웃음을 지었다. 확실히 열어보지 않아도 사무실 가득 풍기는 음식 냄새에 이게 뭔지 금방 알 수가 있었지만.

"벌써 점심시간도 거의 지났습니다. 아침도 거르셨는데 이만 식사하셔야 하지 않겠습니까?"

"한 시간 후에 유신그룹과 늦은 오찬 약속이 있습니다. 그때, 챙겨 먹겠습니다."

"그래도……."

말을 흐리던 유 실장이 문득 생각난 듯 중얼거렸다.

"만약 이마저도 그냥 돌려보내신다면 주나 양이 직접 도시락을 들고 찾아오지 않을까요? 보아하니 그녀라면 얼마든지 그럴 수 있는데

다가……."

지난번에도 조용히 오지 않았었다. 모든 사람들 앞에서 강우를 '주인님!' 이라 부르며 소란을 피우지 않았던가?

그 상황이 강우의 머릿속으로도 스쳐지나간 것일까?

잠시 침묵하던 그가 노트북의 덮개를 덮으며 나직하니 읊조렸다.

"약간만 들도록 하죠."

유 실장은 행여나 강우의 마음이 바뀔까 서둘러 접대 테이블에 보자기를 풀기 시작했다. 아니나 다를까, 지난번보다 업그레이드 된 듯한 음식들이 그가 찬합을 내려놓을 때마다 각양각색 쏟아졌다.

"이거 참, 이게 다 주나 양이 만든……."

순간 유 실장이 입을 다물었다. 마치 못 볼 것이라도 본 양 두 눈을 크게 뜨다 이 일을 어찌할 바를 모르겠다는 듯 입만 벙긋거리자, 강우가 가까이 다가왔다.

"왜 그러십니까? 무슨 문제라도."

한데, 강우의 표정도 유 실장 못지않게 일그러지고 말았다. 남자치곤 부드러운 입매를 굳히다 이마엔 힘줄마저 솟는데 이에 유 실장은 더더욱 당황하고 말았다.

"저기, 사장님."

"아무 말 마십시오."

싸늘하게 중얼거린 강우가 찬합을 들어 올렸다. 그곳엔 여전히 따뜻한 김을 품어대는 잡곡밥 위로 노란 완두콩이 정성스레 박혀 있었다.

─헌신 ♡ 봉사─

강우는 보낸 이의 마음이 강력하게 느껴지는 도시락에 난생처음 밥을 던져버리고 싶은 충동을 느꼈다. 더불어 그 모기새끼를 쥐어짜고 싶은 욕구도.

아무리 노동 마인드가 투철하다고 한들 이건 좀 도가 지나치지 않은가? 더욱이 저 하트 무늬를 보니 속이 부글부글 달아올랐다. 무슨 사랑과 평화도 아니고 신성한 노동력의 상징이라는 건가?

강우는 평생 받아보지 못한 상상초월 러브 메시지에 날아가는 인내를 간신히 붙잡았다. 아무래도 월급을 주는 고용자로서 그녀에게 어느 정도의 충고는 해줘야 할 듯싶었다.

이런 강우의 곁에서 유 실장 또한 이러지도, 저러지도 못하고 있었다. 겉으로야 절대 내색하지 말아야 한다는 것을 알고 있으면서도 속으로는 자꾸 터져 나오는 웃음에 견딜 수가 없었다. 헌신과 봉사라니, 억대의 차용증까지 짊어진 어린 가사도우미의 발상이 너무도 깜찍하지 않은가?

"정말이지 주나 양은 앞으로 빚을 갚겠다는 의지가 투철한 거 같습니다."

가까스로 내뱉은 유 실장의 말에 강우가 냉랭하게 반응했다.

"⋯⋯재미있으십니까?"

묵묵히 입을 다문 유 실장을 쏘아보며 강우는 기다란 한숨을 내쉬었다. 매일 아침부터 오늘의 이 상황까지, 과연 그녀가 정상적인 방법으로 빚을 갚겠다는 의지가 있기는 한 건지 의심스러웠다.

그럼에도 그는 말없이 젓가락을 집어 들었다. 아직은 봐줄 만하니 이 정도에서 끝내기를, 강우의 날카로운 신경이 보이지 않는 모기새끼를 향해 경고하고 있었다.


그 시각, 헌신과 봉사를 모티브로 하는 사랑의 가사도우미는 수원댁을 도와 세탁물을 정리하고 있었다.

"어쩨 주인님 옷보다 저희 옷이 더 많은 거 같아요. 우리 주오가 옷을 자주 내놔서 그런가?"

"날이 따습다 보니 아이가 바깥놀이를 많이 해서 그렇지. 사장님 옷이야 거의 세탁소에 맡기기도 하고. 그나저나 곧 3월도 끝나 가는데 주오, 유치원에 보내야 하지 않아?"

"그야 그런데 아직 여유가 없어서요. 아시다시피 제가 좀 갚아야 할 빚이 많잖아요."

"어디 그게 아가씨 빚인가? 다 못난 아버지가 자식들에게 떠넘기고 간 탓이지. 어때, 아직 연락은 없는 거야?"

"네. 이사 오기 전에 집주인 할머님께 말씀드려놓긴 했는데."

아마도 쉽게 돌아오시긴 어려우실 것이다.

이를 아는 수원댁이 주나의 어깨를 토닥거렸다.

"힘내, 살다보면 좋은 일도 많으니까. 한창나이인데 뭐가 걱정이야?"

그런 그녀가 정갈하게 접은 옷들을 들고 자리에서 일어났다.

"어디 가세요?"

"사장님 방. 때마침 세탁소에 맡긴 옷들도 도착하고 해서 가서 정돈하려고."

"놔두세요, 제가 할게요. 팔도 아프신데 뭘 그런 것까지 하고 그러세요?"

"괜찮아. 이 정도쯤은 내가 할 수 있어."

"제가 해요. 이럴수록 더더욱 몸에 신경 쓰셔야죠."

주나가 재빨리 옷가지를 빼앗아 들더니 2층 계단으로 향했다.

"전부 드레스 룸에 넣어두면 되죠?"

"응. 어딘지는 알고 있지?"

"그럼요. 주인님 침실과 연결된 그곳 말씀이시잖아요."

주나는 얼마 전 청소하는 윤씨를 따라 딱 한 번 들어가 봤던 강우의 방을 기억하며 생긋 미소를 지었다. 주인을 닮아 깔끔하고 현대적이긴 하지만 무척이나 차가워 보였던 그곳은 침실이라기보다는 마치 침대가 놓인 사무실 같아 그녀의 마음에 썩 들지 않았다.

"이렇게나 넓은데 좀 꾸미고 사시지."

그녀는 예전 자신이 살던 집보다 짐짓 두 배는 돼 보이는 강우의 방 크기에 부러움으로 긴 숨을 토했다. 침실을 중심으로 서재, 욕실, 드레스 룸이 유기적으로 이어져 있는 이곳은 흡사 호화 호텔의 객실을 연상시켜 그녀를 더욱 초라하게 만들었다.

"그래봤자 대한민국이라는 땅덩어리에 사는 건 다 똑같으니까."

주나는 애써 자신을 다독이며 드레스 룸으로 걸어갔다. 셀 수 없을 만큼 많은 옷들 속에 슈트는 슈트끼리, 와이셔츠는 색에 맞춰 정리하고 나니 남은 옷가지들이 눈에 들어왔다.

"이건."

그 순간 그녀가 머뭇거리며 살포시 얼굴을 붉혔다. 차분한 색의 격자무늬와 원색의 삼각 브리프가 약간은 민망하게 그녀를 향해 있었던 것이다.

"흐음, 이런 무늬들을 즐겨 입으시는구나."

내심 부끄러움을 감추듯 중얼거리며 주나는 속옷이 든 서랍을 열었다. 이때, 그녀의 뇌리 속으로 문득 이런 생각이 떠올랐다.

"어차피 오늘 밤에 들어오시면 샤워하고 옷 갈아입지 않으시나?"

만약 그렇다면 굳이 이렇게 몽땅 정리할 필요는 없었다. 조금이라도 주인님의 수고를 덜어드리는 것이 그녀의 임무인 만큼 이 정도는 알아서 하는 센스를 발휘해도 나쁘진 않을 듯했다.

"부디 가정에서 즐기는 호텔식 서비스라고 여겨주세요."

그리 말하는 주나의 입가가 사악하니 위로 올라가고 있었다.


그날 밤, 강우는 웬일인지 코빼기도 보이지 않는 주나 대신 수원댁의 마중을 받으며 집 안으로 들어섰다.

'적어도 낮에 자기가 한 일이 있어 알아서 몸을 사리는 건가?'

그는 하루 새에 퇴색해버린 주나의 '헌신 러브 봉사'의 의미에 비웃음을 띠며 자신의 방으로 향했다. 어찌 됐건 피곤한 하루였기에 귀찮은 모기새끼보다는 얼른 뜨거운 물에 몸을 담그고 싶었다.

그렇게 넥타이를 풀며 방 안으로 들어섰을 때, 뭔가가 침대에 다소곳이 놓여 있는 것이 그의 눈에 보였다.

"이게 뭐지?"

강우가 의아심에 가까이 가보니 선물상자처럼 정성스레 끈으로 묶어놓은 작은 뭉치 위로 메모 한 장이 놓여 있었다.

-샤워 마치고 갈아입으세요.

그는 뜬금없는 샤워란 단어에 손가락으로 끈을 들어 올렸다. 그 순간 그의 인내심에 불이 들어오며 요란스레 경계경보가 울리기 시작했다.

"그 여자……."

오랜 시간 공을 들인 채 리본으로 장식까지 되어 있는 그것, 그것은 틀림없는 그의 속옷이었다!

\*

주나가 이 집에 가사도우미로 들어오며 작성한 '근로계약서'를 보면 이러한 조항이 명시되어 있었다.

－계약해지사유－

일명 1번부터 13번까지 그녀를 자를 수 있는 사유들이 나열되어 있는 것인데 이 조항을 살펴보면 고용인의 태만, 불성실 그리고 폭행 등 불미한 행위들에 의한 계약해지는 명시되어 있어도 과도한 성실이나 철저한 봉사정신 더욱이 끝도 없는 헌신 등에 대한 것은 언급되어진 바가 없었다.

"고로 날 자를 수 없다는 소리지."

오전 7시 10분.

오늘도 주나는 막 짜낸 신선초즙을 들고 2층 강우의 방으로 향했다.

어제 하루, 주인님인 그에게 헌신 러브 봉사라는 사랑의 도시락도 모자라 애정의 속옷 리본까지 2연타로 자신의 마음을 표현한 그녀였다. 덕분에 그가 어느 정도 감정을 드러낼 거라 여겼는데 의외로 강우는 아무런 반응도 보이지 않았고, 이는 은근히 주나의 부아를 부추겼다.

"뭐, 대응할 가치도 없다는 건가?"

하지만 상관없었다. 시작은 이제부터니까. 애당초 쉽게 돈을 갚을 생각은 처음부터 없지 않았던가?

"자격도 없는 사람에게 덥석 돈부터 내준 사람이야. 그 돈이 얼마나 무서운지 모르고 받은 아빠도 잘못이지만 돈의 쓰임새를 잘 아는 사람이 그리도 쉽게 빌려줬다는 사실이 더 화가 나. 그 남자는 아빠가 돈을 갚을 능력이 없다는 것을 충분히 알고 있었잖아?"

그랬기에 결심했다.

쉽게는 빌려주되 쉽사리 돌려받지는 못하게 하겠다고. 그 돈이 가족의 빚인 만큼 자신이 갚는 거야 당연하겠지만 그 또한 돈에 의한 고충은 알아야 공평하지 않겠는가?

"뿌린 대로 거두는 거지."

단, 한 가지 마음에 걸리는 것이 있다면.

"모스키토의 이름이 최강우라고 했지? 분명 최창만이 아니라고. 그렇다면 그 사람은 도대체 누구일까?"

성姓이 같은 것을 보면 아마도 인척이나 가까운 혈연관계인 듯했다. 하지만 차용증에 적힌 최창만 대신 왜 강우가 나서서 돈을 받으려 하는 건지 그건 여전히 의문이었다.

"내가 아직 모르는 뭔가가 있는 게 틀림없어. 그러니 좀 더 사정을 알 수 있었으면 좋겠는데."

문제는 최창만이란 사람에 대해 전혀 알려주지 않는 강우의 태도였다.

그녀가 이 집에 들어온 지 얼마 되지 않았을 때, 최창만에 대해 강우에게 물은 적이 있었다. 당시에 그는 '그걸 왜 당신이 알려고 하지?'라는 식으로 싸늘하게 반응했고 이에 주나는 더 이상 물을 엄두를 못 냈다.

"눈빛이 꼭 한겨울 폭풍 같았는걸? 흡사 얼려버릴 듯 차가웠어."

그때의 기억에 주나는 부르르 몸을 떨었다. 어찌 됐건 어제 일도 있고 하니 그를 만나기 전 가벼운 심호흡 정도는 해두는 게 정신건강에 나을 듯싶었다.

그때, 벌컥 문이 열리며 강우가 모습을 드러냈다.

"어! 안녕히 주무셨어요, 주인님!"

주나가 마치 아무 일도 없었다는 듯 쾌활하게 인사를 건네자 강우가 짙은 흑요석 같은 눈동자로 그녀를 내려다보았다.

이마 위로 단정하게 빗어 넘긴 머리에 희미하게 풍기는 코오롱 향. 그리고 한 치의 흐트러짐도 없는 매무새에 약간은 주눅이 들려는 찰라, 그가 손을 뻗더니 쟁반에 있던 녹즙 잔을 들어 올렸다. 그리곤 단숨에 들이켜는 것이 아닌가?

"저기……."

당황한 주나가 멀거니 그를 쳐다보았다.

'뭐지? 어제 일에 대한 잔소리를 할 줄 알았는데 웬일로 녹즙을!'

그녀가 반쯤 감은 눈으로 텅 빈 잔을 보고 있는데 강우가 등을 돌려 먼저 계단으로 내려갔다. 그 뒤를 따르며 주나는 의아심에 미간을 모았다.

'정말 뭐지? 이 예상치도 못한 행동은.'

그럼에도 소파로 가 앉는 강우에게 그녀는 태연한 어조로 물었다.

"커피 드릴까요?"

"아니, 됐어. 오늘은 아침식사를 하도록 하지."

"아침식사요?"

그 말에 주나가 두 눈을 휘둥그레 떴다.

해가 서쪽에서 떴나, 그녀가 온 이래 단 한 번도 아침식사는커녕 녹즙 한 컵도 마시지 않던 그가 스스로 자청해서 밥을 먹겠다고 하다니.

주나는 자꾸만 솟아나는 의심을 억누른 채 간만의 식사준비로 화색이 도는 수원댁을 도와 식탁을 차리기 시작했다.

이제 막 뜸을 들인 고슬고슬한 흑미밥에 살짝 부친 고추 호박전, 거기다 봄의 기운을 듬뿍 느낄 수 있는 나물무침과 뜨거운 김이 모락모락 나는 콩나물국을 그릇에 담자 불현듯 아쉬움이 밀려왔다.

'평상시라면 전부 우리 주오가 먹었을 진수식인데.'

그녀는 통통하게 살이 오른 굴비구이를 안타까운 눈빛으로 바라보다 우아하게 국을 떠넘기는 강우를 못마땅하니 쏘아보았다.

'왜 하필 오늘 밥을 먹는 거냐고?'

하지만 아무리 마음에 안 들어도 속마음은 결코 들키지 말아야 하는 법이었기에 그녀는 '당신의 식성은 곧 나의 기쁨!' 이란 표정으로 강우에게 물었다.

"어떠세요? 간은 입에 맞으세요?"

"당신의 음식 솜씨는 웬만한 종갓집 며느리보다 낫다고 호언장담한 걸로 아는데? 내가 기억하기론 오늘 시집가도 내일 바로 제사를 치를 만큼 손이 야무지다고 이야기했었지."

그 말에 주나가 어색한 미소를 지었다. 어쩜 그걸 토씨 하나 안 틀 릴 만큼 까칠하게 기억하고 있을까?

은근히 이마 위로 십자마크가 샘솟으려 하는데 그가 나직하게 덧 붙였다.

"맛있어. 누구라도 인정할 수밖에 없을 만큼 좋은 손맛이야. …… 도시락 역시도."

에? 금방 무슨?

주나는 생각지도 못한 강우의 칭찬에 그 자리에서 얼어붙고 말았 다. 저 모스키토가 지금 뭐라니? 손맛도 모자라 도시락까지.

"맛……있으셨다고요?"

그녀는 묵묵히 식사를 이어가는 강우를 보며 오만가지 생각을 떠 올렸다.

'어제 무슨 일이 있었나? 혹시 내 헌신 러브 봉사의 완두콩에 완전 감동 먹은 거 아니야? 그럼, 속옷은?' 이란 말은 차마 묻지 못한 채 주 나는 '다행이네요' 하며 생긋 웃었다. 도대체 무슨 꿍꿍이로 저러는 건지 몰랐지만 왠지 더 이상 알고 싶지 않았다.

이때, 집 안으로 들어온 유 실장이 강우를 향해 말을 건넸다.

"식사 중에 죄송합니다만, 내일 금융협의회를 대비한 간부회의가 있어 이만 출발하셔야 할 거 같습니다."

그 말에 강우가 자리에서 일어났다. 그러다 깜박했다는 듯 주나를 쳐다보았다.

"오늘 밤 집에서 간단한 가든파티를 할까 하는데, 그 준비를 부탁 해도 될까?"

"가든파티요?"

"그래. 친구 두세 명과 같이 저녁식사도 하면서 식후에는 조촐하게 와인을 즐길 생각이야. 그러니 괜찮다면 그 준비를 당신이 해줬으면 좋겠군."

"저기, 메뉴는?"

"당신 마음대로 해. 누구보다 사람의 입맛을 휘어잡는 기묘한 재주가 있는 사람이 아닌가?"

주나는 자연스럽게 칭찬의 말을 내뱉는 강우를 보며 그대로 가슴이 졸아들었다. 설마하니 내 채무변제 방법에 대해 눈치 챈 건 아닐까? 어제 일에 화를 내도 모자를 판에 웬 칭찬 작렬?

그녀가 당혹스러움에 미동도 못하고 있는데 유 실장이 밖으로 나가는 강우의 뒤를 따르며 주나에게 고개를 숙였다.

"여러모로 사장님을 챙겨주셔서 감사합니다, 주나 양."

그의 인사에 주나가 멋쩍게 턱을 기울였다. 챙겨주다니, 내가 뭘 어쨌기에? 기껏해야 염장용 도시락과 속옷에 리본 묶기 정도가 다였잖아?

그렇지만 이 와중에도 잘해보자는 생각이 들었다.

"그래, 어차피 이 집에 가사도우미로 들어왔는데 몸을 바치고 마음을 비춰 열심히 일해야 하지 않겠어? 적어도 과하다는 소리는 들어도 모자라다는 말은 듣지 말아야지. 정당하게 일하고 신성한 노동의 대가를 받는 이것도 엄연한 직업이니까."

그녀는 이왕지사 이렇게 된 거 완벽하게 준비하자 열의를 불태우며 두 주먹을 불끈 쥐었다. 다짐하건대 저 모스키토에게 한 번 더 '잘

했다'는 말을 듣고 말 터였다!

이런 그녀의 뒤에서 수원댁이 낮게 한숨을 내쉬었다.

"사장님이 잊고 계시나? 그러실 분이 아닌데."

"뭐가요?"

"아니, 내가 오늘 우리 남편이랑 같이 수원에 사는 아들을 보러 간다고 진즉에 말씀드렸거든. 그런데 저리 가든파티를 한다고 하시면."

수원댁이 난감하다는 듯 미간을 찡그렸다.

"일부러 아가씨 힘들지 않게 급한 일도 다 처리해놓고 저녁 찬거리도 주문해놨는데."

주나는 요 며칠 아픈 몸을 이끌고도 유난히 분주하게 움직이던 수원댁이 떠올라 조심스럽게 말을 건넸다.

"그냥 다녀오시면 안 될까요? 어차피 제게 준비하라고 하셨고."

"그래도 아가씨 혼자서 어떻게 해. 한 번도 해본 적도 없으면서."

"할 수 있어요. 비교가 될지는 모르겠지만 저희 아빠 생신 때마다 제가 동네 분들 모셔다가 음식 대접하고 그랬거든요."

그래봤자, 간단한 잡채에 부침개 정도였지만.

"저 혼자서 해볼게요. 너무 걱정 마시고 다녀오세요. 잘 모르겠으면 전화해서 여쭤보면 되잖아요?"

주나의 말에 수원댁이 잠시 고민하는 듯 주름진 눈을 깜박였다. 아무리 그녀의 일솜씨가 훌륭하다 한들 이제 이 집안에 들어온 지 일주일밖에 되지 않았는데, 괜찮을까?

"사장님께 전화 좀 드려보고. 아마 허락 안 하실 거 같긴 한데, 어떠시련지."

그즈음, 본가에서 걸려온 전화를 받으며 유 실장은 뒷좌석에 있는
강우에게 물었다.

"사장님, 수원댁 전화입니다. 오늘 윤씨와 함께 미리 휴가를 신청
했는데 다녀와도 되겠냐고."

"다녀오라고 하십시오."

"그렇지만……."

"정당한 요구 아닙니까? 그동안 몸이 불편하신데도 제대로 쉬지도
못하셨고, 가셨다가 내일 오후 늦게나 돌아오라고 전해주십시오."

그 말에 유 실장이 당혹스러운 눈빛을 띠었다. 그러나 이내 수원댁
에게 강우의 말을 전하고 전화를 끊었다.

"괜찮으시겠습니까?"

잠시 후, 조심스러운 유 실장의 질문에 강우가 나직이 되물었다.

"뭐가 말입니까?"

"저녁에 손님을 초대하신다고."

"아, 그거 말인가요?"

강우가 살짝 입술을 들어 올리더니 느긋하게 가죽시트로 몸을 기
댔다.

"그녀 혼자서 충분할 테죠. 헌신과 봉사로 집대성된 가사도우미인
데 그것 하나 제대로 못 해내서야 되겠습니까?"

헌신과 봉사의 가사도우미라니, 결국 그녀의 과도한 노동 마인드
가 저분의 심기를 건드린 걸까?

유 실장은 어쩐지 속뜻이 내포된 듯한 강우의 말에 염려하듯 이야기를 꺼냈다.

"그러지 마시고, 수원댁 대신 일할 수 있는 사람을 본가에 보내시면 어떠시겠습니까? 아직 어린 그녀가 손님들을 대접하기에는 어려워 보입니다만."

하지만 바로 돌아온 싸늘한 응답에 유 실장은 괜한 말을 했다 싶었다.

"고용자가 정당한 보수를 지급하는데 있어 굳이 고용인의 처지를 배려할 필요는 없습니다. 더욱이 지금 이 상황도 충분히 자비에 가까운 거 같은데요."

"그건 그렇지만, 고용자로서의 인정이라는 것도."

"그건 그녀가 일억이라는 빚을 진 채무자가 아니었을 때의 얘기입니다. 채권자로서 전 아직 원금은커녕 이자도 받지 못하고 있고 더욱이 그녀의 일자리마저 마련해주었으니 이 정도면 충분히 자원봉사와 다름없다는 생각이 드는데요?"

말을 마친 그가 냉담한 눈초리로 유 실장을 쏘아보았다.

"때로는 사람을 다루는 데 있어 상대하는 이가 어떤 인물인지 알려주는 것도 중요한 법입니다. 그건 누구보다도 유 실장님이 더 잘 알고 계실 텐데요?"

그 말에 유 실장이 입을 다물었다. 상대하는 사람이 어떤 인물이라······.

'잘 알고 있지요. 당신이 어떤 분이신지 제가 어떻게 모를 수 있겠습니까?'

다만, 그는 오래전 자신을 향해 해맑게 웃던 어린 소년을 기억하고 있었다. 그리고 그때의 그 아이를 기억하는 건 무릇 자신만이 아님도 알고 있었다.

"건방지게 윙윙거리는 모기새끼를 잡는 건 구태여 죽이는 방법만 있는 게 아닙니다. 내려쳐도 쥐어짜도 죽지 않을 만큼만 괴롭히는 것, 그게 동물의 습성인 거죠."

섬뜩하게 중얼거린 강우가 차창 밖으로 고개를 돌렸다. 오늘 저녁, 그녀는 과연 어떤 반응을 보일까?

그는 자신도 모르게 입가가 올라가는 것을 느끼며 지그시 눈을 감았다. 귀찮은 모기새끼를 가볍게 건드리는 것이 생각보다 그를 기대하게 만들고 있다니, 의외였다.

'물론 그 즐거움이 어디까지 갈지는 지켜봐야 되겠지만.'

강우의 얼굴 위로 묘한 웃음이 희미하게 돋아나고 있었다.

## 4. 처녀의 가격

"누나, 누나! 이것 좀 봐. 나, 너무 잘했지?

주나는 얇게 저민 토마토 위에 바질 잎사귀를 올려놓고 신이 난 듯 외치는 주오를 보며 환하게 웃었다.

"우아, 이거 우리 주오가 만든 거야? 정말 멋진 카나페인 걸?"

"진짜? 그럼……."

주오가 쑥스러운 듯 몸을 비비 꼬더니 반짝거리는 눈동자로 주나를 올려다보았다.

"주인님이 좋아하실까? 주오가 만든 건데 맛있게 드셔주실까?"

그 말에 주나의 표정이 굳어졌다. 아무리 자신이 한 말을 똑같이 따라 한다 하지만 저 자연스럽게 나오는 주인님 소리는.

"주오야, 주오는 주인님이 그렇게 좋아? 한 번도 너한테 아는 척도 안 해주시는데?"

"응, 좋아."

"왜?"

"그야, 우리를 멋진 집에서 살게 해주시고 맛있는 음식도 잔뜩 먹게 해주시니까. 그리고 주오가 정원에서 시끄럽게 놀아도 뭐라고 안하시는걸?"

그거야 그 시간에는 집에 없으니까 그렇지. 게다가 집과 음식이라니, 완전 일용할 양식을 주시는 하느님이 따로 없다.

주나가 불만스러움에 입술을 이죽거리고 있는데 주오가 한술 더 떠 이야기했다.

"주오는 주인님이 참 좋아. 뽀로로보다 더."

"뽀로로보다 더?"

그렇다면 엄청 좋은 모양이다. 아이들의 신이라고 불리는 뽀로로님과 그 모스키토를 동격화하다니.

'아니면 기껏 펭귄이랑 비교당한 거거나.'

그녀는 천진한 동생의 표현에 가식적인 미소를 띠며 뒤돌아 참치살을 식칼로 힘껏 내리쳤다.

'정작 그 뽀로로님과 친구인 주인님은 우리 주오한테 눈길 한 번안 주시더고만. 아니, 그걸 떠나 왜 아직 돌아오시지 않는 거야?'

벌써 밤 9시가 가까운 시각이었다.

주방 한편에는 이미 반 정도 조리를 마친 음식들이 수북이 쌓여 있었고 신선도를 유지해야 하는 재료들은 미리 손질만 해놔 그 자리에서 바로 만들 수 있도록 준비해두었다. 덕분에 언제, 어느 때고 들어와도 당황하지 않을 만큼 대비는 다 해뒀지만 그래도 이건 너무 늦지않은가?

"보통 가든파티라고 하면 해 질 무렵 정도에 시작해서 밤늦기 전에 끝나는 거라고 되어 있었는데."

주나는 늘 애용하는 만인의 검색 프로그램에서 '가든파티는 늦봄과 초여름에 오후 3시에서 4시 경에 여는 것이 통례'라는 말을 떠올리며 테라스에 놓인 엔틱 테이블을 바라보았다. 그곳엔 다소 서늘한 바람에 하늘거리는 식탁보 위로 각가지 봄꽃들이 소박하게 장식되어 있었다.

오늘 오후, 그녀는 주오와 함께 정원에 핀 개나리며 목련, 진달래 등을 잘라 리본까지 묶은 작은 꽃다발을 만들었다. 오는 손님들이 음식을 먹으며 즐길 수 있도록 사람 수만큼 준비해놓고 그 향기 느끼시라 가는 길에 선물로 주고자 두 남매가 얼마나 바빴던가?

'그러니 시들기 전에 꼭 오셨으면 좋겠는데.'

그녀는 지금 이 심정이 마치 드라마 속 무심한 남편을 기다리는 마누라 같다고 여기며 힐끔 전화기를 쳐다보았다. 고용인 주제에 이런 말하긴 뭐하지만 적어도 늦는다면 전화 한 통 해주는 게 예의 아닌가?

주나가 점점 흘러가는 시간에 부아가 돋으려는 찰라 주오가 눈을 비비며 다가왔다.

"누나, 주인님은 아직이야?"

"왜, 주오 졸리니?"

"응. 하지만 참을 수 있어."

허나 말과는 달리 크게 하품을 하는 주오의 모습에 주나는 동생을 데리고 소파로 향했다.

"잠깐만 자고 있어. 급한 일 끝났으니까 누나가 옆에 있어 줄게."

"그렇지만 주인님한테 내가 만든 과자를 보여드리고 싶단 말이야. 아까 누나랑 같이 구운 뽀로로 쿠키도 있고."

"주인님 돌아오시면 누나가 깨워주면 되잖아? 그러니까 걱정 말고 얼른 자."

주나가 주오를 눕혀 무릎 위로 얼굴을 받히자 아이가 불만스럽다는 듯 입술을 뚜웅 내밀었다.

"치, 나 하나도 안 졸린데."

"거짓말. 눈이 반쯤 감겼으면서. 그러지 말고 누나가 자장가 불러줄까? 우리 주오 자장가 좋아하잖아."

"이젠 그런 거 필요 없다, 뭐. 주오, 아기 아니란 말이야."

그럼에도 그녀의 손을 끌어다가 뺨 위에 올려놓는 주오의 행동에 주나는 옅은 미소를 지었다.

자신보다는 한참 어린 천사 같은 아이였다. 비록 한배에서 태어나진 않았지만 돌아가신 엄마가 보내주신 또 하나의 선물이라 여기며 오랜 시간 동안 애지중지해왔다.

그랬기에 주나는 어려서 엄마가 그러했듯 주오의 볼을 쓰다듬으며 조용히 노래를 흥얼거리기 시작했다.

"노는 게 제일 좋아. 친구들 모여라. 언제나 즐거워. 개구쟁이 뽀로로."

그녀는 도통 자장가와는 어울리지 않는 뽀로로 주제가를 바이브레이션이 섞인 감성적인 목소리로 부르며 주오의 얼굴을 자세히 살펴보았다.

'눈은 날 닮고 입술은 새엄마를 빼닮았으며 톡 튀어나온 이마는 아빠를 닮은 게……. 그러고 보니 아빠는 지금쯤 어디서 뭘 하고 계실까?

주나는 새삼 떠오르는 만복의 기억에 이맛살을 찌푸렸다. 대체 자식들은 궁금하지도 않은지, 그는 정말로 정봉사가 되기로 작정한 듯했다.

"아무리 그래봤자 그 사람도 쉽게 포기할 거 같지 않던데."

그녀는 만복을 사기꾼이라 부르며 피해를 당한 건 오히려 이쪽이라 주장하던 강우의 말이 되살아나 긴 한숨을 내쉬었다. 제발 부탁인데, 아빠가 빨리 나타나 이 모든 오해를 풀고 자신을 보는 그의 시선이 달라졌으면 좋겠다.

불현듯 주나는 자기가 강우의 눈길을 신경 쓴다는 사실에 깜짝 놀랐다. 불과 얼마 전까지만 해도 그가 자신을 어떻게 보든, 말든 아빠를 사기꾼이라고 하는 것에 대해서만 분개했는데 이제는 '나'를 보는 것도 중요해졌다.

"하긴, 매일 얼굴을 마주하기도 하고 더욱이 내 음식이 맛있다고 해줬으니까."

주나는 절대 그의 칭찬에 기분 좋아 줏대 없이 흔들리는 것은 아니라고 여기며 잠든 주오의 뺨을 툭하니 건드렸다. 왜 얼굴이 화끈거리는 건지는 몰랐지만, 자기도 모스키토인 주제에 모기새끼라 부르고 안하무인 성격이면서도 그들을 받아준 강우가 약간은 고마웠다. 그래, 조금은 잘해주고 싶을 만큼.

"뭐, 속옷에 리본까지 모르는 척 해줬잖아?"

그렇게 강우에 대해 이런저런 생각을 하며 멍하니 있었다 싶었는데, 누군가가 어깨를 흔드는 느낌이 들었다.

"누구?"

순간 주나는 화들짝 놀라 주오가 깨지 않게끔 서둘러 일어났다. 강우가 바로 눈앞에서 그녀를 내려다보고 있었던 것이다.

"언제 오셨어요?"

"방금."

"방금?"

그의 말에 주위를 둘러보니 사람의 흔적은 아무도 없었다.

"저기, 손님들은요?"

"손님?"

"그러니까 오늘 가든파티를 여신다고."

"이 시각에 말인가?"

그 말에 주나가 벽에 걸린 시계를 보니, 이게 웬일인가? 바늘이 정확히 11시를 가리키고 있었다.

"설마 내가 깜박 잠이 들었던 거야?"

그녀가 황당함에 쩍 하니 입을 벌리고 있는데 강우가 차가운 어조로 중얼거렸다.

"미안하지만 오늘 가든파티는 취소야. 진즉에 연락했어야 했는데 바빠서 잊고 있었군."

"취소라고요?"

주나는 예상치도 못한 상황에 멀거니 그를 쳐다보았다. 이렇게나 준비해놨는데 이제 와서 취소라니.

"으레 있을 수 있는 일이야. 미리 시간을 빼놓는다 하더라도 중요한 일이 터지면 그런 하찮은 일 따윈 얼마든지 뒤로 물러날 수 있는 법이지."

하찮은 일이라니…….

주나가 그의 말에 얼굴을 굳혔다. 그런 하찮은 일 때문에 자신과 주오는 온종일 뛰어다녔는데, 행여나 '부탁' 받은 거에 대해 실수하진 않을까 진심으로 준비하고 기다렸는데.

그녀는 예쁘게 세팅된 테이블과 맛있게 조리된 음식 그리고 지쳐 소파에 잠든 동생을 보며 입술을 깨물었다. 이럴 줄 알았더라면 그렇게 들떠 하루를 보내진 않았을 텐데.

왠지 모를 실망감에 한숨을 내리쉬고 있는데 강우가 무심하니 말을 이었다.

"앞으로도 종종 이런 일이 일어날 거야. 그러니 만약의 경우를 대비해 당신도 마음의 준비를 해두는 게 좋겠지. 누가 뭐래도 난 당신의 고용자이자 채권자고."

그가 어두운 눈을 빛내며 날카롭게 주나를 쳐다보았다.

"당신은 헌신과 봉사의 가사도우미니까. 내 말, 알겠나?"

그리 매정하게 사라지는 강우의 뒷모습에 주나는 비로소 그의 의도를 알아차렸다.

오늘 하루 이어진 그의 어울리지 않는 행동들과 과분한 칭찬 게다가 부탁 운운하던 것은 바로 어제 일에 대한 응징이라는 것을.

*

여느 때와 똑같은 아침이었다.

살짝 벌어진 커튼 사이로는 신선한 바람이 불어오고 있었고 저 너머 하늘 끝에선 새벽 여명이 강하게 밝아오고 있었다.

강우는 아직 7시도 안 된 이른 시각이지만 이미 다 출근 준비를 마친 채 창가로 다가갔다. 바람결에 흩날리는 결 좋은 머리카락을 쓸어 넘긴 채 가슴 깊이 공기를 들이마시자 시원함이 온몸 가득 느껴졌다.

"이건?"

문득 그는 낮은 탁자 위에 놓여 있는 개나리 가지에 희미하니 미간을 찡그렸다. 어젯밤엔 미처 못 본 듯한 그것은 리본까지 묶인 채 물이 담긴 꽃병에 꽂혀 있었다.

강우는 찬찬히 손을 뻗어 마치 향기라도 맡듯 가지를 코끝에 가져갔다. 오래전 읽은 책에 의하면 이 꽃의 꽃말은 '희망'이라고 했다. 분명 매서운 겨울을 이겨내고 봄을 알린다는 뜻에서 그리 말하는 거겠지만, 그로서는 영악한 가사도우미가 자신을 좌지우지할 수 있다는 쓸데없는 바람을 뜻하는 듯해 우습기까지 했다.

"이제 그만 그 희망을 거두지 않으면 앞으로도 계속 내리눌림을 당할 텐데."

강우는 창밖으로 개나리 가지를 내던지며 입가를 활처럼 휘었다. 과연 그의 조치가 효과가 있는지는 잠시 후면 알게 될 터였다.

그렇게 문을 열고 밖으로 나간 강우는 말없이 한쪽 눈썹을 치켜떴다. 예상대로라면 서너 차례는 더 괴롭혀줘야 얌전할 거 같았던 가사도우미가 코빼기조차 보이지 않았던 것이다.

그는 의외로 마음이 심약한 주나에게 보이지 않는 조소를 날리며 차분한 걸음걸이로 1층으로 향했다. 거실 소파에 앉아 기다란 다리를 꼬고 스마트패드를 실행시키자 그제야 주나가 나타나 커피잔을 내려 놓았다.

"저기, 아침식사는?"

"됐어. 커피만 마시고 나가도록 하지."

그 말에 주나가 고개를 끄덕이며 주방으로 사라졌다. 그 모습을 바라보며 강우는 느긋하게 잔을 들어 올렸다.

이제야 모든 게 제자리에 돌아온 듯했다. 팽팽한 신경전 없이 평온하게 커피를 마실 수 있는 이 순간이 그에게는 실로 오랜만에 느껴보는 평화였다.

역시 귀찮더라도 다소간의 강경책은 필요하다고 여기며 강우는 진한 커피 향을 음미하듯 가만히 눈을 감았다. 이제부터는 시끄러운 모기새끼의 윙윙거림에 신경 안 써도 되니 스트레스 하나가 줄어든 셈이었다.

얼마 후, 유 실장이 들어와 그에게 출근 시간을 알렸다.

"사장님, 시간 다 되셨습니다. 이만 나가시죠."

그러자 주나가 기다렸다는 듯 다시 나타나 강우의 뒤를 따랐다.

"배웅하지 않아도 좋아."

"그렇지만……."

담담한 강우의 말에 머뭇거리던 그녀가 이내 예의 바른 태도로 고개를 숙였다.

"안녕히 다녀오세요."

그리곤 그의 말을 따르듯 꼼짝도 하지 않자 이 모습을 본 유 실장이 뭔가를 말하고 싶은 듯 입을 열었다. 허나, 아무 말도 하지 못한 채 그대로 강우의 뒤를 쫓았다.

"오늘 스케줄은?"

"9시까지 금융협의회가 열리는 월드호텔로 가실 예정입니다. 그곳에서 회의와 함께 오찬을 즐기신 후 1시에 본사에 도착, 업무를 보시고 4시부터는 기관별 미팅 그리고 오후 6시에는 MS그룹의 지무혁 이사님과 저녁 약속이 되어 있으십니다."

침착한 유 실장의 말을 들으며 강우는 테라스에 있는 테이블을 스쳐지나갔다. 자신의 방에 있었던 것과 같은 꽃다발이 이제는 시들어버린 채 초라하게 놓여 있었지만 별 감흥이 느껴지지 않았다. 어차피 이것 또한 그녀의 몫일 테니까.


"안녕하십니까, 사장님."

"안녕하세요."

태신금융그룹의 본사가 있는 TS빌딩 로비.

강우는 여기저기서 들려오는 인사말을 한 귀로 흘려들으며 여러 무리의 사람들과 라운지를 거쳐 지나갔다.

무슨 안 좋은 일이라도 있었던 걸까? 유난히 표정이 굳은 그가 엘리베이터 앞에 멈춰 서더니 주위를 에워싼 이들을 향해 냉랭하게 입을 열었다.

"오늘 금융협의회에서 어떤 의제가 오갔는지는 이미 들어서 알고 있겠죠? 그러니 각자 해결방안을 찾아 미팅 30분 전까지 보고서로 올리도록 하십시오."

그리곤 엘리베이터에 올라타자 함께 탄 유 실장이 조심스럽게 말을 건넸다.

"피곤하십니까?"

"……아니요. 아직 일과의 절반도 끝나지 않았는데 그럴 리가 있겠습니까?"

그러나 피곤하다고 해도 티를 내서는 안 되는 게 그의 위치였기에 강우는 조금은 날카로워진 신경을 억누르듯 주름진 미간을 매만졌다.

솔직한 심정으로 좀 전의 회의 내용이 영 마음에 들지 않았다. 지금의 경제사정과 역행하는 듯한 나이 든 임원들의 발언도 그렇고, 이를 묵묵히 듣고만 있는 신진 은행가들 역시도 그의 인내를 자극했다. 그랬기에 감정이 더 드러났을지도 모르겠다.

"돈의 가치가 점점 떨어지는 시대입니다. 이제까지처럼 소극적인 태도로는 앞으로 국내 은행들은 살아남기 힘들 정도죠. 어디 그뿐입니까? 외국계 은행과 제2, 제3금융권들의 두각 게다가 정부의 노골적인 개입까지, 은행이라고 망하지 말라는 법이 있겠습니까?"

처음부터 이 길을 보고 뛰어든 건 아니었다. 다만, 시작한 이상 대한민국 1위가 아니라면 그만두겠다는 생각으로 가업을 이어받았고 그렇게 되기 위해 노력하고 있었다. 하지만 과연 자신의 대에서 이룰 수 있기는 한 걸까?

"우리 태신금융그룹을 여기까지 이끌고 오신 건 사장님이십니다. 기껏해야 사채업이란 소리를 들으며 모든 기관의 멸시를 받던 이곳을 당당한 금융권으로 만드신 건 결코 아무나 할 수 있는 일은 아니지요."

"유 실장님이 더 잘 알고 계시겠지만 그건 제가 한 일이 아닙니다. 그저 전 집안에서 물려준 주식을 바탕으로 사장자리에 올랐을 뿐이고 여전히 원로 주주들에게는 아무것도 모르는 한낱 애송이에 불과하니까요."

허나 그 애송이가 매년 최고의 실적을 올리고 있으며 그로 인해 그룹 총자산과 자기자본순이익율 그리고 총자산이익률이 최고조에 달하고 있다는 것은 이 바닥 사람이라면 누구나 알 터였다.

"사장님께서 생각하시는 목표가 무엇이든 간에 아마 모두들 흡족해하고 계실 겁니다. 그러니 너무 조급해하지 마십시오."

부드러운 유 실장의 말에 강우가 낮게 눈을 내리깔았다.

"글쎄요, 저는 잘 모르겠군요. 그러기엔 나아갈 길이 아직 많이 남아서 말입니다."

강우는 열린 문 사이로 발을 디디며 똑바로 앞을 응시했다. 어찌 됐건 나약한 인간처럼 다른 사람들에게 휘둘릴 마음은 추호도 없었다.

그렇게 강한 걸음걸이로 복도를 지나 사장실로 들어섰을 때, 갑자기 비서실의 직원들이 나와 환대하며 그를 맞았다.

"어서 오십시오, 사장님."

"어서 오세요."

그는 이상할 정도로 반기는 비서들을 보며 의아함에 눈살을 찌푸렸다. 대관절 저 사람들이 왜 저러는 거지?

도통 알 수 없는 상황에 입가마저 굳고 있는데 직원들이 너도나도 나서서 인사를 건네기 시작했다.

"준비해주신 점심 맛있게 먹었습니다. 덕분에 간만에 포식한 거 같아요."

"그러게요. 친히 이렇게 음식까지 보내주시고. 저, 정말로 감동했어요."

그 말에 강우는 더더욱 알 수 없는 미궁에 빠졌다. 점심, 음식? 그게 대체 무슨 소리지?

그때, 낯익은 음성이 그의 귓가를 때렸다.

"어제 남은 음식들 모두 이곳 비서실 직원분들께 대접해드렸답니다. 하나도 손대지 않고 그대로인 음식들이 많아 무척이나 곤란했었는데 다들 어찌나 맛있게 드셔주시는지. 역시 주인님 말씀대로 저의 손맛은 사람을 휘어잡는 기묘한 재주가 있는 모양입니다."

주인님?

그제야 강우가 신경을 건드리는 익숙한 단어에 휙 하니 고개를 돌렸다. 아니나 다를까, 그곳에는 어느 외국 영화에서나 봤음 직한 검은 원피스에 레이스 머리띠를 한 메이드 복장의 주나가 그를 향해 해맑게 웃고 서 있었다.


흡사 폭풍전야暴風前夜와 같았다.

커다란 태풍이 몰려오기 전에는 반드시 숨이 막힐 듯한 고요와 적막이 흐르는 것처럼, 지금 태신금융그룹 비서실 안에는 이내 닥칠 무시무시한 상황과 빤히 보이는 결과로 인해 그 누구 하나 숨조차 제대로 쉬지 못하고 있었다.

"왜 그러시죠, 주인님? 제가 무슨 잘못이라도 저질렀나요?"

마치 어둠이 오기 전 마지막으로 찬란히 비치는 햇살처럼 순진하게 묻는 주나에게 강우는 아무 말도 하지 않았다. 그저 뒤에서 죽은 듯이 서 있는 유 실장을 향해 나직이 질문을 던졌을 뿐.

"그녀가 어떻게 이곳에 들어왔는지 설명해주실 수 있으시겠습니까?"

엄중하기까지 한 강우의 말에 유 실장이 난처한 표정을 지어보였다. 어떻게 들어왔어라, 확실히 그건 본인의 언질 때문이겠지만.

주나가 이 본사 건물에 처음으로 도시락을 들고 찾아왔을 때, 유 실장은 경비원들에게 직접 말한 바가 있었다.

[앞으로 저희 회사에 자주 오시게 될 분입니다. 행여 제가 없을 때 찾아오시더라도 그냥 들여보내주십시오.]

그뿐만이 아니었다. 강우의 사무실로 들어가기 전 친히 비서진들에게 소개까지 시켜줬으며 돌아가는 주나를 붙잡고 종종 방문해달라 부탁도 했었다.

'물론 이런 식으로 오실 줄은 상상도 못하고 한 일이었지만.'

유 실장은 오래전 유럽 대저택의 고용인처럼 하얀 에이프런마저 두른 주나를 난감하게 바라보다 자신의 책상에 놓여 있는 도시락을 곁눈질했다.

연어샐러드에 닭가슴살구이, 과일그라탱 게다가 어라! 카나페까지?

'결국 어제 가든파티에 대한 결말이 이겁니까?'

그는 길게 한숨이 나오려는 것을 간신히 참으며 지난밤 강우의 행동을 떠올렸다. 생전 가든파티라곤 일 년에 한 번 할까, 말까 하시던 분이 뜬금없이 파티 이야기를 꺼내 이상하다고 여기긴 했었다. 더욱이 느지막이 일을 끝내는 모습에 대략 의도 또한 짐작했었지만.

'설마 그 결과가 이런 식으로 나타났을 줄이야.'

유 실장은 이마에 팔자를 그리며 강우를 향해 고개를 숙였다.

"죄송합니다. 이건 전부 제가……."

"전 그저 주인님 말씀대로 따른 것뿐이에요."

뜬금없이 주나가 끼어들더니 유 실장의 말을 가로막았다.

"주인님이 그러셨잖아요? 만약의 경우를 대비해 마음의 준비를 하라고."

그녀가 큼지막이 두 눈을 뜨더니 애처롭게 고개를 기울였다.

"전 이렇게 많은 음식들을 처리해본 적도 없고 그렇다고 주인님께서 힘들게 벌어 오신 돈으로 준비한 것들을 전부 버릴 만큼 낭비하는 습관도 없답니다. 그러니 심사숙고하여 마음이 시키는 대로 모두가 나눠먹는 수밖에요."

'한데 그게 잘못인가요?' 라는 식의 주나의 말투에 유 실장은 끝끝내 참으려 했던 긴 숨을 토하고 말았다. 그럼요, 잘못이지요. 특히나 그런 옷을 입고 이곳에 찾아왔을 때는.

그러나 곧 이어진 그녀의 말에 그는 머리마저 감싸 쥐고 말았다.

"어찌 됐건 전 몸을 바치고 마음을 비춰 일하는 헌신과 봉사의 가사도우미니까요."

아니나 다를까, 그때까지 묵묵히 듣고만 있던 강우가 거칠게 주나의 손을 움켜잡았다. 그리곤 그대로 사장실 안으로 사라졌다.

쾅!

커다랗게 울려 퍼지는 문소리를 들으며 유 실장은 재빨리 비서들을 둘러보았다.

"다들 어떻게 해야 하는지는 알고 있겠지요?"

순간 모두들 약속이나 한 듯 동시에 밖으로 나갔다. 다행히 그가 오랫동안 가르쳤던 사람들인 만큼 이 일이 외부로 새어나가는 일은 없겠지만.

'과연 사장님이 어찌하실지.'

기어코 수위를 넘어버린 주나에 대한 걱정으로 유 실장은 차마 자리를 떠나지 못한 채 굳게 닫힌 문만 바라보고 있었다.

*

처음이었다.

최강우, 그가 여자에게 아니 다른 사람에게 이런 식으로 감정을 드러낸 건.

"대체 당신이 원하는 게 뭐지? 돈을 벌고 싶은 건가 아니면 빚을 갚고 싶은 건가? 그것도 아니라면 날 열 받게 하는 게 목적이야?"

그는 당장이라도 목을 조르고 싶을 만큼 다소곳이 손을 모으고 있는 주나를 보며 계속해서 말을 이었다.

"아무리 생각해봐도 당신의 이런 행동은 날 화나게 하고 싶다는 것으로 밖에 보이지 않는데, 내 말이 맞는 건가?"

하지만 여전히 묵묵부답인 주나의 태도가 강우의 신경을 더욱 건드렸다.

"잊었는지 모르겠지만 난 당신의 채권자일 뿐만 아니라 고용자이기도 해. 내가 원하지 않으면 자르면 그만인 거지. 설마하니 그걸 노리고 이러는 건 아니겠지?"

그제야 주나가 무슨 소리냐는 듯 입을 열었다.

"당연하죠. 제가 어떻게 해서 얻은 일자리인데요."

"그럼, 그 옷은 뭐지? 취미인가?"

"아니요, 이것도 일이에요."

"일?"

"네. 부업이요. 제 뒷조사를 해보셨으니 아실 텐데요? 부업으로 제가 옷 만드는 일을 하고 있다는 걸."

그 말에 강우는 주나가 집으로 왔던 첫날 유 실장이 했던 말을 떠올렸다.

[정주나 양, 올해 스물세 살로 백합여고를 졸업한 후 명성여대에 들어갔으나 가정 형편상 1학년 1학기만 마치고 휴학하였습니다. 현재는 전공을 살려 중소업체에서 프리랜서로 의상디자인을 해주고 있으며 간혹 아는 사람들의 부탁으로 옷을 만드는 일을 하고 있다고 합니다.]

"그 옷을 만든다는 게……."

"네, 바로 이런 옷을 만들어요. 혹시 코스튬 플레이라고 아세요?"

"Costume play?"

알고 있다.

만화나 게임 속 주인공들의 의상을 모방하는 것으로 기업 차원에서 게임업체 몇 곳을 후원하고 있는 강우였기에 그 또한 홍보용 캐릭터 의상을 입은 모델들을 본 적이 있었다. 다만, 이 여자가 그런 취미를 가지고 있었다니.

"왜요? 생각해보세요. 원금만 1억 156만 2210원에 월 200만 원 가까이 되는 이자를 갚아야 해요. 그런 제가 가사도우미로 받는 월급만으로 생활이 가능할 리가 없잖아요?"

주나가 눈에 거슬릴 정도로 커다란 레이스가 달린 에이프런을 뒤적거리더니 이내 뭔가를 꺼내 내밀었다.

"얼마 전에 작성한 근로계약서예요. 여기 어딜 봐도 근로자가 업무 외의 시간에 다른 일을 하는 것을 금지하는 조항은 없죠? 그러니 아무 문제없다는 거죠."

"아무 문제없다라."

불현듯 강우가 비웃음을 띤 채 단도직입적으로 물었다.

"당신의 이런 행동이 과연 1억 156만 2210원의 빚을 지고 있는 채무자의 자세라고 여기는 건가? 아니면, 내게 애걸복걸해 가사도우미로 취직한 고용자의 태도라고 생각하는 거야?"

그가 싸늘하게 내뱉더니 주나 가까이로 다가갔다.

"잘 모르나 본데, 당신이 날 대하는 태도는 마치 원수를 보는 것과 같아. 빤히 갚을 능력이 없는 당신 아버지에게 돈을 빌려주고 잠적하게 만들어버린 내가 싫은 거지. 내 말이 틀린가?"

그의 다그침에 주나가 입을 다물었다.

"그건······."

"이거야 참, 그야말로 원수문서가 따로 없군. 나도 모르는 새에 귀찮은 모기새끼 한 마리가 일억이란 차용증을 빌미로 내게 이를 갈다니."

강우가 어이없다는 듯 헛웃음을 토하더니 단호한 눈길로 주나를 응시했다.

"좋아, 정주나 양. 이제 그만 끝내도록 하지. 오늘부로 당신은 해고야."

그 말에 주나가 말도 안 된다는 듯 큰 소리를 내질렀다.

"왜요? 제가 뭘 잘못했는데요?"

"그걸 지금 몰라서 묻는 건가? 지난번의 도시락부터 오늘의 이 행태까지, 내가 하나하나 집어주길 바라는 건 아니겠지?"

"그야······."

다소 행동이 과했다는 건 인정한다. 게다가 그 의도 역시도 다분히 그의 염장지르기였다는 것도.

"그렇지만 전 단 한 번도 일을 게을리하거나 불성실하게 행동한 적이 없는걸요? 여태껏 몸을 바치고 마음을 비춰 성실하게 일했는데 이렇게 해고하시는 건 부당하다고 봅니다. 그러니 정 절 자르시겠다면 노동부에 고발하겠어요."

그래, 자신은 이제껏 신성한 노동을 바탕으로 정당한 양질의 서비스만 제공했을 뿐이다. 그런 내게 해고라니!

그때, 주나의 머리 위로 짙은 그림자가 드리워졌다.

"해봐. 노동부는 물론이고 금융감독원, 여성가족부, 매스컴까지 동원할 수 있는 만큼은 다 해보도록 해. 잘 모르나 본데."

그가 막힌 벽 사이로 그녀를 몰아붙이더니 작은 턱을 잡아 위로 올렸다.

"아직 이 나라는 돈이 우선이야. 일억이란 빚을 지고 있는 당신과 그 돈을 껌값으로도 안 보는 나. 과연 어느·쪽이 이길 거라고 생각해?"

강우가 가소롭다는 듯 중얼거리더니 주나의 스커트 틈으로 기다란 다리를 밀어 넣었다.

"아니면, 내가 좀 도와줄까?"

그 감미롭기까지 한 속삭임에 주나가 두 눈을 휘둥그레 떴다. 도와주다니, 뭘?

순간 뜨거운 숨결이 입 끝에 전해지며 콧속 가득 진한 코오롱 향이 스며들었다. 동시에 강우의 얼굴이 다가와 서로의 속눈썹이 닿을 듯 말 듯 가까워지자 그녀는 질끈 눈을 감고 말았다.

'겁먹지 마, 정주나. 저 사람이 왜 저러는지 알고 있잖아? 너 스스로 나가게 하려고 그러는 거야. 너 입으로 그만두겠다고 말하게 하려고!'

하지만 턱을 쥔 손에 힘이 가해지자 주나는 그만 이성을 상실하고 말았다. 그리곤 어디서 그런 용기가 났는지 강우의 얼굴을 감싸 쥔 채 정면에서 그를 마주보았다.

"뭐지?"

그가 슬쩍 미간을 찡그리는 사이 그녀가 재빨리 떨리는 입술을 밀어붙였다.

"음!"

서툰 키스에 치아가 부딪치며 아픔이 전해져왔다. 하지만 굳건히 입맞춤을 이어나간 주나는 무표정하게 입가를 닦아 내리는 그를 향해 애써 당당하게 이야기했다.

"몸, 몸을 바치고 마음을 비춰 빚을 갚는다고 했죠? 좋아요, 까짓 것 그렇게 해요."

몸? 준다. 마음? 그것도 비춰준다.

"단, 저 처녀예요. 입술은 물론이고 가슴이고 다리며 목욕탕의 때미는 아주머니한테도 맡겨본 적이 없는 순도 백 프로의 처녀니까."

그녀는 새빨개진 자신과는 상대적으로 도통 감정을 알 수 없는 강우를 뒤로 한 채 서둘러 문으로 향했다.

"가, 가격 결정한 다음에 다시 해요. 아, 아셨죠?"

그리 후다닥 뛰쳐나가며 주나는 터질 듯한 심장소리에 정신을 놓을 것만 같았다. 세상에, 내가 지금 무슨 짓을 저지른 거지? 아니, 그보다는 아예 현실을 외면하고 싶은 절규가 입에서 더 먼저 튀어나왔다.

"맙소사, 저 모스키토가 미쳤어!"

## 5. 몸과 마음을 바쳐

보통 사람들은 스물셋 나이에 연애 한 번 못해봤다고 하면 일단 비웃기부터 할 거다. 그런 거짓말이 어디 있냐고, 그걸 지금 믿으라고 하는 소리냐고.

하지만 주나가 그랬다.

남자라곤 씨가 마른 여중에, 여고에, 여대 출신에 심봉사도 울고 갈 민폐쟁이 아버지, 도망간 새엄마, 열일곱 살 차이 나는 어린 동생.

그나마 좋아하는 사람이라도 있었으면 좀 나았으련만 무늬만 귀한 딸인 소녀가장이나 다름없었기에 어려서부터 아르바이트를 달고 살았다. 그러다 보니 연애는 나중에 번듯한 직장이나 다닌 다음에 하는 있는 이들의 세계인 줄만 알았는데.

"하아."

주나가 땅이 꺼져라 깊은 한숨을 내쉬었다.

솔직히 고백하건대 첫 키스였다. 훗날 내가 좋아하는 사람보다는 나를 아껴주는 사람에게 주고자 고이 간직했던 입술이었는데, 세상에서 가장 원수 같은 남자한테 그것도 자진해서 줘버렸다.

"미친 건 모스키토가 아니라 정주나, 바로 너야!"

주나는 지나가는 사람들이 자신을 어떻게 쳐다보는지도 아랑곳하지 않은 채 그 자리에 털썩 주저앉았다. 들어갈 수만 있다면 당장이라도 쥐구멍에 숨고 싶은 심정이었다.

이런 그녀에게 누군가 다가와 조심스럽게 어깨를 두들겼다.

"혹시 주나 아니냐?"

그 소리에 멍하니 고개를 드니 땅딸한 키의 중년 남자가 그녀를 내려다보고 있었다.

"영진 아저씨."

"그래, 주나 맞구나. 대체 길 한복판에서 뭐하고 있었던 거냐? 그것도 그런 이상한 차림으로."

이상한 차림?

그 말에 주나가 자신의 모습을 살펴보니 맙소사, 여전히 완벽한 메이드 복장이라니.

그녀는 엉거주춤 일어나 옷에 묻은 먼지를 털기 시작했다.

"아무것도 아니에요. 그저 일 때문에."

"일?"

영진이 깜짝 놀라 큰 소리를 지르더니 이내 엄하게 미간을 모았다.

"괜한 짓 하지 말고 마음 단단히 먹거라. 너희 아버지가 그리됐다고 젊은 너까지 나쁜 길로 빠져서야 쓰겠느냐?"

그의 말에 주나가 쓴웃음을 지었다. 나쁜 길이라, 이미 나쁜 짓이라면 여기 오기 전에 한 건 저지르고 왔는데.

주나는 태연하게 강우의 입술을 빼앗은 것도 모자라 가격 정한 다음에 다시 하자고 했던 망발이 떠올라 얼굴을 붉혔다. 아닌 말로 스스로에게 묻고 싶었다.

'다시 할 생각이 있긴 한 거야?'

자꾸만 솟구치는 기억에 격하게 고갤 젓고 있는데 영진이 넌지시 물었다.

"어떻게 잘 지내고 있는 게냐? 만복은 여전히 소식이 없고?"

"네. 그래서 말인데요, 아저씨. 혹, 최창만 씨에 대해 아세요?"

"최창만?"

"네. 아빠에게 돈을 빌려주신 분이라고 하던데 아저씨라면 행여 아실까 하고요."

어렸을 때부터 만복과 영진은 서로 호형호제하던 사이라고 들었다. 여러 가지 사정으로 몇 년 동안 연락 없이 지내긴 했지만 영진이 어려워 찾아왔을 때 만복은 외면하지 않았고 그 인연으로 노인요양원에 소개시켜준 것이 바로 영진이었다.

"만약 아시는 게 있다면 좀 가르쳐주세요. 보아하니 아저씨는 지금의 저희 사정도 잘 알고 계신 듯하고 또 아빠가 종종 고민거리도 터놓곤 하셨잖아요? 그러니까 저희를 봐서라도."

주나의 애원에 그가 난감한 표정을 지었다.

"난 아무것도……."

그런 영진의 손을 붙잡으며 주나가 파르르 입술을 떨었다.

"아저씨, 전 말이죠. 우리 아빠를 믿고 싶어요. 아니, 이 순간에도 믿고 있어요. 그런데……."

상황이 자꾸만 아니라고 한다.

주나는 점점 잃어가는 소신에 어깨를 축 늘어트렸다.

"전 아빠가 누군가를 속이는 나쁜 분이라고는 생각지 않아요. 다른 사람의 꼬임에 넘어갈지언정 일억이란 돈을 빌리고 도망갈 만큼 뻔뻔스러운 분은 아니시죠. 하지만 제가 가족이란 이유로 무조건 편만 들고 있는 거라면 어떡하죠? 아빠가 진짜로 의도치 않게 누군가에게 폐를 끼쳤는데 제가 그렇지 않다고 맹신하고 있는 거라면 그땐 어쩌면 좋을지."

최강우, 그가 사채업자라고 확신했다.

일억이란 원금에 오천이란 이자가 붙었을 때, 그로 인해 만복이 차용증만을 남겨두고 홀연히 사라져버렸을 때 그녀는 갚을 능력이 없는 사람에게 무분별하게 돈을 빌려준 그가 더 나쁘다고 여겼었다. 그래서 쉽게는 빌려주되 편히 돌려받지는 못하게 하겠다고 결심했었는데.

"말씀해주세요, 아저씨. 저희 아빠는 사기꾼인가요? 정말로 누군가를 속여 돈을 빌리고도 갚지 않을 만큼 형편없는 분이신가요?"

그 말에 영진의 눈동자가 겉돌았다. 무슨 말을 해야 할지 모르겠다는 듯 곤란한 낯빛을 띠우다 이내 찬찬히 입을 여는데.

"그가 어떤 사람인지는 딸인 네가 더 잘 알지 않느냐. 십 년 동안 연락 한 번 없었던 내게 아무런 조건 없이 빚보증을 서 줬던 사람이다. 그런 만복이 자신이 손해 볼지언정 다른 사람을 등쳐먹을 만큼 못된 심성을 가졌을 리가 없잖느냐?"

그 한 마디에 주나가 안도의 숨을 내쉬었다. 이미 알고 있는 사실이건만 왜 새삼 마음이 평온해지는 건지.

"다만, 주변에 있는 사람들이 좋은 이들이라고 할 수는 없겠지. 안타깝게도 만복이 그 사람, 사람 보는 눈이 영 형편없어서 말이다."

"그게 무슨?"

고개를 갸웃하는 주나에게 영진이 결심한 듯 손을 잡아끌었다.

"가자. 최창만이라는 그분, 내가 만나게 해주마."


몰랐었다.

서울과 가까운 곳에 이리 큰 규모의 노인요양원이 있을 줄은.

주나는 넓게 펼쳐진 푸른 풀밭 위로 우뚝 솟아 있는 고급스런 건물들을 바라보다 곁에 있는 영진에게 물었다.

"아저씨, 여기는?"

"아아, 너희 아빠가 근무하던 곳이란다. 이곳에서 나와 같이 관리원으로 일했었지."

관리원.

'그 말에 그저 그런 곳인지 알았는데.'

주나는 경비마저 삼엄해 보이는 높은 철문 옆으로 위엄 있게 붙어 있는 명패를 훑어보았다.

－휴休 노인요양원 －

"바로 여기에 제가 찾던 최창만이란 분이 계신 거군요."

"그래. 다시 한 번 말하지만 가서 그분 얼굴만 뵙고 곧장 나와야 한다. 만약 내가 널 이곳에 들여보내준 걸 누가 알기라도 한다면 난 그대로 해고니까."

주나는 벌써 몇 번인지 모를 영진의 경고를 한 귀로 흘려들으며 계속해서 주변을 둘러보았다. 듣기론 몸이 안 좋은 분들이 모여 있는 일종의 복지시설이라고 했는데 너른 면적에 비해 눈에 띄는 노인들의 수는 적었다. 오히려 의료진인 듯 하얀 가운의 사람들이 더 많아 의아심에 미간을 모으고 있는데 남색 정복을 입은 남자가 가까이 다가왔다.

"강 주임, 자네가 웬일이야? 오늘 휴무 아니었어?"

"그게 이 주임이랑 근무시간대를 바꿨어. 그 사람이 내일 급한 일이 있다고 해서."

"그래? 근데 그분은?"

"최 회장님댁 본가에서 보낸 사람이야. 회장님이 어떠신지 직접 살피러 왔다고 하는군."

그 말에 남자가 주나의 모습을 주의 깊게 살펴보았다. 단정하게 묶은 머리에 예의 바른 인상, 다소곳한 자세. 무엇보다 메이드복에 한참 시선을 고정시켰다.

"돈 있는 사람들의 취향은 도통 알 수가 없다니까. 요즘은 고용인들한테도 저런 옷을 입혀 근무시키나?"

남자가 이해할 수 없다는 듯 이맛살을 찌푸리더니 귀에 건 이어마이크(Ear MIC)에 손을 댔다.

"어찌 됐던 규칙은 규칙이니까 사무실에 연락을……"

"됐어. 내가 했네."

영진이 서둘러 그를 막았다.

"자네가?"

"응. 좀 전에 뵙고 돌아가실 수 있게끔 안내하라고 연락을 받았지. 그러니까 자네는 신경 쓰지 말고 볼일이나 보게나. 이거 말고도 할 일이 태산 같지 않은가?"

말을 마친 영진이 주나를 데리고 경비실로 향했다. 그곳을 통해 요양원 안으로 들어가자 철문 밖에서 남자의 따가운 눈초리가 쏟아졌다.

"괜찮으시겠어요? 만일 이러다가 들키기라도 하면."

걱정스러운 주나의 말에 영진이 도리질을 했다.

"아니다. 따지고 보면 모두 나 때문에 일어난 일인데 해줄 수 있는 만큼은 해줘야지."

"그래도……. 전 그냥 그분이 누군지 말씀만 해주셔도 되는데."

"다른 어떤 설명보다도 네 눈으로 직접 보는 게 좋을 거다. 무엇보다 그 댁에선 이 일이 밖으로 새어나가길 바라지 않거든."

자신 역시 함구 당했을 만큼.

"다만, 내가 해줄 수 있는 건 여기까지란다. 이후의 결정은 순전히 네가 하는 거니까."

영진은 오후의 봄 햇살 아래 홀로 휠체어에 앉아 있는 노인을 손가락으로 가리켰다.

"저분이란다. 가서 만나 뵙도록 하렴."

"네. 고맙습니다, 아저씨."

공손하게 고개를 숙인 채 노인에게 다가가는 주나를 보며 영진은 무거운 한숨을 내쉬었다.

과연 그녀가 제대로 된 답을 들을 수 있을까? 아마도 불가능하겠지. 처음부터 그건 기대도 하지 않았다. 단지, 자신은 그들이 왜 만복을 사기꾼이라 하는지 그 이유 정도는 알 수 있길 바랄 뿐이었다.

"적어도 내 입으로 얘기하는 것보다는 훨씬 나을 테니까."

한편, 뒤에서 기다리는 영진을 두고 주나는 노인을 향해 걸음을 옮겼다. 그토록 찾아 헤맨 사람이건만 왜 긴장이 되는 건지.

사실 여기까지 오며 어느 정도 짐작되는 바가 없진 않았었다. 최창만, 최강우. 성姓이 같은 것은 둘째 치고 한여름에도 녹지 않을 정도로 냉랭한 강우가 적극적으로 만복을 찾아나서는 모습에 아마도 '그런' 관계가 아닐까 추측은 했었으니까.

'단, 한 가지 이해할 수 없는 건……'

주나는 머릿속에 떠오른 의문을 미뤄둔 채 조심스럽게 입을 열었다.

"실례합니다. 혹시 최 창자, 만자 분이 아니신가요?"

그녀의 물음에 노인이 고개를 돌렸다. 그러자 하얀 백발임에도 불구하고 수려한 외모에 강한 기운이 주나에게 전해졌다.

'아아, 역시 이분은 모스키토의 조부祖父셨구나.'

주나는 자신의 예상이 틀리지 않았음에 얼굴을 굳혔다. 이럴 줄 알고 있었음에도 마치 삼십 년 후의 강우의 모습이 스쳐지나가자 절로 두통이 몰려왔다.

그녀는 애써 표정을 가다듬은 채 노인의 눈높이에 맞춰 무릎을 굽혔다.

"죄송합니다만, 여쭙고 싶은 게 있어서요. 혹 정 만자, 복자라는 분을 알고 계시나요?"

그런데 이어진 그의 말에 그녀는 그만 사색이 되고 말았다.

"예쁜 아가씨, 우리 집 알아? 알면 나 좀 데려다줘."

우리 집?

주나는 생각지도 못한 노인의 반응에 서둘러 뒤에 있는 영진을 바라보았다.

"아저씨, 이분 설마……."

"맞아. 알츠하이머, 정확하게는 치매란다."

"치매."

주나는 그의 말에 정신이 아찔해지는 것을 느끼며 다시 노인을 돌아보았다. 치매라니, 그렇다는 건!

"왜 그래, 예쁜 아가씨? 우리 집 몰라? 나 집에 가고 싶은데."

그녀는 아이처럼 졸라대는 노인을 난감하게 쳐다보다 쥐어짜는 목소리로 물었다.

"아저씨, 저희 아빠가 돈을 빌리신 분이 이분이 맞다면 그때도 상태는……."

"안타깝게도 온정신이 아니셨단다."

맙소사.

주나는 세상이 무너지는 기분에 그 자리에 털썩 주저앉았다. 기어코 그 철없는 아버지가 대형 사고를 터트리고 만 것이다!

"그런 줄도 모르고 난 끝까지 믿고 기다렸는데."

어디 믿었다 뿐인가?

당연히 남에게 속았을 것이다 속단하고 멀쩡한 채무자를 모스키토라 몰아붙였다. 뻔뻔스러울 만큼 빚진 사람 집에 쳐들어가 가사도우미를 가장한 민폐덩어리로 눌러앉았으며 헌신과 봉사를 빙자한 과잉 서비스로 그의 속을 뒤집어놓았다. 또한 부르는 족족 주인님이라 칭하며 은근 과잉 채무를 노예문서라 비꼬기까지 했고 무엇보다 해고라는 초유의 사태에 키스로 방어하는 성희롱까지 저질렀으니.

"정주나, 너 이 사태를 어떡할 거야?"

그녀는 그동안의 만행에 울상을 지며 두 손으로 얼굴을 감싸 쥐었다. 정말이지, 이젠 쥐구멍도 모자라 땅이라도 파헤쳐 숨고 싶은 심정이었다.

이런 주나를 보며 영진이 한숨 섞인 투로 내뱉었다.

"분명 만복이 제정신이 아닌 저분에게 돈을 빌린 것은 사실이란다. 하지만 백 프로 그 사람에게 책임이 있다고는 할 수 없지. 이 일에는 그녀가……."

"그녀라니요?"

뜬금없는 영진의 말에 주나가 파묻은 고개를 쳐들었다. 그녀라니, 대체 누구를?

"너희 새엄마 말이다. 주오 친모親母."

"주오요?"

순간 엄청난 비명을 지르며 주나는 하얗게 질린 낯으로 영진의 팔을 붙잡았다.

"어떡해요, 아저씨. 우리 주오, 주오를 그곳에 두고 그냥 왔어요!"

*

"으아아앙!"

강우는 태신금융그룹 창립 이래 제일 커다랗고 가장 우렁찬 이제 여섯 살짜리의 통곡소리를 들으며 그린 듯한 눈썹을 찡그린 채 책상에 앉아 있었다.

"우리 누나, 누나를 찾아주세요!"

도대체 평상시에 뭘 먹인 건지, 아이는 괴물과 같은 체력으로 얼추 삼십 분가량 울어대며 모든 비서진들의 혼을 쏙 빼놓고 있었다.

듣기론 그 영악스러운 모기새끼가 이곳에 오며 경비실에 아이를 맡겨뒀다고 하는데, 무슨 일인지 바람과 같이 뛰어나가는 모습에 당황한 경비원들이 비서실로 데리고 왔다고 한다. 덕분에 강우 역시 굳게 닫힌 사장실 문 사이로도 들리는 아이의 대성통곡을 모두 다 감내해야 했고 이로 인해 그의 신경은 더더욱 날카로워지고 있었다.

"그만 울어요, 주오 군. 착하죠? 이 아저씨가 누나를 꼭 찾아줄 테니까."

게다가 유능하기로는 손에 꼽을 정도인 유 실장마저 쩔쩔매는 소리가 들려오자 강우는 더 이상 이 사태를 방관할 수만은 없었다.

'난장판이 따로 없군.'

그는 어찌 보면 동생을 수하 다루듯 요리하던 주나가 능력자일지도 모른다고 여기며 일어나 인터폰을 눌렀다.

"아이를 데리고 들어오십시오."

강경하게 들려오는 강우의 말에 유 실장이 먼저 안으로 들어왔다.

"아닙니다, 사장님. 제가 데리고 나가겠습니다. 일단 나가서 주나 양을 찾아보고 그래도 못 찾으면 본가로……."

순간 심장도 얼어 붙일 거 같은 매서운 눈초리에 유 실장이 입을 다물었다. 경험상 저런 표정의 강우는 건드리지 않는 게 상책인데다가 무엇보다 오늘 그의 심기는 최악임을 알기에 유 실장은 말없이 주오를 데리고 들어왔다.

"내가 누구지?"

주오가 사장실 안으로 들어서자마자 강우가 나지막이 물었다.

"주 딸꾹, 주인님이요."

"그럼, 난 무슨 일을 할 수 있지?"

"다, 다요."

주오는 심하게 울어 딸꾹질을 하는 와중에도 강우의 물음에 하나하나 답하며 눈물이 글썽거리는 눈동자로 그를 올려다보았다.

"맞아. 난 못하는 게 없지. 그렇다면 네 누나를 찾는 일은 어떨까?"

일순 주오의 눈이 반짝이며 헤벌쭉 입이 벌어졌다. 마치 지구를 지키는 정의의 용사라도 만난 것처럼 경의에 찬 표정을 짓다 이내 큰소리로 외치는데, 그 속엔 믿음과 신뢰가 담겨져 있었다.

"찾을 수 있어요!"

그 말에 강우가 고개를 끄덕였다.

다른 어떤 백 마디의 말보다도 간단한 고갯짓 하나로 끝내버리는 초강력 눈물 종결자 같은 강우의 능력에 유 실장은 감탄을 금치 못했다.

"나중에 좋은 아빠가 되실 거 같습니다."

이에 싸늘하게 쏟아지는 강우의 시선을 모르는 척하며 유 실장은 주오에게 상냥히 웃어보였다.

"이제 다 운거지요?"

주오는 대답 대신 쑥스러운 미소를 보이며 눈물과 콧물로 더러워진 소매를 바지춤에 문질렀다. 한데, 왠지 낯익은 아이의 옷차림이 유 실장의 눈길을 끌었다.

"저기, 주오 군. 그 옷은?"

"우리 누나가 만들어준 거예요. 주오랑 같이 커플룩 한다고. 이름은 으음 서, 서……."

"서번트(servant)?"

"네, 바로 그거예요!"

유 실장은 하얀 셔츠에 검은 멜빵바지, 작은 보우타이까지 맨 완벽한 '하인' 차림의 주오를 보며 어색하게 입 끝을 올렸다. 여기까지 온 와중에도 동생의 복장에 신경 쓴 주나의 센스가 대단하면서도 한편으론 강우가 이 사실을 모르길 바랐다.

"모기새끼가 쌍으로 노는군요."

빈정거리듯 내뱉는 강우를 보니 이미 눈치 챈 모양이지만.

유 실장은 더 이상 그의 심기가 불편해지기 전에 서둘러 주오를 데리고 나가는 것이 낫겠다 여기며 아이에게 다정하게 얘기했다.

"자, 그만 인사드려야죠? 우린 나가서 누나를 기다리도록 하죠."

그 말에 주오가 등에 메고 있던 가방에서 뭔가를 꺼내더니 두 손으로 공손히 강우에게 내밀었다.

"이거."

"……그게 뭐지?"

"과자예요."

"과자?"

강우는 투명한 비닐에 싸인 채 리본으로 예쁘게 묶여 있는 과자뭉치를 보다 다시금 주오에게 시선을 주었다.

"어제 주인님 드리려고 주오가 만든 건데 오시기 전에 잠들어버려서. 아침에 누나한테 싸달라고 부탁했어요."

부탁했다라…….

강우는 가든파티 건으로 자신에게 이를 갈면서도 동생의 청을 거절하지 못한 주나를 떠올리며 입매를 비틀어 올렸다. 그렇게 소중한 동생이건만 이리 두고 나갈 만큼 그녀는 정신이 없었던 걸까?

불현듯 그는 입술에 느껴지는 따가운 감촉에 낮게 눈을 내리깔았다. 그러고 보니 그 여자, 처음이라고 했다. 그래서였을까?

강우는 어설픈 입맞춤으로 살짝 상처가 나버린 입가를 혀로 훑으며 나직이 읊조렸다.

"도망치게 하려고 했더니 오히려 물려버렸군."

"네?"

그는 도통 무슨 소리인지 모르겠다는 듯 고개를 까우뚱하는 주오에게 찬찬히 손을 뻗었다. 그리곤 부드러운 손길로 아이의 머리를 쓰다듬으며 들릴 듯 말 듯한 소리로 속삭였다.

"고맙다. 잘 먹을게."

그 말에 주오가 '네!' 하며 환하게 웃었다.

그 모습을 곁에서 지켜보던 유 실장이 어딘지 모를 아련한 눈빛을 띠었다. 지금 그가 어떤 표정으로 아이를 보고 있는지, 강우는 알고 있을까?

그때, 노크소리와 함께 여비서가 안으로 들어왔다. 다급한 얼굴로 뭔가를 유 실장의 귓가에 이야기하더니 이어서 주오를 데리고 나가자 강우가 물었다.

"무슨 일이죠?"

"주나 양을 찾았다고 합니다."

"어디서 말인가요?"

"그게, 회장님이 계신 요양원에서. 강영진과 함께 회장님을 만나 뵀다고 합니다."

유 실장의 말에 강우가 한쪽 눈썹을 치켜떴다.

"그곳을 찾아갔단 말인가요? 의외군요."

생각대로라면 그 길로 바로 여성가족부라도 달려갈 줄 알았건만.

"괜찮으시겠습니까? 주나 양이 모든 걸 다 알게 된 거 같은데. 듣기론 괴이한 비명을 지르며 엄청난 속도로 그곳을 뛰쳐나갔다고 합니다."

그 정신 나간 여자.

강우는 새삼 느껴지는 주나의 별난 행동에 인상을 찌푸리며 붉은 노을이 내려앉은 창가로 다가섰다.

"내버려두십시오. 어차피 알아봤자 별거 없지 않습니까? 기껏해야 치매 걸린 노인을 상대로 자기 아버지가 사기 친 것을 확인한 거뿐인데."

"그래도 나름 충격이 클 텐데요. 어찌 됐건 주나 양은 이제껏 부친을 쭈욱 믿어왔으니까요."

"그럼, 그 믿음이 얼마나 잘못됐는지 깨닫는 것도 나쁘지 않겠죠. 가족이라고 무조건적인 신뢰를 보이더니 잘되지 않았습니까?"

그것만큼 쓸모없는 애정도 없는 것을.

강우는 그동안의 만복에 대한 주나의 애정을 기억하며 입가를 일그러뜨렸다. 그 믿음이 무너진 이상 그녀 역시 지금까지와는 달라질 수밖에 없으리라. 다만⋯⋯.

"넌 어떤 반응을 보일 거지, 모기새끼?"

그는 조금은 궁금해하고 있었다.

단 한 번도 자신의 예상대로 움직여준 적이 없던 그녀였기에 그는 이번 일에 주나가 또 어떤 식으로 행동할지 나름 기대마저 되고 있었다.

"재미있는 여잡니다. 감히 내게 이다음을 상상조차 할 수 없게 만들다니."

몇 년 동안 감정이라곤 드러낸 적이 없는 그를 단 몇 일 만에 폭발하게 만든 여자였다. 그게 분노이든, 비웃음이든, 어이없음이던 간에 일단 그의 호기심을 자극하는데 성공했으니 어느 면에선 대단한 모기새끼가 맞으리라.

이때, 강우의 귓가로 그 대단한 모기새끼의 소리가 들려왔다.

"주오야!"

서둘러 문을 연 유 실장의 뒤에서 밖을 보니 주나가 엉망이 된 차림으로 주오를 안은 채 펑펑 눈물을 흘리고 있었다.

"미안해. 혼자서 무서웠지?"

"아니야, 누나. 하나도 무섭지 않았어. 주오, 꾹 참고 잘 기다렸는걸?"

하지만 말과는 달리 주오는 채 1초도 버티지 못한 채 또다시 대성통곡을 하기 시작했다.

"우아앙, 어디 갔었어? 나만 혼자 두고 가서 내가 얼마나 놀랬는지 알아?"

"미안, 미안해 주오야. 누나가 그만 정신이 나가서."

그 모습을 보는 강우의 눈살이 구겨졌다. 대체 그녀는 뭐 때문에 정신이 나갔던 걸까?

그는 절로 실소가 새어나오는 정주나, 정주오 남매의 극적 상봉을 바라보다 유 실장을 향해 싸늘하게 중얼거렸다.

"알아서 처리하십시오."

"그렇지만 사장님!"

그 순간 주나가 사장실로 뛰어 들어오며 큰 소리로 외쳤다.

"잘못했어요!"

강우는 기다란 속눈썹 너머 주나를 응시하며 무미건조한 목소리로 물었다.

"뭐가 말이지?"

"그러니까……."

주나가 우물쭈물하는 사이 유 실장이 조용히 문을 닫고 나갔다. 이후로는 자신이 관여할 문제가 아님을 직감적으로 알아챈 것이다.

이에 상관없이 강우가 다시 한 번 물었다.

"말해봐. 뭘 잘못했다고 하는 거지?"

여전히 말을 못 잇는 주나 대신 강우가 답했다.

"당신 아버지가 정신 나간 노인네를 등쳐먹은 거 말인가? 그것도 아니라면 그동안 내게 보여준 헌신과 봉사의 특별 서비스? 아니면……."

잠시 말을 멈춘 그가 보란 듯 입가를 매만졌다.

"내 입술을 빼앗은 걸 사과하는 건가?"

태연스럽기까지 한 그의 말에 주나가 얼굴을 붉히며 다 죽어가는 투로 대꾸했다.

"다, 다요."

"그래? 그러면 오늘부로 당신이 내 집에서 나간다고 생각해도 되겠지? 굳이 서로 인상을 찌푸리지 않아도 알아서…….”

"죄송하지만, 그건 안 되겠어요."

단호한 그녀의 말투에 강우가 담담히 반문했다.

"왜지?"

"그야, 사기꾼 아버지가 빌린 돈을 갚아야 하니까요."

사기꾼 아버지.

강우는 이전과는 확실히 달라진 주나의 말에 가는 눈으로 그녀를 쳐다보았다. 헝클어진 머리카락에 더러워진 옷차림 게다가 붉어진 눈과 코.

분명 이곳을 나가기 전과는 사뭇 다른 모습에 그녀가 얼마나 놀랐는지 짐작할 수는 있었지만.

"그 말은 이제 당신 아버지의 잘못을 순순히 인정한다는 소린가?"

"네. 그러니까 허락해주신다면 현재까지처럼 계속 가사도우미로 일하면서 아버지의 빚을 갚고 싶어요."

주나가 용기를 내 한 발자국 다가오더니 그를 올려다보았다.

"이런 제가 염치없다는 건 저도 잘 알고 있어요. 그렇지만 자식으로서 부모가 빚진 돈을 모르는 척할 순 없는 노릇이잖아요?"

그 돈이 속여서 빌린 것이라면 더더욱.

그녀가 떨리는 두 손을 강하게 움켜잡았다.

"몸? 바칠게요. 마음? 그것도 드릴게요. 십 년이 걸리든, 이십 년이 걸리든 댁의 조부를 속인 대가는 어떡하든 치를 테니까."

"잠깐, 그것 좀 이상하군. 당신, 여태껏도 몸과 마음을 바쳐 일하겠다고 하지 않았었나?"

강우의 물음에 주나가 사선으로 시선을 떨어트렸다.

"그게, 그동안에는 몸은 바치고 마음은 비치기만."

그 순간 강우의 뇌리로 그녀가 늘상 노래하던 몸, 마음 타령이 생각났다.

[빛을 떠나 저 정주나, 반드시 몸을 바쳐 그리고 마음은 비춰 최선을 다하겠습니다.]

'그러고 보니 그렇게 이야기했었지.'

강우는 한끝 차이로 확연히 느껴지는 주나의 헌신도에 헛웃음을 토했다. 도대체 이 영악스러운 모기새끼를 어떡해야만 할까?

"흥미롭군. 나를 원수처럼 보던 당신이 진심으로 몸과 마음을 바쳐 헌신하겠다 선언하다니. 그 말을 내가 믿어야만 할까?"

"꼭 그렇게 의심하실 것만은 없어요. 자고로 옛말에 원수를 사랑하라는 말도 있잖아요? 틀림없이 마음을 열고 보시면 제 진심이 보이실 테니까."

그래, 이 순간만큼 그에게 진심이었던 적은 단 한 번도 없었다.

"그리고 혹시 알아요? 지금은 제가 꼴도 보기 싫으실 테지만 시간이 지날수록 정이 들지."

"당신 이름처럼 말인가?"

"네?"

"정情 주나. 정을 줘야 할지, 말아야 할지 망설이게 되는 이름 아닌가?"

그 말에 주나가 양 볼을 빨갛게 붉혔다. 아, 그게 그렇게 되나?

느닷없이 강우가 피식 웃음을 터트렸다. 역시 이 여자는 예상대로 움직이는 법이 없었다.

"좋아, 정주나 양. 당신 말대로 미움도 정이라면 원수를 곁에 두는 것도 나쁘지 않겠지. 무엇보다 몸과 마음을 모두 바친다니 나름 기대가 되는 부분이 없지 않아서 말이야."

그가 기다란 몸을 쭉 펴더니 짙은 눈동자 사이로 그녀를 내려다보았다.

"단, 완벽하게 바치길 바라. 앞으로 어설픈 헌신 따위는 절대로 용서하지 않을 테니까."

강우는 긴장한 기색이 역력한 주나에게 손을 뻗었다. 움찔하는 그녀를 모르는 척 흐트러진 귀밑머리 아래로 대롱거리는 레이스를 떼어낸 그는 태연하게 주나의 떨리는 손에 쥐어주었다.

'적어도 당장엔 날 쫓아내지 않는 건가?'

그럼에도 왠지 모를 불안감에 입술을 깨무는 그녀를 보며 강우는 뒤돌아 입꼬리를 들어 올렸다.

"부디 힘내보시지, 모기새끼."

그의 낮은 중얼거림 속에 대왕 모스키토를 향한 모기새끼의 종속의 길이 서서히 펼쳐지고 있었다.

## 6. 진실어린 헌신의 날들

애당초 성실한 줄만 알았던 만복이 치매 걸린 노인을 상대로 돈을 빌렸다고 해도 주나의 생활이 바뀌는 것은 아무것도 없었다.

"안녕히 주무셨어요, 주인님? 오늘도 좋은 아침이죠?"

아무리 몸뿐 아니라 마음도 바쳐 헌신하겠다 다짐했다 한들, 그전과 달라질 행동은 하나도 없었기 때문이다.

오전 7시 20분.

오늘도 주나는 갓 짜낸 녹즙 잔을 든 채 강우의 방문 앞에 서 있었다. 제 시각에 맞춰 나오는 그에게 해맑게 웃어보이며 공손하게 잔을 내민 그녀는 그 효능에 대해 주저리주저리 떠들기 시작했다.

"봄을 맞이해 특별히 민들레 녹즙으로 준비해봤어요. 민들레는 간과 위에 좋을 뿐만 아니라 항산화작용이 풍부해서 면역기능을 높여준다는 거 알고 계세요? 수원댁 아주머니께 들어보니까 유독 여름을 심하게 타신다고 해서 당분간은 이 즙을 드릴까 해요."

주나는 아무 말 없이 녹즙 잔을 비워낸 강우의 뒤를 따르며 계속해서 말을 이었다.

"안 그래도 요즘 부쩍 봄을 타시는지 얼굴도 까칠해지셨고 식사도 자주 건너뛰시니 시간 되실 때마다 조금씩 드셔보시는 것도 나쁘지 않을 거예요. 유 실장님에게는 제가 따로 말씀드려놓을 테니까."

그녀는 아침식사가 차려져 있는 식탁에 앉는 강우에게 이제 막 지은 현미밥과 뜨거운 국을 내놓으며 그 곁에 다소곳이 섰다.

"여름이 되기 전에 몸을 보호한다 여기시고 꾸준히 드셔보세요. 만약 맛이 부담스러우시면 과일을 함께 싸드릴 테니까."

"국이 약간 짜군."

뜬금없는 강우의 말에 주나가 고개를 까우뚱했다.

"그래요?"

"아아, 너무 오래 우려낸 거 아닌가?"

"확실히 국물 맛을 내려고 다소 길게 끓이긴 했지만."

주나가 앞접시에 국을 떠 맛을 보더니 살짝 미간을 찡그렸다.

"좀 짠 거 같기도 하네요. 다시 간을 해드릴까요?"

"아니, 됐어. 그냥 먹도록 하지."

"그럼, 다른 반찬도 드셔보세요. 어제 주오랑 같이 근처 뒷산에 다녀왔는데 취나물이 보여서 조금 뜯어왔거든요. 일부러 맛보시라고 아침에 무쳐봤어요."

주나는 그의 앞에 나물무침이 담겨져 있는 접시를 밀어놓으며 눈치를 살피듯 물었다.

"어떠세요?"

"괜찮아. 쌉쌀한 게 달지 않아 맛있군."

그의 말에 주나가 기쁜 듯 환하게 웃어보였다.

이를 주방 밖에서 지켜보던 수원댁과 윤씨는 차마 그 자리에 끼어들지도 못한 채 서로의 얼굴만 보고 있었다.

"벌써 며칠째죠, 여보?"

"글쎄, 한 5일 됐나? 우리가 수원에 다녀온 날부터 저러셨으니까."

"그럼, 그날 이후 연일 우리 사장님이 아침에 식사를 하신단 거예요?"

"아마도 그런 거겠지?"

그리 속닥거리는 두 사람은 지금의 이 상황이 놀라우면서도 묵묵히 식사를 이어가는 강우와 그 옆에서 이것저것 챙기는 주나의 모습에 흐뭇해하고 있었다.

"이런 말 들으면 사장님이 화내실지도 모르겠지만 마치 부부 같네요."

"그러게. 꼭 이제 막 결혼한 신혼부부 같구만."

그들은 자신들이 살아생전 결코 볼 수 없을 거라고 여겼던 광경이 눈앞에 펼쳐지자 감동을 금치 못하며 저 까다로운 사장님을 바꿔놓은 어린 가사도우미의 능력에 탄복했다.

반면, 주나는 노부부의 생각과는 달리 깨끗하게 밥그릇을 비워내는 강우를 보며 두려움에 떨고 있었다.

'먹고 있다, 먹고 있어.'

벌써 일주일이 다 되어 가고 있었다.

어설픈 헌신 따윈 용서하지 않겠다며 자신에게 남은 피는 모조리 빨아먹을 거 같던 대왕 모스키토는 이상하리만큼 그 이를 감춘 채 그녀가 제공하는 모든 헌신과 봉사의 서비스를 받아들이고 있었다.

물론 미안한 마음은 한가득이었다. 그렇게나 믿고 있었던 아버지가 그의 조부를 속여 일억이란 돈을 갈취한 것도, 그 점을 오해하고 쉽게 돈을 갚지 않겠다며 오만가지 술수를 부린 것도, 무엇보다 첫 키스임에도 불구하고 능숙하리만큼 그의 입술을 빼앗은 것도 전부 다 잘못했다 여기고 있었다. 그렇지만…….

"당신 음식은 전체적으로 간이 센 듯하군. 다음부터는 소금의 양을 조금 줄여주겠나?"

이젠 반찬 투정까지 하는 모스키토라니, 과히 상상이 안 가지 않은가?

주나는 젓가락을 놓고 일어나는 강우에게 어색한 미소를 지으며 알았다는 듯 고개를 끄덕였다. 어쩐지 저런 모스키토의 모습은 심장을 압박하는 뭔가가 있었다.

그때, 유 실장이 현관에 들어와 정중한 목소리로 말을 꺼냈다.

"사장님, 시간 다 되셨습니다."

그 말에 주나는 서둘러 싸놓은 녹즙을 들고 그에게 다가갔다.

"이거 좀 부탁드릴게요, 유 실장님. 민들레 녹즙인데 점심과 저녁 식사 전에 한 번씩 챙겨 드리면 돼요."

"주나 양이 손수 짜신 겁니까?"

유 실장이 놀랍다는 듯 두 눈을 휘둥그레 뜨더니 반듯한 태도로 고개를 숙였다.

"항상 신경 써 주셔서 감사합니다. 주나 양의 정성을 생각해 제때 챙겨 드리도록 하겠습니다."

그의 인사에 주나가 황망해하며 함께 머리를 숙였다.

"아니에요. 으레 제가 해야 할 일인데요."

그래, 앞으로도 20년쯤은 줄곧.

주나는 주구장창 녹즙을 갖다 바치는 자신의 미래가 떠올라 무거운 걸음으로 밖으로 나가는 강우의 뒤를 쫓았다.

그런데 때마침 별채에서 눈을 비비고 나오던 주오가 강우의 모습에 후다닥 달려왔다.

"안녕히 주무셨어요, 주인님!"

"그래, 너도 잘 잤니?"

"네. 아침밥은 많이많이 드셨어요?"

"덕분에. 네가 뜯어온 나물이 무척이나 맛있었거든."

솔직히 말해 주나는 저것도 적응이 안 됐다. 매일 아침 소가 모기 보듯 무심하니 주오를 대하던 모스키토는 어디로 갔는지.

"안녕히 다녀오세요, 주인님! 오늘도 빨리 들어오세요!"

예전보다 더 강하게 '주인님 LOVE'를 외치는 주오는 그렇다 쳐도, 보일 듯 말 듯한 미소를 지은 채 일일이 상대해주는 강우의 행동은 주나에게 '진짜 무서움이란 이런 것이다'라는 걸 한 번 더 깨닫게 해주는 것이었다.

'차라리 내게 화를 내.'

그녀는 오히려 이전의 그 차가웠던 강우가 훨씬 대하기 편했다고 느끼며 주오와 같이 손을 흔들었다. 도무지 저 사람의 꿍꿍이가 뭔지 알 수가 없었다.

이런 주나의 심정을 아는지 모르는지, 강우는 회사로 가는 차 안에서 여느 때보다 시끄러운 유 실장의 수다를 조용히 듣고 있었다.

"정말 마음 씀씀이가 비단 저리 가라 할 정도로 예쁜 아가씨지요? 요즘 젊은이들 같지 않게 생각도 깊고 손도 야무진 것이 어딜 가나 사랑을 받을 만한……."

"그만하면 되셨습니다, 유 실장님."

차가운 강우의 말투에 유 실장이 입을 다물었다.

"어찌 됐건 그 모기새끼들을 길바닥으로 내쫓지는 않았지 않습니까?"

그 말에 유 실장이 민망한 웃음을 지었다. 확실히 지난번 일로 자신의 정 남매 사랑이 모두 들통 나기는 했지만.

그는 말이 나온 김에 은근슬쩍 며칠 동안 궁금했었던 질문을 건넸다.

"왜 그러신 겁니까? 사장님이라면 분명 그들을……."

"쫓아낼 줄 아셨습니까?"

아무런 대꾸도 없는 유 실장을 보며 강우가 한쪽 입술을 들어 올렸다.

"솔직히 저도 궁금하군요. 제가 왜 그런 건지."

그것도 한 번도 아닌 두 번씩이나.

"다만, 알고 싶어졌습니다. 지금껏 영악스러울 정도로 헌신하는 척만 했던 그녀가 진심으로 바치는 몸과 마음이란 어떤 것인지."

늘 결말이 빤히 보이는 상황에서도 매번 돌발행동을 하는 그녀였기에 그의 호기심이 일었을지도 모르겠다. 더욱이 그 속이 훤히 들여다보이면서도 그를 당혹스럽게 하는데 도가 튼 여자처럼 보이니 그것이 신기하기도 했고.

항상 모든 것을 파악하고 예측하며 철저하게 경우의 수까지 준비해두는 완벽주의자가 바로 강우였다. 그랬기에 도통 그 패턴을 알 수 없는 모기새끼의 윙윙거림은 그를 꽤나 신경 쓰이게 하면서도 앞으로 어떻게 사로잡으면 좋을지 머리마저 움직이게 하고 있었다.

"당분간은 그냥 지켜볼 생각입니다. 원래의 계획대로 제 아비가 스스로 나타날 때까지 데리고 있으면서."

그때까지는 나름 적당한 유희로 즐기면 되는 것이었다.

이를 듣고 있던 유 실장의 눈가에 미소가 담겼다. 강우가 느끼는 것이 무엇인지 모를 유 실장은 아니었지만.

'어쩐지 전 사장님을 위해서라도 그 모기새끼가 호락호락하지 않기를 진심으로 바라게 되는군요.'

허나, 결코 말로 표현해서는 안 될 것이었기에 유 실장은 다시금 정중한 어조로 물었다.

"그나저나 이번 주말 모임은 어떡하시겠습니까? 대동은행의 이 회장님께서 내일까지 답변을 달라고 신신당부를 하셨습니다만."

"본인 생신이라고 하셨던가요?"

"네. 가까운 지인들끼리 모여 식사나 하자고 그러셨습니다."

"식사나 하자라."

강우가 시트 깊숙이 몸을 기대며 입가를 활처럼 휘었다. 얼마 전 그의 딸이 영국 유학에서 돌아왔음은 이미 지인을 통해 들은 터였다.

"귀찮게 됐군."

혼잣말처럼 중얼거리는 강우를 보며 유 실장이 조심스럽게 되물었다.

"거절하시겠습니까?"

"아니, 조금 더 생각해보도록 하죠."

어찌 됐건 앞으로 꾸준히 만나야 될 사람들 중 하나였기에 그는 냉담한 눈초리를 돌려 차창 밖을 쳐다보았다. 쓸데없는 걱정거리가 늘어난 것치고는 봄의 절정을 맞은 하늘은 오늘 하루가 매우 순조로움을 알리고 있었다.

그 시각, 주나는 주오를 챙겨 아침밥을 먹인 후 수원댁과 함께 주방을 치우고 있었다.

"정말 내 눈으로 보고도 믿을 수가 없다니까. 우리 사장님이 매일 아침식사를 하시다니. 언젠간 꼭 드시게 하고 말겠다는 아가씨의 말이 맞았네."

"네, 뭐."

수원댁의 칭찬에 겸연쩍게 웃으며 주나는 슬그머니 눈길을 돌렸다. 과연 그게 내 덕일까?

"사장님이 어렸을 때 이후 처음 보는 광경이라 내가 다 흥분되더라고. 한때는 식사 거부까지 하셔서 어떻게 되는 건 아닌지 걱정했었는데."

"식사 거부요? 혹시 주인님께서 거식증이 있으셨어요?"

"그 정도까진 아니고, 그저 큰 사장님이 돌아가신 충격에."

"큰 사장님?"

"사장님의 부친父親 말이야."

"아……."

주나가 실수했다 듯 말을 흐렸다. 그러고 보니 그의 부친에 대해선 단 한 번도 들어본 적이 없는 듯했다. 잠시나마 그의 조부를 부친이 아닐까 의심하긴 했지만.

"어떻게 돌아가셨어요? 주인님 연배를 고려하면 아직 돌아가실 때는 아닌 듯한데."

"사장님 나이가 이제 서른넷이니까 그보다 대여섯 살 위쯤에 그리 되셨나? 안타까운 사고였지."

"사고요?"

"응, 아마 아가씨는 모를 거야. 워낙에 아기 때라. 당시에는 신문에도 나오고 난리도 아니었지만."

신문에도 나왔다니, 대체 무슨 일이었기에 그랬을까?

주나가 의아심에 고개를 기울이고 있는데 수원댁이 무겁게 한숨을 내쉬었다.

"그때 그 일로 사장님 성격도 어두워지시고 말씀도 잘 안 하셔서 회장님이 많이 걱정하셨지. 어떻게 된 일인지 살아생전 큰 사장님보다 더 따르던 회장님한테까지 냉랭하게 대하셔서 마치 딴 사람이 된 듯했거든."

그래서였었나?

주나는 유독 조부에 대해 말을 꺼리던 강우의 행동을 기억하며 낮게 눈을 내리깔았다. 추후 영진에게 들은 바에 의하면 그는 노인요양원에도 전혀 방문하고 있지 않은 듯했다.

"어떤 분이셨어요? 회장님은. 주인님을 닮아 까칠한 아니, 좋은 분이셨어요?"

급히 말을 바꾸는 주나의 태도에 수원댁이 빙그레 웃었다.

"응, 좋은 분이셨지. 사회통념상 받아들이기 힘든 사채업을 하셨기 때문에 돈놀이를 한다는 오명도 쓰시긴 했지만 회장님 자신은 신념이 확고한 올곧은 분이셨어. 돈이란 살아가는 수단이지 전부가 될 수 없다면서 오히려 없는 사람들에게는 무상으로 빌려주시곤 하셨거든."

아, 그건 나와 똑같다.

주나는 돈에 대한 소신이 자기와 같다고 여기며 계속해서 말을 잇는 수원댁을 쳐다보았다.

"그런 회장님을 쏙 빼닮은 게 사장님이셨는데 그 사건 이후로는 두 분이 내리 어긋나기만 했지. 뭐, 그래도 돈에 대한 신념은 같은 모양이지만."

수원댁이 말이 많았다는 듯 손사래를 치더니 이내 주나를 바라보았다.

"저녁에 뭐 먹고 싶은 거 있어? 찬거리 주문하려고 하는데."

"주인님은 오늘도 늦으신데요?"

"글쎄, 일찍 들어오시면 유 실장님이 따로 연락 주시겠지."

"그러면……."

주나가 눈을 돌려 거실 소파에 앉아 그림을 그리고 있는 동생을 불렀다.

"주오야, 넌 뭐 먹고 싶어?"

"계란말이!"

"그거면 돼?"

"응. 주오는 누나가 만든 계란말이가 세상에서 젤로 맛있어."

엄지손가락까지 치켜세운 채 배시시 웃는 아이의 모습에 수원댁도 함박웃음을 지었다.

"어쩜 보면 볼수록 사장님 어렸을 때랑 똑같은지. 이젠 먹는 것까지 닮아가네."

"그러고 보니 주인님이 계란말이를 좋아하시는 거 같더라고요. 지난번 도시락 들고 찾아갔을 때 다른 반찬들은 거들떠도 안 보시면서 신기하게 그것만 드셨거든요."

"어려서 곧잘 잡수셔서 그랬을 거야. 사모님이 종종 해주시곤 하셨거든."

"사모님이요? 하지만 단 한 번도 뵌 적이……."

"재가하셨어. 현재는 연락을 끊고 사시지."

어딘가 씁쓸한 수원댁의 말에 주나가 커다란 눈을 깜박였다. 왠지 상처가 많은 듯한 강우의 과거를 알고 나니 그에게 좀 더 잘해줘야겠다는 생각이 들었다.

"그보다, 저 오후에 잠시 나갔다 와도 될까요?"

"왜 무슨 볼일이라도 있어?"

"네. 괜찮다고 하시면 주오도 데리고 갔다 올게요. 대신 저녁은 제가 다녀와서 할 테니까."

"신경 쓰지 말고 갔다 와. 안 그래도 요즘 내가 아가씨 덕을 많이 보는데, 뭘."

"그래도 며칠 전에도 외출했었잖아요. 죄송해서. 아무튼 제가 저녁에 맛있는 계란말이 해드릴 테니까 아주머니는 푹 쉬고 계세요, 아셨죠?"

싹싹한 주나의 말에 수원댁이 고개를 끄덕였다.

"그래. 내가 아가씨 덕에 산다. 자, 이제 그만 설거지 마무리해야지?"

"네."

그리 해맑게 대꾸하며 주나는 열심히 손을 놀렸다. 어찌 됐건 진심을 담은 헌신과 봉사는 쭈욱 이어질 예정이었다.

*

아무도 없는 너른 방 안에 홀로 앉아 멀거니 창밖을 내다보는 창만을 보며 주나는 내리 한숨을 쉬었다. 그 어떤 생기도 없이 초점 없는 눈동자를 굴리는 그의 모습은 절로 마음 한쪽을 아리게 하면서도 아버지인 만복이 얼마나 큰 잘못을 저질렀는지 절실하게 깨닫게 했다.

"안녕하세요, 할아버지! 저 왔어요!"

그녀는 애써 쾌활하게 인사를 건네며 창만에게 다가가 무릎을 굽혀 앉았다.

"저 생각나세요? 이틀 전에도 찾아왔었는데."

"알아. 검은 옷 입은 예쁜 아가씨잖아. 나, 집에 데려다주려고 온 거야?"

창만의 물음에 주나가 난감한 표정을 지었다.

"집에 가고 싶으세요?"

"응."

"왜요?"

"그야, 우리 아들이 보고 싶으니까."

그의 말에 주나가 두 눈을 크게 떴다. 아들이 보고 싶다니…….

"죄송해요, 청을 못 들어드려서. 대신에 맛있는 거 드릴게요."

주나가 달래듯 이야기하더니 가져온 보자기를 테이블에 풀기 시작했다.

"어제 잠깐 집 근처 산에 다녀왔거든요. 때마침 봄나물이 보여서 할아버지도 잡숴보시라고 가져왔어요."

그리곤 뚜껑을 열어 통을 내밀자 창만이 덥석 나물을 집어 입 안에 넣었다.

"퉤! 맛없어. 이런 건 버려야 해!"

그가 입에 안 맞는지 나물을 뱉어내더니 통을 집어 위로 들어 올렸다.

"그러지 마세요, 할아버지! 손주분은 무척이나 좋아하셨단 말이에요!"

"손주?"

창만이 우뚝 동작을 멈추더니 물끄러미 그녀를 쳐다보았다.

"네, 손주요. 혹시 기억나세요? 최강우라고. 할아버지처럼 키가 크고 잘생긴 얼굴에……."

그에 비해 성격은 외모의 발끝에도 못 미치는.

"하지만 나름 친절한 분이세요. 오갈 데 없는 우리들을 같이 살 수 있게 해주셨거든요."

"그리고 못하는 게 없으세요. 우주에서 제일 멋진 주인님이시거든요."

주오가 뜬금없이 끼어들더니 가방을 벗어 지퍼 고리에 매달려 있는 인형들 중 하나를 가리켰다.

"여기 있는 뽀로로보다 더 멋지세요."

"뽀 뭐?"

"뽀로로요. 뽀. 로. 로."

또박또박 내뱉는 주오의 말에 창만이 큰 소리를 내질렀다.

"아니야! 그건 펭귄이야. 너 내가 바본 줄 아는 거지?"

"에? 아니에요. 이건 뽀로로예요. 여기 뽀로로 친구 크롱이랑 루피, 에디, 포비도 있는 걸요?"

"아니야, 얘는 악어야. 이놈은 너구리고 이건 고양이, 저놈은 곰 새끼."

"아니에요! 크롱은 공룡이고 루피는 비버예요. 그리고 에디는 여우고 포비는 백곰인데 할아버지는 그것도 모르면서."

주오가 화가 난 듯 씩씩거리더니 주나를 올려다보았다.

"누나, 이 할아버지 이상해. 그저께는 토마스를 보고 무궁화라고 하더니."

"그거야……."

기차 그림에 '무궁화호'가 생각나셨나 보지.

주나는 어색한 미소를 지으며 입술을 삐죽거리고 있는 주오의 머리를 쓰다듬었다.

"그런 게 아니야, 주오야. 할아버지는 이상한 게 아니라 아프셔서 그래."

"아파? 어디가?"

주오의 물음에 주나가 고심하듯 미간을 찡그렸다. 뭐라고 설명하면 좋을까?

"할아버지는 뭐든 잊어버리는 병에 걸리셨거든. 간혹 그런 질병을 앓는 분들이 계셔. 아무리 노력해도 잊고 마는 그런 병 말이야."

솔직히 걸릴 수만 있다면 나도 걸리고 싶지만.

주나는 지난 며칠 동안 있었던 자신의 찬란했던 날들을 돌아보며 멀뚱하니 창만을 보고 있는 주오를 응시했다.

"그럼, 누나. 그 병은 머리가 아픈 거야?"

"응? 아마 머리보다는 마음이 아프지 않을까? 나와는 상관없이 모든 걸 잊어버리는 거니까."

"그러면 그건 참 슬픈 병인 거네?"

"슬픈 병?"

"그렇잖아. 지금 할아버지는 나도, 누나도, 주인님도 하나도 기억이 안 나는 거잖아. 난 누나랑 조금만 떨어져도 아기처럼 우는데 할아버지는 보고 있어도 계속 보고 싶으니 얼마나 슬플까?"

주나는 좀 전 세상을 뜬 아들을 찾던 창만을 떠올리며 아련한 눈빛을 띠었다. 모든 것이 사라진 와중에도 자식만은 또렷이 기억날 만큼 그는 그리움과 슬픔에 사로잡혀 있었던 걸까?

그때, 정복 차림의 영진이 방 안에 들어와 그들에게 다가왔다.

"너희들 또 온 게냐? 이렇게 자주 오면 안 된다고 내가 말하지 않았니."

"죄송해요, 아저씨. 오늘은 알바 일 가지러 가는 길에 잠시 들른 거예요. 그리고 지난번에 왔을 때 말씀드렸잖아요? 저, 그 집에서 일한다고."

태연한 주나의 말에 영진이 크게 숨을 몰아쉬었다.

"그게 문제가 아니다. 이런 식으로 자꾸 오면 그분이……."

"그런 걱정은 안 하셔도 돼요. 어차피 벌써 다 아실 텐데요, 뭐."

어디 보고 듣는 귀가 한두 개였던가?

그녀는 뽀로로와 친구들의 이름을 창만에게 다시 가르쳐주고 있는 주오를 보며 다정하게 속삭였다.

"잠깐 할아버지랑 놀고 있을래? 누나는 아저씨랑 얘기 좀 하고 올게."

"응."

씩씩하게 고개를 끄덕이는 주오를 두고 주나는 영진과 함께 밖으로 나갔다.

"그래, 내게 무슨 할 말이라도 있는 게냐?"

영진의 물음에 주나가 심각한 표정으로 그를 돌아보았다.

"아저씨, 이틀 전에 제게 해주신 말씀 말인데요."

"너희 아버지가 주오 친모 때문에 그리됐다는 거 말이냐?"

"네. 아무리 생각해봐도 납득이 안 돼서요. 대체 저희 새엄마가 어떻게 알고 아빠를 찾아오신 거죠?"

"그게, 다 내 탓이다."

영진이 민망한 듯 머리를 긁적였다.

"내가 우연히 지방에 갔다가 식당을 하는 주오 엄마를 만났거든. 그동안 만복에게 들은 것도 있고 직접 본 바도 있어 웬만하면 각자 잘 살라는 뜻에서 너희 아버지의 근황을 전한 건데, 그만 그녀가 서울까지 와서는……."

그가 말끝을 흐렸다.

"나머지는 그때 말한 대로다. 주오 엄마가 만복이랑 다시 시작하고 싶다고 매달린 모양이더구나. 그런데 장사하며 진 빚 때문에 그럴 수가 없다면서 그걸 해결해주면 집으로 돌아오겠다고. 만복이야 너희를 생각해서라도 그녀와 합쳤으면 했겠지만 워낙에 큰돈이라 그냥 포기할 줄 알았더니."

한숨 섞인 영진의 말에 주나가 어깨를 늘어트렸다. 아빠의 사람 좋음이야 진즉에 알고 있었지만 새엄마에게 그리 당해놓고도 아직도 미련이 남으셨다니.

"그런데도 새엄마는 돈을 갖고 잠적하셨고 그제야 속은 줄 아신 아빠는 그걸 돌려받기 위해 찾아다니시는 거고요?"

"아마도 그런 거 같구나. 뒤는 나도 자세히 들은 바가 없어서. 그저 내게는 주오 엄마를 찾겠다는 말과 함께 대신 사표를 내달라는 소리만 했을 뿐이다."

영진이 열린 문틈으로 주오와 사이좋게 얘기를 나누고 있는 창만을 보더니 다시 낮게 말을 이었다.

"하긴, 돈을 빌려준 분이 저런 상태시니 그 사람도 괴로워서 견딜 수가 없었겠지. 여러 가지 사정은 있겠지만 그걸 증명해줄 증인도 없고."

"증인이 뭐가 필요하겠어요? 딱 봐도 아빠가 잘못하신 건데. 변명의 여지도 없어 보이네요."

싸늘한 주나의 반응에 영진이 미간을 모았다.

"그래도 다 너희를 아끼는 마음에서 그런 건데 너무 몰아붙이지 말거라. 게다가 그 사람이라면 돈을 못 돌려받더라도 반드시 돌아오지 않겠느냐? 다른 누구보다도 자식이라면 껌벅 죽는 사람인데."

문제는 언제 돌아오시냐 하는 거지.

주나는 끓어오르는 화에 입가를 일그러트렸다. 더 이상 만복의 편을 들고 싶지 않았다.

이 와중에 영진이 새삼 그녀를 훑어보는 게 느껴졌다.

"그 옷 말이다, 그 댁에선 정말 그런 차림으로 근무시키는 거냐? 처음 봤을 때만 그런 줄 알았더니 얼마 전에도 그렇고, 지금도."

"아, 그게 아니라 행여나 이러면 할아버지가 저를 기억하실까 하고요. 워낙에 사람을 못 알아보시니 인지하시는데 조금이라도 도움이 될까하고."

주나가 민망한 듯 입고 있는 메이드복을 내려다보았다. 본인 스스로도 부끄러운 감이 없지 않아 이곳에 올 때는 화장실에서 갈아입곤 했지만, 확실히 평범한 사람들에게는 머리에 꽃을 꽂은 이상한 여자처럼 보이기도 하리라.

"너의 성의는 가상하지만 저분의 상태는 이미 그럴 단계가 지나셨단다. 이젠 아주 가끔씩 돌아오시던 정신도 아예 놓아버리신 듯하니까."

"가끔이라고요? 그럼, 할아버지가 종종 제정신으로 돌아오셨다는 건가요?"

"치매는 갑자기 오기도 하지만 대부분 서서히 악화되는 경우가 많으니까. 물론 너희 아버지가 돈을 빌렸을 때 저분이 온정신이셨는지는 확인할 길이 없단다."

주나는 '혹시나' 했던 기대를 버린 채 연민 가득한 눈빛을 보내고 있는 영진에게 애써 웃어보였다. 어찌 됐건 만복과 창만 사이에 무슨 일이 있었는지는 모르겠지만 현재로서는 그녀가 잘하는 수밖에 없었다. 저분에게도 그리고 저분의 하나밖에 없는 손자에게도.

그날 밤, 아무도 없는 거실에 혼자 앉아 주나는 새로 주문 받은 부업을 하기 위해 디자인을 끄적거리고 있었다.

"이건 정말 입는 사람이 갑바가 좋아야겠다. 이런 인조가죽으로 갑옷 패드를 만들어 착용하려면 보통 몸 가지고는 안 될 테니까."

그녀는 재단 전 반드시 주문한 사람을 만나 정확한 치수를 재봐야겠다고 여기며 시계를 바라보았다.

"벌써 자정이네? 주인님은 아직이신가?"

그때, 현관문이 조용히 열리며 강우가 안으로 들어왔다.

"당신, 여태껏 안 자고 있었던 건가?"

다소 놀란 듯한 그의 물음에 주나가 들고 있던 스케치북을 놓고 자리에서 일어났다.

"깜깜한 집에 혼자 들어오는 것만큼 쓸쓸한 건 없잖아요?"

그녀의 말에 강우가 말끄러미 주나를 쳐다보았다.

늘 귀가가 늦는 그였기에 특별한 언급이 없는 한 밤 9시가 넘으면 수원댁 부부를 포함하여 주나 역시 별채로 돌아가도 좋다고 미리 언급을 해둔 바였다. 다만, 진심어린 헌신을 다짐한 이후 주나는 단 한 번도 그 말을 따른 적이 없었다.

"제 할 일하면서 기다리는 거니까 신경 쓰지 마세요."

상냥하게 얘기하는 주나에게 강우가 싸늘히 응수했다.

"당신 좋을 대로 해."

그리 2층 계단을 향해 걸음을 옮기는데 주나가 그의 뒤를 따르며 물었다.

"시장하진 않으세요? 뭐라도 챙겨 드릴까요?"

"이 시간에 말인가? 됐어."

"그래도……. 아, 계란말이 해드릴까요? 그거라면 금방 준비가 되기도 하고 부담스럽지도 않으실 거 같은데."

불현듯 강우가 주나를 돌아보았다. 두 손을 움켜쥔 채 커다란 눈동자를 올망거리는 것이 진심으로 그에게 뭔가를 해주고 싶은 듯했다.

"옷 갈아입고 내려오지."

무뚝뚝하게 대꾸하는 강우의 말에 주나가 환한 미소를 머금은 채 주방으로 들어갔다. 그런 그녀를 보는 강우의 눈빛이 묘하게 빛나고 있었다.

잠시 후, 비어 있는 식탁 의자에 앉으며 강우는 프라이팬에 계란을 두르는 주나를 말없이 응시했다.

"거기 계시지 말고 거실에서 기다리세요. 곧 다 돼가니까."

"여기가 편해."

"그렇지만……."

주나는 여느 때와 달리 유독 뚫어져라 눈길을 보내고 있는 그를 피해 갑자기 생각난 듯 말했다.

"와인도 한 잔 드릴까요? 보니까 계란말이와 와인이 은근히 궁합이 좋다고 하던데."

"당신이 늘 애용하는 만인의 검색 프로그램에서 말인가?"

약간은 비꼬는 듯한 그의 말에 주나가 민망함으로 고개를 돌렸다.

"네, 뭐."

그러면서도 살짝 곁눈질로 그를 보니 강우가 피식 가볍게 웃고 있었다.

"그보다 당신 아르바이트 말인데, 일은 자주 있는 건가?"

"꼭 그런 건 아니지만 나름 솜씨 좋은 디자이너라서요."

"솜씨가 좋다라, 그럼 혹시 다른 일도 해볼 생각이 있나?"

뜬금없는 그의 말에 주나가 급 관심을 보였다.

"어디 좋은 아르바이트라도 있나요?"

"적어도 그 일보다는 몇 배의 금액을 받을 수 있다고 장담하지."

몇 배씩이나?

주나는 또다시 몸과 마음을 바쳐야 하는 건 아닌가 의심하며 두 눈을 가늘게 떴다.

"설마 그거 위험한 일은 아니겠죠?"

순간 강우가 희미하게 입가를 들어 올렸다.

"이번에야말로 당신의 그 몸이 진짜로 필요할지도 모르겠군."

에엑?

어쩐지 노골적인 그의 말에 주나가 얼굴을 붉혔다. 농담으로 내뱉은 말을 이렇게 진담으로 받아치다니.

"저기, 그렇다면 전 그다지……."

이때, 그가 느긋하게 몸을 기대며 두 손을 깍지 끼었다.

"분명 내게 몸과 마음을 바치겠다고 맹세하지 않았던가? 듣기론 최선을 다해 헌신하겠다 굳게 다짐했었지."

"그건 그렇지만."

주나는 자신이 파놓은 무덤에서 어떻게 빠져나갈까 머리를 굴리며 강우의 눈치를 살폈다. 무엇보다 그가 이리 위험하고 음험한 사람인지는 미처 몰랐다.

"내일부터 유 실장님과 함께 부디 힘내길 바라. 당신이 약속한 헌신과 봉사가 얼마나 진솔한지 내가 직접 지켜보도록 할 테니까."

"유 실장님과 함께요? 대체 무슨 일이기예요?"

점점 패닉에 빠지는 주나를 내버려둔 채 강우는 우아한 동작으로 젓가락을 들어 올렸다. 오늘 먹는 계란말이는 그 어느 때보다 그의 입술에 달콤하게 녹아내리고 있었다.

## 7. 마이 페어 가사도우미

누군가 그랬다. 인생은 절대 미디어를 통해 배우면 안 된다고.

그건 아마 드라마나 소설, 영화, 만화 등이 현실과는 매우 동떨어졌기 때문이리라. 그리고 주나 역시 그 의견에 동의하고 있었다. 그녀의 인생은 다큐멘터리와 다를 바가 없었으니까.

다만, 그래서 더욱 열광할 수밖에 없는 사람의 심리를 누가 뭐라고 할 수 있겠는가?

'아아, 나 완전 드라마 속 여주인공 같아.'

주나는 마치 대기업의 실장님이라도 만난 것처럼 화려하게 변신한 자신의 모습에 두 눈을 반짝거렸다. 어깨가 다 드러나는 시폰 드레스에 발목에 가느다랗게 묶여 있는 스트랩 슈즈, 게다가 귓가에서 찰랑거리는 귀고리와 목에 세련되게 늘어진 목걸이는 아무리 그러지 말자고 다짐해도 그녀를 완벽한 신데렐라로 빙의시키고 있었다.

물론 옆에서 가만히 팔짱을 낀 채 두 눈을 감고 있는 '실장님' 강우를 보면 이제 그만 현실로 돌아오자고 스스로를 다독거리게 되지만.

"그리 긴장하실 거 없습니다, 주나 양. 그동안 연습하신 대로만 하신다면 별문제 없으실 테니까요."

자동차 앞좌석에 앉아 있던 유 실장이 주나의 굳은 얼굴에 상냥히 말을 건넸다. 지난 며칠 동안 그녀와 동고동락을 함께 해왔기에 더더욱 힘을 주고 싶었으리라.

"전 그저 옷이 자꾸 내려갈 것만 같아 불안해서 그래요."

주나가 빈약한 가슴에 다소 깊게 파인 네크라인을 매만지고 있는데 강우가 차갑게 중얼거렸다.

"치켜 올려."

헉!

그녀는 숨이 막힐 정도로 냉랭한 그의 말에 슬며시 가자미눈을 했다. 마음 같아서는 '실장님은 무슨! 이런 드라마 따윈 필요 없어!' 하고 냅다 도망치고 싶었지만, 그동안 저지른 만행들이 떠올라 꾹꾹 눌러 참았다.

"그래도 참 곱지 않으십니까? 사흘 동안 그렇게나 고생하시더니 마치 봄에 핀 벚꽃처럼 아름답기도 하시고요."

"그녀의 한 달 몸값 이상의 돈을 쏟아부었습니다. 이 정도도 안 나오면 이상한 거 아닐까요?"

주나는 오늘따라 유독 까칠한 강우의 말에 입술을 이죽거렸다. 이럴 거면 왜 자신을 그런 말도 안 되는 일에 끌어들인 건지 도무지 이해가 되질 않았다.

[사업적으로 아는 분의 생신파티야. 파트너 동반이라는 조건이 붙어서 부득이하게 당신이 같이 가주었으면 하는군.]

애당초 몸과 마음을 바친 진심어린 헌신만 다짐하지 않았다면 진즉에 거절했을 내용이었다. 암만 돈이 필요하다고 하지만 지난 며칠 동안 있었던 일들은 다시는 겪고 싶지 않을 정도였으니까.

주나는 파티예절부터 시작해 식사와 언어 그리고 행동예절까지 유실장에게 초스피드로 배웠던 예법의 날들을 떠올리며 입가를 일그러 트렸다. 자신이 무슨 '마이 페어 레이디'도 아니고 그는 단 며칠 만에 그녀가 눈부신 숙녀로 거듭날 수 있다고 확신한 모양이었다. 다행히 그 덕분인지 본인도 감탄할 만큼 만족스러운 모습이 되기는 했지만.

"앞으로 몇 시간 동안 당신이 무슨 말을 하든, 어떤 식으로 행동하든 간섭할 생각은 전혀 없어. 단, 가사도우미란 사실만은 들키지 마. 만약 그랬다간 내 곁에 남게 된 걸 후회하게 될 테니까."

그녀는 마치 일상적인 대화를 하듯 아무렇지 않게 협박을 하는 강우를 보며 어색하게 고개를 끄덕였다. 이왕지사 이렇게 된 거 아주 멋들어지게 파트너 역할을 해내 그의 코를 납작하게 해주자는 오기가 생겼다.

하지만 아무리 마음이 움직인다 한들 몸 또한 따라주는 것은 아니었기에 주나는 월드호텔 앞에 멈춘 차에서 내리며 그만 다리를 삐끗하고 말았다.

"아앗!"

휘청거리는 그녀의 몸을 강우가 재빨리 붙잡았다.

"괜찮나?"

그리곤 커다란 손으로 허리를 감싸 안자 그녀가 낯선 감촉에 양 볼을 붉혔다.

"죄송해요. 이렇게 높은 굽의 구두는 처음이라."

그녀는 간신히 자세를 바로잡은 채 깊은 숨을 몰아쉬었다. 어쩐지 의욕만 앞선 것만 같아 괜히 부끄러워졌다.

이런 주나를 보며 강우가 나직이 속삭였다.

"호박에 줄을 그으면 수박이 되기도 하는군. 그러니까 자신감을 가져."

생각지도 못한 그의 칭찬에 주나가 두 눈을 휘둥그레 떴다. 지금 이 사람이 내게 뭐라고 한 거지?

갑자기 두근거리는 심장에 멀거니 그를 보고 있는데 강우가 어느 한 곳을 응시하며 조용히 입술을 달싹거렸다.

"웃어, 모기새끼."

한순간 화악 깨는 그의 말에 주나는 반사적으로 입 끝에 힘을 가했다. 그러자 이제 막 도착한 차에서 내린 젊은 남성이 그들에게 다가오는 것이 보였다.

"설마하니 네가 올 줄은 상상도 하지 못했는데, 최강우. 내일은 해가 서쪽에서 뜨려나?"

"별소리를 다 하는군. 이 자리를 거절할 수 없음은 누구보다 네가 더 잘 알 텐데."

"알지. 그래서 친히 내가 온 거 아니겠나?"

남자가 조금은 거만하게 중얼거리더니 주나에게 눈길을 돌렸다. 순간 깜짝 놀랄 만큼 압도적인 외모가 그녀를 사로잡았다.

"처음 뵙겠습니다, 지무혁이라고 합니다."

남자의 인사에 주나가 얼떨결에 고개를 숙였다.

146

"정주나라고 합니다."

"주나 양. 양이 맞겠죠?"

유연하게 던지는 그의 물음에 강우가 미간을 찌푸렸다. 허나 그뿐, 이내 주위를 둘러보았다.

"와이프는 함께 오지 않은 거야?"

"아아, 입덧이 심해 집에서 쉬라고 했어. 워낙에 힘들어하기도 하고 굳이 동반할 필요도 없는 자리니까."

"이번이 세 번째 아이라고 했지?"

"응. 적어도 나라에 애국하는 마음으로 능력이 되는 한 많이 낳자는 게 내 지론이니까. 무엇보다 난 아직 삼십 대 중반밖에 안 됐잖아?"

"자넨 그럴지 몰라도 와이프는 아니겠지. 게다가 자네는 거기서 끝낼 사람도 아니잖아?"

담담한 강우의 말에 무혁이 어깨를 으쓱했다.

"요즘은 해외토픽에 나올 만큼 깜짝 놀랄만한 나이에 아이를 낳는 경우도 드물지 않으니까. 세계로 나가는 MS그룹의 사모님인 만큼 타의 모범이 되는 행동쯤은 보여줘도 나쁘지 않잖겠어?"

MS그룹의 사모님? 그렇다면 이 사람이 그곳의 후계자인 그 지무혁?

주나는 오래전 잡지에서 읽은 적이 있는 그의 러브스토리에 대해 기억하며 양 눈썹을 모았다. 기사에 의하면 열두 살이라는 어린 나이에 네 살 연상의 아내를 만난 그는 오랜 시간 구애 끝에 결혼에 성공했다고 한다.

'저런 외모와 배경이라면 어떤 여자라도 넘어올 거 같은데 역시 사람의 취향이란 알 수가 없구나.'

불현듯 주나는 저 남자를 애달프게 한 여자를 만나보고 싶다고 여기며 담소를 나누는 두 사람을 쳐다보았다.

그때, 봄날치고는 매서운 바람이 갑작스레 그들을 감쌌다.

"이런, 오늘 파티는 야외에서 한다고 하던데 괜찮을까?"

"별실이 따로 마련되어 있다고 하니 별문제 없겠지."

강우가 곁에 있던 유 실장에게 눈짓을 주었다.

"그걸."

"네, 사장님."

잠시 후, 유 실장이 부드러운 실크 소재의 숄을 가져오자 강우가 그것을 주나의 어깨에 걸쳐주었다.

"날이 쌀쌀한 듯하니 하고 있도록 해."

"……네, 고맙습니다."

살짝 놀란 듯한 주나를 무혁이 말없이 바라보았다. 조금은 붉어진 듯한 그녀의 얼굴에서부터 아무 감정도 드러나지 않은 강우에 이르기까지 묘한 눈길을 보낸 그는 부드러운 미소를 지은 채 앞장서 걷기 시작했다.

"자, 이만 들어가도록 할까?"

그 뒤를 따르며 강우가 주나에게 손을 내밀었다.

"가지."

그 손을 서먹하게 붙잡으며 주나는 요동치는 가슴에 자신을 도닥거렸다. 기껏해야 파트너라는 설정 때문에 그런 건데 왜 그의 다정함에 신경이 쓰이는 건지.

'이건 분명 긴장한 탓일 거야, 그렇지?'

그럼에도 아직은 어설프기만 한 마이 페어 가사도우미는 손끝에 전해지는 온기에 약간은 부끄러운 듯 살포시 미소 짓고 있었다.

대동은행 이희열 회장의 생일 파티가 열리고 있는 월드가든은 말로 표현할 수 없을 만큼 아름다운 곳이었다. 별이 쏟아지는 하늘을 지붕으로 두고 넓게 펼쳐진 푸른 잔디 위에는 화려하게 세팅된 테이블과 예술작품 같은 음식들이 놓여 있었으며 잔잔하게 퍼지는 현악사중주의 음악이 사람들의 귀를 즐겁게 해주고 있었다.

주나는 어쩌면 '간단한 파티'라고 하던 강우의 말이 거짓이었을지도 모른다고 생각하며 주변을 둘러보았다. 고가의 명품과 액세서리 등으로 우아하게 치장한 사람들 사이로 그보다 더 많은 수의 서버들이 능숙하게 그들을 접객하고 있었다.

"원래 하던 만큼만 해. 있는 이들이라고 기죽는 당신이 아니니까."

어딘가 긴장한 주나의 표정에 강우가 나직이 읊조렸다. 그래봤자 다 자신을 위한 것이겠지만 주나는 상관없다는 듯 씩씩하게 웃어보였다.

"이것도 나름 아르바이트인데 잘해야죠. 정당하게 일하고 신성한 노동의 대가를 받는다는 게 바로 제 모티브잖아요?"

당찬 그녀의 말에 강우가 입가에 미소를 담았다. 그저 살짝 입술 끝을 올렸을 뿐인데도 아까부터 계속 그의 모습이 주나의 마음을 설레게 했다.

그때, 나이 지긋한 풍채 좋은 중년 남자가 그들에게 다가왔다.

"최 사장, 이렇게 와줘서 고맙네."

"생신을 축하드립니다, 이 회장님."

강우가 반듯한 태도로 고개를 숙이더니 그와 악수를 나눴다. 아주 오래전부터 알던 사이인지 남자는 자연스럽게 강우의 어깨를 토닥였다.

"그래, 요즘 회사는 어떤가? 듣자하니 이번에 동남아 산업은행을 인수한다는 소문이 있던데."

"아직 조율 중에 있습니다. 확정된 바도 아니기 때문에 뭐라 말씀 드리기 어려운 상황이군요."

"그런가? 그래도 자네의 사업 수완이 대단한 건 알아줘야겠네. 국 내은행만 해도 두, 서너 곳이 그곳을 노렸다고 하던데 조부께서 아주 자랑스러워하시겠구만."

"과찬이십니다."

이 회장이 흐뭇한 웃음을 짓더니 옆에 서 있던 늘씬한 여자를 가리켰다.

"깜박했군. 내 딸일세. 얼마 전에 영국에서 돌아왔지."

"안녕하세요, 이수진이라고 합니다. 예전에 한 번 뵌 적이 있죠?"

활달한 수진의 말에 강우가 정중하게 대꾸했다.

"기억하고 있습니다. 저희 회사 창립기념파티회장에서였죠?"

"어머, 알고 계시네요. 맞아요. 유학 가기 얼마 전이었는데 사장님의 모습이 유독 인상적이어서 꼭 한 번 다시 뵙고 싶었답니다."

수진이 붉게 칠한 입술을 꽃처럼 벌리더니 이내 주나를 쳐다보았다.

"그런데 이분은?"

"저와 함께 온 사람입니다. ……주나?"

주……나?

그녀는 친근하게 자신의 이름을 부르는 강우의 행동에 뜨악한 듯 입을 벌렸다. 갑자기 과도하게 보이는 친밀감이 그녀를 당혹스럽게 했다.

"처, 처음 뵙겠습니다. 정주나라고 합니다."

더듬거리는 그녀의 인사에 수진의 시선이 꽂혔다. 머리부터 발끝까지 노골적으로 훑은 그녀가 별거 아니라는 듯 대뜸 조소를 날렸다.

"잘 부탁드려요."

그런 그녀의 태도에 주나가 허리를 꼿꼿이 세웠다. 왠지 무시하는 듯한 수진의 인상이 썩 마음에 들지 않았다.

"그보다 잠시 나와 단둘이 얘기 좀 나누지 않겠나? 우리 은행 건으로 자네의 조언을 들었으면 하는 일이 있는데."

이 회장의 말에 강우가 주나를 돌아보았다.

"혼자 있어도 괜찮겠나?"

이에 미처 대답하기도 전에 수진이 끼어들었다.

"걱정 마세요, 제가 알아서 잘 모실 테니까."

"그래 주시겠습니까? 그럼, 부탁드립니다."

강우가 간략하게 인사를 건넨 후 이 회장과 같이 자리를 뜨자 수진이 가소롭다는 듯 주나를 내려다보았다.

"샴페인 한 잔 하시겠어요? 아니면, 와인도 있는데."

"샴페인으로 할게요."

지나가는 서버에게 잔을 받아 한 모금 입 안으로 넘기자 수진이 궁금하다는 듯 질문을 던졌다.

"최 사장님과는 오래전부터 알고 지낸 사이세요? 뵙기엔 좀 어려 보이시는데."

"알게 된 건 얼마 돼진 않았어요. 이제 한 한 달 됐나?"

"그래요? 신기하네요. 듣기론 그분, 이런 자리에 여자와 함께 나타나신 적은 한 번도 없다고 하던데. 두 분은 어떻게 알게 되셨어요?"

"그게, 개인적으로 좀 얽힌 게 있어서요. 집안 사정이라 세세하게 말씀드리기는 조금 그러네요."

"집안 사정이라고요? 그렇다면……."

"굳이 말씀드리자면 그분의 조부님과 저희 아버님의 일인데 워낙에 은밀한 사연이라 더는 밝히기가……."

주나가 은근슬쩍 말을 흐렸다. 살짝 곁눈질로 수진을 보니 붉은 입술을 다문 채 입매를 굳히고 있었다.

"그런데 최 사장님의 조부께서는 몸이 많이 편찮으셔서 요양원에 계시다고 하던데, 주나 씨의 아버님은 언제 그분과 연을 맺으신 거죠?"

"글쎄요, 그것까지는 저도 잘 모르겠습니다. 단지, 전 아버님을 대신해 종종 그분을 만나 뵈러 갈 뿐이니까요."

"조부님을 만나 뵙는다고요?"

"네. 그분께서도 제가 방문하는 것을 무척이나 좋아하셔서 시간이 나는 한 자주 가려고 노력하고 있지요. 다만, 강우 씨가……."

슬며시 말을 멈춘 주나가 수진을 바라보았다.

"한데 수진 씨는 강우 씨의 조부님을 뵌 적이 있으신가요?"

"아니요, 없어요. 아까 말씀드렸다시피 영국에서 돌아온 지 얼마 되지 않아서요."

"아, 그렇군요."

쌀쌀맞은 수진의 응답에 주나가 알았다는 듯 고개를 끄덕였다. 이로써 두 사람의 친밀감의 차이는 충분히 드러났으리라.


이를 먼 곳에서 지켜보며 강우는 여유롭게 벽에 기대 와인 향을 음미하고 있었다.

"마시진 않는 거야? 이런 날에는 한 잔쯤은 해도 괜찮을 거 같은데."

무혁이 가까이 다가와 곁에 서자 강우가 손끝에서 빙그르르 잔을 돌렸다.

"며칠 동안 자주 마셔서 그런지 썩 당기지 않는군. 내가 좋아하는 안주도 없고 말이야."

"자네가 좋아하는 안주? 그게 뭔데?"

"그런 게 있어."

가볍게 웃음을 보이는 강우의 얼굴에 무혁이 한쪽 눈썹을 치켜떴다. 얼마 전에 만났을 때도 느낀 거지만 요즘의 그는 어딘가 좀 달라져보였다.

"절대영도라 불리는 최강우가 여자를 데리고 와서 그런가?"

"뭐?"

"아니, 아무것도. 그보다 좀 전에 보니 이 회장과 무슨 얘기를 나누는 거 같던데. 어때, 당신 딸을 자네에게 주고 싶다고 하던가?"

그 말에 강우가 낮게 눈을 내리깔았다.

"쓸데없는 질문을 하는군."

"그렇게 조심할 거 없어. 이 자리가 두 사람을 소개시켜주기 위한 것임은 얼핏 봐도 알 수 있으니까. 어차피 너도 그럴 줄 알고 주나 양을 데리고 온 거잖아?"

그의 물음에 강우가 짧은 숨을 내쉬었다.

"이래서 눈치 빠른 사람은 피곤하다니까. 너도 그리고 그 모기새끼도."

"모기새끼?"

무혁이 강우의 시선을 따라 눈을 돌리더니 재미있다는 듯 입가에 미소를 담았다.

"너무 어리기에 설마 했더니, 이거 참. 그래, 어느 집 모기새끼야?"

"그저 그런 집. 네 관심을 끌 수 있는 곳은 아니니까 신경 끄도록 해."

"안 됐지만, 너와 왔다는 이유 하나만으로도 충분히 내 호기심을 자극해서 말이야. 그나저나 이렇게 있어도 괜찮겠나? 자네의 그 모기새끼께서 도움이 필요하신 듯한데."

"어딜 봐서 그렇다는 거지?"

"그야, 그녀에게 독기가 잔뜩 오른 이 회장의 영애께서 표독스러운 표정을 짓고 있으니까. 봐서는 금방이라도 한 입에 꿀꺽할 거 같은데?"

순간 강우가 입술을 활처럼 휘었다.

"안타깝지만 잡아먹히는 건 그녀 쪽이 될 거야. 내가 데리고 온 모기새끼는 그리 만만한 여자가 아니거든."

"너야말로 어딜 봐서 그렇다는 거지? 내가 볼 땐 그저 곱게만 자란 어린 아가씨처럼 보이는데."

"그건 자네가 그녀를 겪어보지 않아서 그래. 저 여자는 내게 대응한 유일한 여성이거든."

"자네에게? 그럼, 혹시 내 와이프와 같은 부류인가? 만약 그렇다면 골치 아픈데."

무혁이 짙은 속눈썹에 싸인 눈을 반짝이더니 여전히 와인 잔을 매만지는 강우를 응시했다.

"하긴, 그녀를 이길 수 없다면 이 회장의 딸이 자네의 아내 자리를 꿰차기에는 역부족이겠지? 아무튼 취향 나쁜 건 알아줘야겠군."

"아직 어린 소녀에 불과했던 자네 와이프를 모든 힘을 동원해 꽁꽁 얽매어둔 사람에게 들을 소리는 아니라고 생각하는데?"

"하하하, 그건 그렇지. 자네도 알다시피 난 어렸을 때부터 유난히 조숙했거든. 고백하건대 내 모든 첫 경험의 대상은 지금의 아내였었네."

진담어린 무혁의 발언에 강우가 헛웃음을 토했다. 그와는 초등학교 때부터 알던 사이인지라 워낙에 허물없이 지내긴 했지만, 이런 면은 도통 적응이 안 되는 부분이기도 했다.

"어찌 됐건 최강우가 인정한 모기새끼라니 한 번 지켜보도록 하지. 현재까지는 아주 성공적인 듯하니까."

"글쎄, 그건 두고 봐야 알겠지. 이대로 내 감정만 자극하고 끝날지……."

아니면 마음속까지 파고들지.

강우는 마지막 말은 입 안으로 삼킨 채 어디론가 향하는 주나를 바라보았다. 은은하게 쏟아지는 조명 아래로 그녀의 드레스가 별이 내린 것처럼 아름답게 빛나고 있었다.

주나는 서서히 붓기 시작한 다리에 인상을 찌푸리며 사람이 없는 한적한 곳을 찾아 두리번거렸다. 다행히도 정자 뒤편으로 아담한 연못과 함께 층층이 쌓인 돌계단이 보여 그녀는 그곳에 몸을 숨기듯 기대앉았다.

"휴우, 왠지 피곤하다."

한숨과 동시에 턱을 들어 어두운 하늘 속 영롱히 비치는 별들을 바라보았다. 특별한 부업은 이제 막 시작했을 뿐인데도 잠깐 동안의 수진과의 대화가 기를 쪽 빠지게 한 기분이었다.

"나, 좀 심했을까?"

느닷없이 주나가 혼잣말로 중얼거렸다. 진심어린 헌신을 다짐했음에도 자신을 업신여기는 듯한 수진에게 발끈해 조금 오버해버린 듯했다. 기껏해야 강우의 말대로 가사도우미란 사실만 들키지 않으면 되는 거였는데 왜 그런 건지.

그녀는 유독 강우에게 흥미를 보이던 수진이 떠올라 이마에 팔자를 그렸다. 고용인 주제에 간섭할 부분은 아니었지만 수진이 그다지 마음에 들지 않았다. 덕분에 강우와 친밀한 관계인 양 말해버리기도 했고.

"바보같이."

주나가 시무룩하니 자책하고 있는데 머리 위로 기다란 실루엣이

드리워졌다. 살짝 고갤 들어보니 강우가 팔짱을 낀 채 그녀를 내려다 보고 있었다.

"여기서 뭐하는 거지?"

"그냥요, 다리가 아파 쉬고 있었어요."

주나가 차가운 손가락을 꼼지락거리며 종아리를 주무르자 그가 다 안다는 듯 말을 이었다.

"표정이 묘하군. 당신이 그런 얼굴을 하고 있을 때는 분명 뭔가 일을 저지른 건데."

"……아까 그분, 주인님에게 중요한 분이신가요?"

넌지시 묻는 그녀에게 강우가 갸름한 턱을 비스듬히 기울였다.

"이 회장님의 따님 말인가? 아마도 그렇겠지. 꾸준히 만나야 될 사람들 중 하나니까."

아아, 역시.

주나가 어깨를 축 늘어트렸다. 고의는 다분했지만, 그래도 그를 곤란하게 만든 듯했다.

"죄송해요, 사실 그분에게 약간 실례를 범했어요."

"실례라고?"

"네. 엄밀히 말하면 딱히 부를 호칭이 생각이 안 나 그런 거지만, 아무튼 제가 그분에게 주인님을 강우 씨라고 했어요."

담담한 그녀의 고백에 강우가 침묵을 지켰다. 그러다 이내 침착한 어조로 입을 열었다.

"괜찮아."

"네?"

"어차피 나도 당신을 주나라고 불렀으니까. 다른 사람 앞에서 모기 새끼 운운할 수도 없는 노릇이잖아? 그러니까 비겼다고 치지."

비겼다고?

"하지만 중요한 분이라고 하셨잖아요. 앞으로도 계속 만나야 될 사람이라고."

"내가 관계를 유지해야 하는 건 그녀가 아니라 그녀의 아버지야. 그 또한 개인적으로 얽히는 일은 절대로 없을 테지. 그러니 당신은 신경 쓰지 마."

그 말에 주나가 두 눈을 껌벅였다. 갑자기 마음속을 누르던 돌덩이가 사라진 듯 기분이 가벼워진 것만 같았다.

이런 그녀를 향해 강우가 손을 내밀었다.

"그뿐이라면 이만 가지. 파트너와 함께 와서 혼자 재미없는 파티를 즐길 생각은 추호도 없으니까."

"그렇지만……."

여전히 망설이는 주나를 보며 강우가 냉랭하게 읊조렸다.

"내리 이렇게 고집을 부린다면 또 다른 차용증을 쓰는 수밖에 없겠군. 이것도 엄연히 돈을 받고 일하는 신성한 노동이잖아?"

그 순간 주나가 서둘러 자리에서 일어났다.

"잠깐만요! 그게 무슨 소리예요? 전 아직 보수도 받지 못했는데!"

그녀가 급히 그에게 다가가기 위해 발을 디뎠을 때, 문득 구두굽이 계단 끝에 걸리며 몸이 휘청하는 느낌이 들었다.

"아앗!"

커다란 비명을 지르며 쓰러지는 그녀를 강우가 재빨리 끌어안았다.

"괜찮나?"

그리곤 손끝에 힘을 가하자 주나는 그대로 얼음처럼 굳어버리고 말았다. 한심스럽게 오늘 두 번이나 같은 실수를 반복한 건 둘째 치고, 남자에게 처음으로 안겨본 것도 셋째 치고 미친 듯이 두근거리는 심장소리에 행여나 그가 듣지는 않을까 덜컥 겁이 났다.

"저기……."

슈트 깃을 잡은 채 웅얼거리는 그녀의 머리카락을 강우가 살포시 쓸어내렸다.

"당신은 늘 나를 조마조마하게 하는군. 한시도 눈을 뗄 수 없을 만큼."

"네? 그게 무슨?"

천천히 고개를 드는 그녀를 강우가 미소를 띤 채 내려다보았다. 그 눈빛이 또다시 가슴을 설레게 해 주나는 도로 얼굴을 박고 말았다.

'뭐야, 대체 왜 그러는 건데?'

그녀가 도통 알 수 없는 상황에 어색하게 눈동자만 굴리고 있는데 불현듯 발끝에서 서늘한 느낌이 들었다. 살며시 발밑을 내려다보니 아니나 다를까, 하이힐의 굽이 반쯤 부러진 채 옆으로 어긋나 있었다.

"설마 이것도 차용증을 써야 하는 건 아니겠죠?"

눈치를 살피듯 묻는 주나에게 그가 '훗!' 하고 가볍게 웃음을 토했다.

"이건 그냥 당신에게 투자한 셈 치지."

"정말요? 그렇다면……."

서둘러 몸을 뗀 그녀가 양쪽 구두를 모두 벗어 손에 들었다. 동시에 계단으로 다가가 남은 굽을 내려치자 대번에 단화가 완성됐다.

"이제 됐다."

만족스럽게 신발을 신는 그녀를 보며 강우가 어이없다는 듯 고갤 내저었다. 정말이지, 그녀의 예상 밖의 행동에는 대책이 서질 않았다.

이런 강우를 향해 주나가 태연하게 되물었다.

"제가 창피하세요?"

"아니, 만약 그랬다면 처음부터 이곳에 데려오지도 않았겠지."

그리고 이어진 그의 말에 그녀는 빨갛게 얼굴을 붉히고 말았다.

"당신다워서 싫지 않아."

주나는 기다란 속눈썹을 내리깐 채 부드럽게 웃는 강우의 모습에 멍하니 넋을 놓았다. 요즘 들어 자주 보는 듯한 그의 이런 모습은 무척이나 낯설면서도 동시에 자연스럽게 느껴졌다.

더불어 그녀는 한 가지 사실을 깨달았다.

'나 왜 가슴이 두근거리는지 알았어. 난 이 사람의 웃는 얼굴이 좋은 거야.'

불어오는 바람에 몸을 피하듯 주나는 한 걸음 뒤로 물러났다. 제발 부탁인데 이 바람이 얼른 달아오른 두 볼을 식혀주기를, 그녀는 하늘을 향해 진심으로 빌고 있었다.

## 8. 그들만의 가족놀이

요즘 태신금융그룹 최강우 사장 댁의 아침 풍경은 여느 때와 조금 달라졌다.

"주인님, 식사 좀 더 하세요. 아무리 조반이라고 하지만 드시는 양이 너무 적잖아요? 주오야, 넌 편식 좀 그만해. 누나가 그렇게 채소 안 먹으면 나중에 커서 튼튼한 어른이 될 수 없다고 누누이 말했잖아?"

레이스가 달린 앞치마를 둘러맨 채 조리대와 식탁을 오가는 주나는 어느 집에서나 쉽게 볼 수 있는 주부의 일상과 똑같았다. 다만, 묵묵히 식사를 하는 강우와 그 옆에서 밥을 먹는 주오의 모습 또한 남편과 자식처럼 보인다는 것을 그녀는 꿈에도 생각지 못하고 있었다.

"주인님, 민들레를 즙을 내서 챙겨놨어요. 유 실장님에게 전해드릴 테니까 점심과 저녁식사 전에 꼭 데워 드세요. 주오야, 넌 출석 카드 챙겼니? 누나가 손수건 개어서 가방 속에 넣어놨는데."

"내가 아까 다 확인했으니까 걱정하지 마, 누나."

씩씩하게 대꾸하는 주오에게 주나가 잘했다는 듯 엄지손가락을 들어보였다. 이에 화답하듯 배시시 웃는 아이의 모습은 밝은 베이지색 원단에 체크무늬가 그려져 있는 원복 차림이었다.

"가서 선생님 말씀 잘 듣고 친구들이랑 싸우지 마."

"응. 주오는 착한 아이니까 친구들이랑 사이좋게 지낼 거야. 선생님도 많이 도와드리고. 그렇죠, 주인님?"

주오가 동의를 구하듯 강우를 보자 그가 대답 대신 생선살을 발라 아이의 밥 위에 올려주었다. 그것을 맛있게 입 안으로 넣으며 주오는 꼭꼭 씹어 삼켰다.

이를 바라보는 주나의 얼굴에 미소가 맴돌았다. 이제 일주일, 주오는 근처 어린이집에 다니고 있었다.

사건의 발단은 매일 아침 강우를 배웅하는 주오의 습관으로부터 시작되었다. 늘 그렇듯 강우의 출근 시간에 맞춰 일어난 주오는 뽀로로가 그려진 내복 차림으로 그에게 인사를 하고 있었다.

[안녕히 다녀오세요, 주인님. 오늘도 조심히 갔다 오세요.]

주오가 배꼽 손을 한 채 허리를 굽히고 있는데 느닷없이 강우가 곁에 서 있던 주나에게 물었다.

[이 아이는 매일 집에 있는 것 같던데 교육기관은 따로 다니지 않는 건가?]

[그게, 보내야 하는데 지금은 여력이 좀 없어서요.]

[……요즘은 나라에서 보육료 지원을 해주는 걸로 아는데?]

[그건 그렇지만, 보육료 말고도 들어가는 돈이 워낙에 많아서요. 입학금이라든가 재료비라는 것도 있고 특별활동비 같은 것도 있거든요.]

주나가 민망한 듯 말하더니 겸연쩍게 웃었다.

[올가을에나 내년쯤에는 보낼 거니까 너무 심려치 마세요. 주오도 그때까지 기다릴 수 있다고 했고. 그렇지, 주오야?]

[응. 난 괜찮으니까 누나는 신경 쓰지 마.]

속 깊은 동생의 말에 주나가 주오의 머리를 쓰다듬었다. 누구보다 어린이집에 가고 싶은 것은 주오일 테지만, 눈치 빠른 아이는 늘 자기보다 나이 차 나는 누나를 먼저 챙기곤 했다.

이 모습을 말없이 지켜보던 강우가 옆에 있던 유 실장에게 눈길을 돌렸다.

[근처에 우리 직원들을 위한 어린이집이 있었죠? 그곳을 한 번 알아보십시오.]

[태신어린이집 말이니까? 분명 이곳에도 한 군데 있었던 걸로 압니다만.]

유 실장이 살짝 고개를 기울이더니 이내 알았다는 듯 크게 끄덕였다.

[오전 중으로 알아보도록 하겠습니다.]

그 말에 깜짝 놀란 주나가 재빨리 손을 저었다.

[아니에요! 그곳은 말 그대로 태신금융에 근무하는 분들을 위한 건데 저희가 어떻게…….]

[당신도 날 위해 일하지 않았던가? 뭐하면 고용자인 내가 주는 복리후생이라고 생각해. 누구나 다 성실하게 일한 만큼 정당히 받아야 하는 부분이니까.]

하지만 그거야 대기업이나 공기업에서 일하는 사람들의 경우일 거고, 난 가사도우미인데.

주나는 옆에서 반짝거림 공격을 퍼붓는 주오의 눈동자에 하는 수 없다는 듯 감사의 인사를 전했다.

[고맙습니다. 이 신세는 반드시 갚도록 할게요.]

이를 모르는 척 강우는 몸을 돌려 밖으로 나갔다. 어차피 그녀가 쉽게 갚을 수 없음은 누구보다도 잘 아는 그일 터였다. 단지, 주나는 그의 세심한 배려가 고마워 이 은혜만큼은 꼭 따로 갚자 굳게 다짐하는 것이었다.

한데, 문제는 이 정도쯤에서 끝나지 않은 강우의 친절이었다.

주오가 태신어린이집에 들어가기로 한 직후, 주나는 그곳에서 별도의 셔틀버스를 운행하지 않음을 알게 되었다. 다행히 집에서 멀지 않은 곳이기도 했고 운동 삼아 주오와 걸을 작정으로 그 부분에 대해 수원댁에게 양해를 구하고 있는데 유 실장이 전화를 걸어왔다.

─사장님께서 매일 아침 출근하시는 차량에 주오 군을 동승시켜 어린이집까지 데려다주시겠다고 하십니다. 때마침 저희가 지나가는 길목이기도 하고 시간대도 맞으니 그런 줄 아시고 주오 군을 준비시켜 주십시오.

[그렇지만, 유 실장님!]

다급하게 외치는 주나의 말을 못 들은 척하며 유 실장은 서둘러 전화를 끊었다. 이 소식을 듣고 주인님 신봉자인 주오야 신이 나서 팔짝팔짝 뛰었지만 주나는 점점 쌓아가는 빚들에 몸 둘 바를 몰랐다.

'혹시 내가 미안해서 죽기를 바라는 건 아닐까?'

주나는 지나치게 과도한 그의 호의에 지난날의 자신의 행동을 떠올렸다. 자기야 미운 사람 떡 하나 더 줘 체하라는 심정으로 그랬지만 그 역시 같은 마음이라고는 생각하기 힘들었다. 그건 주오를 보는 강우의 눈빛만으로도 충분히 짐작할 수 있었으니까.

"오늘 어린이집에서 고구마 경단을 만든대요. 제가 맛나게 해서 주인님 것도 드릴 테니까, 저녁에 빨리 들어오세요."

"그거 기대되는구나. 퇴근 후에 바로 돌아오도록 할게."

주나는 마치 아버지가 아들을 대하듯 온화한 미소를 띤 강우의 모습에 살며시 얼굴을 붉혔다. 딱히 자신을 향해 웃는 것도 아니었건만 어쩐지 파티장에서의 그의 모습과 겹쳐 그녀의 마음을 설레게 했다.

이때, 유 실장이 현관에 들어와 출근시간을 알렸다.

"사장님, 이만 나가시죠."

그 말에 강우가 자리에서 일어나 주오를 내려다보았다.

"준비 다 됐니?"

"네!"

주오가 서둘러 어깨에 가방을 메더니 강우의 손을 붙잡았다. 그게 너무나 자연스러워 주나는 또다시 한숨을 토했다.

'과연 저게 나한테 이를 가는 사람의 행동일까?'

주나는 제발 부탁인데 사라진 아빠가 빨리 돌아와 이 일을 해결해 줬으면 좋겠다고 여기며 두 사람의 뒤를 따랐다. 이젠 더 이상 이런 풍경이 낯설지도 않았다.

"그럼, 다녀오지."

간략한 강우의 인사에 주나가 머뭇거리며 그를 불렀다.

"저기, 괜찮으시다면 점심때 도시락을 보내드려도 될까요? 따로 선약이 없으시다면 그러고 싶은데."

망설이는 그녀의 말에 강우가 낮게 눈을 내리깔았다.

"정오 때쯤 차를 보낼 테니 그편에 실어 보내도록 해. 양은 많지 않도록 하고."

"네!"

환하게 웃는 주나를 뒤로 하고 강우는 주오와 함께 자택을 나섰다. 이 광경을 몰래 훔쳐보고 있던 수원댁 부부가 서로의 손을 맞잡은 채 기뻐하고 있다는 것은 굳이 따로 말할 필요도 없으리라.


그날 오후, 주나는 주오를 데리러 어린이집으로 향했다. 항상 정해진 시간에 도착하는지라 반기며 나오는 주오를 기대했는데 이날은 표정이 좀 이상했다.

"왜 그래, 주오야? 무슨 일 있었어?"

걱정스럽게 묻는 주나에게 곁에 있던 보육교사가 대신 설명했다.

"그게, 주오가 오늘 친구들이랑 싸웠어요."

"친구들이랑요? 왜요?"

"수업시간에 동물에 대해 이야기를 나눴는데 거기서 뽀로로 얘기가 나왔거든요. 그런데 주오가 한 번도 펭귄을 본 적이 없다고 해서 짓궂은 애들 몇 명이 그걸 놀린 모양이에요."

아……

주나가 당혹스러움에 입을 다물었다. 생각해보니 주오는 단 한 번도 동물원에 가보지 못한 것이다.

"다음 달에 동물원 견학이 잡혀 있어 몇 번이나 괜찮다고 얘기해줬는데도 주오가 굉장히 속상했는지 하루 종일 이 상태네요. 누나께서 많이 도닥여주세요."

자상한 교사의 말에 주나는 고개를 끄덕인 후 밖으로 나왔다. 하지만 주오한테 어떤 말을 해줘야 할지 몰랐다. 자칫하면 부모님도 없는 이 상황에 아이가 더 상처받진 않을까 고심하고 있는데, 주오가 먼저 말을 꺼냈다.

"미안해, 누나. 친구들이랑 싸워서."

"아니야, 내가 더 미안하지. 우리 주오가 동물들을 좋아하는 거 알고 있었는데 한 번도 데리고 가진 못했잖아."

주나가 주오를 잡은 손에 힘을 주며 애써 웃어보였다. 이게 다 못난 자신의 탓처럼 여겨졌다.

"좋아, 이번 주말에 우리 동물원에 갈까?"

갑작스런 그녀의 제안에 주오가 두 눈을 동그랗게 떴다.

"정말?"

"응. 주인님께 미리 말씀드려서 시간 빼놓을게. 그러니까 우리 둘이 같이 갔다 오자."

그 말에 주오가 시무룩하니 고갤 숙였다.

"나 안 갈래. 다른 애들은 다 엄마하고 아빠랑 가는데 나만 누나랑 가면 애들이 또 놀릴 거 아니야. 그러니까 가기 싫어."

주나는 평상시와 다른 주오의 태도에 입가를 굳혔다. 부모님과 함께 가고 싶은 동생의 심정은 충분히 이해가 갔지만 별다른 방도가 없지 않은가?

"대신 다른 애들은 누나가 없는 경우도 많을 거 아니야? 한데 주오는 이렇게 예쁜 누나가 있으니까……."

"그래도 나 안 가! 나도 엄마랑, 아빠랑 가고 싶단 말이야!"

"주오야!"

주나는 신경질을 내며 그 자리에 주저앉는 주오를 보며 난처함으로 얼굴을 붉혔다. 이 일을 대체 어떡하면 좋을지 알 수가 없었다.

그때, 뒤에서 클랙슨 소리가 들리며 유 실장이 차에서 내려 다가왔다.

"주나 양, 여기서 뭐하시는 겁니까? 주오 군은 왜 그러고 있는 거고요?"

그 순간 주오가 울음을 터트리며 유 실장에게 안겼다.

"아저씨! 주오도 동물원에 가고 싶어요!"

"네? 그게 무슨?"

당황한 유 실장이 주나를 돌아보았다. 하지만 주나는 서러울 만큼 울어대는 동생의 모습에 그만 화가 나고 말았다.

"가자고 하잖아, 누나랑! 없는 아빠랑 엄마를 어디서 모셔 오냐고!"

날카로운 그녀의 외침에 주오가 더더욱 목 놓아 울기 시작했다. 어찌나 서럽게 우는지 금세 얼굴이 눈물과 콧물로 범벅이 되어 가는데, 정차돼 있던 자동차에서 강우가 모습을 드러냈다.

"타지."

"그렇지만……."

"이런 곳에서 시끄럽게 떠들어 날 부끄럽게 만들 작정인가?"

냉기가 뚝뚝 떨어지는 그의 말에 주나가 입술을 깨물었다. 이 이상 고집을 부리면 자신 역시 주오 꼴이 될 것만 같았다.

하는 수 없이 차 안에 올라타는데 유 실장이 강우를 보며 말했다.

"전 주오 군을 달래며 걸어가도록 하겠습니다. 사장님 먼저 들어가시죠."

결국 밀폐된 자동차에 강우와 단둘이 남게 되자 주나는 가시방석이 따로 없었다. 하필이면 왜 거기서 주오에게 큰 소리를 질러서는.

그녀가 내심 후회하고 있는데 강우가 담담한 어조로 물었다.

"그래, 대체 무슨 일인거지?"

"아무것도요. 그저 주오가 고집을 피워서 조금 혼내 주고 있었어요."

"그 아이가? 의외군. 여섯 살이란 나이가 무색할 만큼 누나에 대한 사랑이 지극한 애가 아니던가?"

"그건 그렇지만."

주나가 힘없이 말을 흐렸다.

알고 있다. 주오가 이렇게 억지를 부린 건 처음이라는 걸. 표현은 잘 안 했지만 갑자기 사라져버린 아빠와 달라진 환경 때문에 아이 또한 무척이나 힘들었으리라.

"다 제 잘못이에요. 동물원에 가고 싶다는 동생 부탁 하나 못 들어주고."

한숨 섞인 그녀의 말에 그가 지그시 바라보았다.

"오늘 주오가 어린이집에서 친구들이랑 싸웠거든요. 동물원에 못 가봤다고 다른 애들이 놀린 모양인데."

주나가 무릎 위의 손을 꽉 움켜쥐었다.

"이번 주말에 같이 가자고 하니까 아빠랑 엄마와 가고 싶다고 신경질을 부리는 바람에……."

"야단을 친 건가?"

"그렇죠, 뭐."

주나가 깊은 숨을 내쉬었다. 좀 더 참았어야 했는데 해줄 수 없는 것을 요구하자 인내심이 끊어진 탓이었다.

"죄송해요, 소란을 피워서. 다음부터는 이런 일 절대로 없을 거예요."

진심어린 그녀의 사과에 그가 되물었다.

"동물원은 다녀올 예정인가?"

"네, 그래야죠. 하나밖에 없는 동생의 소원인데."

주나가 희미하게 웃어보이더니 이내 의아하다는 듯 강우를 쳐다보았다.

"그런데 평소보다 퇴근이 이르시네요?"

"아이와 약속한 게 있으니까."

"약속이요?"

그러고 보니 오늘 고구마 경단을 만든다며 강우에게 빨리 돌아오라고 하던 주오의 말이 떠올랐다.

'뭐야, 주오와의 맹세는 칼인 거야?'

주나가 왠지 모를 서운함에 입술을 삐죽거리고 있는데 생각에 잠긴 듯한 강우의 옆모습이 눈에 들어왔다. 길어지기 시작한 오후의 햇살을 맞으며 가만히 턱을 괸 그의 자태는 마치 미술관에 전시된 초상화를 연상시켜 그녀는 괜히 가슴이 두근거렸다.

'내가 왜 이러지? 원래 이렇게 얼굴을 밝히는 타입도 아닌데.'

그녀는 이 와중에도 그의 미모에 홀린 자신을 타박하며 자택에 도착한 차에서 내린 채 주오를 기다렸다.

"누나!"

다행히도 유 실장과 사이좋게 아이스크림 하나를 입에 문 주오는 벌써 기분이 좋아졌는지 그녀를 보자마자 서둘러 달려왔다.

"화난 건 다 풀린 거야?

"응. 땡깡 부려서 미안해, 누나. 대신에 아이스크림 사왔어. 여기 수원댁 할머니 거랑 윤씨 할아버지 것도 있고 그리고 주인님 것도 있어."

"아휴, 참 많이도 샀구나. 얼른 가서 녹기 전에 수원댁 아주머니께 드릴래?"

"응!"

커다란 소리로 답하곤 집으로 들어가는 주오를 보며 주나는 유 실장을 향해 고개를 숙였다.

"고맙습니다. 저희 주오를 달래주셔서."

"아닙니다. 주나 양이 사장님께 하시는 거에 비하면 아무것도 아니지요. 게다가 주오 군이 제게도 선물을 하나 주었거든요."

"선물이요?"

"네, 여기."

유 실장이 손을 내밀자 은박호일로 싸인 동그란 무언가가 들려 있었다.

"고구마 경단이라고 하더군요. 고맙게도 제 것까지 챙겨주어서 실로 오랜만에 아이 손으로 만든 음식을 먹어보게 되었습니다."

"오랜만이라면?"

"아주 오래전에 비슷한 것을 제게 준 아이가 있었거든요. 그때는 감자 고로케였던 것 같습니다만, 아무튼 아까워서 한참을 먹지도 못하고 손에 쥐고만 있었던 기억이 있습니다."

유 실장이 잠시 애틋한 눈빛을 띠우더니 미소를 머금은 채 주나를 바라보았다.

"늘 드리는 말씀입니다만, 저희 사장님을 챙겨주셔서 감사합니다. 덕분에 그분께서도 많이 달라지신 것 같습니다."

달라졌다고?

'확실히 주오를 대하는 태도는 남다르긴 하지만.'

아무리 그래봤자 자신들이 눈엣가시 같은 존재임을 잘 알고 있기에 주나는 유 실장의 말에 손을 저어보였다.

"설마요, 여전히 무서울 정도로 차가우신 분인데요."

이때, 주오가 밖으로 뛰어나오며 갑자기 큰 소리로 외쳤다.

"누나! 이번 주말에 우리 동물원에 가는 거 맞아?"

"응? 당연하지. 아까 말했잖아? 같이 가자고."

"진짜? 그럼 주인님이랑, 나랑, 누나랑 셋이서 가는 거야? 와아, 신난다! 가서 뽀로로도 보고, 루피도 보고 에디랑 포비도 봐야지."

"그래, 우리 셋이서……. 자, 잠깐 주오야. 누구랑 누구?"

주나가 당황해하며 주오를 불렀다. 하지만 이미 동물원 삼매경에 빠진 주오는 그녀의 말 따위는 귀에 들어오지도 않았다. 그저 눈 만난 토끼마냥 온 정원을 뛰어다니고 있을 뿐.

이런 주나의 어깨에 유 실장이 툭! 하니 손을 올렸다.

"부디 저희 사장님을 잘 부탁드립니다. 주나 양."

"에? 그게 무슨?"

당혹스러움에 미동도 못하는 그녀를 두고 유 실장이 냉큼 자리를 떴다. 그 모습을 우두커니 바라보며 주나는 황당함에 입을 쩍 벌렸다.

"대체 뭐가 어떻게 된 일이야?"

그렇지만 강우의 대답은 의외로 간단했다.

"아이가 나와 함께라면 굳이 부모님이 없어도 좋고 하더군. 때마침 그날은 약속이 없기도 하고, 괜찮으니 같이 가도록 하지."

그 말에 차마 반박도 하지 못한 채 주나는 굳은 입가만 씰룩거렸다.

'괜찮다니, 무엇보다 내가 제일 안 괜찮은데? 더욱이 약속이 없다고 시간을 내주다니, 대왕 모스키토에게 동물원이 가당키나 해?'

그렇게 멘탈이 붕괴되는 나날 속에 마침내 운명의 그날이 되었다. 아침 일찍부터 일어난 주나는 이날 먹을 도시락을 싸면서도 여전히 자신의 귀를 의심하고 있었다.

'내가 제대로 듣기는 한 걸까? 혹시 우리끼리 가라는 걸 주인님만 제외하고 전부 다 곡해한 건 아니야?'

이런저런 생각 속에 강우가 2층에서 내려왔다.

"준비는 다 된 건가?"

"네. 거의 다······."

순간 주나가 도로 입을 다물었다. 평상시 단정한 슈트만 고집하던 차가운 남자는 어디로 갔는지, 진 바지에 가볍게 스웨터를 걸친 캐주얼 차림의 강우가 주방 앞에 서 있었던 것이다.

'뭐야, 십 년은 어려 보이시잖아?'

주나는 갑자기 얼굴이 빨개짐을 느끼며 뒤돌아 유부초밥을 싸던 손을 계속 놀렸다. 그러지 말아야 함을 알고 있으면서도 그가 저런 복장으로 나타나자 어쩐지 데이트를 앞둔 아가씨처럼 가슴이 설레었다.

'바보 같으니, 오늘은 주오를 위한 날인데.'

그녀는 요즘 들어 점점 심각해지는 듯한 심장의 반응에 괜히 화를 내며 도시락통을 집기 위해 손을 뻗었다. 그때, 강우가 대신 나서며 그녀에게 빈 통을 내밀었다.

"일부러 장만한 건가?"

"네. 가서 사 먹어도 되지만 주오에겐 처음 가보는 가족 소풍이라서요."

"가족 소풍이라……."

그가 말끝을 흐렸다. 그제야 자신의 실수를 깨달은 주나가 서둘러 두 손을 저어보였다.

"그게 아니라, 이렇게 누군가와 함께 가보는 건 처음이라……."

아아, 정주나. 너 정말로 왜 이러니?

그녀가 점점 수습 불가능해지는 상황에 냅다 유부초밥을 들이밀었다.

"맛 좀 보실래요? 간도 보실 겸 겸사겸사."

새빨개진 주나의 얼굴과 노란 유부초밥을 번갈아 내려다보던 강우가 살포시 고개를 숙였다. 그리곤 손에 쥐어 쥔 유부초밥을 그대로 입 안에 넣자 주나가 튀어 오르듯 뒤로 물러났다.

'입술이, 입술이 닿았어!'

이를 모르는 척 그가 엄지손가락으로 입가를 닦았다.

"맛있군. 소금간이 강하지 않아 입에 맞아."

"그, 그거 다행이네요."

주나가 어색하게 답하며 손가락을 꼼지락거렸다. 왠지 분위기가 껄끄러운 게 견딜 수가 없었다.

이 모습을 보고 있던 강우가 나직하니 덧붙였다.

"예전에 음식이란 자고로 남이 먹여줘야 제 맛이라고 했었지? 과연 그 말이 맞는군. 맛있었어. 평상시보다 더."

그리 이야기하고 사라지는 강우의 뒷모습에 불현듯 주나는 유 실장의 말을 떠올렸다.

[덕분에 그분께서도 많이 달라지신 것 같습니다.]

"하지만 바뀐 건 저분인지 아니면 저인 건지 그 점을 도통 모르겠다고요, 유 실장님."

그런 그녀의 두 볼은 아까보다 더 빨갛게 달아올라 있었다.


과천 서울대공원의 주말 풍경은 그야말로 가족과 연인들의 물결이었다. 계절의 여왕인 5월을 맞아 커플들은 서로 사랑을 키우는데 여념이 없었고 가족들 또한 이 아름다운 날들을 즐기며 그들만의 추억을 쌓아가고 있었다.

그리고 오매불망 뽀로로에 대한 연정으로 펭귄이 있는 해양관까지 혜성처럼 날아온 주오는 드디어 만난 남극의 신사에게 온 마음을 쏟아붓고 있었다.

"안녕, 펭귄아. 보고 싶었어!"

주오가 유리관에 찰싹 달라붙은 채 손을 흔들자 곁에 있던 아이들이 이구동성으로 외쳤다.

"나도 보고 싶었어!"

이를 보는 어른들의 입가에 미소가 담겼다. 주나 역시 웃음을 띤 채 주오를 내려다보는데 반대편에 있던 강우와 시선이 마주쳤다.

"즐, 즐거워 보이죠? 주오가."

"그렇군."

다소 서먹한 그녀의 말에 짤막하게 답하며 그가 다정한 손길로 주오의 머리를 쓰다듬었다. 그것을 물끄러미 바라보며 주나는 그동안 그의 저의를 의심한 것에 대해 깊이 반성했다.

'아무리 봐도 주오를 위해 일부러 시간을 빼신 게 틀림없어.'

그녀는 동물원에 오면서도 손수 운전까지 한 강우의 행동을 기억하며 더는 오해하지 말자고 스스로를 다독였다. 만약 그가 뭔가 꿍꿍이가 있었다면 유 실장을 포함하여 경호원들마저 마다한 채 이곳까지 올 리가 없었는데 다 지은 죄가 많은 자신의 마음 탓이었다.

'게다가…….'

주나는 아직도 손끝에 남아 있는 듯한 그의 감촉에 여린 숨을 내쉬었다. 왠지 뱃속에서부터 떨림이 전해져오는 게 가슴까지 간지러운 기분이었다.

이때, 주오가 흰곰 앞에 멈춰 서서 그녀에게 손짓을 해보였다.

"누나, 빨리 와! 여기에 포비가 있어."

그 말에 서둘러 걸음을 옮기려는데 강우가 그녀의 어깨에 메고 있던 가방에 손을 뻗었다.

"내가 들지."

"아니에요. 도시락이랑 간식이 잔뜩 들어서 얼마나 무거운데요."

"그러니까 들겠다고 한 거야. 적어도 당신보다 남자인 내가 드는 게 한결 더 나을 테니까."

주나는 가방을 받아 앞장서 걷는 강우를 보며 남자들의 이런 모습에 왜 여자들이 반하게 되는지 알게 되었다.

'듬직하면서도 아껴준다는 느낌을 받는구나.'

그녀는 나중에 연애를 한다면 강우의 저런 점만은 꼭 닮은 남자를 만나야겠다고 여기며 그의 뒤를 따랐다. 때마침 물속으로 잠수한 흰곰의 크기에 놀란 주오가 두 눈을 휘둥그레 뜬 채 양 팔을 크게 벌리고 있었다.

"이것 좀 봐, 누나! 흰곰이 이따만큼 커!"

그 사랑스러운 포즈에 주나가 재빨리 휴대폰을 꺼내들었다.

"아깝다, 카메라가 있었으면 훨씬 좋았을 텐데."

아쉬워하는 그녀에게 강우가 어깨를 으쓱해보였다.

"걱정하지 마. 나중에 다 받게 될 테니까."

"네? 그게 무슨?"

고개를 까우뚱하는 그녀의 말을 못 들은 척 그가 미소를 머금은 채 주오를 바라보았다. 그 모습이 또다시 마음을 수런거리게 만들어 주나는 카메라로 전환한 휴대폰의 셔터만 연신 눌러댔다.

그렇게 주오의 소원을 따라 비버와 악어를 연이어 본 그들은 아이들이 제일 좋아한다는 인공포육장으로 향했다. 한데, 주오가 새끼사자에게 젖병을 물리는 사육사의 행동에 의아하다는 듯 물었다.

"왜 엄마 대신 아저씨가 우유를 주는 거야? 엄마는 없어?"

"그게, 여기 있는 동물들은 대부분 어미가 돌볼 수 없어서 데려다

놓은 거거든. 그래서 사람이 대신 우유를 주는 거야. 아니면, 죽을 수도 있으니까."

"그럼, 애들도 엄마가 없는 거야? 나랑 똑같네."

시무룩하니 말한 주오가 금방이라도 눈물을 흘릴 듯 울상을 지었다. 당황한 주나가 무슨 말이라도 해주려 입을 열었지만 벌써 아이의 작은 뺨에는 눈물 한 방울이 또르르 흐른 후였다.

이런 주오의 귓가에 강우가 나직이 속삭였다.

"잠깐 저기에 가보지 않을래?"

그 말에 고개를 든 주오가 언제 그랬냐는 듯 두 눈을 반짝였다.

"장난감 가게!"

그랬다. 강우가 가리킨 곳은 아이들의 천국이라 일컬어지는 캐릭터 매장이었다.

주나는 쏜살같이 달려가는 주오의 모습에 굳은 입가를 일그러트렸다. 자신의 동생이지만 단순해서 참 다행이었다. 그럼에도 한편으론 마음이 아려왔다. 결국 자기가 아무리 노력해도 부모님의 빈자리는 채워주지 못하는 걸까?

"당신은 지금까지도 충분히 잘해왔다고 생각해. 그러니 괜한 일에 신경 쓰지 마."

스치듯 이야기하는 강우의 말에 주나가 그를 올려다보았다. 찬란하게 쏟아지는 햇살을 뒤로 한 채 흐트러진 머리카락을 쓸어 올리는 그의 표정은 그 어느 때보다 자상해 보였다.

'어쩌면 이 사람이 함께 와서 다행인 건 나일지도 몰라.'

주나는 입가에 번지는 웃음을 감추듯 서둘러 주오에게 다가갔다.

왠지 이 감정을 더는 들키지 않는 게 좋을 듯싶었다.

"잠깐만, 장난감은 딱 하나뿐인 거 알지?"

그녀가 이것저것 장난감을 고르는 행동에 제동을 걸자 주오가 싫다는 듯 몸을 흔들었다.

"그렇지만 풍선도 갖고 싶고, 뽀로로 모자도 갖고 싶고, 비눗방울도 갖고 싶은 걸? 아, 이것도!"

주오가 토끼 귀가 붙어 있는 머리띠를 고르더니 주나에게 내밀었다.

"이건 누나가 하면 어울릴 거 같아."

"내가?"

주나가 토끼 귀 머리띠를 말끄러미 보더니 머리에 착용한 채 '어때?' 하고 물었다. 그러자 주오가 엄지손가락을 치켜 올렸다.

"완전 예뻐. 진짜 토끼 같아."

"그래? 그럼, 우리 주오는 이게 어떨까? 귀여운 마우스 머리띠."

"우와, 내가 생쥐가 되는 거야? 그러면⋯⋯."

다시 장난감을 고르던 주오가 이번엔 얼룩무늬가 있는 표범 귀 머리띠를 집어 대뜸 강우에게 들이밀었다.

"주인님은 이거."

헉!

한순간 놀란 주나가 조심스럽게 강우를 돌아보았다. 아니나 다를까, 무표정한 그의 이마 위로 옅은 핏줄이 돋아나 있었다.

"저기, 주오야. 이런 머리띠는 너처럼 어린아이나 누나 같은 여자들만 하는 거야. 봐봐, 남자들 중에는 아무도 한 사람이 없지?"

그런데 하필이면 그들 앞으로 동물 머리띠를 나란히 한 커플이 지나가는 것이 보였다. 그 모습을 놓칠세라 주오가 손가락으로 그들 중 남자를 가리켰다.

"누나, 저 아저씨는 여자야?"

· · · · · ·

주나는 이런 상황에서 왜 머리 위로 까만 점들이 나타나는지 이해하며 다시 한 번 입을 열었다.

"저 사람은 남자가 맞긴 한데……."

그러다 문득 궁금하다는 듯 강우에게 다 기어가는 목소리로 물었다.

"혹시, 표범 머리띠 하고 싶으세요?"

이에 무서울 정도로 침묵을 지키는 그에게서 눈을 돌리며 그녀는 '역시' 하고 되뇌었다. 표범 귀를 한 강우라니.

'완전 어울리잖아! 풉!'

갑자기 터져 나오는 폭소에 그녀가 재빨리 뒤돌아섰다. 결코 웃으면 안 된다는 것을 알고 있으면서도 자꾸만 짐승 모습을 한 그가 연상이 돼 견딜 수가 없었다.

이를 못 본 척 강우가 주오에게 몸을 굽혔다.

"이런 건 여자가 좋아하는 남자에게 권하지 않는 한 절대로 하는 게 아니란다. 그러니 다른 걸 골라줬으면 좋겠구나."

그 말에 주오가 자그마한 턱을 갸웃했다.

"좋아하는 남자? 그러면 누나가 주인님을 좋아하면 안 돼요? 그럼, 이 머리띠를 할 수 있잖아요."

순간 식겁한 주나가 재빨리 주오의 입을 틀어막았다.

"얘가 지금 무슨 소리를 하는 거야? 그냥 아이가 한 말이니까 신경 쓰지 마세요, 호호호."

그리 어색하게 웃고 있는데 주오가 그녀의 손을 떼낸 채 계속해서 말을 이었다.

"주오는 누나가 엄마고 주인님이 아빠였으면 좋겠단 말이야. 그런데 왜 누나가 주인님을 좋아하면 안 돼?"

"그건 난 너의 누나고 넌 이미 엄마랑 아빠가 있으니까. 이제 그만 하고 밥이나 먹으러 가자."

주나는 이 상황을 타파하는 건 주오의 입을 막는 수밖에 없다고 생각하며 질질 끌다시피 나무 그늘로 향했다.

"자, 어때? 누나표 도시락."

푸른 풀밭에 깐 돗자리 위로 도시락을 펼쳐놓자 주오가 신이 난 듯 환호성을 질렀다. 갖가지 재료들로 맛깔스럽게 싼 김밥에 아침에 만든 유부초밥과 여러 가지 과일들 게다가 튀김 등이 최고의 만찬이 따로 없었다.

"누나, 진짜로 대단해!"

"당연하지. 그러니까 조용히 하고 어서 먹어."

주나가 씹어뱉듯 읊조리며 따뜻한 차를 따라 강우에게 내밀었다.

"힘드셨죠? 목 좀 먼저 축이세요."

"나보다는 당신이 마셔야 할 것 같군. 얼굴이 빨갛게 달아올랐어."

아…….

주나가 민망함에 고개를 돌렸다. 역시 주오의 엄마, 아빠 공격은 데미지가 큰 듯했다.

그렇지만 바람에 하늘거리는 나뭇잎과 맛있는 음식은 자연스레 긴장감을 풀어주는 역할을 했다.

그녀는 참새 같은 주오의 재잘거림을 들으며 주위를 둘러보았다. 느긋하게 휴일을 즐기며 점심을 먹는 사람들의 표정이 그 어느 때보다도 행복해 보였다.

'아마 우리도 한 가족처럼 보이겠지?'

불현듯 주나는 이런 기분을 갖게 해준 강우가 고맙다고 여기며 계란말이가 든 통을 그에게 내밀었다.

"자요, 주인님을 위해 특별히 만든 거니까 많이많이 드세요."

상냥한 그녀의 말에 강우가 당황한 듯 주나를 바라보았다. 그러다 이내 입 끝을 들어 올리더니 부드러운 목소리로 대꾸했다.

"고마워."

주나는 가슴에 스며드는 듯한 그의 음성에 멍하니 넋을 놓았다. 일순 주변에 있는 모든 것들이 정지된 것처럼 아무 소리도 들리지 않았다.

'맞다, 나 이 사람의 웃는 얼굴을 좋아했었지?'

그녀는 두근거리는 심장의 고동에 재빨리 주오에게 시선을 돌렸다. 아기처럼 뺨에 묻힌 밥풀을 떼어주며 흔들리는 감정을 가라앉히고 있는데, 돌연 머리카락 사이로 무언가 닿는 느낌이 들었다.

"무슨?"

"이게 붙어 있었어."

강우가 그녀의 머리에 붙은 나뭇잎을 떼어내 입가로 가져갔다. 그 무의식중인 행동이 얼마 전 그와의 입맞춤을 연상시켜 주나는 더 이상 그 자리에 있을 수가 없었다.

"자, 잠깐 화장실 좀 다녀올게요."

비틀거리는 걸음으로 일어나 그녀는 화장실이 있는 건물로 향했다. 뒤에서 그의 시선이 느껴지는 듯했지만 차마 확인할 자신은 없었다.

"나 좀 이상한 거 같아."

주나가 붉어진 볼을 감싸며 화단이 있는 모퉁이를 도는데 갑자기 누군가가 나타나 휙 하니 팔을 잡아당겼다.

"꺄악! 누구세요?"

당황한 주나가 비명을 지르는 사이 익숙한 어조가 귓가를 때렸다.

"주나야, 나다."

그 말에 고개를 들어보니 아니나 다를까, 거친 피부에 수염이 듬성 듬성 난 낯익은 남자가 그녀를 내려다보고 있었다.

"아빠!"

"그래, 주나야. 잘 있었니?"

만복이 격하게 그녀를 끌어안더니 손안 가득 힘을 주었다. 그 온기를 온몸 가득 느끼며 주나는 대뜸 울음을 토해냈다.

"도대체 어떻게 되신 거예요? 전화 한 통도 없으시고. 제가 얼마나 걱정했는지 알기나 하세요?"

"미안하다. 내가 무슨 할 말이 있겠니. 그저 용서해달라는 말밖에는 할 수가 없구나."

"그러신 분이 이제야 나타나세요? 그것도 일억이란 빚에 오천이 더해진 차용증 한 장 달랑 남겨놓고서?"

타박하는 그녀에게 만복이 고개를 푹 숙였다. 그 사이 꽤나 고생을 했는지 몰골이 말이 아니었다.

"이게 대관절 뭐예요, 식사는 하고 다니시는 거예요?"

주나가 속상한 마음에 옷에 묻은 먼지를 털어주자 그가 겸연쩍게 웃었다.

"물론이지. 나보다는 너희가 더 걱정이구나."

"그걸 아신다면 이만 돌아오셔야죠. 주오가 아빠를 얼마나 보고 싶어 하는데요."

"그렇겠지. 그 어린 게 오죽이나 놀랐을지 생각하면……."

잠시 어깨를 들썩이던 그가 주나를 붙잡았다.

"그보다 너희들 소식은 들었단다. 그 얘길 듣고 도무지 가만히 있을 수가 없어 첫차로 서울에 와 아침부터 너희 뒤를 밟았다만, 미안하게도 내가 어떻게 해줄 방법이 없구나. 다만, 주나야. 이거 하나만 알아주렴. 난 절대 그분을 속인 적이 없단다."

그 말에 주나가 버럭 소리를 질렀다.

"속인 적이 없다니요! 치매에 걸린 분한테 돈을 빌려놓고서!"

"그건 그럴 만한 사정이 있어서였어. 내가 나중에 차분히 설명을 할 테니까……."

"아니요, 설명 따윈 필요 없어요. 그냥 돌아오세요. 오셔서 일단 사과부터 하시고 그다음에……."

"아니, 사죄를 하더라도 먼저 돈을 찾은 다음에 해야 해. 그래야 너희도 그 집에서 나올 수 있고 나도 면이 설 테니까. 그러니 그때까지는 힘들더라도 동생 챙기면서 참고 지내고 있거라, 내 말 알았지?"

"아빠!"

주나가 답답함으로 가슴을 쳤다. 이 와중에도 그가 왜 이리 완고한 태도를 보이는 건지 도무지 이해할 수가 없었다.

이때, 만복이 뭔가를 발견한 듯 뒤를 돌아보았다.

"이만 가봐야 할 거 같구나. 그 사람들이 알아챈 거 같아."

"그 사람들이라뇨? 누가요?"

허나, 그는 주나의 말을 못 들은 듯 다시 한 번 어깨를 움켜잡았다.

"돌아오마. 반드시 돌아올 테니 조금만 더 견뎌다오."

그리곤 후다닥 자리를 피하자 주나는 차마 붙잡지도 못한 채 우두커니 서 있었다.

"아빠……."

그런 그녀의 귓가에 누군가 다가오는 소리가 들렸다. 가만히 고갤 들어보니 무표정한 얼굴의 강우가 그녀를 내려다보고 있었다.

"무슨 일이 있었나? 안색이 좋지 않은데."

"아, 아니요. 아무것도요. 그나저나 주오는요?"

"여전히 당신이 만든 음식을 먹고 있어. 그러면서도 누나가 오지 않아 걱정하고 있지."

차분한 그의 말에 주나가 걸음을 옮겼다.

"이만 가봐야겠네요. 주오를 혼자 너무 오래 두면 안 될 테니까."

급하게 몸을 돌리는데 그가 나지막이 물었다.

"내게 뭔가 할 말이 없나?"

"할 말이라니, 어떤……."

미묘하게 말끝을 흐리는 주나에게 강우는 아무 대꾸도 하지 않았다.

그저 기다란 속눈썹을 내리깐 채 먼저 앞장서 걸을 뿐이었다.

"내게 진심을 다해 몸과 마음을 바치겠다고 했었지? 그 말, 잊지 않기를 바라."

차가운 그의 말에 주나는 비로소 깨달았다. 그가 이미 모든 것을 알고 있으며 오늘 하루 평생 추억으로 남을 그들만의 가족놀이는 이제 전부 다 끝났다는 것을.

그날 밤, 주나는 행복에 겨워 잠든 주오를 놔둔 채 홀로 본채로 향했다. 이미 늦은 시각이긴 했지만 그를 만나지 않고는 견딜 수가 없을 것 같았다.

"저기……."

소파에 앉아 책을 보고 있던 강우가 주나의 말에 고갤 들었다.

"무슨 일이지?"

"그게, 드릴 말씀이 있어서요."

머뭇거리던 그녀가 마침내 결심한 듯 한 발자국 다가섰다.

"사실 오늘 낮에 아빠를 만났어요. 동물원까지 저희 뒤를 밟으셨다고 하시더라고요."

"그래서?"

담담한 강우의 말에 주나가 두 손을 움켜쥐었다.

"부탁인데, 아빠가 돌아오게 해주시면 안 될까요? 돈은 제가 아니, 저희 가족이 무슨 수를 써서라도 갚을 테니까 제발 오실 수 있도록만 해주세요. 만약 그렇게만 해주신다면 저희 남매가 이 집에서 나가는 건 물론이고 다시는 귀찮게 하지 않을 테니까."

"거절한다면?"

"네?"

"내가 십 년이고, 이십 년이고 정만복이 그 돈을 갚을 때까지 당신을 붙잡고 있을 거라면 그땐 어떡할 거지?"

그 말에 주나가 입술을 깨물었다.

"그때는……."

더 이상 말을 못 잇는 그녀를 보며 강우가 다시금 책으로 눈을 돌렸다.

"그에 대한 생각이 없다면 입도 뻥긋하지 마. 이 집에 들어왔을 땐 당신 마음대로였을지 모르겠지만 나가는 건 내 허락 없이는 절대로 불가능할 테니까."

단호한 그의 말투에 주나가 깊은 숨을 내쉬었다. 그래, 당연하지. 이해한다. 그렇지만…….

주나는 엉망이 된 모습으로 어깨를 들썩이던 만복이 떠올라 눈물을 일렁거렸다.

"그렇게까지 용서가 안 되세요?"

작게 울먹이는 그녀의 말에 그가 턱을 들어 올렸다.

"사람을 풀어 뒤를 쫓게 하실 만큼 저희 아빠가 미우신 건가요?"

그 순간 강우가 책을 덮은 채 자리에서 일어났다. 그리곤 눈물이 그렁그렁한 주나를 내려다보다 마치 뭔가를 포기한 듯 짧게 숨을 내뿜었다.

"용서가 안 되는 게 아니야."

"그러면?"

그가 흔들리는 눈빛의 주나를 마주한 채 긴 손가락으로 눈가에 맺힌 이슬을 닦아주었다.

"용서하기 싫은 게 아니라 널 놔주기가 싫은 거야."

## 9. 흔들리는 주종관계

　평소보다 이른 시간에 강우를 마중하러 온 유인건 실장은 어딘지 모르게 어색함이 흐르는 집 안 분위기에 미간을 찌푸렸다. 지난 주말 화기애애하다 못해 묘한 기류까지 흐르던 두 사람은 어디로 갔는지, 강우는 말없이 식사만 하고 있었고 주나 또한 입을 꼭 다문 채 발밑만 쳐다보고 있었다.

　'설마 그 사람의 등장이 두 분 사이에 악영향을 미친 걸까?'

　유 실장이 염려스러워하고 있는데 주나가 그를 발견하곤 상냥한 어조로 입을 열었다.

　"시간 괜찮으시면 커피 한 잔 드릴까요?"

　"아니요, 8시에 정기조례가 있어 사장님과 함께 일찍 나가봐야 할 듯합니다. 때문에 주나 양, 주오 군은……."

　"제가 어린이집에 데려다줄 테니까 염려하지 마세요."

　웃으면서 대꾸한 주나가 늘 그렇듯 민들레즙이 든 가방을 그에게 내밀었다.

"오늘도 잘 부탁드립니다."

"네, 신경 써서 챙겨 드리겠습니다."

그리 두 사람이 예의 바른 인사를 나누는 사이 강우가 자리에서 일어났다. 그리곤 상의를 든 채 밖으로 향하자 주나가 서둘러 그의 뒤를 따랐다.

"안녕히 다녀오세요."

이에 아무 반응도 보이지 않는 강우 대신 유 실장이 '네' 하고 답하며 그보다 한 발 앞서 대문을 나섰다.

잠시 후, 자동차가 출발하자 유 실장은 오랜만에 보는 강우의 날카로운 표정에 슬그머니 말을 꺼냈다.

"무슨 일 있으셨습니까? 심기가 좋지 않아 보이십니다."

"……별일 아닙니다. 그저 학창시절 이후 처음 가본 동물원 나들이에 저 역시 지친 탓이겠죠."

지쳤다라, 열 시간이 넘는 마라톤 회의에도 끄떡조차 하지 않던 강철의 최강우 사장이?

유 실장이 말도 안 된다는 듯 입가를 올리다 다시 한 번 넌지시 물었다.

"동물원은 즐거우셨습니까? 날씨가 무척이나 좋았던 것 같습니다만."

"이미 다 알고 계실 테니 쓸데없는 질문은 사절하도록 하죠. 그보다 당연히 쫓으셨겠죠? 정만복은."

그의 말에 유 실장이 낯빛을 바꿨다.

"네. 안 그래도 보고 드리려던 참이었습니다. 일단 뒤를 밟는데 성공해 통영까지 따라붙은 상태입니다."

"통영이라⋯⋯."

"어떡하시겠습니까? 이만 데려오도록 할까요?"

"아니요, 됐습니다. 그냥 계속 거취만 파악하십시오."

말을 마친 강우가 창밖으로 시선을 돌렸다. 아침부터 먹구름이 잔뜩 낀 것이 금방이라도 비가 쏟아질 듯 하늘이 어두침침했다.

[용서하기 싫은 게 아니라 널 봐주기가 싫은 거야.]

불현듯 그가 깊은 숨을 내쉬었다.

'애당초 왜 그런 말을 한 걸까?'

항상 어떠한 일에도 웃고 있던 그녀가 눈물을 보여서일까? 그것도 아니면 어느샌가 바보스러울 정도로 솔직한 그녀의 바이러스가 자신에게도 전염된 탓일까?

강우는 가슴 한쪽이 뻐근해오는 느낌에 시트 깊숙이 몸을 기댔다. 어떠한 이유이던 간에 정주나, 그녀가 그의 마음속까지 파고든 것만은 틀림없었다. 그게 아니라면 이렇게 신경이 곤두서 아침부터 그녀만을 생각할 리는 없을 테니까.

'결국 내 염려가 맞았군.'

그가 희미하게 입 끝을 올린 채 웃음을 지어보였다. 이제는 이 감정을 인정할 수밖에 없을 듯했다. 더불어⋯⋯.

"정만복을 돌아올 수 있도록 해달라고?"

그가 차갑게 중얼거렸다.

단언하건대 정만복은 더 이상 그에게 아무 의미도 없었다. 정주나, 정주오 그들 남매가 눈앞에서 사라지는 것보다는.

강우가 출근하고 난 후, 주나는 주오를 어린이집에 데려다주고 돌아오며 느닷없이 길바닥에 털썩 주저앉았다.

"대체 그분을 어떤 얼굴로 봬야 하는 거냐고."

그녀가 머리카락을 움켜쥔 채 도리질을 해댔다. 가슴이 울렁거리는 건 물론이고 다리엔 힘이 하나도 없었다. 지난밤부터 시작된 두통은 도통 가라앉을 생각을 하지 않았고 심장은 계속해서 콩닥거림을 반복하고 있었다.

주나는 바닥에 갈라진 틈을 손가락으로 따라가며 어젯밤 일을 떠올렸다. 강우가 자신을 놔주기 싫다고 했을 때 순간적으로 머리 회로에 장애를 일으켰다. 덕분에 이 한마디밖에 할 수가 없었다.

[왜요?]

"내가 미쳐."

그녀가 또다시 머리를 움켜쥐었다.

애초에 그가 빌려간 돈을 갚을 때까지 그들 남매를 놔주지 않겠다고 했을 때 그녀는 나름 당연하다고 여겼었다. 그럼에도 왜 굳이 아버지인 만복이 아닌 자신을 지칭해 놔주기 싫다고 한 건지 그 연유는 여전히 오리무중이었다.

"믿음직스럽지 못한 아빠보다는 내가 낫다는 뜻인가? 그래서 그 집에서 일해 빚을 청산하란 소리고?"

하지만 그 사람이 그렇게 쪼잔할 리는 없었다. 본인 입으로도 일억을 껌값으로도 안 본다고 누누이 말해오지 않았던가?

"그렇다면 단 한 가지 이유밖에 없는데."

주나는 자꾸만 일어나는 마음속의 오류에 내리 숨을 쉬었다. 어차피 그 한 가지는 결코 일어날 수 없는 일이기도 했기 때문이다.

"아마 그건 우리 아빠가 일억이란 돈을 갚는 것과 마찬가지일 거야."

그러니 이런 한심한 고민은 이쯤에서 그만하자 여기며 그녀는 자리를 털고 일어났다. 아무리 유 실장의 말대로 강우가 달라졌다 한들 그가 자신을 마음에 들어 하는 일 따위는 절대로 없을 것이다.

"하물며 좋아하는 일 따위도."

그날 오후, 수원댁에게 허락을 구한 주나는 창만이 있는 요양원으로 향했다. 하루 종일 일이 손에 잡히지 않기도 했지만, 어제 주오가 동물원에서 창만에게 준다며 뽀로로 열쇠고리를 샀기에 그것을 전달하려는 요량도 있었다.

요양원에 도착한 주나는 먼저 화장실에서 메이드복으로 갈아입은 후 창만에게 갔다. 다행히 영진은 비번인지 모습이 보이지 않아 그나마 잔소리를 듣지 않아도 되었다.

그렇게 병실로 들어섰을 때, 그녀는 그가 뭔가를 침대 밑에 꽁꽁 숨기는 것을 보았다.

"그게 뭐예요?"

슬며시 묻는 주나에게 창만이 놀란 듯 두 눈을 부릅떴다.

"아무것도 아니야. 그런데 나 집에 데려다주러 온 거야, 예쁜 아가씨?"

주나는 다시금 시작된 창만의 집 타령에 당혹스러운 웃음을 띠었다.

"아니에요, 오늘은 선물 드리려고 온 거예요. 자요, 주오가 할아버지께 드리는 거래요."

그리곤 열쇠고리를 내밀자 그가 그것을 받아 소중히 감싸 쥐었다.

"뽀로로네?"

"어머, 이제는 펭귄이라고 하시지 않는 거예요?"

"당연하지. 이건 뽀로로야. 뽀로로 친구 크롱이랑 루피, 에디, 포비도 아는 걸?"

"우아, 대단하세요. 주오가 들으면 정말 기뻐하겠는데요?"

주나는 지난번 열과 성을 다해 뽀로로와 친구들의 이름을 가르치던 주오의 모습이 떠올라 함박웃음을 지었다.

"부디 귀하게 간직해주세요. 아이가 할아버지께 드리려고 저금통까지 털어 산 거니까요."

"날 위해?"

"네. 할아버지만을 위해서요."

그 말에 거푸 눈을 깜박이던 그가 갑자기 침대 밑에서 아까 숨긴 상자를 꺼내들었다.

"그럼, 여기에 보관해야지."

그가 상자의 뚜껑을 열자 오래된 편지며 빛바랜 사진 등이 눈에 들어왔다.

"할아버지, 그건 뭐예요?"

"내 보물 상자야. 그러니까 다른 사람한테 얘기하면 안 돼, 알았지?"

쉿!

창만이 집게손가락을 입술로 가져가더니 열쇠고리를 담은 후 다시 상자의 뚜껑을 닫았다. 그 천진한 행동이 마음 한편을 따뜻하게 해 주 나는 그와 똑같이 손을 입가에 대보였다.

"네, 비밀이에요."

그리 두 사람이 공모자처럼 배시시 웃고 있는데 갑자기 누군가의 목소리가 들려왔다.

"아가씨는 누구죠?"

깜짝 놀란 주나가 고갤 들어보니 중후한 슈트 차림의 중년 남자가 그녀를 내려다보고 있었다.

"저는……."

그 순간 창만이 큰 소리를 지르며 그에게 다가갔다.

"석진아!"

그런 그를 품에 안으며 남자가 온화한 미소를 띤 채 천천히 입을 열었다.

"네. 저 왔어요, 아버지."


\*


"자, 들어요."

"고맙습니다."

주나는 따뜻한 커피 잔을 내미는 남자에게 어색하게 웃어보이며 찻잔을 들어 입가에 가져갔다. 요양원 한편에 마련돼 있는 이곳 카페 테라스는 방문객이라면 누구든지 자유롭게 이용할 수 있는 듯했지만 평일 낮이라 그런지 사람의 수는 그다지 많지 않았다.

"그래서 아가씨는 태신그룹 본가에서 일하는 가사도우미라고요?"

남자의 물음에 주나가 고개를 끄덕였다.

"네. 정주나라고 합니다. 놀라게 해드렸다면 죄송해요."

"아니, 괜찮아요. 내가 놀란 건 아가씨가 아니라 그 옷차림이니까."

그가 힐끔 메이드 복장의 주나를 쳐다보더니 살짝 고개를 기울였다.

"설마 그거 강우의 취미는 아니겠죠?"

"강우? 주인님 말씀이세요?"

"주인님?"

순간 당황한 주나가 재빨리 두 손을 저어보였다.

"그게 아니라, 그러니까……."

어쩔 줄 몰라 하는 그녀를 보며 그가 훗 하고 가볍게 웃음을 토해냈다. 그 모습에 더 겸연쩍어져 주나는 사선으로 시선을 떨어트렸다.

'죄송해요, 주인님. 고의는 아니었지만 또 민폐를 끼친 듯해요.'

그녀가 울상을 짓고 있는데 그가 찻잔을 매만지며 물었다.

"강우는 잘 지내고 있나요? 안 그래도 요즘 연락이 뜸해 궁금해하던 차였는데."

"네, 잘 지내고 계세요. 여전히 바쁘시긴 하지만 예전에 비해 식사도 꼬박꼬박 하시고 틈틈이 휴식도 취하시려 노력하시는 듯해요."

그녀의 말에 남자가 주름진 입매 위로 미소를 걸쳤다.

"그거 다행이네요. 내 뒤를 이어 사장 자리에 취임한 후 너무 일에만 몰두해 행여나 몸이 상하진 않을까 걱정했었는데."

"뒤를 이어 사장 자리에? 그렇다면……."

"아, 내 소개가 늦었군요. 이진성이라고 합니다. 태신그룹의 전임 사장이자 강우와는 또 다른 부자父子 관계라고 할 수 있죠. 일찍 세상을 뜬 그의 아버지가 나와 절친한 사이였거든요."

그제야 주나가 알았다는 듯 두 눈을 크게 떴다.

"그래서 좀 전에……."

"맞아요. 덕분에 최 회장님께서는 날 죽은 석진이로 오해하고 계신 듯하지만, 사실은 누구보다도 녀석이 그립기 때문이겠죠. 그게 아니라면 그 총명하고 예리하신 분이 그리도 쉽게 정신줄을 놓으셨을 리는 없을 테니까."

어딘가 쓸쓸함이 가득한 그의 말에 주나가 눈꺼풀을 내리깔았다. 그러고 보니 늘상 아들이 보고 싶다며 집에 데려다달라고 하던 창만의 말이 떠올랐다.

"그런데도 왜 사장님은 단 한 번도 회장님을 뵈러 오시지 않는 건지."

안타까움이 느껴지는 그녀의 말에 진성이 물끄러미 주나를 바라보았다.

"아가씨는 태신그룹 본가 일에 관심이 많은가 보죠? 강우 성격상 집안의 고용인을 이곳에 보냈을 리는 없을 테고, 무슨 일로 여기까지 온 거죠?"

그의 물음에 주나가 짧은 숨을 들이켰다.

"그게……."

"말해봐요, 아가씨는 그 집의 가사도우미가 맞는 건가요?"

재차 묻는 그에게 결국 그녀는 솔직하게 털어놓을 수밖에 없었다.

"가사도우미 맞아요. 그리고 그 댁에 빚을 진 사람이기도 하죠."

"빚을 졌다고요?"

"네. 엄밀히 말하면 저희 아빠가 회장님께 진 빚이지만 그분께서 상태가 저러시니 그 손자분인 사장님께 갚는 수밖에요."

"그 말은 아가씨가 정만복 씨의……."

"딸인데요? 저희 아빠를 어떻게 아세요?"

깜짝 놀란 주나를 보며 그가 '아차!' 한 듯 미간을 모았다.

"정주나라고 했을 때 눈치 챘어야 하는 건데. 사실은 내가 정만복 씨에게 돈을 준 당사자거든요."

"사장님이요?"

"그래요. 최 회장님의 부탁으로 내가 그 사람에게 돈을 줬었죠. 당시 회장님께서는 정신이 오락가락하시는 상태이셨기 때문에 따로 청을 할 때가 없으셨거든요. 그래서 내가 그분의 자산 중 일부를 빼내 그 사람에게 전했었죠."

"그 말씀은 당시 회장님의 상태가……."

"온정신이셨어요."

맙소사.

주나가 상상치도 못한 말에 하얗게 질렸다. 이게 아빠가 말하던 사정이란 건가?

"강우가 이 일을 알고 물으러 왔을 때 내가 분명 정만복 씨는 잘못이 없다고 말해줬는데 어째서 아가씨가 그 집에 가사도우미로 들어가게 된 거죠?"

그 말에 주나는 아무 대꾸도 할 수가 없었다. 자진 납세하는 마음으로 제 발로 걸어 들어갔다는 말을 어떻게 할 수 있겠는가?

"혹시 강우가 아가씨를 찾아왔던가요? 안 그래도 요양원에서 정만복 씨가 보이지 않아 의아해하고 있었는데."

"그보다 괜찮으시다면 좀 더 알려주시지 않겠어요? 전 이번 일에 대해 도통 아는 바가 없거든요. 저희 아빠가 회장님에게 돈을 빌렸다는 거 말고는."

"흐음."

잠깐 동안 고심하던 진성이 차분한 음성으로 입을 열었다.

"사실 강우 입장에서는 치매 걸린 회장님을 상대로 정만복 씨가 사기를 쳤다고 생각한 모양이지만 실상은 그렇지 않아요. 최 회장님은 이곳에 들어온 이후 오래도록 정만복 씨를 지켜봐왔고 본인의 판단하에 그런 결정을 내린 거니까. 그도 그럴 것이 그 사람은 회장님의 빈자리를 채워주었거든요."

"채워주다니, 그게 무슨 뜻이죠?"

"바라던 아들의 모습이라고 하셨죠. 안타깝게도 석진이는 회장님의 기대에 부응하기엔 지향하는 바가 너무나 달랐거든요."

진성이 커피 한 모금을 입 안으로 넘기더니 다시금 말을 이었다.

"석진이 불의의 사고로 세상을 뜨고 제수씨마저 재가를 했을 때, 회장님은 어떻게든 강우만은 지키려고 하셨어요. 그런데 무슨 이유인지 강우는 회장님과 함께 지내기를 거부했고 그 길로 바로 유학길에 올랐죠. 고등학교 때 돌아오긴 했지만 여전히 사이는 좋지 않았고 그 관계는 성인이 된 지금도 달라지지 않았어요. 그 탓인지 모르겠지만 회장님이 쓰러지신 뒤에도 요양원조차 방문하지 않았고 하나 남은 혈육이 자신을 외면하니 그분께서도 많이 외로우셨겠죠."

"한데, 저희 아빠는 왜?"

"그 가족의 빈자리를 메워준 게 다름 아닌 정만복 씨라고 하셨어요. 사람의 눈을 보면 그 됨됨이를 알 수가 있는데 진실로 누군가의 마음을 이해하고 아픔을 아는 사람이라고 하셨죠. 물론 나도 처음에는 정만복 씨를 믿지 않았어요. 아무리 좋은 사람이라고는 하지만 죽은 아들을 대신하다니, 쉽게 납득할 수 없는 부분이잖아요?"

"그렇죠."

그가 순순히 동의를 하는 주나를 보며 옅은 미소를 띠었다.

"하지만 이런 생각이 바뀌게 되는 계기가 있었죠."

"계기라니, 어떤?"

잠시 말을 멈춘 그가 창밖의 비 내리는 풍경을 바라보았다.

"석진이의 기일 날, 정만복 씨가 묘소를 찾아왔더군요. 회장님이 온정신일 때 종종 그에 대한 얘기를 했다면서 오지 못하는 부모의 심정은 오죽하겠냐며 대신 보러 왔다고 하더군요."

"아빠가……."

"알아보니 그 후에도 간혹 방문해 추모를 했다고 하니 의심할 여지가 있어야죠. 무엇보다 현재의 태신금융그룹을 있게 만든 장본인이 하신 말씀이 아닙니까?"

"그래도 회장님이 치매에 걸리신 건 부정할 수 없는 사실인데 아빠는 어떻게 그 돈을 덥석 받으실 수가 있었던 거죠? 꼭 누구 말처럼……."

사기꾼인 양.

주나는 차마 마지막 말은 뱉지 못한 채 입술을 깨물었다. 인정하고 싶지 않지만 그건 분명 잘못된 행동이었다.

"덥석 받은 건 아니에요. 애초에 그 말을 꺼낸 것도 정만복 씨가 아니었으니까."

"그러면요?"

"회장님께서 알아보신 거죠. 항상 웃고 다니던 사람의 얼굴에 근심이 가득하니 무슨 일인가 하셨을 테죠. 신기하게도 회장님은 정신을 놓으신 상태에서도 정만복 씨만은 기억을 하셨거든요. 결국 일이 꼬이려고 이 지경까지 왔지만 돈을 갚겠다고 한 것도, 차용증을 쓰겠다고 한 사람도 전부 정만복 씨였어요. 회장님께서는 처음부터 그 돈을 돌려받을 생각이 없으셨죠."

"말도 안 돼. 그렇게 큰돈을!"

"그만큼 회장님께는 정만복 씨가 아들과 같았단 뜻입니다. 자신의 마지막 길을 봐줄 수 있는 유일한 사람으로서."

마지막 길을 봐줄 수 있는 유일한 사람이라니…….

'그건 주인님이어야 하는 거 아닌가?'

주나가 탁자 위의 손을 꽉 움켜쥐었다. 홀로 쓸쓸한 나날을 보내야만 했던 창만의 마음이 이해가 되면서도 이를 이용한 만복에게 화가 났고, 그분을 그렇게 만든 강우에겐 분노가 치밀었다. 그러면서도 의문이 들었다. 도대체 그 사람이 왜!

"한 가지 궁금한 게 있어요."

낮게 웅얼거리는 그녀의 말에 진성이 턱을 들어 올렸다.

"뭐죠?"

"왜 회장님에 대해 아는 사람이 아무도 없는 거죠? 태신금융그룹의 창립자시라면서 인터넷에도 나오지 않고 본사 경비원들도 모른다고 하던데."

"그건 그분께서 은행을 설립한 후 경영자의 자리에 오르지 않으셨기 때문이에요. 회장님이란 직함도 단지 호칭일 뿐, 일선에 나서는 일은 결단코 없으셨죠. 본인의 자본으로 시작은 하셨지만 가족이 운영하는 혈족회사는 독이 된단 생각에 경영은 전문경영인에게 맡기셨어요. 그 중 한 명이 나였고 강우 역시 주주들의 투표로 선출된 거죠. 철저히 사업가로서 그 부분에 대해선 한 치의 틈도 없으셨어요."

"그렇군요."

그가 어두운 표정의 주나를 보더니 따뜻한 눈동자를 주의 깊게 굴렸다.

"지금은 저리되셨지만 내게는 참으로 훌륭하신 멘토였습니다. 자기 배를 불리는 건 사채업만으로 충분하다면서 은행이란 이름으로 세상에 나온 이상 그때부터는 돈에 대한 책임을 지라고 하셨죠. 금액이 커지면 커질수록 무서워하고 이를 경계하며 돈을 다스리되 결코 나를 다스리게 하진 말라시며 늘 석진이와 내게 말씀하셨죠."

그런 그가 입가에 씁쓸한 웃음을 담았다.

"석진이가 조금만 더 그 말의 의미를 되새겼더라면 일이 이 지경까지 되진 않았을 텐데, 왠지 아가씨에게 내가 다 미안해지네요."

"아니에요, 오히려 감사할 정도인데요. 너무 많은 걸 알게 돼서."

그래, 지나칠 정도로 많이.

그날 밤, 늦은 시간까지 오지 않는 강우를 기다리며 주나는 깊은 생각에 빠져 있었다. 그동안 궁금해왔던 모든 것을 다 알게 됐지만 바꾸는 건 아무것도 없었다. 여전히 그녀의 아버지는 행방을 알 수가 없었고 그들 가족은 돈을 갚을 능력이 없었다. 강우 또한 이미 다 사정을 아는 상태에서 만복을 사기꾼이라 했으니 새삼 그 판단이 바뀔 리는 절대로 없으리라.

주나는 고요할 정도로 내리는 빗소리를 들으며 자신이 할 수 있는 일이 무엇일지 고심했다. 항상 어려운 상황은 오기 마련이지만 그때마다 스스로 일어날 수 있는 방법을 찾았기에 이번에도 반드시 이겨낼 수 있으리라 믿어 의심치 않고 있었다. 그렇지만…….

[강우가 아무 이유 없이 회장님을 외면하진 않았을 겁니다. 사람을 보는 데 있어 편협함을 갖지 않고 냉정해 보이지만 인정을 배풀 줄 알기에 그가 가족을 그리 대할 때엔 틀림없이 그럴만한 연유가 있을 테죠.]

"연유라……."

주나가 한숨 섞인 투로 내뱉었다.

솔직한 심정으로 그녀는 강우의 웃는 얼굴이 좋았다. 언제부터인가 그의 그런 모습만 보면 심박수가 상승했고 심장이 날개를 단 듯 제멋대로 반응했다. 무엇보다 그가 간혹 보여주는 미소의 진실함을 알기에 주나는 창만에게 차가운 강우는 결코 보고 싶지 않았다. 입에 담는 것조차 싫어하며 혈육에 대한 감정마저도 결여된 듯한 냉혹한 눈빛은 더더욱.

주나는 아침보다 더 심각해진 듯한 상황에 세차게 이마를 구겼다. 그가 자신을 놔주기 싫다고 한 것도 당혹스러웠지만 지금의 이 상황도 곤혹스럽긴 매한가지였다.

그때, 현관문이 열리며 강우가 안으로 들어왔다.

"오셨어요?"

주나가 애써 미소를 지으며 그를 맞았다. 속이야 썩어 문드러지기 일보직전이었지만 왠지 그에게 내색하고 싶진 않았다.

"식사는 하셨어요?"

이에 아무 대꾸도 하지 않은 채 강우가 말없이 그녀를 응시했다. 그 눈빛이 마치 '난 네가 오늘 한 일을 알고 있다'라고 말하는 듯해 주나는 먼저 입을 열었다.

"낮에 요양원에 다녀왔어요."

"알고 있어."

"그곳에서 태신금융그룹의 전임 사장님을 만나뵀었죠."

"그것도 알고 있어."

"제게 무슨 하실 말씀 없으세요?"

잠자코 듣고만 있던 그가 강경한 어조로 중얼거렸다.

"앞으로는 그곳에 가지 마."

"왜요?"

"내가 원하지 않으니까. 당신은 그저 내 말대로 따르면 되는 거 아닌가?"

순간 주나는 욱! 하고 말았다. 자기 말대로 따르면 된다니.

"그건 좀 아닌 것 같네요. 제가 이 집에서 신세를 지고 있는 건 사실이지만 빚을 갚아야 할 상대는 주인님이 아니라 주인님의 조부시잖아요? 차용증에도 명백히 최 창자, 만자라고 되어 있었고. 그런 제게 그분을 만나 뵈라, 마라 하실 권리는 주인님에게 없다고 보여집니다."

"권리라고?"

"네. 그분의 상태가 좋지 않으시니 손주분인 주인님께 최선을 다하는 건 당연하겠지만 회장님에게도 정성을 다하지 않으면 그건 일억이란 빚을 진 채무자의 태도가 아니라고 여겨져요. 그러니 앞으로도 종종 그분을 뵈러 갈 테니, 그런 줄 아세요."

당당하기까지 한 그녀의 말에 강우가 입가를 일그러트렸다.

"당신, 혹시 착각하고 있는 거 아닌가? 현재 월급을 주고 있는 사람이 누구인지."

"아니요, 그건 잘 알고 있어요. 가사도우미로서 급여를 주시는 건 바로 주인님이시죠. 그러니까 그 부분에 대해선 최선을 다하겠다고 말씀드리는 거예요. 오로지 고용인으로서."

주나가 이글거리는 눈동자를 들어 그와 시선을 마주했다.

"제가 온전히 몸과 마음을 바쳐야 하는 상대는 다른 누구도 아닌 회장님이세요. 그분의 모든 것이 주인님에게 넘어간다면 모르겠지만, 그렇지 않은 상황에서는 굳이 고용인 이상의 것을 보여드릴 필요는 없다고 생각합니다. 그러니 이제부터는 이 집의 가사도우미로서만 성심성의를 다하겠어요."

말을 마친 주나가 꾸벅 고개를 숙였다.

"이런 제 말이 건방졌다면 죄송합니다. 하지만 제 의견을 솔직하게 말씀드린 거뿐이니까 곡해는 하지 말아주세요. 그럼, 편히 쉬시고 냉장고에 샌드위치 넣어놨으니까 출출하시면 챙겨 드세요."

그리 뒤돌아 가던 그녀가 깜박했다는 듯 한 마디를 덧붙였다.

"주제넘는 말일지는 모르겠지만, 어떠한 이유이던 간에 외면할 수 있는 가족은 없다고 봅니다. 그러니 그분의 유일한 혈육이시라면 한 번만이라도 회장님을 뵈러 가셨으면 좋겠어요."

그리곤 밖으로 나가자 강우가 헛웃음을 토했다.

"가사도우미로서만 성심성의를 다하겠다고? 여전히 기가 찰 정도로 훌륭한 근성이군."

그가 기다란 손가락으로 넥타이를 풀어헤친 채 쓰러지듯 소파에 기댔다. 온종일 신경이 날카로운 상태에서 예상치도 못한 말을 들었더니 급격히 피로가 몰려왔다. 그럼에도 한편으론 웃음이 새어나왔다.

"요양원에서 이 사장님을 만났다고 하기에 당장이라도 이 집을 나가겠다고 펄쩍 뛸 줄 알았더니, 오히려 내가 그 노인네를 만나러 가지 않는 거에 대해 화를 내는군. 자기 아버지를 그리도 사기꾼이라 몰아붙였건만 그건 일언반구도 없이."

그러니 놔줄 수가 없는 거다. 저 모기새끼를.

곁에 있는 것만으로도 이 허전함을 채워주는 사람은 그녀 말고는 아무도 없었으니까.


그로부터 며칠 동안 태신그룹 본가의 집안 분위기는 그야말로 살벌 그 자체였다. 안 그래도 말이 없던 강우는 더더욱 말수가 줄어들었고 항상 수다로 아침을 열던 주나 역시 심각할 정도로 뾰로통해 있었다. 수원댁 부부 또한 눈치를 보다 보니 매사에 조심스러웠고 유 실장도 빤히 두 사람의 냉기류를 알면서도 뾰족한 수를 찾지 못한 채 시간만 보내고 있었다.

"주인님, 어제 어린이집에서 동물원에 다녀온 그림을 그렸는데 친구들이 다들 부럽다고 박수를 쳐줬어요."

"그거 잘됐구나."

"주인님이랑 누나도 같이 그렸는데 애들이 누구냐고 물어서 누나가 좋아하는 주인님이랑, 주인님이 좋아하는 누나라고……."

"주오야!"

주나가 갑자기 큰 소리를 내질렀다. 아무리 냉전 중이라고 하지만 이 상황에서는 끼어들지 않고는 못 배겼다.

"죄송해요, 아이가 아직 어려서 그런 거니까 너무 신경 쓰지 마세요."

"괜찮아."

이를 지켜보고 있던 수원댁 이하 두 남자가 속으로 'nice!'를 외쳤다. 어른들은 감히 무서워서 끼어들지 못했던 것을 저 어린애가 훌륭히 해낸 것이다.

하지만 아무리 그래봤자 아이의 힘에도 한도가 있기에 강우가 출근한 직후 수원댁은 주나를 붙잡고 늘어졌다.

"왜 그래, 아가씨. 무슨 일 있어?"

"아니요, 아무 일도 없는데요? 왜요?"

"사장님을 대하는 태도가 이상해서. 마치 남을 보는 거 같은 게 내가 다 민망해지더라고."

남 맞는데요?

주나는 그 말만은 하지 못한 채 뒤돌아 입술을 삐죽거렸다. 솔직히 이렇게 티가 날 정도로 그에게 싸늘히 대할 마음은 추호도 없었다. 게다가 고용인으로서만 최선을 다하겠다는 말 역시도.

'애당초 요양원에 가지 말란 소리만 하지 않으셨으면 좋았을 걸. 왜 하필이면 그 부분을 건드려서는.'

그녀는 이제 와서 후회해봤자 소용없다 여기며 수원댁을 돌아보았다.

"아주머니, 오후에 별일 없으면 잠시 나갔다 와도 될까요?"

"상관은 없지만, 설마 또 회장님을 뵈러 가는 건 아니겠지?"

수원댁의 물음에 주나가 두 눈을 동그랗게 떴다.

"어떻게 아셨어요?"

"그야, 여태껏 보고 듣고 한 게 있는데 모를 리가 없지. 하지만 아가씨, 괜한 일에 끼어들지 말라고 충고하고 싶어. 내가 이 집에서 일한 지 삼십 년이 넘었지만 요 몇 년 새 두 분이 서로 이야기하시는 걸 본 건 손가락에 꼽을 정도야. 더욱이 회장님이 저리되시고는 아예 얼굴조차 안 보고 사시지. 그런 분들을 아가씨가 화해시킬 수 있을 거 같아?"

"그렇지만 해보지 않고는 모르는 일이잖아요. 만약 이러다가 회장님이 덜컥 돌아가시기라도 한다면 주인님이 얼마나 후회하실지."

"그래도 그건 아가씨가 관여할 문제가 아니야. 난 아가씨가 우리 사장님한테 살갑게 대하고 회장님을 챙겨줘서 고맙긴 하지만 괜히 긁어 부스럼 만들지 않았으면 좋겠어. 그만큼 그분들에겐 남에게 말 못할 사연이 있고 그 골은 아무나 메울 수 있는 게 아니니까."

아무도 메울 수 없다라……

주나는 수원댁의 말을 되뇌며 무거울 걸음으로 요양원으로 향했다. 애초에 그 골을 메울 수 있으리라고는 처음부터 생각지 않았다. 그저 자신은 그 원인이라도 안다면 강우를 이해하는데 도움이 되진 않을까, 그리 여겼을 뿐이다.

그녀가 풀이 죽은 채 요양원 안으로 들어서는데 구급차 한 대가 건물 앞에 서 있는 것이 보였다.

"뭐지?"

의아함으로 턱을 기울이는 사이 느닷없이 어디선가 나타난 영진이 그녀의 앞을 가로막았다.

"이만 돌아가거라."

"아저씨, 대체 무슨 일이에요?"

그때였다. 의사와 간호사를 필두로 간이침대에 누운 창만이 구급차에 탑승하는 것이 눈에 들어왔다.

"할아버지!"

새하얗게 질린 낯의 주나를 붙잡으며 영진이 고개를 가로저었다.

"별일 아니란다. 오전에 잠깐 정신을 잃으셔서 정밀 검사차 병원에 가시는 거뿐이야. 그러니 넌 그만 돌아가 보렴."

"그렇지만……. 아, 맞다. 빨리 사장님께 전화를!"

순간 휴대폰을 꺼내려는 주나의 손을 영진이 재빨리 붙잡았다.

"그럴 필요 없다. 어차피 연락해도 오지 않으실 테니까."

"오시지 않다니, 그게 무슨 소리예요? 할아버님이 쓰러지셨는데!"

다급하게 외치는 그녀를 보며 그가 긴 한숨을 토했다.

"네가 그 댁에서 일한다니 내 말해주지만, 고용인은 고용인으로서 지켜야 할 의무가 있는 거란다. 특히 그런 집에서는 봐도 못 본 척, 들어도 못 들은 척하는 게 중요하지."

"그게 무슨 말씀이세요?"

영진이 도통 무슨 소리인지 모르겠다는 듯한 주나에게 신중히 말을 이었다.

"회장님이 처음 이곳에 들어오셨을 때 사장님께서 하신 말씀이 있었다. 그분이 돌아가신 게 아니라면 절대로 연락하지 말라고."

"그런!"

주나가 충격으로 입을 틀어막았다. 설마하니 그 사람이 그런 말을!

"사실이란다. 그러니까 넌 오늘 아무것도 보지 못한 셈 치거라. 이건 한낱 고용인이 간섭할 부분이 결코 아니니까."

고용인이 간섭할 부분이 아니라니!

"그런 게 어디 있어요? 제가 몸담고 있는 집의 일인데!"

그녀가 아픔에 찬 눈빛으로 요양원을 빠져나가는 구급차를 바라보았다. 아무리 이해하자고 해도 이건 아니었다. 가족인데, 하나밖에 없는 조부인데!

"그래, 어차피 난 단순한 고용인이 아니야. 문서상으로도 분명 몸과 마음을 바치겠다고 되어 있었고, 이왕지사 이렇게 된 거 그 말의 의미를 확실히 보여주겠어!"

그리 결심한 주나는 서둘러 건물 안으로 뛰어 들어갔다.

"사장님, 시간이 늦었습니다. 이만 퇴근하셔야 하지 않겠습니까?"

유 실장의 말에도 창에서 눈도 떼지 않은 채 강우는 나직한 음성으로 대꾸했다.

"조금만 더 있다 가도록 하죠."

"그렇지만……."

잠시 난감한 표정을 짓던 유 실장이 이내 고개를 숙이고 밖으로 나갔다. 이미 시간은 8시를 가리키고 있었다. 하지만 강우는 계속해서 뭔가에 생각이 잠긴 듯 미동조차 하지 않고 있었다.

"그렇게 걱정이 되신다면 병원에 가보시는 게 좋으련만 매번 저런 얼굴을 하고 계시는군."

애당초 그가 조부에게 관심이 없었다면 은밀히 심어둔 사람을 통해 일일이 보고 받을 필요도 없을 일이었다. 그런데도 강우는 창만의 상태가 안 좋을 때마다 저리 냉랭한 낯빛을 띠었고 그것이 유 실장이 보기에는 일부러 하는 행동인 것처럼 여겨졌다.

"이제 그만 용서하실 때도 됐는데, 그 짐을 평생 짊어지고 가실 작정이신 건지."

유 실장은 오래전 빗속에 서 있던 어린 소년을 기억하며 홀연한 한숨을 내쉬었다. 이제 세월이 흘러 그 소년은 어른이 됐지만 당시의 상처는 여전히 그의 가슴속에 뿌리깊이 박혀 있는 모양이었다.

이때, 비서실의 문이 벌컥 열리며 주나가 숨을 할딱인 채 안으로 들어왔다.

"유 실장님, 주인님은요?"

"사장실에 계십니다만."

놀란 그의 말이 미처 끝나기도 전에 주나가 쏜살같이 그곳으로 뛰어 들어갔다.

"회장님이 쓰러지셨어요!"

그 말에 강우가 사선으로 시선을 돌렸다.

"그래서?"

"그래서라뇨! 그분이 병원으로 실려 가셨다는데."

"그게 나와 무슨 상관이지?"

그녀는 너무나도 태연한 강우의 반문에 잠깐 동안 아무 말도 할 수가 없었다.

"할아버님이시잖아요. 단 한 분뿐인 가족이요."

"가족? 그 사람이?"

불현듯 매서운 눈빛을 띤 그가 날카롭게 주나를 쏘아보았다.

"당신, 분명 내게 고용인 이상의 모습은 보이지 않겠다고 하지 않았던가?"

"그건……."

머뭇거리는 그녀에게 강우가 차가운 어조로 중얼거렸다.

"그럼, 그렇게 해. 그 잘난 오지랖으로 괜히 고용자의 일까지 끼어들지 말고."

살벌함까지 느껴지는 그의 말에 주나는 또다시 욱! 하고 말았다. 뭐야, 내 말을 이런 식으로 받아치신다 이거지!

그녀는 이를 악문 채 한 발자국 그에게 다가섰다.

"방금 그 말, 절대로 후회 안 하시죠?"

"그거 나한테 하는 소리인가?"

"당연하죠. 행여 나중에 회장님이 잘못되고 나서도 이 일을 결코 후회하지 않을 자신이 있으신 거죠?"

순간 강우가 훗 하고 비웃음을 토했다.

"잘 들어, 정주나 양. 내가 후회하는 일이 있다면 그건 진즉에 그 노인네를 내 아버지 곁으로 보내지 않은 거야. 가능했다면 벌써 오래전에 그렇게 했을 텐데."

그 잔인한 언사에 주나는 숨을 멈추고 말았다. 어떻게 그런 말을!

파르르 입술을 떠는 그녀를 보며 강우가 싸늘하게 내뱉었다.

"알아들었으면 이만 나가. 내게 고용인 이상으로 다가오지 말고."

그 말에 주나는 더 이상 그 자리에 있을 수가 없었다. 결국 수원댁의 말대로 두 사람 사이의 틈은 결코 메울 수 없는 걸까?

그녀가 먹먹한 심정에 힘없이 뒤돌아서는데 강우가 낮게 말을 이었다.

"언젠가 내게 말했었지? 가족이니까 함께 있고 싶은 건 당연하다고. 하지만 같이 있어 서로 상처가 되는 가족도 있는 법이야. 바로 우리처럼."

그 순간 주나는 우뚝 발걸음을 멈췄다. 왠지 그의 말이 아플 정도로 가슴에 와 닿아 이대로 그냥 포기할 수가 없었다.

그녀는 무표정하게 서 있는 그에게 다가가 들고 있던 상자를 내밀었다.

"이거 보시고 난 후에도 생각이 안 바뀌신다면 그땐 정말 가사도우미로서만 옆에 있을게요."

　그리곤 밖으로 나가자 유 실장이 조심스럽게 강우에게 물었다.

　"사장님, 그건……."

　한동안 미동도 없이 상자만 내려다보고 있던 그가 찬찬히 뚜껑을 열었다. 그러다 그 안을 확인하더니 쥐어짜는 목소리로 대꾸했다.

　"내 아버지가 남긴 기억들입니다."

## 10. 얼음을 녹이는 방법

소리 없이 내리는 빗속에서 소년은 말없이 서 있기만 했다. 안쓰럽게 바라보는 시선들에도, 여기저기 오가는 말들 속에서도.

열두 살이란 나이가 무색할 만큼 한 치의 흐트러짐도 없이 아버지의 장례식을 오롯이 지켜본 그는 모퉁이에 서 있는 노인에게 다가가 딱 한마디를 내뱉었다.

[할아버지가 제 아버지를 죽였어요.]


"으음."

창만은 눈을 간지럽히는 옅은 햇살에 무거운 눈꺼풀을 치켜 올렸다. 잘 돌아가지 않는 고개를 들어 주위를 둘러보니 익숙하지만 낯선 환경이 그의 시야를 자극했다.

"병원인가?"

그는 코끝에 전해지는 진한 소독약 냄새에 슬며시 미간을 찡그렸다. 극심한 통증 속에 또다시 병원으로 실려 온 듯했다.

"차라리 그대로 갔으면 좋으련만."

자조적으로 읊조리며 창만은 손에 박힌 링거를 빼내고자 몸을 움직였다. 그때, 발밑에서 묘한 느낌이 나더니 낯선 여자가 그를 내려다보았다.

"할아버지, 이제야 깨셨네요!"

그리곤 두 손을 붙잡은 채 환하게 웃자 그는 의아함에 물었다.

"아가씬 누구지?"

"주나인데요? 정주나."

"주나?"

"네. 검은 옷 입은 예쁜 아가씨요."

순간 그가 무슨 소리인지 모르겠다는 듯 찬찬히 그녀를 살펴보다 확신 없는 목소리로 대꾸했다.

"혹, 정만복의 딸인가?"

"아……."

그 말에 그녀가 입을 다물었다. 왠지 모르게 초롱거리는 눈동자가 이상하다는 듯 그를 향해 있었다.

*

주나는 창만을 진찰하는 의사들을 바라보며 조금 전 그가 했던 말을 떠올렸다.

[아가씨가 만복의 딸이 맞다고? 그런데 그 사람은 지금 어디에 있는 거지?]

"만복의 딸이라…….."

당시에 그는 명확하게 그녀를 정만복의 딸로서 인지한 듯했다. 그동안에는 수도 없이 많은 설명에도 불구하고 늘상 검은 옷을 입은 예쁜 아가씨라고 불렀는데 이번에는 확연히 달랐다.

"설마 할아버님이 제정신으로 돌아오신 걸까?"

하지만 진단을 마친 주치의의 말은 그렇지 않았다.

"어제 혈압 문제로 잠시 정신을 잃으시긴 하셨지만 치매 증세가 악화되거나 호전된 건 아닙니다. 현재 상황도 일시적인 것뿐, 금방 원래 상태로 돌아가실 겁니다."

그 말에 주나는 깊은 숨을 내쉬었다. 잠시나마 기대를 했었지만 역시나 성급한 판단이었던 듯했다.

그녀는 서툴게 옷의 단추를 잠그는 창만에게 다가가 상냥히 말을 건넸다.

"링거 때문에 많이 불편하시죠? 제가 도와드릴게요."

그리곤 하나하나 단추를 채워주자 그가 멀뚱히 그녀를 응시했다.

"아버지를 쏙 빼닮았구만."

"그런가요? 하긴, 그 아버지에 그 딸이니까요."

가벼운 그녀의 말투에 창만이 너털웃음을 지었다. 그러다 다시 한번 넌지시 물었다.

"그래서 만복은?"

"그게……."

잠시 말을 흐리던 주나가 꾸벅 허리를 굽혔다.

"죄송해요. 사실은 아빠가 행방불명 되셨어요."

"행방불명? 그 사람이 사라졌단 소린가?"

멍하니 반문하는 그에게 주나가 민망한 듯 고개를 끄덕였다.

"네. 나름 사정은 있었지만 그게 좀 복잡해서요. 무튼 아빠가 할아버지 아니, 회장님의 돈을 빌린 건 사실이니까 제가 대신 사과드릴게요. 그리고 그 돈도 응당 돌려드리겠습니다."

"돌려준다고?"

"네."

불현듯 입가에 웃음을 담은 그가 날카로운 눈빛으로 그녀를 쳐다보았다.

"대체 뭘 해서 갚을 거지?"

"네?"

"돈을 상환하겠다고 하니 어떻게 해서 돌려줄지를 묻는 거야."

그의 말에 주나는 강우와의 만남을 떠올렸다.

[그래, 대체 어떻게 해서 갚을 거지?]

[몸으로요.]

그때의 기억에 주나는 피식 웃음을 터트렸다. 당시만 해도 뭐 저런 왕 재수 모스키토가 다 있나 길길이 뛰었는데, 이제는 그것마저도 좋아져버렸다.

'잠깐! 좋아졌다고? 말도 안 돼. 난 그저 그 사람의 웃는 얼굴이 마음에 들 뿐인데!'

갑자기 주나가 빨갛게 얼굴을 붉히며 달아오른 양 볼을 감싸 쥐었다. 왠지 심장이 의지에 상관없이 제멋대로 반응하고 있었다.

그 모습을 보던 창만이 걱정스러운 어조로 물었다.

"어디 아픈 거 아닌가? 만약 몸이 불편하다면 내 주치의를 불러줄 수도 있는데."

"아니에요. 그게 아니라……."

좌우로 손을 흔들어보이던 그녀가 머뭇거리며 대꾸했다.

"회장님의 손자분과의 일이 생각나서."

"손자? 혹, 강우 말인가?"

순간 주나가 당황한 빛을 띠었다. 행여나 자신의 말이 상처가 되진 않았을까 슬그머니 눈치를 살피고 있는데 그가 희미하게 입 끝을 들어 올렸다.

"그래, 내 손자와도 아는 사이였구만."

그녀는 온화한 표정으로 가득 찬 그의 얼굴에 마음 한편이 아려오는 것을 느꼈다. 저리도 핏줄이라면 애틋해 하시건만 왜 강우는 단 하나뿐인 조부를 외면하는 건지.

주나는 지금쯤이면 상자 안을 보고도 남았을 그가 만 하루가 지나도 오지 않음에 무거운 한숨을 내뿜었다. 그것을 본다면 틀림없이 마음을 바꿀 줄 알았는데, 그만큼 그에겐 창만을 미워할 수밖에 없는 특별한 이유가 있는 모양이었다.

그녀가 시무룩하니 허공을 응시하고 있는데 창만이 망설이듯 질문을 건넸다.

"그 아이는 잘 지내고 있는 겐가?"

"사장님 말씀이세요? 네. 여전히 까칠은 하시지만 가끔씩 잔정도 베풀어주시면서 회사 일에도 충실하고 계세요. 돌이킬 수 없는 아빠의 실수에도 오갈 데 없는 저희 남매를 받아주시고, 제 동생은 태신그룹 산하 어린이집에 다닐 수 있도록 배려도 해주셨는걸요?"

"그랬군."

"회장님 일만 해도 처음엔 무서울 정도로 화를 내셨지만 이제는 잠자코 상황을 지켜보고 계신 듯해요. 하기는 그렇게 안 하시면 저희 아빠의 무책임함과 태평함에 부처님과 맞먹을 만큼의 사리를 쌓으실지 모를 일이니까요."

어쩐지 개인적인 감정이 담겨 있는 주나의 말에 그가 나직이 되물었다.

"그 아이가 화를 냈었나? 이번 일에 대해."

"네. 가족이니까 당연한 일이겠죠."

"가족이라……."

잠깐 동안 침묵을 하던 그가 그녀를 향해 빙그레 웃어보였다.

"그 아이에 대해 좋게 말해줘서 고맙네. 밖으로는 절대 속내를 드러내지 않는 애라 행여 남에게 오해를 사진 않을까 걱정했었는데."

손자에 대한 애정이 듬뿍 느껴지는 그의 말에 주나가 도리질을 했다.

"아니에요. 겉으로는 냉랭해 보이시지만 속은 따뜻한 분이시라는 걸 알고 있는 걸요? 잘 표현하실 줄 몰라서 그렇지, 아마 조금만 더 노력하신다면 나중에 좋은 아빠가 되실 거예요."

그녀는 주오를 대하던 강우의 모습이 떠올라 입가에 미소를 담았다. 왜 그런지 모르겠지만 그를 쏙 닮은 아들과 함께 있는 강우가 자꾸만 연상됐다.

이를 보고 있던 창만이 그녀에게 넌지시 물었다.

"아가씨, 혹시 우리 강우를 좋아하나?"

"네엣?"

생각지도 못한 말에 주나가 펄쩍 뛰었다. 좋아하다니, 누가? 모스키토를 내가?

"아니요, 전혀 그렇지 않아요. 제가 어떻게 그분을……."

보는 사람이 안쓰러울 정도로 얼굴을 붉히며 그녀가 두 손을 저어보였다.

"전 그냥 그분의 웃는 얼굴이 좋을 뿐이에요. 다른 건 몰라도 외모하나는 회장님을 닮아 끝내주잖아요? 아니, 그렇다고 성격이 나쁘다는 건 아니고……."

버벅거리던 그녀가 금방이라도 울듯 인상을 찌푸렸다. 이미 상황은 수습하기에 늦어버렸지만 뚫어지게 바라보는 창만의 시선이 민망해서 견딜 수가 없었다.

이런 그녀에게 그가 훗 하고 가볍게 웃음을 토했다.

"걱정하지 말게. 난 그저 꽃처럼 예쁜 아가씨가 우리 손주를 마음에 들어 하는 것 같아 그게 기뻐서 그런 거니까."

아…….

주나는 당황해서 들었던 손을 내리며 안면 가득 미소를 띤 그를 바라보았다. 흐뭇해 보이면서도 어딘가 쓸쓸함이 가득한 그의 형상이 그녀에게 묻지 않을 수 없게 만들었다.

"왜 사장님은 회장님을 뵈러 오시지 않는 거죠? 누가 봐도 이렇게나 좋으신 분이신데."

안타까움이 묻어나는 그녀의 말에 창만이 어깨를 늘어트렸다.

"난 결코 그 애에게 해서는 안 될 짓을 저질렀으니까."

"해서는 안 될 짓? 그게 사장님이 회장님을 외면하실 만큼 대단한 일인가요?"

그녀의 물음에 창만이 눈을 들어 창밖의 하늘을 올려다보았다.

"아가씨, 내가 모든 것을 잊어버리는 병에 걸려 가장 가슴 아픈 게 뭔지 아나?"

"글쎄요. 저는 잘……."

"바로 잊지 말아야 할 것들을 망각해버리는 거야. 절대 내 기억 속에서 놓아버리면 안 되는 건데 그것들이 자꾸만 희미해져 가는 거지."

혼잣말처럼 중얼거린 그가 아릿한 눈동자로 그녀를 돌아보았다.

"괜찮다면 이 노인네의 이야기 좀 들어주겠나? 내 손자 대신에."

"하지만 제가 들어도 무방한 건가요? 행여 이 일로 회장님이 힘들어지시기라도 한다면."

망설이는 그녀에게 창만이 주름진 턱을 가로저었다.

"어차피 그 아이에겐 전할 수 없는 말일 테니까. 누구라도 들어줬으면 좋겠구만, 이 내 말을."

그의 작은 읊조림에 주나가 고개를 끄덕였다.

"저라도 괜찮으시다면."

그렇게 시작된 창만의 얘기에 그녀는 하염없이 눈물만 흘리고 있었다.

알고 있다.

내게는 한없이 다정하기만 한 아버지가 남에게는 결코 좋은 사람
이 아니라는 것을.

[석진아, 너 또 그 녀석들과 어울리는 게냐? 내가 그러지 말라고 누
누이 당부했거늘!]

[그 녀석들이라고 하지 마십시오. 이 일을 하기 위해서는 꼭 필요
한 사람들 아닙니까?]

[누가 사금융을 하는데 있어 조직폭력배의 힘이 필요하다고 했지?
그런 녀석들은 앞으로 우리에게 독이 될 뿐이다.]

[독이 될지, 득이 될지는 지켜봐야 할 일입니다. 아닌 말로 지금도
우린 그들의 힘으로 살아남고 있는 거 아닙니까?]

하루가 멀다 하고 할아버지와 부딪치는 아버지의 모습은 이미 내
게 익숙해져 있었다. 아버진 돈이란 살아가는 수단에 불과하다는 할
아버지의 뜻과는 달리 필수 불가결인 요소라고 하셨고, 이를 얻기 위
해선 때로는 나쁜 것들과 손도 잡을 줄 알아야 한다고 하셨다. 그랬기
에 두 분은 늘 상반될 수밖에 없었다.

[나 혼자 좋다고 하는 일이 아닙니다. 다 우리 가족을 위한 건데,
남에게 돈을 빌려주면서 일일이 사정을 봐주실 거면 대체 돈놀이는
뭐 하러 시작하신 겁니까? 그냥 자선사업이나 하시지.]

[그래서 넌 어려운 기업체마다 찾아가 강제로 돈을 빌리게 하는 게
냐? 그게 빤히 그 사람들에게 헤어 나올 수 없는 늪이라는 것을 알고

있으면서도?]

[제가 찾아간 게 아닙니다. 그들이 절 찾아온 거지. 어차피 저 아닌 누군가에게라도 갔을 사람들 아닙니까? 전 그저 그들에게 필요한 돈을 주고 그에 합당한 대가를 받았을 뿐입니다. 아버지도 여태껏 그렇게 해오시지 않으셨습니까?]

하지만 난 단 한 번도 할아버지가 사람들에게 그냥 돈을 빌려주시는 것을 본 적이 없었다. 그분은 늘 먼저 그들의 얘기를 들으셨고 본인의 판단 하에 돈의 금액을 정하셨다.

[왜 그러시는 거예요, 할아버지? 그냥 그 사람들이 원하는 만큼 주면 되는 거잖아요.]

[그럴 순 없단다. 난 담보를 받고 돈을 빌려주는 사채업자이기에 아무에게나 줄 수는 없는 일이지.]

[그렇지만 담보가 없는 사람들한테도 빌려주시곤 하잖아요. 그것도 아주 큰돈을.]

[그건 돈을 빌려주는 데 있어 가장 중요한 게 바로 사람이기 때문이란다. 넌 아직 어려서 잘 모르겠지만 사람보다 값비싼 담보는 세상에 없지. 그렇기 때문에 누군가를 보는 눈을 키워야만 하는 거란다. 그들의 말을 듣고 마음을 읽으며 생각을 감지해야만 하는 거야.]

[그게 가능해요?]

[물론이지. 그렇기 때문에 내가 나쁜 것을 보지 않는 거란다. 나쁜 것을 보기 시작하면 언젠가는 좋은 것조차도 보이지 않게 되거든.]

그런 할아버지는 내게는 누구보다도 커다란 나무와 같았다. 항상 똑바로 앞을 응시하고 어떤 것에게도 흔들림이 없는 모습은 미래의 내가 우러러볼 수 있는 든든한 고목이었으니까.

[강우야, 돈에도 맛이 있다는 걸 알고 있니?]

[맛이요?]

[그래. 처음에는 달고 새콤한 사탕처럼 사람의 입맛을 사로잡지만 점차 빠져들게 되면 나중엔 쓰레기처럼 쓴맛이 난단다. 그래서 사람은 돈을 경계해야만 해. 아무리 좋은 음식도 많이 먹으면 독이 되는 것처럼 돈도 필요 이상으로 불어나게 되면 날 해할 수도 있거든.]

[하지만 아버지는 돈은 많을수록 좋다고 하셨는데요? 누구나 다 그걸 원한다고.]

천진한 내 말에 할아버지는 씁쓸히 웃으셨다.

[강우야, 넌 좋아하는 것을 어떻게 다루니?]

[그야, 귀하고 소중하게요.]

[그래, 돈이 날 해할 수 없게 만들려면 네 말처럼 귀하고 소중하게 다루면 된단다. 내 손에 들어오는 것에 익숙지 말고 나가는 것을 경계하면 분명 돈은 사람에게 좋은 음식이 되겠지. 허나, 과하게 여겨서 그것이 날 다스리게 하면 안 된단다. 넘칠 정도로 지나친 것은 모자란 것보다 못하는 법이니까.]

문득 할아버지의 시선이 창밖으로 향했다. 그곳엔 아버지가 검은 양복을 입은 남자들과 함께 무언가를 얘기하고 있었다.

[나 역시 그 사실을 진즉에 알았더라면 너무 긴하게만 여기는 실수를 범하진 않았을 텐데. 결국엔 쓴맛이 날 정도로 품에만 안고 있었구나. 내게 소중한 게 아니라 저 아이한테 중요한 게 뭔지 아비로서 제대로 알려줬어야만 했던 건데.]

[할아버지?]

고개를 까우뚱하는 내 머리를 할아버지는 주름진 손으로 어루만져 주셨다.

[염려하지 말거라. 아직은 포기할 생각이 없으니까. 저 애는 채 썩지 않았고 너라는 희망도 틀림없이 그것을 막아줄 테니까.]

그러던 어느 날, 난 우리 집 앞에 같은 반 남자아이가 와 있는 것을 보았다. 앞이 안 보일 정도로 쏟아지는 빗속에서 그 아이는 무릎을 꿇은 한 남자 옆에 하염없이 서 있었다.

[아버지, 저 애는 제 친구예요.]

[알고 있다.]

[며칠째 학교에 나오지 않아 다른 친구들도 전부 걱정하고 있었어요. 그런데 왜 저 아이가 저기에 있는 거죠?]

난 평소의 다정하던 눈길은 온데간데없이 싸늘하게 이쪽을 노려보고 있는 그 애를 보며 밖으로 나가기 위해 걸음을 옮겼다. 그때, 아버지의 강한 손길이 날 붙잡았다.

[가지 말거라. 이제부터 저 아인 네 친구가 아니다.]

[왜요?]

[그야 저 애의 부모가 내게 채무를 졌으니까. 그 빚을 다 갚을 때까진 저 앤 네 친구가 될 수 없단다.]

그 말에 난 이해할 수가 없어 다시 한 번 되물었다.

[친구가 될 수 없다니, 학교에서 늘 인사를 나누고 서로 웃으면서 이야기도 했는걸요?]

[그래서?]

[그래서 이미 제 친구라고요. 한데 이제 와서 아니라고 하시면…….]

말끝을 흐리는 내 어깨를 아버진 한숨과 동시에 세차게 움켜쥐셨다.

[잘 듣거라, 강우야. 이 세상은 가진 것이 없다는 것만으로도 충분히 죄인이 될 수 있는 거란다. 하물며 채무자의 자식이라면 너와는 전혀 어울리지도 않지. 왜냐면 넌 사채업자의 핏줄이고 언젠가 내가 그랬듯 이 일을 물려받게 될 테니까.]

이 일을 물려받는다고?

그 순간 지독히도 무서운 공포가 내 뇌리로 밀려들었다. 방금 전 아버지가 짓던 차가운 눈빛으로 누군가를 보고 매서운 마음으로 사람을 판단한다는 게 이제 열 살에 불과한 내게 이루 표현할 수 없는 섬뜩함을 주었다.

이런 내 머리 위로 따스한 손길을 전하며 할아버지가 온화한 목소리로 속삭이셨다.

[걱정하지 말거라. 내 절대 네가 두려워하는 일은 일어나지 않도록 해줄 테니까.]

그리곤 작은 손에 우산을 쥐어주시며 밖으로 떠미셨다.

[나가서 친구에게 씌어 주거라. 이런 빗속에서 얼마나 춥고 외롭겠니.]

[네!]

힘차게 고개를 끄덕이고 밖으로 나가는 내 모습을 할아버지가 어떤 눈으로 보고 계셨는지 난 알 수가 없다. 단지, 저분이 내 곁에 있어 다행이란 생각을 몇 번이고 했을 뿐이었다.

　[이딴 거 필요 없어! 이런 것보다는 너희 아버지한테 우리 아빠를 살려달라고 부탁 드려줘. 내가 이렇게 빌 테니까.]

　더 이상 친구이기를 거부한 그 애가 내게 무릎을 꿇던 그 순간까지도.


*


　"그때였지. 내가 이 일을 합법적인 금융회사로 키우겠다고 결심한 건. 오래전 석진이가 그랬듯이 자신의 앞일을 두려워하는 강우를 차마 외면할 순 없었네."

　주나는 희미하게 손끝을 떠는 창만을 보며 따뜻한 물이 담긴 컵을 건네주었다.

　"고맙네. 부끄럽게도 당시의 일을 떠올리면 늘 이렇게 되곤 하는군. 그래서 더더욱 잊지 말아야 하거늘."

　창만이 입가로 컵을 가져가더니 계속해서 말을 이었다.

　"난 어려서 부모를 잃고 힘겨운 유년기를 보냈지. 그랬기에 청년이 됐을 때는 이미 누구보다도 돈에 대한 열망이 강했어. 한 번 그 맛을 알고 나니 도통 헤어 나올 수가 없었고 결국엔 하나뿐인 자식에게까지 그 맛을 보도록 강요시켰지. 그 애가 얼마나 무서워했는지도 모르고."

　"그 말씀은……."

　"아아, 석진이도 강우와 같았네. 그땐 철없는 아이가 못 모르고 보이는 행동이라 여겼지만 그게 아니었던 거야. 내가 돈에 미쳐 정작 중요한 걸 외면하는 사이 그 애 또한 소중한 걸 잃어가고 있었던 거지."

그가 컵을 쥔 손에 힘을 가하며 지그시 입술을 깨물었다.

"아내를 잃고 난 후에야 난 비로소 그곳에서 헤어 나올 수가 있었네. 내게 채무를 진 사람이 휘두른 칼에 맞아 그녀가 세상을 뜨고 난 뒤에야 다른 것들이 눈에 들어오기 시작한 거야. 한심스럽게도 유일하게 남은 내 아인 이미 내게서 등을 돌리고만 후였지만."

"회장님……."

안쓰럽게 중얼거리는 주나에게 창만이 고개를 저어보였다.

"더 바보 같은 짓이 뭔지 아나? 난 행여나 그 아이마저 잃을까 품에만 안고 돌았어. 원하는 건 모두 다 들어주고 바라는 건 전부 다 이뤄주면서 나도 모르는 새 그 아이를 나처럼 만든 거지. 돈의 맛을 알고 그 세계에 중독된 사람으로."

[이제 와 돌이켜보니 아버지의 말씀이 다 맞더군요. 이 세상은 돈만 있으면 안 되는 게 없다 이 말입니다. 친구고, 여자고, 사람이고 다 내 밑에서 설설 기는데 그게 얼마나 통쾌하던지.]

"다 내 책임이었네. 아비로서 자식을 옳지 않은 길로 인도해서는 안 되는 건데, 그게 얼마나 그 애를 망가트리는 것인지 알면서도 나는 미처 막지 못했어."

잠시 숨을 고른 그가 아픔에 찬 눈빛으로 허공을 응시했다.

"내가 했던 말을 그대로 강우에게 내뱉는 석진이를 보며 난 더 이상 가만히 있을 수가 없었네. 내 자식으로 태어난 이상 다시 뱃속에

집어넣어서라도 그 아이를 제대로 가르쳐야만 했지. 무엇보다 그 애
또한 나처럼 누군가를 잃고 변하길 원치 않았으니까."

*

그 일이 있고 난 후, 난 더 이상 아버지와 가까워지려 하지 않았다.
내가 세상을 살아가며 알고 싶고, 배우고 싶고, 익혀야 할 것들은 전
부 할아버지가 가르쳐주셨기에 어느 순간 아버지는 단순히 '날 낳아
주신 분'으로 전락하고 있었다.

[이것 좀 보세요, 할아버지. 제가 학교에서 상을 받아왔어요.]

[어디 보자. 오호라, 교내 사생대회에서 글짓기로 상장을 받았구
나.]

[네. 소중한 가족이란 주제가 나와서 할아버지에 대해 썼는데 선생
님도 감동받으셨다고 칭찬해주셨어요.]

[그래? 대체 나에 대해 어떤 얘기를 썼기에 그리 말씀하셨을까?]

[그냥 제게 알려주신 것들을 썼을 뿐이에요. 친구를 대하는 방법과
사람을 보는 눈을 키우는 법 그리고 귀한 것들을 다루는 방식 같은 거
말이에요.]

두 눈을 반짝이며 말하는 내게 할아버지는 씁쓸히 물으셨다.

[한데, 왜 아빠에 대해서 쓰지 않은 거니? 네게 누구보다 소중한 사
람은 바로 네 부모일 텐데.]

그 말에 난 스스로도 놀랄 만큼 냉랭한 어조로 대답했다.

[그야 아버지에겐 배울 것이 아무것도 없기 때문이에요. 소중하긴

230

하지만 절대로 닮고 싶거나 남에게 보이고 싶진 않아요.]

이런 내 말이 아버지의 부친父親이기도 한 할아버지에게 크나큰 상처가 되었다는 것을 그때엔 미처 알지 못했다. 그저 난 아버지 또한 내 일에 관심이 없을 거란 생각에 그 또래다운 심통이 나 있었을 뿐이었다.

그 후로 꽤 오랫동안 할아버진 뭔가의 일로 굉장히 바쁘셨다. 간혹 아버지와 언성을 높이시거나 다투시는 일은 있었지만 그에 관심을 두거나 신경을 쓰기인 난 너무 어렸었다.

[강우야, 오늘 학교에서 돌아오면 엄마는 없을 거야. 외할머니가 많이 편찮으셔서 며칠 동안 병원에 가 있어야만 한다고 했던 거 기억나지?]

[네, 엄마.]

[수원댁 아주머니께 부탁드려놨으니까 밥 꼬박꼬박 챙겨먹고 할아버지 말씀 잘 듣고 있어.]

[네.]

옅게 미소를 띤 어머닌 무척이나 여린 사람이었다. 한 번도 아버지의 말에 토를 달거나 나서지 않았으며 공기처럼 조용했다. 그것이 모든 것에 대한 자포자기였다는 것은 훗날 어머니가 재혼을 하며 알게 되었다.

[오늘부터 학교는 유 대리가 데려다줄 거다. 방과 후에도 교문 앞에 차를 대기해줄 테니 그걸 타고 오도록 하렴.]

[왜요?]

어딘가 불안해 보이는 아버지에게 난 마음에 안 든다는 투로 물었다.

근래에 들어 심할 정도로 화를 내거나 날카로워 보이시는 일이 많았기 때문에 더더욱 그랬다.

[그럴 일이 있단다. 명심하거라, 강우야. 절대로 모르는 사람을 따라가거나 낯선 사람과 이야기를 나누어선 안 돼. 집에 돌아와서도 혼자서 밖을 나가는 일은 결단코 없도록 하고. 내 말, 알겠지?]

난 마치 어린애를 다루듯 하는 아버지의 말에 아무 대꾸도 하지 않았다. 어차피 그리 말씀하지 않으셔도 '그 일' 이후로 늘 운전기사가 함께 했기 때문이다.

[거기에 한 사람 더 추가됐을 뿐이겠지.]

하지만 그건 내 착각이었다.

[유 대리님, 저 사람들은 대체 뭐예요?]

[사장님께서 보내신 사람들입니다. 도련님을 보호한다고 하시더군요.]

저런 폭력배들이 나를 보호한다고?

난 검은 옷을 입은 남자들을 싸늘하게 노려보다 자동차에 올라탔다. 도무지 아버지의 생각이 뭔지 알 수가 없었다.

그러나 일은 예상치 못한 곳에서 일어났다.

[강우야, 오늘은 그 검은 양복을 입은 아저씨들이 안 보이네? 아침에 같이 오지 않은 거야?]

친구의 물음에 난 무심히 창밖을 응시했다. 그러고 보니 늘 교문에서 진을 치고 있던 그들이 보이지 않았다.

[관심 없어. 나랑은 상관도 없는 사람들이니까.]

그렇게 유 대리님의 차를 타고 집으로 왔을 때, 난 전화를 받고 계신 할아버지를 목격했다.

[지금 내게 뭘 요구하는 건가? 내 아들을 인질로 삼아 자네들의 욕심을 채워달라는 건가?]

수화기를 든 손에 힘을 주며 할아버진 누가 들을까 나직이 읊조리셨다.

[애초에 자네들과의 연을 끊기 위해 벌써 여러 차례 원하는 것을 주었네. 그런데 이제 와서 서열이 바뀌었다는 이유만으로 더 많은 것을 요구하다니, 대관절 그 애를 놔줄 생각이 있긴 한 건지 심히 의심스럽군.]

할아버지는 아플 정도로 이를 악무신 채 주먹을 움켜쥐셨다.

[이젠 더 이상 합법적인 방법이 아닌 다른 것으로는 자네들을 상대하지 않겠네. 이 일도 나와는 관계없으니 그 애를 죽이든, 살리든 마음대로 하게나.]

심장이 철렁 내려앉을 정도로 냉정하게 전화를 끊으시는 할아버지를 보며 난 본능적으로 다가가 매달렸다.

[그러지 마세요, 할아버지. 아빠 일이잖아요! 내 아버지인데!]

소맷자락을 붙잡고 늘어지는 나를 할아버진 놀란 눈빛으로 바라보다 이내 고통에 일그러진 표정으로 말씀하셨다.

[강우야, 내가 한 말을 기억하니? 너무 귀하게만 여기면 결국엔 쓰레기처럼 썩어버리고 만다고. 허니, 여기서 끝내야만 한단다. 그 아이에게 또 한 번 돈의 힘을 알려주면 다시는 그곳에서 헤어 나올 수 없을 테니, 이번 기회에 새사람으로 태어날 수 있도록 강하게 조치를 취해야만 해.]

[그러다가 정말로 돌아오시지 못하면 어쩌죠? 행여나 그 사람들이 아버지에게 나쁜 짓이라도 한다면.]

두려움에 떠는 내게 할아버진 애써 미소를 지어보이셨다.

[걱정하지 말거라. 그들은 진즉에 썩은 사람들이니까. 자신들이 원하는 것을 얻기 위해선 결코 네 아버지를 해하면 안 된다는 것을 알고 있을 게다. 만약 조금이라도 건드린다면 절대로 바라는 걸 손에 넣지 못할 테니까.]

그렇지만 난 이미 썩은 사람들이었기에 아버지가 다칠 수도 있다고 여겼다. 아무리 내가 기댈 수 있는 나무가 아니라 해도, 절대로 남에게 보이고 싶은 부모님이 아니라고 해도 난 그분을 잃을까 봐 무서웠다.

[부탁이에요, 할아버지. 제발 아버지를 살려주세요. 그런 나쁜 놈들한테 아버지를 혼자 두지 말아주세요.]

울먹이며 애원하는 나를 할아버진 힘겹게 뿌리치셨다.

[이게 마지막이 될 수도 있단다. 그 아이가 온전한 사람으로 거듭날 수 있는 유일한 기회야. 그러니 강우야, 이번에도 내 말을 믿어라. 내 반드시 네게 소중한 부모를 돌려줄 테니까.]

하지만 할아버지의 약속은 지켜지지 않았다.

아버진 심각할 정도로 극에 달한 조직폭력배의 세력 다툼에 끼어 있었고 이익에 눈먼 자들에 의해 감금된 상태였다. 더욱이 할아버지의 신고로 경찰까지 개입된 상황에서 그들은 궁지에 몰렸고, 며칠 동안 놈들에게 잔인하게 끌려다닌 아버진 결국 일주일 후 싸늘한 시신으로 발견됐다.

[흐흑……, 윽…….]

흰 천이 덮혀 있는 주검 앞에서 아무 소리도 내지 못하는 할아버지를 보며 난 어떤 말도 할 수가 없었다. 그토록 살려달라고 빌었건만, 구해달라고 애원했지만 이를 무시해버린 할아버지가 미워서 견딜 수가 없었다.

경찰, 일청파와 흑룡파 두목 및 행동대원 등 대거 소탕. 그 과정에서 사채업자 최 모 씨 등 두 명 사망.

신문에 실린 기사를 보며 난 아버지와의 기억들을 떠올렸다. 누군가에게는 남의 피나 빨아먹는 못쓸 사채업자에 불과할지 모르겠지만, 내게는 수많은 추억을 남겨주신 소중하신 분이셨다.

[앞으로도 계속 함께 할 거라 믿었는데…….]

뺨 위로 뚝뚝 떨어지는 눈물을 맞으며 난 시간을 되돌려달라고 빌었다. 내게 좋은 아버지가 아니어도 상관없으니까, 다른 사람들이 다 손가락질하는 극악무도한 인간이어도 괜찮으니까.

[제발 내 아버지를 돌려주세요.]

하늘을 향해 난 그렇게 빌고 있었다.

*

"어떻게 그런……."

주나가 떨리는 손을 입가로 가져가며 가는 어깨를 들썩였다. 고해성사 같기도 한 창만의 말이 모두 끝났지만 도무지 어떤 반응을 보여야 할지 알 수가 없었다.

"아버지셨잖아요. 그분의 하나밖에 없는 부친이셨는데."

간신히 내뱉는 그녀의 말에 창만이 고개를 끄덕였다.

"알고 있네."

"결단코 해서는 안 될 짓이었어요. 절대로 그러시면 안 되는 건데."

"알아."

그녀는 묵묵히 수궁을 하는 창만을 보며 주름진 그의 손을 감싸 쥐었다.

"할아버님에게도 하나뿐인 자식이었잖아요. 그런데 그리 보내시고 그 긴 세월동안 가슴 아파서 어떻게 버티셨어요?"

그래서 차마 온정신으로는 사실 수가 없으셨던 건가요?

그 말만은 묻지 못한 채 주나는 말없이 눈물만 흘렸다. 이래서 남들은 끼어들 수 없다고 한 거였다. 함께 있으면 서로 상처가 된다고 했고, 그래서 그 사람은…….

고개를 푹 숙인 주나의 머리를 창만이 부드럽게 쓰다듬었다. 그리곤 나직한 음성으로 속삭였다.

"아가씬 정말 만복을 쏙 빼닮았구만. 그 사람도 그랬지. 이 얘길 듣고 날 비난하면서도 내 마음을 걱정해줬어. 자식을 죽게 내버려뒀건만 아픈 심정을 이해하며 같이 울어주었지."

"할아버지……."

"그래서 그 사람이 내 아들이었으면 했네. 맹세코 그 아일 사랑하지 않아 그냥 버려둔 게 아니라 너무 소중해서 제대로 살아주길 바랐다는 걸 만복처럼 알아주길 원했어."

그가 멍하니 두 손을 들더니 빈 손바닥을 내려다보았다.

"난 단 한 번도 정신을 놓길 원지 않았네. 사는 동안은 그 일을 기억하며 스스로 고통 속에서 있길 바랐지. 그런데 왜 자꾸만 희미해져 가는 건지. 잊고 싶지 않은데 아니, 잊지 말아야 하는데."

고통스러울 정도로 입술을 악무는 창만을 보며 주나는 얼굴을 일그러트렸다. 목 언저리가 꽉 막혀와 어떤 말도 할 수가 없었다.

이때, 차갑기까지 한 담담한 목소리가 귓가에 들려왔다.

"평생 사죄하는 마음으로 사십시오. 자식을 죽였다는 굴레를 쓰고 손자의 부모를 빼앗았다는 오명을 뒤집어쓴 채 모든 것을 잊어가는 자신을 원망하십시오."

"사장님!"

주나가 당황해 뒤를 돌아보았다. 강우가 병실의 문을 연 채 싸늘하니 이쪽을 쳐다보고 있었다.

"어떻게 여길……."

"당신이 오라고 하지 않았던가?"

그 말에 그녀가 깜짝 놀라 두 눈을 크게 뜨고 있는데 강우가 굳어 있는 창만에게 다가갔다.

"재미있군요. 고작 이따위 것으로 기억을 유지하려고 하셨다니."

그가 주나가 건네주었던 상자의 뚜껑을 열더니 창만의 무릎 위에 쏟아 부었다.

"이런다고 아버지가 당신의 마음을 알 거 같습니까? 이런다고 자신을 외면한 부친을 용서할 거 같나요?"

가볍게 코웃음을 친 그가 창만을 향해 몸을 굽혔다.

"살아서는 결코 용서받을 거라 생각지 마십시오. 아니, 죽어서도 그분을 뵐 거란 기대는 하지 않는 게 좋으실 겁니다. 그러기엔 내 아버지는……."

강우가 흩어져 있는 종이 중 한 장을 집어 그에게 내밀었다.

"이렇게 좋은 사람이 아니었습니다."

그 말에 주나가 그것을 들여다보니 강우와 닮은 한 남자가 환하게 웃고 있었다.

"설마!"

사색이 된 그녀가 서둘러 내용물들을 살펴보았다. 그러자 나이 대는 달라도 같은 사람의 모습이 모든 사진을 빼곡히 채우고 있었다.

"잠깐만요!"

주나는 뒤돌아가는 강우를 붙잡으며 황급히 소리쳤다. 아무래도 자신이 큰 실수를 저지른 듯했다.

"죄송해요. 사실 전 이곳에 있는 게 주인님의 아버님이 아니라……."

"나라고 여겼던 거지?"

그의 말에 주나가 입을 다물었다.

그랬다. 그녀는 창만이 보물이라 칭하며 그토록 소중히 간직했던 것이 강우와의 추억이라 여겼다. 그래서 그가 이것을 보면 마음을 바꿀 거라 생각했었는데.

"다 제 탓이에요. 제가 괜히 두서없이 나서서……."

말을 흐리는 주나에게 강우가 낮게 눈을 내리깔았다.

"당신에겐 감사하고 있어. 그게 아니었다면 난 일평생 저분을 뵙지 않았을 테니까."

"그게 무슨?"

머리를 꺄우뚱하는 주나 너머로 강우가 창만을 바라보았다.

"단 한 장이라도 저에 대한 것이 있었다면 전 앞으로도 계속 당신을 미워했을 겁니다. 그런데 그 안에 있는 것은 오로지 제 아버지에 대한 것뿐이더군요. 그것도……."

자신은 잘 알지 못하는 '좋은 사람'으로 보이는 아버지가.

"그러니 그 기억을 내리 보관해주십시오. 훗날 제게 물려주실 수 있도록. 그때까지는 할아버지, 당신을 용서할 수 있도록 노력해보겠습니다."

탁하게 얘기하는 강우의 말에 창만이 허연 눈썹을 늘어트렸다. 아마도 지금 들은 말 역시 곧 그의 망각 속으로 사라지겠지만.

"널 끔찍한 악몽 속에 홀로 둬서 미안하구나. 이제부터는 나 혼자 있을 테니 넌 그만 나가보도록 하렴."

다정하기까지 한 창만의 말에 강우는 아무 말 없이 밖으로 나갔다. 이를 지그시 지켜보고 있던 창만이 주나의 손목을 움켜잡았다.

"미안하지만 저 애를 따라가 주겠나? 부탁하네."

"네."

그의 말에 고개를 끄덕이며 주나는 강우의 뒤를 쫓았다. 앞에 보이는 너른 등이 강철처럼 단단했지만 그녀는 왠지 그가 흔들리는 것처럼 느껴졌다.

"저기……."

조심스럽게 내뱉는 그녀의 말에 강우가 찬찬히 뒤를 돌아보았다.

"어제 집에 들어오지 않았다고?"

윽!

갑작스런 그의 말에 주나가 우뚝 동작을 멈췄다. 이게 무슨?

"입주도우미 주제에 잘도 무단 외박을 했군. 자기가 일억이란 빚을 진 채무자란 사실도 잊어버린 모양이지?"

"그게 아니라, 전 그저 회장님이 걱정돼서 병실에서 밤을 새웠을 뿐이에요. 게다가 수원댁 아주머니께 미리 연락도 드렸는데."

그녀가 안 그래도 잠을 못 잔대다 울어서 새빨개진 눈으로 그에게 항의하듯 종알거렸다. 어쩐지 학생주임한테 혼나는 고등학생처럼 여겨졌다.

이런 그녀를 바라보다 강우가 손끝으로 부어오른 눈가를 어루만졌다.

"당신의 주인이 누군지 잊지 마. 앞으로 무슨 말이던 내게 해야 할 테니까."

주나는 감미롭게 와 닿는 그의 감촉에 멀거니 넋을 놓았다. 어째 이유는 모르겠지만 그의 주변이 환하게 빛나며 광채마저 나고 있었다.

'이젠 내가 졸려서 헛것까지 보이나?'

그녀가 붉어진 두 볼을 감싼 채 고개를 젓고 있는데 강우가 그 손을 잡은 채 앞장서 걷기 시작했다.

"어디 가시는 거예요?"

"집에."

"회사는요?"

"지금 내 걱정할 땐가?"

차갑게 중얼거린 그가 병원 앞에 정차되어 있는 자동차 안으로 그녀를 밀어 넣었다.

"자택으로."

"네, 사장님."

주나는 온화한 표정으로 조수석에 앉는 유 실장을 민망한 듯 쳐다보다 옆에 앉은 강우에게 속닥였다.

"전 그냥 버스 타고 가도 되는데."

이에 아무 대꾸도 없는 그에게서 눈을 돌리며 주나는 긴 숨을 토해냈다. 어찌 됐건 힘든 하루였지만 두 분의 사이가 조금은 나아진 거같아서 다행이었다. 물론 그 골은 쉽게 메워질 것은 아니었지만…….

[같이 있어 서로 상처가 되는 가족도 있는 법이야. 바로 우리처럼.]

"그래도 이젠 더 이상 그 상처가 깊어지거나 하진 않겠죠?"

혼잣말처럼 웅얼거리는 주나를 보며 강우가 무언가를 말하고 싶은 듯 입을 열었다. 하지만 이내 스르르 눈이 감기는 그녀의 모습에 그대로 침묵했다.

"주나 양은 주무시나요?"

"네."

유 실장의 물음에 간략하게 답하며 그는 새근새근 고른 숨소리를 토하는 주나를 바라보았다. 시간이 지날수록 박차를 가하는 듯한 그녀의 오지랖은 이번에도 그를 당황하게 했지만.

"이 정도면 타고난 재능이니 그냥 받아들이는 수밖에."

강우가 커다란 손을 뻗어 그녀의 머리를 자신의 어깨에 기대게 했다. 무의식중에 파고드는 온기를 느끼며 가만히 고개를 숙이자 잠꼬대 같은 작은 속삭임이 들려왔다.

"전 그저 주인님의 웃는 얼굴이 마음에 들 뿐이라니까요."

그 말에 피식 웃음을 터트리며 강우가 화답하듯 읊조렸다.

"내게 고용인 이상으로 다가온다고 했던 거 기억하도록 해. 굉장히 기대하고 있을 테니까."

그런 그의 목소리는 앞좌석에 앉아 있는 유 실장마저 얼굴이 붉어 질 정도로 달콤한 것이어서, 그는 주나의 입가에 닿는 강우의 입술은 미처 보지 못하고 있었다.

## 11. 마음을 전하다

참으로 따스한 햇살이었다.

아이들이 그린 그림처럼 형체를 알 수 없는 구름은 파란 하늘에 둥 둥 떠 있었고 그 사이를 스쳐지나가는 바람은 기분 좋게 머리카락을 흩날리고 있었다.

주나는 정원에 물을 뿌리던 손을 멈춘 채 하늘을 올려다보았다. 매 번 똑같이 보는 풍경이었지만 요즘은 모든 것들이 다 의미 있게 와 닿 았다.

"아마도 심각한 걱정거리가 사라져서 그런가?"

하지만 이내 그녀는 고개를 저어보였다.

여전히 아버지인 만복은 행방을 알 수가 없었고 그들 가족은 일억 이 넘는 빚을 떠안고 있었다. 게다가 채권자인 강우의 집에 몇 달째 가사도우미란 이름으로 신세를 지고 있으니 남이 봤을 땐 이런 불쌍 한 처지가 또 없을 것이다. 그럼에도 요사이 주나는 참 행복했다.

주오는 어린이집에 완벽히 적응한 채 드디어 대망의 동물원 견학을 갔으며 수원댁과 윤씨는 특별 휴가를 받아 둘만의 봄나들이를 떠났다. 안타깝게도 다시 정신을 놓은 창만은 그나마 몸에 별 이상이 없는 것으로 나와 무사히 요양원으로 돌아갔으며, 강우는…….

불현듯 주나가 빨갛게 얼굴을 붉혔다. 며칠 전 창만이 있던 병실에서 나와 그와 함께 차를 타고 집으로 돌아오는 길에 있었던 일이 떠올랐던 것이다.

"왜 깨우지 않으신 걸까?"

작게 중얼거린 그녀가 붉어진 턱을 갸웃했다. 깊은 잠에서 깨어나 눈을 떴을 때 강우는 여전히 옆자리에 앉아 있었다. 다만, 달라진 것이 있다면 어깨에 걸쳐져 있는 그의 상의와 가슴에 파묻히다시피 기대어 있는 자신의 모습이랄까?

"아무리 잠에 취해도 그렇지, 어떻게 그런……."

달아오른 두 볼을 저으며 주나는 다시금 화초에 물을 주기 시작했다. 그러지 말아야 함을 알고 있으면서도 그의 생각만 하면 제멋대로 반응하는 심장 탓에 근래엔 강우 앞에 서 있기도 힘들 지경이었다.

"더군다나……."

그녀가 손끝으로 보드라운 입술을 어루만졌다. 어쩐지 이곳에 무언가가 닿았던 느낌이 들었다. 몽롱한 심연 속으로 빠져들기 직전이었기 때문에 명확하지 않지만 그건 분명 그의…….

"에이, 아니야! 그 사람이 설마!"

주나는 스스로도 말이 안 된다는 생각에 손사래를 치며 집 안으로 들어섰다. 착각에서 깨어날 겸 이른 점심이나 먹는 게 나을 듯싶었다.

때마침 주방으로 들어가니 주오의 도시락을 싸주고 남은 김밥 재료가 수북하니 쌓여 있었다.

"그러고 보니 주인님도 김밥을 좋아하시는 거 같던데."

그녀는 지난번 동물원에서 김밥을 맛있게 먹던 강우가 기억나 잠시 망설이다 수화기를 들어 올렸다. 별다른 선약이 없다면 회사에 가져다줘도 나쁘지 않으리라.

잠깐 동안의 통화음 후 유 실장이 전화를 받았다.

—네, 주나 양.

"저기, 점심에 따로 약속이 없으시다면 제가 도시락을 보내드려도 될까요? 주오가 견학을 가서 김밥을 싸줬는데 그 재료가 많이 남아서요."

—그렇다면 직접 회사로 가지고 와 주실 수 있으시겠습니까? 이 기사가 사장님 심부름으로 자리를 비워서 본가로 차를 보내드리기가 어려울 것 같습니다.

"그래요? 그럼, 몇 시까지 가면 될까요?"

—정오까지 오시면 될 거 같습니다. 그리고 주나 양.

"네?"

—예쁘게 하고 오십시오.

뜬금없는 유 실장의 말에 주나가 미간을 모았다. 평상시라면 절대 그런 말을 하지 않을 그였기에 더더욱 의구심이 들었다.

"설마하니 내가 마지막으로 회사에 찾아갔을 때 메이드복을 입고 가서 그러시나? 이젠 더 이상 그러지 않을 텐데."

그러면서도 그녀는 자연스럽게 별채로 발걸음을 옮겼다. 결코 유 실장의 말에 영향을 받아 그런 건 아니었지만 어쩐지 조금 신경이 쓰였다. 어찌 됐건 오늘은 가슴이 두근거릴 정도로 날씨가 좋았고 불어오는 바람은 마음속까지 상쾌하게 파고들고 있었으니까.

주나는 이제는 친근하게 아는 척을 하는 본사 경비원들에게 손을 흔들어 보이며 태신금융그룹 건물 안으로 들어섰다. 로비에 들어가기 전 투명한 유리문에 비친 자신의 모습을 살펴보니 오랜만에 여대생으로 돌아온 듯 상큼해보였다.

"그러고 보니 이렇게 스커트를 입어본 지도 꽤 오래됐구나. 집에서는 거의 일하기 편한 옷으로만 입다 보니 청바지가 다였는데."

그녀는 미풍에 한들거리는 치맛자락을 이리저리 돌려보다 부끄러운 듯 입매를 모았다. 딱히 누군가에게 보여주기 위한 것은 아니었지만 이리도 차려입고 나서보니 괜스레 가슴이 설레었다.

"어쩐지 좋은 일이 생길 거 같기도 하고."

통통 튀는 걸음걸이로 라운지로 들어서는데 미리 기다리고 있던 유 실장이 가까이 다가왔다.

"옷이 잘 어울리시네요. 봄의 여신인 듯 화사해 보이시기도 하고."

낯간지러운 말을 아무렇지 않게 내뱉은 그가 그녀가 들고 있던 도시락 가방을 받아 앞장서 걷기 시작했다.

"가시죠."

"네? 하지만 전 이만 돌아가 봐야……."

"그리 예쁘게 차려입지 않으셨습니까? 누군가에게 보여주지 않으면 서운할 거 같군요."

그가 엘리베이터에 탑승한 채 옆으로 비켜서자 주나는 별수 없이 그곳에 올라탔다.

"어디 가시는 건데요?"

"가보시면 압니다."

그녀는 사장실이 있는 12층이 아닌 최상층으로 향하는 엘리베이터에 의아함으로 고개를 기울였다.

'저곳은 뭐하는 곳이지?'

은근슬쩍 안내판을 살펴보고 있는데 어느샌가 도착한 엘리베이터의 문이 활짝 열렸다.

"이곳은……."

당황한 주나가 주위를 둘러보았다. 마치 딴 세상이라도 온 듯 너른 유리창 너머로 녹음이 우거진 수풀이 펼쳐져 있었다.

"저희 회사의 자랑인 옥상정원입니다. 오늘 점심을 드실 장소이기도 하죠."

"여기서 점심을 먹는다고요? 그게 무슨?"

놀란 그녀의 말이 미처 끝나기도 전에 유 실장이 문을 지키고 있던 경호원들에게 물었다.

"사장님은?"

"먼저 와 계십니다."

"그럼, 이곳도 잘 부탁하네."

차분하게 이야기한 그가 멍하니 서 있는 주나를 돌아보았다.

"입구는 미리 막아두었으니 신경 쓰지 마십시오. 부디 즐거운 점심 시간이 되시기를 바랍니다."

그리곤 도시락 가방을 건네준 채 조용히 사라지자 주나는 어안이 벙벙해 어찌할 바를 몰랐다.

"즐거운 점심이 되라니, 여기서 뭘 하라고."

그녀가 하는 수 없이 옥상정원 안으로 발을 디디는데 조금은 빈정거리는 소리가 들려왔다.

"잠깐 바람이나 쐬자고 하더니 이런 꿍꿍이가 있었던 건가? 아무튼 유 실장님의 농간에는 당해낼 수가 없군."

그 말에 옆을 보니 난간에 기댄 강우가 팔짱을 낀 채 그녀를 바라보고 있었다.

"왜 여기에 계세요?"

"그건 내가 묻고 싶은 말이야. 당신이 이곳엔 웬일이지?"

"그야 전 도시락을 드리려고."

순간 주나가 입을 다물었다. 유연하게 다가오는 그의 움직임에 맞춰 그녀의 심장도 쿵! 쿵! 소리를 내고 있었다.

'정주나, 너 정말로 왜 이러니? 이러면 중증이란 말이야!'

그녀가 뒤돌아 오만상을 찌푸리고 있는데 강우가 곁에 서서 넌지시 물었다.

"오늘은 또 뭘 가지고 온 거지?"

"김, 김밥이요."

어색하게 답하며 주나는 빨개진 고개를 푹 숙였다. 이 모습을 유심히 바라보고 있던 그가 한 걸음 뒤로 물러났다. 그러자 안도를 하듯 휴우 하고 깊은 숨을 내쉬는 그녀는 하늘거리는 스커트와 리본 블라우스의 차림과 묘하게 어울려 사랑스러워 보이기까지 했다.

"날 위한 게 아니라고 해도 무척이나 마음에 드는군."

"뭐가요?"

"지금 당신 모습. 이젠 더 이상 모기새끼로 보이지 않는데?"

장난기 서린 그의 말에 주나가 넋을 놓았다. 자칫하면 놀리는 것 같기도 한데 왜 이리 달콤하게 들리는 건지.

'분명 내 귀가 막힌 게 틀림없어.'

그녀는 일부러 퉁명스럽게 입술을 내밀며 그에게 도시락을 들이밀었다.

"여기요. 맛있게 드세요."

"당신은 같이 먹지 않는 건가?"

"네?"

"유 실장님의 속셈에 넘어가주지 않으면 실망할 텐데. 설마 그가 앞으로도 계속해 이런 일을 벌이기를 바라는 건 아니겠지?"

"제가 왜!"

큰소리로 목청을 높이던 주나가 그대로 말을 멈췄다. 푸른 하늘만큼이나 해맑게 웃고 있던 그가 그녀에게 손을 내민 것이다.

"가지. 저쪽에 테이블이 있어."

그 손을 머뭇거리듯 붙잡으며 그녀는 못 이기듯 강우의 뒤를 따랐다. 살랑거리는 바람에 부드럽게 휘날리는 그의 머리카락이 그녀의 마음만큼이나 눈부시게 빛나고 있었다.

"지난번에 보니까 김밥을 잘 드시는 거 같아서요. 때마침 주오의 도시락을 싸주고 남은 재료들도 있어서 싸가지고 와 봤어요."

"일부러 날 생각해준 건가?"

"네, 뭐."

쑥스럽게 답하며 주나는 철제 테이블 위에 도시락을 펼쳐놓았다. 늘 그렇듯 손이 큰 그녀였기에 두 사람이 먹기에도 충분한 음식들이 쏟아졌다.

"양이 좀 많죠? 유 실장님도 오시라고 할까요?"

"아니, 됐어. 어차피 말해도 오지 않으실 테니까. 나 역시 원치 않기도 하고."

'원하지 않는다고? 왜?' 라는 말은 차마 묻지 못한 채 주나는 그 앞에 겸연쩍게 앉았다. 생각해보니 그와 단둘이 밥을 먹는 건 처음인 듯했다.

"정말 좋은 곳이네요. 고층건물 위에 이런 곳이 있다니, 직원들이 많이 찾겠어요."

"평소엔 그렇지. 오늘은 불가능하겠지만."

주나는 조금 전 유 실장의 '입구를 막아두었다' 라는 말을 떠올리며 쓴웃음을 지었다. 남들이 보면 경호원들까지 세워놓은 게 그들이 무슨 대단한 일이라도 하는 줄 알리라.

'기껏해야 옥상정원 데이트가 다인데. 가만, 데이트?'

느닷없이 주나가 빨갛게 얼굴을 붉혔다. 그 말이 왜 연상됐는지는 모르겠지만 이 상황에서 어울리는 단어는 분명히 아니었다.

'그래, 우린 그냥 밥을 먹는 거뿐인데.'

그녀는 이 부끄러움을 승화하는 건 음식밖에 없다고 여기며 연이어 김밥을 입 안으로 집어넣었다. 뭐라도 채워 넣지 않는다면 가슴이 터져서 폭발할 것만 같았다.

이를 보고 있던 강우가 손을 뻗어 그녀의 입가를 어루만졌다.

"그렇게나 배가 고팠던 건가? 입에 밥풀을 다 묻히고."

그 순간 주나가 자리에서 벌떡 일어났다. 그가 간신히 가라앉힌 도화선에 불을 붙이고 만 것이다.

"물! 물 좀 가지고 올게요."

황급히 걸음을 옮기는 그녀를 그가 강하게 붙잡았다. 다급한 마음에 미처 앞에 있는 계단을 보지 못한 것이다.

"이번엔 하이힐도 아닌데 이러는 건가?"

등 뒤에서 들려오는 그윽한 음성에 주나가 숨을 멈췄다. 행여나 그의 손바닥 위로 자신의 심장소리가 전해지진 않을까 덜컥 겁마저 났다.

귀까지 달아오른 그녀를 보고 있던 강우가 한숨과 동시에 나직이 속삭였다.

"당신, 혹시 날 좋아하나?"

"네엣?"

상상치도 못한 말에 주나가 그를 돌아보았다.

"그게 무슨?"

"그렇지 않다면 왜 이렇게 빨개지는 거지? 심장은 왜 또 이리 빠르게 뛰고 있는 거고."

강우가 그녀를 놓아준 채 자신을 바라보게 했다.

"말해봐. 날 좋아하는 건가?"

그 말에 주나가 사선으로 시선을 떨어트렸다.

"전 그저 주인님의 웃는 얼굴이……."

"마음에 들 뿐이라고?"

그녀의 말을 가로채며 그가 입 끝을 들어 올렸다.

"당신이 얘기해줬잖아?"

"제가요?"

그러고 보니 말한 듯한 기분이 들기도 한다. 집으로 돌아오는 차 안에서 잠꼬대하듯 이야기했었고 곧이어 그의 입술이……

"아, 아니에요. 전 정말 주인님의 웃는 얼굴이!"

급히 손을 저어보이는 그녀에게 강우가 차분히 반문했다.

"왜?"

"네?"

"내 웃는 얼굴이 왜 좋은 거냐고."

그의 물음에 주나는 아무 말도 할 수가 없었다. 자신에게만 특별하게 느껴지는 그 미소를 어떻게 표현할 수 있단 말인가?

'잠깐, 나한테만 특별해?'

불현듯 그녀가 두 눈을 크게 떴다. 그랬다. 그의 웃음은 '나'에게만 특별했다.

이런 그녀의 뺨을 감싸 쥐며 강우가 키에 맞춰 고개를 숙였다.

"바보, 그런 표정으로 아니라고 하면 아무도 믿을 사람은 없어."

그가 작은 턱을 들어 올린 채 흔들리는 시선을 마주했다.

"말해봐. 당신이 날 좋아한다고 해도 난 싫지 않을 테니까."

"왜요?"

혼란스러운 눈빛으로 주나가 물었다.

"제가 그렇게 모스키토라고 몰아붙였는데요? 말도 안 되는 헌신과 봉사의 서비스로 염장도 질렀고 속옷에 리본까지 묶었는데요?"

"그러고 보니 그런 일도 있었군."

"설마 잊어버리셨어요?"

황당함에 입을 쩍 벌리는 그녀에게 강우가 부드럽게 미소를 지었다.

"난 내게 좋은 것만 기억하니까. 당신이 내게 보여주었던 다정함과 따뜻함만 생각나. 나를 위해 달려주었던 것만 기억나고 날 위해서 울어주었던 것도 머릿속에 남아 있어."

이를 듣고 있던 주나가 그에게 단도직입적으로 물었다.

"주인님, 혹시 절 좋아하세요?"

그 말에 강우가 우뚝 동작을 멈췄다.

"그게 아니라면 저한테 왜 이러시는 건데요? 봐요, 본인도 그런 말 듣고 나니까 당황스럽잖아요."

주나가 금방이라도 터질 듯 벌게진 얼굴로 잽싸게 뒤로 물러났다.

"그러니까 저한테 그런 질문하지 말아주세요. 그, 그런 거 성희롱이란 말이에요."

"아아, 그래?"

별안간 거만하게 내뱉은 그가 이마 위로 흘러내린 머리카락을 쓸어 올렸다. 그러다 손가락 사이로 그녀를 내려다보며 담담히 말을 이었다.

"마음을 전하면?"

"네?"

"내 마음을 전한다면 그땐 성희롱이 아닌 거지?"

그와 동시에 커다란 손이 그녀의 허리를 감싸 안았다. 아울러 폭풍과 같이 격렬한 입술이 여린 입술을 빼앗아갔다.

"음!"

놀란 주나의 손바닥이 강우의 가슴을 밀쳐냈다. 하지만 능숙하게 그것을 잡아 자신의 품 안으로 끌어당긴 그는 좀 더 깊숙이 입술을 밀어붙인 채 남은 호흡을 모조리 앗아갔다.

"하아."

"널 좋아해."

마침내 주나가 포기하듯 가슴에 기대자 그가 속삭이듯 중얼거렸다. 그 간단하기까지 한 고백이 그 어느 때보다도 진중해 보여 주나는 떨리는 손으로 입가를 가렸다. 정말이지 취향도 이상하지, 하필이면 왜 날!

그녀는 뚫어지게 바라보는 강우의 눈길을 피해 조심스럽게 뒷걸음질을 쳤다.

"죄, 죄송하지만 저는 잘 모르겠어요. 그러니까 좀 더 생각해본 후 나중에 다시 얘기해요. 아, 아셨죠?"

그리 도망을 치며 그녀는 예전에 자신이 했던 일을 떠올렸다. 어떻게 된 일인지 키스를 해도, 당해도 그녀는 늘 이런 신세인가 보다.

"맙소사, 나보러 어떡하라고!"

귓속까지 파고드는 거센 고동을 들으며 주나는 머리를 내저었다. 인정하고 싶지 않지만 그와의 입맞춤이 진심으로 싫지만은 않았다.

＊

"식사는 즐거우셨습니까?"

유 실장은 차게 식힌 허브차를 내놓으며 슬그머니 강우에게 물었다. 늘 그렇듯 표정을 알 수 없는 그였기에 두 사람 사이에 무슨 일이 있었는지 무척이나 궁금했다.

"당했습니다."

갑작스런 강우의 말에 유 실장이 차를 따르던 손길을 멈췄다.

"예상치도 못한 질문으로 받아치는 바람에."

"방심하셨던 겁니까? 사장님답지 않으시군요."

"그러게 말입니다."

가볍게 어깨를 으쓱한 그가 낮게 눈을 내리깔았다. 당황한 듯 빨개진 얼굴로 줄행랑을 치던 주나의 모습이 떠올라 절로 입가에 웃음이 맴돌았다.

"저도 모르게 건드리고 말았습니다. 빤히 드러나는 그 감정을 부정하는 것만 같아서. 원래대로라면 서서히 조여 갈 생각이었는데 그녀가 늘 제 예측을 벗어난다는 걸 깜박했습니다."

"그러셨군요."

"그녀가 어디로 갔는지는 확인하셨습니까?"

"네. 그 길로 바로 자택으로 돌아가셨다고 하더군요. 허락하신다면 앞으로 주나 양에게 사람을 붙일까 합니다. 주오 군에게도."

"……그렇게 하십시오."

느지막이 대꾸한 강우가 찻잔을 들어 입가로 가져갔다. 이미 자신

의 마음이 정해진 이상 주변을 조심하지 않을 수는 없으리라. 그에게
는 아군도 많은 만큼 적군도 상당했기에 무엇보다 소중한 사람을 지
키는 것이 최우선이었다. 과거의 실수는 한 번만으로도 족하니까.

"그보다 회장님께는 언제쯤 가실 예정이십니까?"

"글쎄요, 생각 중입니다. ……건강 상태는 양호하시다고 하던가요?"

"네. 어찌 된 일인지 그 일이 있고 난 후 오히려 상태는 더 좋아지
셨다고 합니다. 기억을 못하는 건 여전하시지만 가슴 속을 누르던 돌
덩이가 사라지신 듯 예전보다 훨씬 더 평온해보이신다고 하더군요."

차분하게 응답한 유 실장이 따스한 눈길로 강우를 응시했다.

"이게 다 사장님 덕분입니다."

"그렇지 않습니다. 전 아직 그분을 오롯이 용서한 게 아니니까요.
게다가 그건 전부 그녀의 오지랖 덕택이지 제 덕이 아닙니다. 그녀가
제게 그 상자를 주지 않았다면 전 그분을 만나러 갈 생각은 추호도 하
지 않았을 테니까요."

그러고 보면 참 대단한 여자였다. 평생을 가도 움직이지 않을 것
같던 그의 마음을 돌려놓다니.

"그래서 끌리신 거겠죠? 주나 양에게."

은근슬쩍 묻는 유 실장에게 강우가 입술을 들어 올렸다.

"살아오면서 누구도 내게 그리 간곡하게 말하지 않았으니까요. 아
니, 간곡하다는 표현은 잘못된 거 같군요. 오히려 당당하게 요구했으
니까."

[방금 그 말, 절대로 후회 안 하시죠? 행여 나중에 회장님이 잘못되고 나
서도 이 일을 결코 후회하지 않으실 자신이 있으신 거죠?]

그는 주나가 했던 말을 떠올리며 희미하게 미소를 지었다. 단순히 그의 상처만 건드리고 도망갔더라면 결단코 용서하지 않았을 텐데, 그녀는 그 안에 숨겨진 아픔을 꿰뚫어보고 진심으로 호소했었다.

"몸과 마음을 바쳐 최선을 다하겠다고 하더니 잘도 애써주었습니다. 아무리 냉랭하게 대해도 끄덕조차 하지 않고 무슨 일에도 웃으면서 그녀의 모든 것을 보여주었으니까요."

"주나 양의 끝없는 긍정마인드는 타고난 재산이니까요. 아무나 흉내 낼 수 있는 게 아니지요."

유 실장의 말에 강우가 고개를 끄덕였다.

"처음엔 그저 머리에 꽃을 꽂은 이상한 여자라고만 여겼는데 이제는 놔줄 생각이 없어져 버렸습니다. 그녀같이 특별한 여자가 세상에 또 존재할 리가 없을 테니까요. 그러니, 유 실장님."

"네."

"자신이 처한 상황을 알 정도만 흔드십시오. 제 말 아시겠습니까?"

냉철한 강우의 말에 유 실장이 굳은 입가를 늘어트렸다. 저분이 저리 말씀하시니, 이젠 별수 없이 된 건가?

'부디 절 용서하십시오, 주나 양.'

그렇게 속으로 되뇌며 자리를 뜨려는데 강우가 나지막이 말을 이었다.

"제가 삶을 살아가며 의지가 되어준 사람이 셋 있었는데 그 중 한 분은 먼저 세상을 뜨셨고 또 한 분은 스스로를 놓아버리셨으며 나머지 한 분은 여전히 제 곁에 계십니다. 그런 면에서 당신에게 감사하고 있습니다, 유 실장님."

"……."

이에 아무 대꾸조차 하지 못한 채 유 실장은 조용히 밖으로 나갔다. 문득 지난날 절규하며 묻던 어린 소년이 말이 기억났다.

[제가 죽으면 이 고통이 사라질까요? 아니, 죽는다고 이 가슴의 구멍을 메울 수 있을까요?]

그 아이가 모두를 소중하게 여겼음을 잘 알고 있었다. 한 사람을 잃고 남은 사람을 증오했지만 그 역시 소중히 하고 싶음도 눈치 채고 있었다. 그런데 그러지 못하는 그를 보며 도와주지 못함에 좌절했는데.

"용서하시길 바랐던 게 아닙니다. 스스로를 괴롭히시는 걸 그만두길 원했던 거지."

들리지도 않는 말을 중얼거리며 유 실장은 가만히 웃음 지었다. 이젠 더 이상 그의 아픔을 보지 않아도 될 터이니, 자신의 괴로움도 끝날 참이었다. 그리고 그 고통에 종지부를 찍어준 어느 오지랖 넓은 아가씨에게 그는 진심으로 감사하고 있었다.


"아우, 나 어떡하지."

주나는 여전히 벌렁거리는 심장에 이러지도, 저러지도 못한 채 거실을 돌아다니고 있었다. 청소에, 빨래에, 설거지에 할 일은 태산 같았지만 그 어떤 것도 손에 잡히지 않고 있었다. 오히려 예전이었다면 그런 집안일들을 하며 마음을 다스렸을 텐데 이건 그럴 차원이 아닌 듯했다.

"날 좋아한다고?"

느닷없이 주나가 그 자리에 털썩 주저앉았다. 냉랭하기로는 시베리아 벌판 저리 가라 할 정도로 무뚝뚝한 사람이, 감정이 드러나지 않기로는 브라우니와 호각을 다툴 그 남자가 대놓고 그녈 좋아한다고 고백하다니.

"차라리 예전처럼 날 싫어한다고 하시면 훨씬 믿기가 수월할 텐데."

그녀가 난처한 듯 종알거리며 붉어진 얼굴을 무릎에 파묻었다. 도대체 그의 의도가 뭔지 알 수가 없었다. 그때, 갑작스런 음성이 귓가에 들려왔다.

"사장님은 단 한 번도 주나 양이 싫다고 하신 적이 없습니다."

그 말에 고개를 들어보니 유 실장이 도시락 가방을 든 채 그녀를 내려다보고 있었다.

"어떻게 여길?"

"이걸 두고 그냥 가셨더군요."

"아, 네. 고맙습니다."

어색하게 가방을 받으며 주나는 슬그머니 눈길을 돌렸다. 왠지 사정을 다 아는 듯한 그와도 눈을 마주치기가 힘들었다.

"저기, 주인님은……."

"회사에 계십니다. 함께 오지 않으셨으니 그리 긴장하실 거 없습니다."

온화하게 대꾸한 유 실장이 지그시 주나를 바라보았다.

"괜찮으시다면 저와 차 한 잔 하시겠습니까? 저도 근무시간에 땡땡이라는 것을 한 번 쳐보고 싶군요."

"유 실장님이요?"

두 눈을 휘둥그레 뜨던 그녀가 이내 환하게 웃어보였다.

"잠깐만 기다리세요. 제가 갓 내린 커피를 대접해드릴 테니까."

잠시 후, 주나가 차를 내오자 두 사람은 원두향이 은은하게 풍겨오는 식탁에 앉아 그 맛을 음미했다.

"맛있군요. 사장님이 주나 양이 내린 커피 맛을 칭찬하시더니 다 이유가 있었습니다."

"별말씀을요. 누가 내려도 전부 똑같은 맛일 텐데요."

"그렇지 않습니다. 이런 차 한 잔이라도 그 안에 얼마만큼의 정성과 마음이 담겨져 있느냐에 따라 맛이 달라지는 법이니까요. 그래서 사장님께서도 주나 양의 음식을 좋아하시는 거 아니겠습니까?"

그의 말에 주나가 떨리는 속눈썹을 내리깔았다. 어쩐지 유 실장의 말 모두가 강우와 연결된 듯해 심경이 편치가 않았다.

"그분은 왜 절 좋아한다고 하시는 걸까요? 그동안 제가 저지른 만행도 있는데."

시무룩한 그녀의 물음에 유 실장이 반문했다.

"부담스러우십니까? 사장님의 마음이."

"네, 조금은요."

"그 이유를 여쭤 봐도 되겠습니까?"

"그야, 전 그분에게 어울리는 사람이 아니니까요. 나이도 어린데다 아직 학생이고 더군다나 이 집의 가사도우미로 일하고 있잖아요? 그 이유를 말씀드리자면 손에 꼽을 수도 없을 정도죠."

그녀의 말에 유 실장이 입매를 활처럼 휘었다.

"글쎄요, 저는 잘 모르겠습니다만."

"네?"

"그렇지 않습니까? 애당초 사장님이 주나 양의 사정을 모르고 계셨던 것도 아니고, 전부 다 아시면서도 그 마음을 드러내신 건데 이제 와서 새삼 본인에게 어울리는 면을 찾으실 리가 없지 않습니까?"

"그건……."

잠시 말을 흐리던 주나가 힘없이 어깨를 늘어트렸다.

"오해는 풀렸다고 하지만 여전히 아빠가 저지른 일도 남아 있고 저희 가족이 빚진 금액을 생각하면 전 그렇게 영악스럽게 행동할 순 없어요. 게다가 그분이 갑자기 제게 왜 이러시나 당혹스럽기도 하고요."

그녀가 컵을 쥔 손을 꼼지락거리며 시선을 떨궜다. 무엇보다 이런 감정은 처음이었기에 그에게 첫 키스를 했을 때만큼이나 당황스러웠다. 가능하다면 아무 일도 없었던 것으로 하고 싶을 만큼.

"저희 사장님이 싫으십니까?"

은근히 묻는 유 실장에게 주나가 손을 저어보였다.

"아니요, 오히려 좋아하는 걸요? 다만……."

"다만?"

"이게 연애감정인지는 잘 모르겠어요. 그분이 절 싫어하지 않았으면 하고 제게 웃어주었으면 하지만 그게 주인님을 남자로 봐서 그러는 건지는 확신이 서지 않아요."

유 실장은 계속해서 눈동자를 굴리는 주나를 보며 눈가에 웃음을 담았다. 다른 것에는 똑소리가 날 정도로 빠릿빠릿한 아가씨가 사랑에 관해선 어린아이와 다름없는 것이 절로 감싸주고 싶은 심정이 들게 했다. 안타깝게도 이런 순진함마저도 곧 남자를 사로잡는 향취로 바뀌게 되겠지만.

"그분은 줄곧 주나 양을 지켜봐왔습니다. 그 마음이 급작스럽거나 새삼스럽지 않다는 것은 주나 양도 이미 알고 계실 겁니다."

"그야……."

아주 감이 없진 않았었다. 어느샌가 자신을 보는 그의 눈빛이 바뀌어 가고 미소를 보여주기 시작했으며 마음을 열었다는 것은 서툰 그녀도 알 수가 있었으니까.

"그 부분을 이해하신다면 좀 더 쉽게 생각해보시기 바랍니다. 무엇보다 사장님이 이렇게 먼저 감정을 내보이신 건 처음이시기에 싫지 않으시다면 받아주셨으면 하는 것이 저의 바람이기도 하고요."

유 실장이 자리에서 일어나더니 깜박했다는 듯이 덧붙였다.

"혹시 그거 알고 계십니까? 사장님 같은 타입이 돌변하면 굉장히 무섭다는 것을."

"정말로요?"

"네. 같은 남자로서도 피하고 싶을 정도죠."

"그럼, 전 어떡하면 좋죠?"

두려움에 떠는 주나에게 유 실장이 진지하게 충고했다.

"어쩌긴요, 그냥 받아들이시면 되지요."

헉!

그가 하얗게 질린 그녀를 내버려둔 채 서둘러 걸음을 옮겼다. 이로써 지시받은 의무는 다한 듯하니, 이만 회사로 돌아가 봐야 할 듯했다. 하지만 왠지 모를 흥미진진함이 그에게 한 마디를 더하게 만들었다.

"주나 양, 이제 큰일 나셨습니다."

가벼운 걸음걸이로 밖으로 나서며 유 실장은 유쾌한 듯 웃어젖혔다. 이제부터는 두 사람이 알아서 할 일이었기에 이쯤에서 그만 물러나야 하리라. 그저 자신은 여태껏도 그래왔듯 이 상반되는 커플이 얼른 이루어지기를 간절히 바랄 뿐이었다.


그날 밤, 유 실장이 남긴 묘한 경고에 주나는 여전히 어찌할 바를 모르고 있었다.

"주인님 같으신 분이 한 번 돌변하면 굉장히 무섭다고? 하긴, 그 사람 오늘 좀 이상하긴 했어."

주나는 거의 강압적으로 입술을 빼앗던 강우의 모습이 떠올라 양 볼을 빨갛게 붉혔다. 예전에 자기가 키스를 했을 땐 솔직히 제정신이 아니었지만, 그의 입맞춤은 사뭇 달랐다. 그건 남자가 좋아하는 여자에게 하는 행동이었고 그 마음을 나타내는 표현이었다. 그래서 더욱 당혹스러웠다. 이렇게 감정을 알 수 없는 상태에서 그를 만나도 괜찮은 걸까?

그녀는 고용인과 여자의 심정에서 잠시 방황하다 후자를 택하기로 결심했다. 아무래도 별채로 도망쳐 시간을 버는 게 나을 듯싶었다.

그때, 현관문이 열리며 강우가 안으로 들어왔다.

"당신, 아직도 돌아가지 않은 건가?"

다소 놀란 듯한 그의 물음에 주나가 무슨 소리냐는 듯 두 눈을 크게 떴다.

"당연하죠. 주인님이 들어오시지도 않았는데 고용인 주제에 먼저 자리를 뜰 수는 없잖아요? 제 할 일은 다 해야죠."

그녀는 차마 도망갈 기회를 놓쳤다는 말은 하지 못한 채 어색하게 웃어보였다. 자신만큼이나 그 역시 이 상황이 부담스러울 테니, 엄밀히 말하자면 '셈셈'이었다.

하지만 강우는 어깨를 으쓱 해보인 채 이내 자연스럽게 말을 이었다.

"샤워하고 내려올 테니 차 한 잔 준비해주겠나? 오늘 안에 해결해야 할 일이 있어 늦게까지 깨어 있어야만 할 것 같군."

그 말에 주나가 멀거니 고개를 끄덕였다. 아무렇지도 않은 듯 2층으로 향하는 그의 모습이 과연 '고수'의 면모다웠다.

"하긴, 저런 외모에 능력을 가졌으니 여자 경험도 무척 많으시겠지."

그녀는 갑자기 몰려오는 허전함에 무거운 숨을 내쉬었다. 감탄이 나올 만큼 잘난 얼굴과 달리 성격은 지랄 맞아 다행이라 여겼는데, 이젠 그 다정함마저 알고 나니 강우가 더더욱 먼 사람처럼 느껴졌다.

"차라리 못 먹는 감 찔러나 봤을 때가 훨씬 더 좋았어."

조금은 심술궂게 중얼거리며 주나는 커피머신에 물을 채웠다. 그가 자신에게 했던 스킨십을 다른 여자에게도 했을 거라 상상하니 괜스레 짜증이 몰려왔다. 아직은 그 마음을 받아들인 것도 아니면서.

"별일이군. 당신이 아무 말 없이 커피를 다 내주다니. 뭔가 심경이 복잡한 모양이지?"

그녀는 젖은 머리를 쓸어 올리며 주방으로 들어서는 강우에게 이제 막 내린 커피가 든 잔을 내려놓았다. 평상시라면 카페인 운운하며 다른 것을 내놓았을 테지만 어쩐지 그럴 기분이 들지 않았다.

"커피가 무조건적으로 나쁘다는 것은 잘못된 생각이에요. 크림이나 설탕 같은 첨가물 없이 마시면 오히려 몸에 이로운 효과를 주기도 하니까요. 그러니까 오늘은 그냥 드세요."

퉁명스럽게 대꾸하며 주나는 조리대를 향해 몸을 돌렸다. 아무래도 그가 밤에 먹을 샌드위치나 만들며 심경을 다스려야 할 듯했다.

이때, 강우가 담담한 어조로 물었다.

"그래서 내 고백에 대한 대답은 언제쯤 해줄 거지?"

갑작스런 그의 물음에 주나가 움찔했다. 살짝 곁눈질로 뒤를 보니 어느샌가 앞을 가로막은 강우가 팔짱을 낀 채 그녀를 내려다보고 있었다.

"아까 분명히 잘 생각해본 후 나중에 다시 얘기하자고 하지 않았던가? 그럼, 언제까지 기다려야 하는지 그 기한을 알려줬으면 하는데."

주나는 흑요석 같은 눈동자를 번득이며 어렴풋이 미소를 띠운 그의 형상에 그제야 자신이 속았음을 깨달았다. 그가 마치 아무 일도 없었던 것처럼 행동한 건 그녀의 경계심을 풀기 위한 수단이었던 것이다.

"그, 그게 아직은 고민해볼 겨를이 없어서요."

"그렇다면 그 고민은 언제 끝나는 거지? 어차피 이렇게 된 이상 너무 오래 기다려줄 생각은 없는데."

강우가 그녀의 귀밑머리를 쓰다듬으며 붉어진 뺨을 감싸 안았다. 너른 이마에 부드럽게 흘러내린 머리카락이 보는 사람으로 하여금 만지고 싶은 충동을 일으키게 만들었다.

주나는 자꾸만 움직이려는 손을 움켜쥐며 물끄러미 그를 쳐다보았다. 눈이 부실 정도로 빛나는 이 사람이 당최 누구인지 알 수가 없었다.

'지금 내 앞에서 감미롭게 속삭이는 사람은 대체 누구지? 좋아한다고 고백하고 언제까지 기다려야 하냐고 다그치는 사람은 대관절 누구일까?'

그녀는 평소의 냉랭했던 눈빛은 간데없이 달콤하게 바라보는 그의 시선에 두 눈을 내리감았다. 안 그래도 조마조마한 심장이 입술을 매만지는 손끝에 녹아내릴 것만 같았다.

"도대체 저한테 왜 이러시는 건데요? 모기새끼라고 하셨잖아요. 원수처럼 대한다고 하셨고 골칫거리라고 하셨잖아요. 그런데 왜……."

간신히 내뱉는 그녀의 말에 강우가 기다란 속눈썹을 베일처럼 드리웠다.

"내가 이러길 원치 않았다면 수줍은 모습 따윈 보이지 말았어야지. 내 앞에서 얼굴을 붉힌다든가 눈을 피하지 말고 다정하게 대하거나 신경 쓰지 말았어야지."

탁하게 읊조린 그가 그녀의 가슴 언저리에 손을 얹었다.

"무엇보다 이렇게 두근거리지도 말았어야해."

그의 말에 주나는 아무 대꾸도 할 수가 없었다. 이 순간에도 터져버릴 것 같은 고동 소리를 숨긴다고 해서 감춰질 것이 아니지 않은가?

"말해봐. 날 좋아하나?"

다시 한 번 묻는 강우에게 주나가 무뚝뚝하게 대꾸했다.

"대답하고 싶지 않아요."

"그럼, 질문을 바꿔보지. 내 웃는 얼굴을 좋아하나?"

"그건……, 네."

부끄러운 듯 대답하는 그녀를 그가 보드랍게 품에 가뒀다.

"그렇다면 곁에 있어. 당신이 내 옆에 있으면 난 언제고 웃을 수 있을 거 같은 기분이 드니까. 너로 인해 내게도 감정이 있다는 것을 새삼 깨닫게 돼."

귓가에 울리는 그윽한 음성에 주나는 말없이 강우의 셔츠 깃을 움켜쥐었다. 불현듯 그에게 있어 이보다 더 솔직한 고백은 없을 거란 생각이 들었다.

"대마왕 자가 붙은 모스키토이신 줄만 알았는데."

"모기새끼인 당신과 어울린다고 생각지 않나?"

"저한테는 주인님이시기도 하잖아요."

"강우야."

"네?"

뜬금없는 그의 말에 주나가 고개를 치켜들었다.

"최강우. 앞으로는 주인님이 아닌 그 이름으로 불러."

그녀는 은근슬쩍 강요하는 그에게 투덜거리듯 반격했다.

"나 아직 연애도 제대로 한 번 못 해봤는데."

"나랑 하면 돼."

"다른 남자도 만나보고 싶은 걸요?"

"나보다 나은 사람이 또 있을 거 같아? 당신은 나만 봐도 충분해."

주나는 도무지 그의 입에서 나오지 않을 거 같은 소리에 피식 웃음

을 터트렸다. 누가 상상이나 할 수 있었을까? 절대영도라 불리던 차
갑기 그지없던 이 남자가 여자가 듣고 싶어 하는 말들을 줄줄이 해줄
거라는 것을.

그래도 여기서 넘어갈 건 아니었기에 주나는 용기를 내어 그를 올
려다보았다.

"조금만, 조금만 더 시간을 주시면 안 될까요? 열심히 고심해본 후
에 마음이 결정되면 그때 말씀드릴 테니까."

간절히 애원하는 그녀에게 그가 긴 한숨을 토해냈다.

"오래 기다려줄 수는 없어."

"네."

"인내할 생각도 없고."

"……네."

"그리고 이것도."

그와 동시에 강우의 손끝이 주나의 턱에 와 닿았다. 살포시 아랫입
술을 벌린 후 부드러운 입술을 포갠 그는 잠시 그 감촉을 음미하다 농
밀하게 혀를 밀어 넣었다.

"으음! 자, 잠깐만요! 이거 낮의 키스와는 다른 거 같은데요?"

당황하며 밀어내는 그녀를 그가 강하게 끌어안았다.

"고작 이 정도로 놀라면 안 되지 않을까? 난 앞으로 이보다 더한
것도 할 작정이거든."

주나는 다시금 입술에 맞닿은 뜨거운 열기에 '흠!' 하고 숨을 멈췄
다. 굳어버린 혀를 휘감은 채 여린 살을 살살 굴리던 그가 마치 맛을
보듯 세차게 빨아올렸다.

"그, 그만! 이거 좀 이상해요."

타액이 묻은 입가를 닦아내며 그녀가 작은 어깨를 들썩였다. 양 볼을 빨갛게 붉힌 채 어찌할 바 모르는 모습이 이제까지와는 다른 새로운 매력을 주었다.

"아무래도 즐거울 거 같군."

"뭐가요?"

"당신을 가르치는 거. 그러니까……."

강우가 하얀 목덜미에 입술을 묻은 채 지그시 이를 박았다.

"아앗!"

"빨리 오도록 해. 기대하며 기다리고 있을 테니까."

주나는 은밀하게 들려오는 낮은 읊조림에 부르르 몸을 떨었다. 어쩐지 'NO!'라는 말은 결코 용납할 거 같지 않은 게 왈칵 겁마저 샘솟았다.

"장담하고 계시는 거죠? 제가 주인님의 고백을 받아들일 거라고."

"당연하지. 내가 어설픈 고민 따위 용서할 거 같나? 이번에야말로 확실히 받을 테니까, 너의 몸과 마음을."

그의 말에 주나는 유 실장이 했던 말을 떠올렸다.

[주나 양, 이제 큰일 나셨습니다.]

그 경고가 절대로 허투루 하는 소리가 아니었음을 느끼며 주나는 그저 강우의 얼굴만 우두커니 바라보고 있었다.

12. 상냥한 그이

　이른 아침, 유 실장은 평소와 다름없이 태신금융그룹 최강우 사장 댁의 본가로 들어서며 햇살에 빛나는 정원을 둘러보았다. 이 댁에서 일하는 윤씨가 오랜 시간 공을 들여 가꾼 이곳은 웬만한 수목원에서도 볼 수 없는 귀한 화초들이 즐비해 있어 방문하는 이들의 감탄을 자아내곤 했다.

　그곳에서 풍기는 은은한 향기를 맡으며 그는 부부동반 여행을 떠난 윤씨 대신 정원에서 물을 주고 있는 주나에게 가까이 다가갔다.

　"좋은 아침입니다. 사장님께서는 아직 식사 중이십니까?"

　"그게, 아마 그러실 거예요."

　대답을 얼버무리는 주나를 보며 유 실장이 의아하다는 듯 미간을 모았다. 그러고 보니 평상시와 달리 식사 시중도 들지 않은 채 그녀가 여기에 나와 있는 것이 어딘가 좀 이상하기도 했다.

　"무슨 일이 있으셨습니까? 일찍부터 화초에 물을 다 주시고."

　"아니요, 별일 없었는데요? 왜요?"

주나가 두 눈을 크게 뜬 채 도리질을 해보였다. 그것이 왠지 더 오 버하는 듯 해보여 유 실장은 한층 더 이맛살을 찌푸렸다.

'간밤에 두 분 사이에 무슨 일이 있으셨나?'

그가 솟아나는 궁금증을 억누르고 있는데 주나의 목에 감긴 스카 프가 눈에 들어왔다.

"감기에 걸리셨습니까? 이런 날씨에 스카프를 다 매시고."

그 순간 그녀가 깜짝 놀란 듯 양손을 저어보였다.

"아니에요, 그냥 아침 공기가 쌀쌀한 거 같아 매어 본 거뿐이에요."

"그렇습니까?"

유 실장이 묘하다는 듯 말끝을 흐리고 있는데 저택의 문이 열리며 어린이집 원복을 입은 주오가 쏜살같이 뛰어나왔다.

"누나, 밥 다 먹었어."

그 뒤에서 차분히 걸어 나오며 강우가 힐끔 주나에게 시선을 주었 다. 그 눈빛이 흡사 무언가를 얘기하고 싶어 하는 듯해 유 실장은 눈 치껏 곁에서 재잘거리고 있는 주오에게 물었다.

"우리 누가 먼저 차에 타나 시합할까요? 진 사람이 일찍 도착한 사 람에게 아이스크림을 사주기로 하죠."

그 말이 떨어지기가 무섭게 주오가 재빨리 '준비, 땅!'을 외치며 밖 으로 뛰쳐나갔다. 그 뒤를 따르며 유 실장이 강우에게 말을 이었다.

"아직 시간이 남았으니 천천히 나오십시오."

바람과 같이 사라지는 두 사람을 보며 주나가 안타깝다는 듯 입을 뻐끔거렸다. 차마 잡지 못해 한스럽다는 듯 손마저 내밀고 있는 그녀 의 모습에 강우가 한숨 섞인 투로 중얼거렸다.

"매일 아침마다 이럴 건가?"

다 안다는 듯한 그의 물음에 주나가 움찔했다. 무슨 말을 해야할지 모르겠다는 듯 그저 땅만 쳐다보고 있자 강우가 긴 숨을 토해냈다.

"이제 그만 그런 표정을 짓지 않았으면 좋겠군. 내가 당신을 잡아먹는 것도 아닐 텐데."

"그렇지만……."

근간에 잡아드실 거 같단 말이에요.

그 말만은 하지 못한 채 주나는 목에 감긴 스카프 자락만 만지작거렸다.

오늘 아침, 그녀는 거울을 보다 목덜미에 선명하게 새겨져 있는 붉은 흔적을 발견했다. 처음엔 '이게 뭘까?' 하고 의아해했지만, 이내그것이 강우가 남긴 키스마크라는 것을 깨닫자 그녀는 그만 '멘붕'을일으키고 말았다.

[도대체 내 목에 무슨 짓을 하신 거야!]

주나는 태평양만큼이나 차이가 나는 그와의 연애 레벨에 머리를가로저었다. 단순히 키스마크만으로도 이렇게 허둥대는 자신과는 달리 그는 아무렇지도 않은 듯했다. 게다가 고백을 받아들이기도 전에벌써 이러니 그 마음을 허락한다면 어떻게 나올까 무섭기도 했다. 따라가기에도 버거운 강우의 스킨십은 그녀의 판단 회로에도 장애를 일으킨 것이다.

"오늘은 할 일이 많아서 그래요. 일부러 피한 건 아니니까, 오해는하지 말아주세요."

그녀는 스스로도 비겁한 변명이라고 여기면서도 천진한 척 두 눈을 껌벅였다. 내일이면 수원댁 부부가 돌아와 둘만 되는 일도 없을 테니 그도 더 이상 이런 짓을 하지 않으리라.

　이를 말없이 듣고 있던 강우가 문득 그녀의 목덜미에 시선을 주었다. 그 눈길이 마치 스카프 속에 숨겨진 키스마크를 스캔하고 있는 듯해 주나는 지레짐작하고 변명했다.

　"그, 그게 열이 있어서요."

　"그래?"

　무심하니 대꾸한 그가 살짝 턱을 기울였다.

　"약 잘 챙겨먹도록 해. 아마도 그 열, 한동안 지속될 거 같으니까."

　"그게 무슨……."

　미처 그녀의 말이 끝나기도 전에 강우가 톡 튀어나온 이마 위로 입술을 내렸다.

　"다녀올게."

　그리곤 뒤돌아 유유히 사라지자 주나는 그 자리에 털썩 주저앉고 말았다.

　"제발 부탁인데, 진지한 얼굴로 그런 말 좀 하지 말아줘요!"

　그녀는 너무나도 차이가 느껴지는 강우의 행동에 빨갛게 물든 이마를 어루만졌다. 빠른 시일 안에 그가 원래의 모습으로 돌아오지 않는다면 자신은 부끄러움에 산화돼 모래가 될지도 모를 일이리라.

　그럼에도 한편으론 설레고 두근거리는 그녀가 있었다.

　"심장소리는 귀로 듣는 게 아니라 가슴으로 듣는 거라고 하더니 그 말이 맞나 봐."

그게 아니라면 마음이 이렇게 부풀어 터질 듯한 기분은 절대로 느끼지 못할 테니까.


그날 오후, 주나는 어린이집에서 주오를 데리고 오며 강우의 예언이 맞았음을 직감했다.

"누나, 어디 아파? 손이 뜨거워."

주오가 맞잡은 주나의 손을 꼼지락거리며 고개를 꺄웃거렸다. 그러고 보니 아침에 그 일이 있고 난 후부터 몸에 열이 있는 듯 체온이 올라가 있었다.

'이게 다 그 사람의 달달 행동 때문이야.'

주나는 괜스레 강우를 탓하며 주오에게 애써 웃어보였다.

"괜찮아, 날이 갑자기 더워져서 그래."

하지만 시간이 지날수록 상태가 이상했다. 온몸이 뜨거운 건 둘째 치고 나른하고 머리가 무거웠다.

'설마하니 진짜로 감기에 걸린 걸까?'

그녀는 혹시나 하는 마음에 비상시에 대비해두었던 해열제를 꺼내놓고 주오를 곁에 못 오게 했다.

"누나가 얼른 저녁밥 챙겨줄 테니까 주오는 거실에서 책 읽고 있어. 알았지?"

서둘러 식사 준비를 하며 시간을 확인했다. 아침엔 피하기에 급급했지만 오늘만큼은 강우가 빨리 돌아왔으면 싶었다. 그래야 고용인으로서의 그녀도 하루를 마감하고 편히 쉴 수 있을 테니까.

주나는 보글보글 끓는 된장국에 두부를 넣고자 식칼을 들어 올렸다. 그런데 불현듯 눈앞이 핑 돌았다.

"어라, 내가 왜 이러지?"

그녀는 생전 경험해보지 못한 느낌에 조리대를 움켜쥐었다. 이거라도 붙잡지 않는다면 어지러워서 그대로 쓰러질 것만 같았다.

식은땀마저 나기 시작한 이마를 쓸어내리며 조심스럽게 걸음을 옮기는데 주오가 걱정스러운 얼굴로 물었다.

"누나, 어디 가?"

"체온계 가지러 별채에. 잠깐만 혼자 있을 수 있지?"

주나는 묵묵히 고개를 끄덕이는 동생을 내버려둔 채 비틀거리며 현관으로 향했다. 이제는 속마저 울렁거리는 것이 금방이라도 토할 것만 같았다.

'말도 안 돼. 여태껏 잔병치레 한 번 제대로 앓아 본 적이 없는데.'

순간 속에서 밀려오는 토악질에 그녀가 '욱!' 하고 숨을 멈췄다. 간신히 바닥을 짚은 채 손등을 내려다보니 핏기가 모두 빠져나가 마치 유령을 보는 듯했다.

이를 보고 있던 주오가 짧은 다리로 뛰어 다가왔다.

"누나, 괜찮아? 많이 아파?"

주오가 겁을 먹었는지 그녀의 팔을 잡고 흔들었다. 그것이 속을 더 어지럽게 만들어 주나는 재빨리 손을 저어보였다.

"괜찮아. 잠깐만 쉬면 되니까 염려하지 말고……."

그 순간 그녀는 앞으로 꼬꾸라지고 말았다. 삽시간에 시야가 흐릿해지며 모든 사물들이 춤을 추기 시작한 것이다.

"누나……."

꼼짝도 하지 않는 주나를 보고 있던 주오가 뭔가를 결심한 듯 자리에서 일어났다. 그리곤 비장한 표정으로 밖으로 뛰어나가 굳게 닫힌 대문을 열어젖혔다.

"하아, 하아."

숨까지 할딱이며 어두운 골목을 두리번거리던 주오가 멀리서 비치는 헤드라이트에 눈을 껌벅였다. 그러다 자신 앞에 멈춘 자동차를 확인하더니 대뜸 달려가 매달렸다.

"누나가, 누나가 당했어요!"

"네에?"

차에서 내린 유 실장이 뜬금없는 주오의 말에 이맛살을 찌푸렸다. 이게 대체 무슨 소리인지 알 수가 없었다.

그때, 뒷좌석의 문이 열리며 강우가 매와 같이 빠르게 자택으로 뛰어 들어갔다. 그 모습을 멍하니 보고 있던 유 실장도 대성통곡을 하는 주오를 안은 채 얼떨결에 같이 뛰기 시작했다.

"사장님, 잠시만!"

하지만 이내 그는 입을 다물고 말았다. 강우가 현관에서 쓰러진 주나를 안고 다급하게 외치고 있었던 것이다.

"빨리 이 박사님께 연락을!"

유 실장은 주나를 안은 채 2층 객실로 향하는 강우를 보며 서둘러 휴대폰을 꺼내들었다. 이 와중에도 뭔가가 짠한 것이 먹먹한 감정이 들었다. 마치 강우의 숨겨진 깊은 속내를 훔쳐보기라도 한 것처럼.

"지혜열입니다."

"지혜열이라고요?"

이 박사가 하는 말을 따라 읊으며 강우는 침대에 누워있는 주나를 내려다보았다. 스무 살이 넘은 그녀가 태어난 지 반년쯤 된 아기들만 걸린다는 지혜열을 앓다니.

"요즘 이 아가씨에게 신경을 쓸 만한 일들이 있었습니까? 보통 성인들에게는 갑자기 스트레스를 많이 받거나 하면 나타나는 현상인데."

스트레스라······.

그렇다면 아주 찔리는 게 없는 건 아니었다. 지난밤에도 그는 그녀를 몰아붙이듯 마음을 강요했었으니까.

"일단 해열제를 투여했으니 금방 열이 내릴 겁니다. 혹시나 새벽에 다시 열이 오르거든 이 약을 복용시켜 주십시오. 내일 아침 상태를 봐서 병원에 내원하셔도 좋고요."

이 박사가 탁자 위에 약봉투를 올려놓더니 강우를 돌아보았다.

"혹시 간호하실 분은 있으십니까? 땀이 많이 나서 자주 옷을 갈아입혀줘야 할 텐데."

"제가 알아서 하겠습니다."

"그럼, 간호사도 필요 없을 듯하니 저흰 이만 가보도록 하겠습니다. 근간에 건강검진도 하실 겸 한 번 방문해주십시오. 그리고······."

잠시 말을 멈춘 이 박사가 무언가를 얘기하고 싶은 듯 입을 열었다. 허나, 별일 아니라는 듯 고개를 젓더니 이내 인사를 건넸다.

"이만 가보도록 하겠습니다."

"네. 수고하셨습니다, 박사님."

강우가 방문을 열자 밖에서 기다리고 있던 유 실장이 이 박사를 맞았다. 그 모습을 바라보다 강우는 긴 숨을 토해냈다.

"지혜열이라고?"

그가 피식 웃음을 터트렸다. 그런 줄도 모르고 주오의 '누나가 당했어요!' 란 말에 한순간 나쁜 상상을 떠올렸다. 잠시나마 집에 사람을 두지 않은 것을 후회하며.

"날 이렇게 놀라게 하다니 당신의 그 재능에는 끝도 없는 모양이군."

혼잣말을 한 강우가 주나의 흐트러진 머리카락을 쓸어 올려주었다. 기절한 듯 꿈쩍도 하지 않는 것이 무척이나 힘들었던 모양이다.

문득 그녀의 목 사이로 선명한 붉은 자국이 보였다. 아침에 이것을 필사적으로 감추려 했던 주나의 행동이 떠올라 그는 다시금 미소를 지었다.

"아마도 이게 지혜열의 원인인가 보군."

강우가 손가락을 내려 여린 살결을 어루만졌다. 그가 '내 것이다' 작정하고 남긴 것을 숨겨봤자 가려질 것이 아니었지만, 그 노력이 가상해 강우는 살짝 벌어진 입술 위로 부드럽게 입을 겹쳤다.

"부디 앓고 나면 이번엔 제대로 어른이 되길 바라."

조금은 빈정대듯 중얼거리며.


진료를 마친 이 박사를 배웅한 후, 유 실장은 소파에 앉아 울다 지친 주오를 안심시키고 있었다.

"괜찮아요, 주오 군. 누나는 열이 많이 나서 그런 거니까. 주오 군도 감기에 걸려봤잖아요? 그거랑 똑같은 거랍니다."

"그렇지만 누나가 웩! 했는걸요? 악당한테 당한 파워포스처럼 쿵! 하고 쓰러졌어요."

그래서 당했다라고 한 겁니까?

유 실장은 차마 이제 여섯 살짜리 꼬마에게 해명은 요구하지 못한 채 쓴웃음만 지어보았다. 아무래도 요즘의 매스컴은 이 순진무구한 아이에게도 영향을 끼친 모양이었다.

"그나저나 저녁은 먹었나요? 시간이 늦어서 배가 많이 고플 텐데."

그는 주방에서 채 식사를 조리하다 만 광경을 떠올리며 주오에게 물었다. 그러자 주오가 두 눈을 동그랗게 뜬 채 그의 팔을 붙잡았다.

"아저씨, 죽 만들어 주세요."

"죽이요?"

"네, 계란죽이요. 그거 먹으면 감기가 다 나아요."

뜬금없는 주오의 말에 유 실장이 고개를 갸웃했다. 죽을 먹으면 감기가 낫는다니.

"혹시 아프면 누나가 계란죽을 해줬나요? 그래서 해달라는 거고요?"

"네. 주오가 아플 때마다 누나가 죽을 끓여줬는데 그거 먹으면 다음날에 아무렇지도 않았어요. 계란죽이 얼마나 대단하다고요!"

두 손을 흔들어 보이며 열심히 설명하는 주오에게 유 실장이 함박웃음을 지었다. 이렇게 서로를 위하는 남매가 세상에 또 있을까?

그가 기특함에 주오의 머리를 쓰다듬고 있는데 강우가 모습을 드러냈다.

"유 실장님, 계란죽 끓이실 줄 아십니까?"

"네? 그게 저도……."

잠시 난감한 표정을 짓던 유 실장이 갑자기 손뼉을 쳤다.

"집사람에게 부탁하면 어떨까요? 그녀라면 충분히……."

"그보다는 이 아이를 부탁합니다. 아직 저녁도 먹지 못했을 텐데, 어디 가까운 레스토랑이라도 데려가 허기라도 채워 주십시오."

"그렇지만 사장님은……."

"전 괜찮습니다. 더군다나 아픈 그녀를 홀로 둘 수도 없는 일이니까요."

그가 힐끔 주나가 있는 2층을 올려다보더니 눈을 돌려 주오를 내려다보았다.

"혼자서 잘도 애써주었구나. 용감하게 누나를 지켜줘서 고맙다."

"아니에요, 헤헤."

강우의 칭찬에 주오가 멋쩍은 듯 웃었다. 그 누구의 말보다도 몇백 배는 행복하다는 듯 작은 입이 귀에 걸려 있었다.

이 모습을 유심히 보고 있던 유 실장이 조심스럽게 말을 건넸다.

"오늘 밤 제가 주오 군을 데리고 가도 될까요? 어차피 여기에 있어봤자 방해만 될 듯하고 아내도 주오 군을 만나보고 싶어 했으니, 허락하신다면 하룻밤 저희 집에서 재울까 합니다."

"……그래도 되시겠습니까?"

"물론입니다. 아시다시피 집에 저희 두 내외밖에 없지 않습니까?

외로움도 달랠 겸 주오 군이 함께 가준다면 오히려 제가 고마울 따름 이죠.”

온화하게 미소를 띤 유 실장이 멀뚱히 쳐다보는 주오와 눈을 맞췄 다. 뒤늦게 마흔이 넘어 장가를 간 그는 아내의 잦은 유산 끝에 자식 을 갖는 것을 포기해야만 했기에, 유독 그들 남매에게 정을 주었을지 도 모를 일이었다.

이런 사정을 잘 아는 강우가 주오의 키에 맞춰 몸을 굽혔다.

“유 실장님을 따라 그 댁에서 자고와도 괜찮겠니? 너도 봤다시피 누나가 많이 아프거든. 때문에 너를 돌봐줄 수는 없을 거 같구나. 내 일이면 누나도 다 나을 테니, 오늘만 실장님을 따라 다녀왔으면 좋겠 다.”

그 말에 주오가 걱정스러운 얼굴로 물었다.

“그렇지만 제가 가면 누나는 누가 지켜주죠? 누나도 제가 없으면 무서울 텐데.”

“대신 내가 지켜줄게.”

“주인님이요?”

“그래. 내가 네 대신 누나를 지켜준다고 약속하마. 그러면 될까?”

잠깐 고심하던 주오가 크게 고개를 끄덕였다.

“응, 주오 다녀올게요. 그러니까…….”

주오가 강우의 손을 잡아 새끼손가락을 걸었다.

“주인님이 제 대신 누나 손을 꼭 잡고 옆에서 자 줘야 해요, 알았 죠?”

픕!

순간 유 실장이 웃음을 토했다. 결코 내색하면 안 되는 것이었지만 어쩐지 얼굴이 달아오르는 것이 강우에게 무슨 말을 해야 좋을지 알 수가 없었다.

굳이 아무 대꾸도 하지 않는 강우를 보며 '사장님은 신사시니, 그동안 쌓으신 자제력을 믿습니다.' 하고 조용히 읊조리고 있을 뿐.


"으음."

주나는 눈을 파고드는 옅은 불빛에 무거운 눈꺼풀을 치켜 올렸다. 나른하기까지 한 머리를 들어 주위를 둘러보니 익숙하지만 낯선 환경이 시야에 들어왔다.

"여기는……."

"이제 일어난 건가?"

그 말에 옆을 보니 강우가 의자에서 일어나 가까이 다가왔다.

"어떻게 된 거죠? 주인님은 왜 여기에 계시는 거고요?"

"그보다는 수분을 좀 섭취해야 할 거 같군. 목소리가 많이 갈라졌어."

그가 컵에 물을 따른 후 그녀의 몸을 일으켰다. 일순 신체의 이곳저곳이 쑤셔와 주나가 오만상을 찌푸렸다.

"이곳, 손님들을 위한 방 아닌가요? 한데 제가 왜 이곳에 있는 거죠?"

그제야 정신을 차린 그녀가 이상하다는 듯 묻자 강우가 어깨를 으쓱해보였다.

"혼자 놔둘 수가 없어 이곳으로 옮겨왔어. 지혜열이라고 하더군."

"지혜열이라고요?"

주나가 황당해하며 반문했다. 기껏해야 심한 감기 정도로만 여겼는데, 웬 지혜열?

"요즘 신경 쓸 일이 많았으니까. 당신으로서는 다소 버거울 수도 있었겠지."

낮게 중얼거린 그가 컵을 들어 그녀의 입가에 갖다 댔다. 그것을 얼떨결에 마시며 주나는 힐끔 강우를 쳐다보았다.

"주오는……."

"유 실장님 댁에 갔어. 오늘 밤 그곳에서 지낸 후 내일 바로 어린이집으로 갈 거야."

"그 말씀은……."

지금 이 집엔 주인님과 나밖에 없다는 뜻?

주나가 갑자기 몰려오는 긴장감에 몸을 굳혔다. 그러고 보니 어느샌가 옷차림도 잠옷으로 바뀌어 있었다.

"걱정하지 마. 당신이 불편할 거 같아 간호사가 갈아입힌 거뿐이니까. 옷도 그녀가 직접 별채에서 가져왔어."

강우의 설명에 주나가 안도의 숨을 내쉬었다. 딱히 티를 낼 생각은 없었지만 안심이 되는 건 어쩔 수가 없었다.

이를 보고 있던 강우가 아무 말 없이 탁자에 있던 보온병을 열어 뭔가를 그릇에 따랐다.

"그게 뭐예요?"

"계란죽이야. 당신이 아플 때마다 이걸 만들어 주곤 했다고 주오가 이야기하더군."

"주오가요?"

멍하니 웅얼거리던 그녀가 의아하다는 듯 미간을 모았다.

"그런데 그건 어디서 사오셨어요? 이 시간에 계란죽을 파는 곳이 있을 리가 없을 텐데."

"내가 했어."

"주인님이요?"

"그래. 이 집에서 달리 요리를 할 수 있는 사람이 있는 것도 아니니까."

"아무리 그래도……."

말을 흐리던 주나가 진심으로 궁금해 물었다.

"어떻게 만드셨어요?"

"당신이 늘 애용하는 만인의 검색 프로그램을 보고. 오 분만 뒤지니 재료를 포함해서 만드는 법까지 상세하게 나와 있더군. 굳이 어려울 것도 없었어."

태연하게 내뱉은 그가 계란죽이 든 쟁반을 그녀에게 내밀었다.

"혼자 먹을 수 있겠나? 뭐하면 대신 먹여줄까?"

"되, 됐어요. 손을 다친 것도 아닌데, 무슨!"

주나가 빨갛게 얼굴을 붉히며 숟가락을 들어 올렸다. 파와 깨, 붉은 파프리카로 장식마저 되어 있는 것이 얼핏 봐도 정말 먹음직스러워 보였다.

"사진을 보니 그렇게 되어 있더군. 최대한 똑같이 해봤는데 맛은 어떨지 모르겠어."

뭐야, 그런 거였어?

주나는 요리에서도 여지없이 적용되는 그의 진지함에 가벼운 웃음을 터트렸다. 매사에 요령 없기로는 아마 대한민국에서도 제일가는 사람이리라.

그녀는 고요히 바라보는 강우의 시선을 느끼며 아직도 김이 나는 계란죽을 입 안으로 떠 넣었다. 상큼한 채소와 함께 부드럽게 퍼지는 죽의 식감이 마른 입속을 자극했다.

"맛있네요. 제가 만든 것보다 더."

"그럴 리가 없을 텐데."

"아니요, 정말이에요. 이렇게 맛있는 계란죽, 태어나서 처음 먹어봐요."

해맑게 웃는 주나에게 그도 미소를 지어보였다. 뺨에 달라붙은 머리카락을 쓸어 넘겨주는 그의 손길이 상냥하기 이를 바 없었다.

"아쉽군. 나도 그거 한 번 해보고 싶었는데."

"그거요?"

"당신이 콩으로 만든 헌신과 봉사 말이야. 이제 와 생각해봐도 내 생애 최고의 애정표현이었지."

"아……."

주나가 민망함에 고갤 돌렸다. 그때는 애정이라기보단 미움에 가까웠는데, 지금은…….

느닷없이 말수가 없어진 그녀를 보며 강우가 수려한 턱을 기울였다.

"괜찮아. 앞으로 그럴 기회는 얼마든지 있을 테니까."

그 말이 왠지 모르게 가슴으로 스며들어 와 주나는 그저 숟가락만 놀렸다. 어쩐지 '앞으로' 라는 단어가 마음을 동요시키면서도 설레게 만들었다.

"다 먹었으면 도로 눕도록 해. 내일 아침 일찍 병원에 가도록 하지."

그가 빈 그릇을 받으며 그녀에게 말했다.

"저, 괜찮은데. 이제 열도 많이 떨어진 듯하고요."

그 말에 강우가 주나의 얼굴을 잡아 자신의 이마에 맞댔다.

"아직 이렇게나 뜨거운데? 더 오르기 전에 해열제를 한 번 더 복용하는 게 좋겠군."

그가 약봉투를 들어 올리더니 싱긋 장난기 어린 웃음을 띠어보였다.

"먹여줄까?"

"네? 좀 전에 말씀드렸잖아요. 저 혼자 충분히!"

순간 약을 머금은 강우의 입술이 주나의 입가에 와 닿았다. 살짝 혀로 알약을 밀어 넣은 후 다시금 물을 흘려보내자 그녀가 꿀꺽하고 그것을 삼켰다.

"으음."

주나는 식도를 타고 내려가는 매끄러운 감촉에 멀거니 그를 쳐다보았다. 약의 쓴맛을 제거하듯 입술 표면을 핥는 그의 입가가 위험스럽게 올라가 있었다.

"봐, 열이 다시 오를 거라고 했지?"

그녀는 뒤돌아 그릇을 정리하는 강우를 보며 달아오른 두 볼을 어루만졌다. 진짜로 가라앉았던 체온이 급속도로 상승하는 게, 그가 요령이 없는 게 아니라 오히려 이쪽으로는 세계 최고 수준이란 생각이

들었다.

'역시 고수야.'

몸을 숨기듯 침대에 눕는데 불현듯 의문이 생겼다.

"궁금한 게 하나 있는데."

"뭐지?"

"혹시 계란죽 만드실 때 앞치마도 하셨어요? 제가 다른 건 다 빨아서 지금 있는 건 삼단 레이스 달린 것밖에 없었거든요."

"……."

이에 아무 대꾸도 하지 않는 강우를 보며 주나는 입었음을 확신했다. 저 카리스마에 레이스가 달린 앞치마라니, 상상만으로도 웃음이 나려는데 그가 책을 든 채 곁에 있는 의자에 앉았다.

"그만 자도록 해. 밤이 끝나려면 아직 멀었으니까."

"그렇지만……."

반박하려던 입을 다물며 주나는 조용히 책장을 넘기는 강우를 바라보았다. 은은하게 비치는 조명 아래 편안히 앉아 있는 그의 모습이 그녀의 마음까지도 평온하게 만들었다. 자신이 왜 그토록 그를 불편하게 여겼나 의심이 들 만큼.

'따뜻해.'

주나는 턱까지 이불을 끌어올린 채 몰래 미소를 지었다. 항상 누군가를 챙기던 역할에서 보살핌을 받는 존재가 되어보니 허전했던 가슴이 가득 차올랐다. 무척이나 따사롭고 상냥한 봄 햇살을 맞은 것처럼.

'아마도 그 봄 햇살은 저 사람 덕분일 거야.'

그리 생각하며 그녀는 서서히 잠 속으로 빠져들었다.

13. 감정이 흐르다

　다음날 병원에서 간단한 진료를 마친 후, 주나는 컴퓨터에 차트를 적는 의사를 향해 궁금한 듯 질문을 건넸다.

　"저 어떤가요, 선생님?"

　"괜찮습니다. 체온도 정상이고 상태도 양호하군요."

　그가 미소를 짓더니 안도하는 그녀를 마주보았다.

　"몸에 조금 붉은 흔적이 있기는 하지만 아마도 열꽃인 듯하니, 크게 신경 쓸 필요는 없어 보입니다. 워낙에 타고난 체력이 좋은데다 잔병치레를 잘 안 해 이번에 유독 심하게 나타난 듯하니까요."

　"아, 네."

　주나가 민망한 듯 말하며 고개를 돌렸다. 열꽃이라, 어쩐지 다 알면서도 그리 말해주는 듯싶지만 더 이상은 캐묻기도 뭐해 그녀는 자리에서 일어났다.

　"감사합니다. 덕분에 빨리 나았어요."

　"별말씀을요. 인사는 최 사장님께 하셔야죠. 그분께서 신속히 연락

하셨기 때문에 그나마 수월하게 넘기실 수 있으셨던 겁니다."

진료실 밖까지 나와 배웅하는 이 박사에게 다시 한 번 감사를 전하며 주나는 강우가 있는 VIP 접대실로 향했다.

"인사는 사장님께 드려야 한다고? 그 은공을 모두 깎아먹은 게 누군데!"

입술을 삐죽거리며 그녀는 우아하게 찻잔을 놀리고 있는 강우를 노려보았다.

오늘 아침 그녀는 그 어느 때보다도 기분 좋게 일어났다. 지난밤, 자상하기까지 한 강우의 보살핌 탓도 있었지만 누군가가 자신을 지켜준다는 생각에 마음이 평온했던 탓이었다.

하지만 이내 주나는 그 판단을 후회했다. 어느샌가 뒤에서 끌어안은 채 그가 깊은 잠에 빠져 있었던 것이다.

[이게 대체 어떻게 된 일이지?]

가만히 움츠린 상태에서 그녀는 숨을 가다듬었다. 일단은 그가 일어나기 전에 품에서 빠져나오는 게 나을 듯싶었다.

살금살금, 고양이처럼 조심스럽게 몸을 움직이고 있는데 불현듯 강우가 뒤척이며 손끝에 힘을 주었다. 동시에 목덜미에 얼굴을 박더니 입술을 오물거리는 게 아닌가?

[뭐야, 일어나신 거야? 그런데 왜 아직 이러고 계신 거지?]

주나는 차마 자신이 먼저 아는 척을 할 수가 없어 두근거리는 심장만 졸이고 있었다. 살결을 빨아올리는 입술도 그렇고, 고른 숨소리도 여전히 수면을 취하고 있는 것 같기는 한데 정말로 무의식중인 행동인 건지 뒤돌아 확인할 용기가 나지 않았다. 게다가 엉덩이에 닿는 이

묵직한 감촉은 또 무엇인지.

[아무래도 안 되겠어. 얼른 도망을 가야…….]

그 순간 강우의 손길이 그녀의 가슴으로 향했다. 기다란 다리로 하체를 휘감은 채 봉긋한 언덕을 움켜쥐자 주나는 얼떨결에 그의 팔을 세차게 꼬집었다.

[아.]

낮은 소리와 함께 강우가 몸을 일으켰다. 살짝 곁눈질로 그를 보니 이제 막 잠에서 깨어난 듯 흐트러진 머리카락을 쓸어 올리고 있었다.

[벌써 아침인가?]

그가 손목에 찬 시계를 확인하더니 그녀의 이마에 손을 짚었다. 잠시 동안 열을 재는 듯 미동도 하지 않던 그가 곧이어 귓가에 달콤하게 속삭였다.

[자는 척 다하면 거실로 내려오도록 해. 커피 내리면서 기다리고 있을 테니까.]

조용히 문을 닫고 나가는 강우의 뒤에서 주나는 베갯잇을 움켜쥐었다. 단언컨대, 주인님이 아닌 남자로서의 그는 결단코 그녀가 상대할 수 있는 사람이 아니었다.


'뭐, 거기까진 좋았어. 그 정도는 이제 나도 너그럽게 넘어갈 수 있단 말이야.'

주나는 소파에서 일어나 다가오는 강우를 외면한 채 휙 하니 고개를 돌렸다. 그에게 화가 난 건 둘째 치고 그 뒷일을 떠올리니 부끄러워서 견딜 수가 없었던 것이다.

"의사가 뭐라고 했지?"

"다 나았다고요. 그리고……."

"그리고?"

"열꽃이 피었다고요."

심술궂게 내뱉는 그녀를 보며 그가 가볍게 웃음을 터트렸다. 그것이 더 화를 돋워 주나는 날카롭게 그를 쏘아보았다.

"지금 웃음이 나세요?"

"그러면 뭐라고 해야 하지?"

"최소한 사과는 하셔야죠!"

"뭘?"

뭘?

주나는 그의 뻔뻔함에 치를 떨며 누가 들을까 봐 나직이 속닥였다.

"제 옷을 갈아입히셨잖아요!"

그녀의 말에 강우가 팔짱을 낀 채 덤덤히 반문했다.

"그럼, 열에 들떠 땀이 나는 당신을 그대로 내버려뒀어야 하나? 젖은 옷을 입든가, 말든가 모르는 척한 채로?"

"그건……."

주나가 말을 흐렸다.

그랬다. 그가 방에서 나간 직후 그녀는 옷차림이 달라져 있음을 깨달았다. 더군다나 그 옷이 강우의 셔츠임을 알고 나자 그녀는 뭉크의 절규 한편을 그리고 말았다.

[도대체 밤사이에 무슨 일이 있었던 거야!]

물론 그가 다른 마음으로 옷을 갈아입히지 않았음은 잘 알고 있다.

하지만 누군가에게 맨몸을 보여줬다는 사실과 그 대상이 강우라는 것은 그녀에게 충격을 주기에 충분했다.

"지난밤의 당신은 환자였어. 그것도 열이 많이 나는. 당신의 몸을 보지 않았다는 거짓말은 할 수 없지만 아픈 사람을 건드릴 만큼 난 굶주리진 않았어."

차분한 강우의 말에 주나가 빨개진 얼굴을 푹 숙였다. 그나마 다행인 건 속옷은 입고 있었단 거지만, 그래도…….

여전히 말을 못 잇는 그녀를 보며 그가 긴 숨을 내쉬었다.

"만약 아침의 일로 화가 났다면 그건 용서하길 바라. 좋아하는 여자를 두고 참아내기란 내게 익숙한 것이 아니니까."

솔직한 강우의 고백에 주나는 할 말을 잃었다. 이렇게도 진지하게 상황을 이끌어 가니 더 이상 뭐라고 할 수도 없었다.

"오, 오해했다면 죄송해요. 하지만 저 역시 그런 상황에 익숙지 않다는 것을 이해해주시길 바라요."

그녀의 말에 강우가 달아오른 한쪽 볼을 감싸 쥐었다.

"다음번엔 놀라게 하지 않도록 주의할게. 적어도 당신을 충분히 달래고 나서 할 테니 그땐 이 같은 반응은 보이지 말아줬으면 해."

에? 그게 무슨?

놀란 그녀가 미처 입을 벌리기도 전에 강우가 손을 잡은 채 앞장서 걷기 시작했다.

"날씨도 좋은데 어디 드라이브라도 갈까?"

"네? 오후에 비 온다고 하던데요? 게다가 회사는요?"

"하루쯤은 내가 없어도 잘 돌아갈 수 있게끔 그동안 애써두었어.

그러니 오늘만큼은 내게 고용인 이상의 모습을 보여주길 바라."

유쾌한 듯 걸음을 옮기는 그를 보며 주나는 두 눈을 껌벅였다.

'고용인 이상의 모습을 보여달라고? 아직 정하지 못한 내 마음은 어쩌고?'

그럼에도 감정이 넘쳐흐르는 듯한 그의 모습은 그녀에게 도무지 헤어 나올 수 없는 늪과 같았다. 스스럼없이 대하고 거침없이 얘기하며 자연스럽게 웃어주는 그는 쓰나미처럼 빠르게 그녀의 마음을 잠식하고 있었으니까.

'나, 아무래도 저 사람을……'

마지막 말은 가슴 속에 담은 채 주나는 조심스럽게 입을 열었다.

"저기, 괜찮으시다면 가보고 싶은 곳이 있어요."

"가보고 싶은 곳?"

"네. 주인님께 꼭 보여드리고 싶어요."

그리 이야기하는 그녀의 눈빛이 의연하게 빛나고 있었다.

\*

그날은 하늘이 파래서 눈도 뜰 수 없을 만큼 아름다운 날이라고 했다. 아직 다섯 살에 불과하던 그녀는 이리저리 뛰어다니고 있었고 행여나 쌓인 이삿짐에 다치진 않을까 딸 바보 아버지는 그 뒤를 졸졸 따라다니고 있었다고 한다.

"그리고 엄마는 그 모습을 보며 무척이나 행복해하셨다고 해요."

이제는 낡아빠진 단독주택을 바라보며 주나는 혼잣말을 하듯 중얼거렸다. 당시만 해도 이곳은 숨바꼭질을 할 만큼 넓은 곳이었는데 이제는 벽마저 갈라져 언제 무너질지 모를 오래된 공간이 되어버렸다.

"아마도 제가 어려서 그랬겠지만 옛날엔 여기서 달리기도 하고 그랬어요."

그녀가 차 한 대도 지나기 어려운 좁은 골목길을 둘러보며 해맑게 웃었다.

"저 모퉁이를 돌면 작은 가게가 하나 있었고 그 옆에는 세탁소가 있었는데 제가 좋아하던 아이가 그 집 아들이었어요. 초등학교에 들어가며 다른 곳으로 이사를 가 굉장히 서운했었는데 이제는 어떻게 변했나 한 번쯤은 만나보고 싶네요."

쑥스러운 웃음을 짓던 주나가 수국이 예쁘게 피어 있는 집 한 채를 가리켰다.

"저곳이 이 동네 통장 아줌마네 집인데 지금도 절 보면 꼭 아는 척을 해주세요. 제가 어렸을 때 모습 그대로여서 가끔 봐도 안 잊어버리신다나?"

"가끔이라, 그 말은 종종 이곳에 온다는 소린가?"

그때까지 묵묵히 듣고만 있던 강우가 넌지시 묻자 그녀가 고개를 끄덕였다.

"네. 힘들고 속상할 때 이곳에 오면 왠지 용기가 나거든요. 어쩐지 엄마가 기다리고 계시는 거 같기도 하고."

그녀가 검게 녹이 슨 대문을 만지작거렸다.

"누구나 다 기억하고 싶은 추억이 있겠지만 제겐 여기서 살 때가 가장 행복했어요. 오랫동안 살기도 했고 아직 친구들도 있는데다 엄마도 이 집에서 돌아가셨거든요."

주나가 잠깐 동안 아련한 눈빛을 띠더니 웃음을 담은 채 그를 돌아보았다.

"그리고 여기 있을 때 우리 주오도 태어났어요. 눈이 아주 많이 오던 날이었는데 눈송이보다 더 하얀 아기가 강보에 싸인 채 집 안으로 들어와 얼마나 놀랐다고요."

"……그랬군."

"네. 한동안은 너무 작아서 만지지도 못하고 바라만 봤는데 가까이 가고 안아 주니 어느샌가 강아지처럼 따랐죠. 하긴, 여전히 제겐 아기 같기만 한 아이지만요."

마치 엄마처럼 이야기하는 주나에게 강우가 옅은 미소를 띠었다. 표정만으로도 애정이 느껴지는 것이 그녀가 얼마나 동생을 사랑하는지 알 수가 있었다.

"막 고등학교에 들어갔을 때 아빠가 일을 저지르셔서 이 집을 떠나야만 했지만 제게는 그 어떤 대저택보다도 좋은 곳이었어요. 언젠가는 도로 되찾고 싶을 만큼."

그녀가 다시 한 번 집을 둘러보더니 갑자기 그의 손을 잡고 이끌었다.

"잠깐 따라와 보실래요?"

그 뒤를 따라 걸으며 강우가 손가락 사이로 깍지를 끼었다. 문득 그녀가 뒤돌아보는 듯했지만 알아차리지 못한 듯 계속해서 걸음을 옮겼다.

"제가 어렸을 때 엄마랑 자주 가던 곳이 있었거든요. 조그마한 성당인데 이 동네에서 가장 높은 곳에 있어서 주변뿐 아니라 서울 전역이 다 보이곤 했어요."

숨이 할딱거릴 정도로 굴곡진 골목길을 올라 주나가 어느 아담한 성당 앞에 멈춰 섰다. 누구나 다 환영하는 듯 활짝 열린 문 사이로 씩씩하게 들어간 그녀는 건물 외곽을 두른 난간 끝으로 그를 데려갔다.

"어때요? 정말로 굉장하죠?"

스스로도 감탄한 듯 탄성을 내지르며 그녀가 크게 숨을 몰아쉬었다. 이미 전 세계의 수많은 것들을 보아온 그로서는 이깟 골목의 풍경쯤이야 우스울 뿐이었지만, 강우는 그저 동의하듯 낮게 눈을 내리깔았다.

"그렇군. 당신 말대로 대단한 거 같아."

"아무렴요. 엄마랑 제가 인정한 곳인데요."

쾌활하게 대꾸한 주나가 난간에 기댄 채 팔을 올렸다.

"아빠가 퇴근이 늦으실 때마다 이곳에서 기다리곤 했는데 사실은 엄마가 사주시는 아이스크림이 더 탐이 났었죠. 겨울에도 꼭 아이스크림이어야 한다고 졸라대는 통에 자주 혼이 나기도 했었는데."

즐거운 듯 눈웃음을 치던 그녀가 손에 턱을 괴었다.

"지금은 그때만큼 아이스크림을 좋아하지도, 먹고 싶지도 않지만 그래도 가끔씩은 그 맛이 그립기도 해요. 당시의 기억을 떠올려주곤 하니까요."

잠시 말을 멈춘 주나가 자연스럽게 강우를 돌아보았다.

"주인님은 이런 추억 있으세요?"

"글쎄, 난 부모님과 그렇게 다정하지 않았으니까."

그의 말에 주나가 고개를 끄덕였다.

"으응. 하지만 다른 기억들은 많이 있으시겠죠?"

그녀가 반짝거리는 눈동자를 들어 하늘 아래 빛나는 풍경을 바라보았다.

"전 이렇게 살아왔어요. 단순히 정주나 양, 올해 스물세 살로 백합여고를 졸업한 후 명성여대에 들어갔으나……, 이렇게 시작하는 신상명세가 아니라 직접 눈으로 보여드리고 싶었어요."

"왜지?"

강우가 나직하니 물었다.

"왜 내게 당신의 삶을 보여주고 싶었던 거지?"

"그야……."

주나가 손가락을 꼼지락거렸다.

"저도 알고 싶으니까요. 제가 봐온 주인님뿐만 아니라 잘 모르는 부분까지도요."

쑥스러운 듯 이야기하는 그녀에게 강우가 웃음을 보였다. 안 그래도 붉어진 얼굴이 난간에 피어 있는 덩굴장미만큼이나 빨갛게 물들어 있었다.

"그 말은 날 좋아한다는 뜻인가?"

갑작스런 그의 물음에 주나가 두 눈을 휘둥그레 떴다.

"그게 왜 그렇게 되는데요? 전 그저 주인님이 어떤 삶을 살았는지 궁금하다는 거뿐인데."

"그게 그 뜻 아닌가? 날 좋아하지 않는다면 내가 어떻게 살아왔는지 알고 싶지도 않을 텐데."

"그건……."

주나가 여유롭게 미소 짓는 그를 보며 움찔거렸다. 조각상처럼 잘 생긴 얼굴 아래 음흉한 오라가 마구 품겨져 나오는 것이 절로 사악하다는 생각이 들었다.

'역시 이 사람은 남을 괴롭히면서 즐기는 S(Sadistic)였어.'

그녀가 차마 반박할 말을 찾지 못한 채 우물거리고 있는데 강우가 손을 잡아 부드럽게 움켜쥐었다.

"내게 돌이켜보고 싶은 추억이 있냐고 물었지? 안타깝지만, 난 그런 기억 같은 건 머릿속에 남아 있지 않아. 하지만 상관없어. 이제부터 당신과 함께 만들어 가면 될 테니까."

그리곤 손끝에 입술을 갖다 대자 주나는 멀거니 넋을 놓았다.

참 신기한 사람이었다. 이렇게나 설레게 하면서도 두근거리게 만들고 무섭다고 여기면서도 가까이 다가가고 싶게 만들다니.

"그, 그래도 아직 그 마음을 받아들인 건 아니니까 오해는 하지 말아 주세요. 전 그냥 차츰 알아가자는 뜻이니까."

퉁명스럽게 내뱉은 그녀가 슬쩍 손을 빼냈다. 왠지 이 사람 앞에서는 솔직해지지 못하는 게 마치 심술이 난 어린애와 같았다.

이런 그녀를 보고 있던 강우의 속눈썹이 베일처럼 길게 드리워졌다.

"괜찮아. 당신이 무슨 말을 하든 다 나이기 때문에 보여주는 것처럼 여겨지니까."

그 말에 주나는 그와 눈을 마주칠 수가 없었다. 어쩌면 이런 말을 저리도 아무렇지 않게 할 수가 있는 건지.

그럼에도 그녀는 행복함으로 날아갈 것만 같았다. 엄마가 돌아가신 이후 그 누구도 그녀의 투정을 받아준 사람이 없었기에.

'어떡해, 나 너무 좋아서 표정 관리가 안 돼.'

주나가 자꾸만 벌어지려는 입을 다물며 두 뺨을 얼싸쥐었다. 이렇게 좋아하는 모습 따윈 부끄러워서라도 그에게 보여주고 싶지 않았다.

이때, 강우가 그녀의 허리를 감싸 안았다. 그리곤 턱을 들어 올린 채 시선을 마주했다.

"대답은 기다릴 수 있어도 이건 그럴 수 없다고 말했지? 지금 당신 모습, 무척이나 사랑스러워 보여."

입가에 와 닿는 그의 감촉을 느끼며 주나는 재빨리 너른 어깨를 밀쳐냈다.

"잠, 잠깐만요. 누가 보고 있는데."

"보고 있다니, 누가 말이지?"

그가 귓가에 속삭이며 살며시 숨을 불어넣었다.

"그, 그러니까 마리아님이요!"

그녀가 황급히 옆에 있는 성모상을 가리키자 강우가 우뚝 동작을 멈췄다. 그러다 터져 나오는 웃음을 참으려는 듯 한쪽 입가를 일그러트렸다.

"상관없어. 난 거리낄만한 짓은 전혀 하지 않았으니까."

거짓말, 이제부터 할 거잖아요!

그 말만은 하지 못한 채 주나는 힘주어 그를 막았다. 아무리 그래도 이런 공개적인 장소에서 그와 키스를 할 수는 없었다.

하지만 이런 그녀의 저항쯤이야 가볍게 무시하며 강우가 허물어트리듯 입술을 포갰다. 떨리는 입 안으로 혀를 밀어 넣은 채 내벽 사이로 숨은 속살을 찾은 그가 마치 사탕을 굴리듯 부드럽게 휘감았다. 이어 자신의 입속으로 강하게 빨아올리자 주나가 힘겨운 듯 숨을 할딱였다.

"하아……."

이런 그녀의 손을 잡아 다시 한 번 입을 맞추며 그는 감미로운 어조로 속삭였다.

"그렇게 홀리는 표정 짓지 마. 정말이지 나쁜 짓을 하고 싶어지니까."

페로몬이 뚝뚝 떨어지는 그의 말에 주나의 표정이 헤벌쭉 풀어졌다. 제발 그러지 말라고 부탁해도 이 남자, 초콜릿만큼이나 달콤했다.

'아무래도 나 근간에 큰일 날 거 같아.'

그녀가 신변의 위험마저 느끼고 있는데 느닷없이 휴대폰 벨소리가 들려왔다.

"저, 전화! 전화 왔어요!"

서둘러 그의 품 안에서 빠져나오며 주나가 안도의 숨을 내쉬었다. 역시나 마리아님께서도 보고 계셨던 게 틀림없었다.

이와 상관없이 무던하게 휴대폰을 받은 강우의 입매가 갑자기 돌처럼 굳어졌다.

"무슨 일이에요?"

조심스럽게 묻는 그녀에게 그가 덤덤하니 대꾸했다.

"이만 가봐야 할 거 같군. 그분께서 깨어나지 못하신다는 연락이야."

＊

도무지 뭐라도 말하면 좋을지 알 수가 없었다.

주나는 묵묵히 병원 복도를 걸어가는 강우의 뒤를 따르며 흘끔 그의 눈치를 살폈다. 느닷없는 전화에 그 길로 차를 몰고 병원으로 온 그들은 문 앞에서 기다리고 있던 유 실장의 안내를 받아 병실로 이동하고 있었다.

"상태는?"

"전혀 반응이 없으시다고 합니다. 간밤까지만 해도 평상시와 똑같이 잠자리에 드셨기 때문에 보호사들은 그저 늦게까지 주무시는 걸로만 생각했다고 하더군요."

차분한 유 실장의 설명에도 아무런 대꾸도 하지 않은 채 강우는 병실 앞에 서 있는 이 박사와 진성을 마주했다.

"제게 무슨 하실 말씀들이 없으십니까?"

담담히 묻는 그에게 두 남자가 잠시 난감한 표정을 지어보였다. 그러다 이내 진성이 먼저 입을 열었다.

"회장님의 부탁이셨다. 나 또한 지난번 쓰러지셨을 때 병원에 와 알게 된 사실이었지만 네게 말하기에는 본인의 뜻이 너무나 간곡하셨다."

진성에 이어 이 박사도 어렵게 말문을 열었다.

"폐암이십니다. 발견 당시 3기였던 데다가 수술을 하기엔 리스크가 워낙 커 항암치료를 하려 했지만 고령이신데다 어떤 의료 행위든 거부하시겠다는 회장님의 말씀이 있으셔서 진통제를 투여하며 상태를 지켜보고 있는 중이었습니다."

"그런데도 제게 말씀을 안 하셨단 겁니까?"

냉랭함이 묻어나는 강우의 말에 이 박사가 좁은 어깨를 움츠렸다.

"오래전 회장님에 대해선 단 한 마디도 듣고 싶지 않다는 사장님의 언급이 있으셨기 때문에. 또한 회장님께서도 이 사실을 아는 모든 이들에게 함구할 것을 다짐시키셨습니다. 특히 사장님께는 더더욱."

그의 말에 강우가 안 그래도 굳은 입가를 한층 더 일그러트렸다. 기품 있게 그려진 눈썹을 모은 채 뒤돌아 걷기 시작하자 주나가 재빨리 그를 붙잡았다.

"잠깐만요! 이대로 가시면!"

순간 자신을 바라보는 그의 눈빛에 그녀는 그대로 침묵하고 말았다. 그건 분명 상처받은 짐승의 그것과 같은 것이었다.

"잠시만 혼자 있고 싶군."

나직이 내뱉는 강우를 보내며 주나는 진성을 돌아보았다.

"아무리 그러셨어도 사장님께는 말씀해주셨어야죠!"

"나 역시 그러려고 했어요. 하지만 상황이 이렇게 빨리 진행될 줄은 몰라서."

"지난번 회장님께서 병원에 실려 오셨을 때 상태가 그다지 나쁘셨던 건 아닙니다. 오히려 사장님을 만나 뵙고 난 후에는 백혈구 수치가 상승해 저희들도 안심하고 있었는데."

이 박사의 말에 주나가 입술을 깨물었다. 당시에 자신도 봤었지만 그때의 창만은 굉장히 평온해보였다. 마치 구원이라도 받은 사람처럼 더 이상은 이곳에 미련이 없는 듯.

'그때 눈치 챘어야 하는 건데.'

힘겹게 숨을 몰아쉬고 있는데 이 박사가 말을 이었다.

"암이 발견됐을 당시 이미 치매도 진행되고 있는 상황이었습니다. 대부분 나이 드신 분들이 그렇겠지만 남아 있는 혈육들에게 짐이 되지 않기 위해서라도 치료를 거부하신 듯합니다."

주나는 인공호흡기를 한 채 잠들어 있는 창만을 보며 혼잣말로 중얼거렸다.

"그래도 이렇게 그분을 두고 가실 건 아니시죠? 설마하니 모든 걸 다 놓아버리신 건 아니시잖아요."

그녀는 창만이 했던 말을 떠올리며 흔들리는 눈가를 깜박였다.

[넌 끔찍한 악몽 속에 홀로 둬서 미안하구나. 이제부터는 나 혼자 있을 테니 넌 그만 나가보도록 하렴.]

"그렇다면 최소한 그분에게 시간을 좀 더 주셔야죠. 그분께서는 할아버님을 용서하려고 하시는데 이리 가시면 또 한 번 상처를 주시는 거와 다를 바 없잖아요."

주나는 온화하기까지 한 창만의 얼굴을 보며 주르르 눈물을 흘렸다. 이런 줄도 모르고 이제는 모든 것이 다 괜찮을 거라 여겼다.

"바보같이, 아빠만 돌아오시면 그 사람에게 사죄하고 같이 일해 빚을 갚으려고 했는데."

그런 다음 조금은 당당한 모습으로 그 앞에 서고 싶었다.

"그런데 이게 뭐예요. 저 때문이 아니더라도 겨우 마음을 연 그분을 위해 이러시면 안 되는 거잖아요. 이제야 조금씩 웃기 시작하고 감정을 내보이시는데 이러면 도로 닫아버리시고 말잖아요."

그녀는 차라리 오늘 강우와 아무 일도 없었으면 좋았을 거라 여기며 눈물로 얼룩진 뺨을 닦아 내렸다. 만약 그랬다면 이렇게 마음이 아프지도 않았을 것을, 그 사람의 웃는 얼굴이 아리지도 않았을 것을 결국엔 또다시 나쁜 기억만 남겨주고 말았다.

그때, 유 실장이 병실에 들어와 들썩이는 주나의 어깨에 손을 올렸다.

"괜찮다면, 사장님께 가봐주지 않으시겠습니까? 그분께서 이만 돌아가시겠다고 하십니다."

"돌아가시다니, 그게 무슨 소리예요? 할아버님을 뵙지 않으시겠다는 건가요?"

놀라 묻는 그녀에게 유 실장이 어두운 낯빛을 띠었다.

"만일 그분께서 회장님을 뵈신다면 그동안 자신이 해온 모든 말과 행동을 부정하는 게 되니까요. 아마 돌아가신 큰 사장님도 뵐 면목이 없으실 겁니다."

그 말에 주나는 떨리는 입술을 가렸다. 이곳에 오면서 보았던 강우의 표정을 생각하면 그를 이렇게 가게 내버려둘 수는 없었다.

"잠시만요!"

그녀는 자동차에 올라타려는 강우를 붙잡으며 계단 앞에 멈춰 섰다. 무슨 말이라도 해야 했지만 머릿속이 하얗게 변해 그 어떤 말도 떠오르지 않았다.

"저기……."

"날 냉정하다고 탓할 건가?"

갑작스런 그의 말에 주나가 흠칫했다.

"그게 무슨?"

"알고 있어. 당신이 내게 무슨 말을 하려는지. 하지만 나 역시 틀리지 않았어. 당시엔 그게 최선의 선택이었으니까."

그가 어느 틈엔가 검게 구름 낀 하늘을 올려다보았다.

"난 아버지를 죽게 한 할아버지가 싫었어. 그럼에도 정신을 놓으면서까지 자식을 잊지 못한 그분을 외면할 수도 없었지. 말해봐, 내가 어떻게 해야 좋았을까? 아버지의 죽음을 알면서도 그걸 그냥 모르는 척해야만 했을까? 아니면, 끝까지 그분을 용서할 수 없다고 다짐하며 돌아가실 때까지 뵙지 말았어야 했을까?"

자조하듯 읊조리는 강우의 말에 주나는 고개를 내저었다.

"그건……."

"알아, 당신이 하려는 말도 틀리지 않았지. 그렇지만 난 그분 앞에 갈 수가 없어. 왜냐면 지금 이 순간에도 난 그분을 용서하지 못했고 거짓이라도 잘못했다고 말할 수도 없으니까."

문득 몸을 돌린 그가 계단 위로 올라왔다. 그리고 주나의 한쪽 뺨에 손을 댄 채 부드럽게 어루만졌다.

"적어도 당신이 곁에 있으면 가능할지도 모른다고 여겼는데. 최소한 그럴만한 시간이 내게 있었다면 어쩌면 그분을……."

그때, 유 실장이 숨을 할딱이며 밖으로 뛰어나왔다.

"사장님! 회장님께서!"

그의 말을 듣는 두 사람의 얼굴이 이제 막 내리기 시작한 비로 인해 가려졌다. 그리고 그 빗방울은 모두의 가슴 속으로 차갑게 스며들고 있었다.

 14. 같이 자자

세상에 슬프지 않은 이별이 있을 수 있을까?

주나는 내리는 빗속에서 의연하게 서 있는 강우를 보며 떨리는 입술을 꼬옥 깨물었다. 마치 자는 듯이 조용한 죽음을 맞은 창만은 그녀가 마지막에 보았던 그 모습만큼이나 평안해 보였다고 한다. 그리고 그의 유일한 혈육이자 상주로서 강우는 한 치의 흐트러짐도 없이 조부가 가는 길을 지키고 있었다.

"누나, 할아버지 어디 가셨어? 왜 할아버지는 없고 주인님이 리본이 달린 사진만 들고 있는 거야?"

순진한 동생의 물음에 주나는 애써 미소를 지어보였다. 이 어린아이가 영원한 이별이란 걸 이해할 수 있을까?

아마도 불가능하겠지. 열 살이었던 자신도 엄마의 죽음을 받아들일 수가 없어 한동안 찾곤 했던 기억이 머릿속에 남아 있다. 후에 결코 볼 수 없다는 걸 깨닫고 얼마나 서럽게 울었던지.

"주오야, 사람은 누구나 다 때가 되면 하늘나라에 가야만 한다고 했던 거 기억나니?"

"응. 우리는 하늘에서 내려왔기 때문에 언젠가는 다시 돌아가야만 한다고 누나가 말했어."

"그래, 바로 그런 거야. 주오도 알다시피 할아버지는 그동안 많이 아프셨거든. 모든 잊어버리는 병에 걸리셨고 가슴도 약간 아프셨대. 그래서 더는 안 될 거 같아 하느님께서 부르신 거야."

"그럼, 다 나으면 도로 내려오실 거야? 그때가 되면 할아버지를 또 만날 수 있어?"

두 눈을 동그랗게 뜨고 묻는 주오에게 주나는 다정히 머리를 쓰다듬었다. 분명 다시 만날 수 있겠지만.

"아주 오래 기다려야 할 거야, 그분을 만나려면."

눈물이 글썽거리는 눈동자를 들어 주나는 강우를 바라보았다. 고인의 뜻에 따라 수목장을 하기로 한 그는 사흘 동안 거의 먹지도, 자지도 않은 채 광중을 하는 인부들을 내려다보고 있었다. 체력은 이미 한계에 다다랐을 텐데 그것조차도 내색하지 않고서.

"왜 저렇게 요령이 없으신 건지."

그녀는 창만의 부고를 듣고 걸음을 옮기던 강우의 표정이 떠올라 내리 한숨을 쉬었다. 긴박하게 뛰어나온 유 실장의 말에도 아무런 반응도 보이지 않는 그는 그저 굳은 입매를 꾹 다문 채 다시 병실로 향했을 뿐이었다.

그것이 더 가슴이 아파 주나는 그 자리에 함께 할 수 없었다. 생각 같아선 당장이라도 달려가 그 대신 울어주고 싶었지만, 자신의 처지 상 그러면 안 된다는 것을 너무도 잘 알고 있었기 때문이다.

"그냥 한 번 위로의 말이라도 건네 보지 못하고."

주나는 장례식 내내 강우의 주위에서 맴돌기만 했던 자기의 행동을 떠올리며 또 한 번 무거운 숨을 내쉬었다. 그저 고용인으로서 자연스럽게 행동할 수도 있는 거였는데 괜히 그에게 폐가 가진 않을까 주의한다는 것이 오히려 무심한 척이 되어버렸다.

"아직 내가 하고 싶은 말도 제대로 전하지 못했는데."

그때, 진성이 추모관 한쪽에서 비를 피하고 있는 그들 남매에게 다가왔다.

"마치 20년 전 강우의 모습을 그대로 보고 있는 거 같네요."

"그게 무슨?"

의아함에 묻는 주나에게 진성이 씁쓸히 웃어보였다.

"석진이 장례식 때도 저렇게 서 있었거든요. 지금처럼 비가 주적주적 내리는 날이었는데 어린아이가 어른보다도 더 의젓하게 있어 그것이 가슴 아파 한 마디도 하지 못했죠."

그의 말에 주나가 어두운 눈빛을 띠었다. 자신 역시 같은 심정이었기에 진성의 마음을 충분히 이해할 수 있었다.

"아가씬 회장님과 강우 사이에 무슨 일이 있었는지 알고 있나요?"

느닷없는 물음에 주나가 진성을 돌아보았다.

"난 사십 년이 넘도록 그 집안과 알아왔지만 그들 사이에 무슨 일이 있었는지 전혀 알지 못하거든요. 물론 이제 와 새삼 알고 싶은 생각도 없지만."

"서운하세요?"

조심스럽게 묻는 주나에게 그가 고개를 가로저었다.

"아니요. 두 사람 사이에 무슨 사연이 있든 간에 내가 회장님을 존경했다는 것과 저 아이를 소중히 여긴다는 것은 달라지지 않으니까요. 그러니……."

진성이 다시 우산을 펼쳐 빗속으로 한 걸음 내딛었다.

"이번만큼은 강우 곁에 있어야겠습니다. 그다지 도움은 안 될 듯하지만."

"그렇지 않아요! 틀림없이 사장님은 저희 사장님께 큰 의지가 되어주실 테니까!"

다급하게 외치는 주나를 보며 그가 잠시 미간을 모았다. 그러다 이내 차분한 어조로 입을 열었다.

"어쩐지 나보다는 아가씨가 더 위로가 되어줄 듯하군요. 나이 든 사람의 감일지도 모르겠지만."

생긋 미소를 띤 채 걸어가는 진성을 보며 주나가 당황한 빛을 보였다. 어쩐지 뼈가 들어 있는 것 같은 게 그냥 듣고 넘길 수가 없었다.

"설마 뭔가 알고 계시는 걸까?"

그녀가 내심 걱정하고 있는데 수원댁 부부가 가까이 다가왔다.

"아가씨, 주오 데리고 이만 들어가. 유 실장님이 차를 준비해주신다고 하니까."

"네? 그렇지만……."

"사장님도 그러라고 하셔. 아이에게 이런 모습 보이는 거 좋지 않다고."

그 말에 주나가 멀리 서 있는 강우를 응시했다. 문득 그가 이쪽을 쳐다보는 듯했지만 한순간의 착각인 듯 진성과 이야기를 나누고 있었다.

"내가 잘못 봤나?"

그녀가 턱을 기울이고 있는데 갑자기 주오가 누군가를 발견하고 쏜살같이 뛰어나갔다.

"아줌마!"

그 소리에 앞을 보니 유 실장이 웬 낯선 여인과 함께 서 있었다.

"아니, 이게 누구야. 유 실장님 부인 아니야."

수원댁이 먼저 아는 척을 하고 그들에게 다가갔다.

"오랜만에 뵈어요, 아주머니. 잘 계셨어요?"

"그래, 내 얘기는 들었어. 요즘 몸이 좀 안 좋다며?"

"네. 그래서 이제야 와보게 되네요. 이틀 전에 잠깐 장례식장에 들르긴 했는데 너무 혼잡해서 채 뵙지도 못했어요."

그녀가 엷은 미소를 띠우더니 주나를 돌아보았다.

"처음 뵙겠습니다. 유 실장님의 안사람인 정미영이라고 해요."

"아, 안녕하세요. 정주나라고 합니다. 며칠 전에 저희 동생이 신세를 졌었죠? 정말이지 죄송합니다. 몸이 안 좋으시다는 건 미처 알지 못했어요."

미안해하는 주나에게 미영이 도리질을 해보였다.

"아니에요, 내 병은 아이를 보면 절로 낫는 병이라서."

"네?"

주나가 의아함에 유 실장을 쳐다보자 그가 어렴풋이 입가를 들어올렸다. 그러다 주오를 쓰다듬고 있는 아내를 향해 가만히 속삭였다.

"주나 양과 같이 집에 가 있겠어? 난 밤늦게야 들어갈 수 있을 거 같군."

"잠깐만요! 그게 무슨 소리예요? 유 실장님 댁으로 가다니?"

깜짝 놀라서 묻는 주나에게 그가 침착히 응수했다.

"본가를 지키는 고용인들에게 며칠 휴가를 주시겠다는 사장님의 전언이십니다."

"휴가라고요? 그렇다면 수원댁 아주머니랑 윤씨 아저씨도요?"

"네. 두 분은 당분간 아드님 댁에 가 계실 겁니다. 원래 주나 양과 주오 군은 경기도 양평에 있는 별장에 가계시라고 했지만, 제가 일단 저희 집으로 모시겠다고 했습니다. 아내도 주오 군을 좋아하는데다 낯선 곳에 두 분만 둘 수도 없는 일이니까요. 만약 제 집이 불편하시다면 내일 아침 일찍 별장으로 모셔다드리도록 하겠습니다."

"전 그런 뜻이 아니에요! 저희가 가면 주인님은 대체 누가 모시죠?"

그녀의 말에 유 실장이 짙은 눈썹을 가운데로 모았다.

"그분께서는 잠시 동안 아무와도 만나고 싶지 않다고 하십니다. 허니, 주나 양께서도 그 말씀에 따라주셨으면 합니다."

평상시와 달리 강한 유 실장의 말투에 주나가 입을 다물었다. 강우의 뜻을 모르는 건 아니었지만 이대로 그를 홀로 둘 수는 없었다. 안 그래도 요 며칠 그 사람과 눈도 마주치지 못했는데.

"유 실장님 말대로 해, 아가씨. 사장님께서도 정리할 시간이 필요하실 테니까. 게다가 실장님이 곁에 계실 거잖아?"

"그렇지만……."

전 실장님보다도 못한 존재인 건가요?

그 말만은 하지 못한 채 주나는 떨리는 속눈썹을 내리깔았다. 하긴,

강우의 마음을 아직 받아들인 것도 아니니 그녀는 그저 '남'에 불과할지도 모를 일이었다. 더욱이 그의 조부에게 못할 짓마저 저질렀으니 어쩌면 남보다도 못할지도.

시무룩하니 풀이 죽어 있는데 유 실장이 다독이듯 말을 건넸다.

"언젠가 주나 양의 그 밝은 기운이 사장님께 필요할 날이 올 겁니다. 그날이 오면 제가 먼저 부탁드릴 테니 그때는 반드시 곁에 있어주십시오."

하지만 그사이 그 사람은 누가 위로해주죠? 누가 같이 아파해주고 그 상처를 싸매줄까요?

주나는 유 실장의 집으로 가는 차 안에서 오래전 엄마가 했던 말을 떠올렸다.

[사람은 누구나 다 상처를 받는데 그것이 몸이 됐든, 마음이 됐든 간에 치료하지 않고 그냥 놔두면 흉이 남고 말아. 평생 동안 상흔으로 자리 잡아서 그 사람을 괴롭히는 거지.]

[정말로요?]

[응. 그래서 사람은 온기라는 게 필요한 거야. 그건 마치 만병통치약과 같아서 상처를 가장 치료하기 좋은 상태로 만들어 주거든. 그다음엔 자신의 의지란다. 그대로 흉을 안고 살아갈 건지, 아니면 몇 번이고 딱지가 난 후 새살이 돋게 만들지는 스스로가 선택하는 거니까.]

그 말에 주나는 후자를 택했다.

사랑하는 엄마가 세상을 뜨고 말도 못할 만큼 슬펐지만 아빠가 함께여서 괜찮다고 여겼다. 새엄마가 들어오고 그녀에게 외면 받았지만 새로운 가족이 생김에 감사했고, 만복이 번번이 일을 저질러 살던 집까지 내줘야만 했지만 언젠가는 다시 되찾을 수 있을 거란 희망에 행복해했다. 그것이 쌓이고 싸여 강우에겐 다소 골칫거리가 됐을지도 모르겠지만 결국엔 그는 이렇게 말해주었다.

[곁에 있어. 당신이 내 옆에 있으면 난 언제고 웃을 수 있을 거 같은 기분이 드니까. 너로 인해 내게도 감정이 있다는 것을 새삼 깨닫게 돼.]

'그렇다면 그 온기가 나여선 안 되나요? 나 역시 당신으로 인해 따뜻함을 느꼈는데.'

주나는 그동안 강우가 자신에게 보였던 행동들을 회상하며 차창밖에 부딪치는 빗방울을 바라보았다. 그로 인해 허전하고 쓸쓸했던 가슴이 가득 채워졌던 것처럼 강우에게도 그런 존재가 되고 싶었다.

"저기……."

그녀는 옆에 앉은 미영을 향해 조심스럽게 입을 열었다.

"괜찮으시다면 오늘 밤 동생을 한 번 더 부탁드려도 될까요? 염치없다는 건 알지만 사장님을 혼자 두면 안 될 거 같아서요. 왠지 진정한 고용인의 자세도 아닌 거 같고."

쑥스러운 듯 이야기하는 주나를 미영이 뚫어지게 바라보았다. 그러다 희미하게 미소를 짓더니 가운데에 앉아 있는 주오를 내려다보았다.

"이 아이만 좋다고 한다면."

그 말에 주나가 주오의 어깨에 손을 올렸다.

"주오야, 언젠가 누나가 말했지? 우리는 주인님께 몸과 마음을 바쳐야만 한다고."

"응."

"그런데 사실 그동안에는 그러지 못했어. 오히려 주인님을 귀찮게 하고 화를 내게 만들거나 도움을 받았었지. 주오도 인정하지?"

"응. 주인님이 누나도 찾아주고 주오를 어린이집에 보내주고 동물원에도 같이 가주셨어. 그리고 아픈 누나도 보살펴주셨고."

"맞아. 그 은혜를 다 갚으려면 주오의 저금통을 털어도 모자를 지경이야. 그런데 그 주인님께서 지금 많이 슬프시대. 너무 가슴이 아파서……."

차마 울 줄도 모르신대.

주나는 그 말은 입 안으로 삼킨 채 진지한 눈으로 동생을 쳐다보았다.

"그러니까 이번에야말로 몸과 마음을 바쳐 그 약속을 지켜야만 할 거 같아. 누나가 주오 몫까지 최선을 다할 테니까, 오늘 밤만 아줌마랑 있어주면 안 될까? 내일 데리러 갈게."

그녀의 말에 주오가 작은 턱을 까닥였다.

"응, 누나. 그렇게 할게."

"고마워. 대신 다음엔 우리 같이 주인님을 이렇게 꼭 안아 들이자."

그리곤 품 안에 끌어안자 주오가 간지럽다며 웃음을 터트렸다. 그것이 더 심장을 울려 그녀는 손끝에 힘을 주었다.

"분명 그분도 우리의 온기가 필요하실 거야."


그날 밤, 주나는 아무도 없는 집에서 강우를 기다리고 있었다. 행여나 새어나오는 불빛에 그가 되돌아가진 않을까, 조그마한 조명등을 제외하고 모든 전등마저 끈 채였다.

"설마 안 들어오시는 건 아니겠지?"

휴대폰을 들어 시간을 확인하니 10시 56분이었다.

평상시 같으면 그가 들어와도 놀라지 않을 시각이지만 오늘만큼은 달랐다. 걱정이 되고 마음이 무거웠으며 가슴이 아팠다. 하나밖에 남지 않은 혈육을 땅속에 묻고 온 그가 혹시나 스스로를 탓하진 않을까 두려웠다. 과거에 창만이 그랬듯이.

"그러니까 따스하게 맞아드리고 싶어. 아무도 없는 집 안에 외롭게 들어오시지 않았으면 좋겠어."

이런 그녀에게 또 오지랖이라고 해도 상관없었다. 어차피 그녀가 할 수 있는 건 이 정도밖에 없으니까.

주나가 소파에 몸을 기대고 있는데 조용히 문이 열리며 강우가 안으로 들어왔다. 잠시 동안 어둠에 익숙해지기를 기다리듯 미동도 하지 않은 그가 무거운 걸음을 소리도 없이 옮겼다. 그러다 주나를 발견하고 그 자리에 멈춰 섰다.

"내가 유 실장님에게 전한 말을 듣지 못했나?"

나직하니 묻는 그의 말에 주나가 쭈뼛거리며 일어났다.

"아니요, 들었어요."

"그런데 왜 여기에 있는 거지?"

"그야……."

이런 날 홀로 두고 싶진 않으니까요.

그 말만은 하지 못한 채 그녀는 전등 스위치에 손을 올렸다.

"너무 어둡죠? 불을……."

"켜지마."

단호한 강우의 말투에 주나가 우뚝 동작을 멈췄다. 놀란 눈으로 쳐다보니 그가 긴 숨을 토해냈다.

"혼자 있고 싶군. 아직 유 실장님이 출발한 지 얼마 되지 않았으니 돌아오라고……."

순간 주나가 그의 팔을 붙잡았다.

"같이 밥 먹어요."

"뭐라고?"

"저 아직 저녁도 먹지 못했단 말이에요. 그러니까 함께 식사해요, 네?"

마치 주오가 조르듯 커다란 눈동자를 굴리는 그녀에게 그가 검은 눈썹을 치켜떴다. 허나 이내 아무런 대꾸도 하지 않은 채 뒤돌아 2층 계단으로 향했다.

이 모습을 보고 있던 주나가 느닷없이 큰 소리로 외쳤다.

"강우 씨!"

처음으로 부른 그 말에 그가 시선을 주었다.

"같이 밥 먹자고요. 저, 정말로 배고프니까."

어둠 속에서도 선명하게 느껴지는 주나의 붉은 얼굴에 강우가 굳은 입매를 누그러트렸다. 이 말을 하기 위해 그녀가 얼마나 용기를 냈는지 꽉 쥐고 있는 손가락만 봐도 알 수 있었지만, 그는 상관없다는 듯 훗 하고 비웃음을 토했다.

"당신의 그 영악스러움은 이럴 때도 여지없이 발휘되는군. 참으로 발군의 실력이야. 내가 다 탐이 날 정도로."

그가 입술을 비틀게 올리더니 그녀에게 손을 내밀었다.

"이리 와."

"네?"

"내게 오라고. 왜, 겁이 나나? 이름을 불렀으니 마음을 받아들인 걸 텐데, 이 손길만은 두려워하니 이걸 어떻게 판단해야만 하지?"

살짝 턱을 기울인 그가 메마른 눈으로 그녀를 응시했다.

"곁에 있을 게 아니라면 이만 돌아가. 나 역시 거부하는 여자 따윈 옆에 두고 싶지 않으니까."

그 말에 주나가 입술을 깨물었다. 서리가 뚝뚝 떨어질 만큼 차가운 말투였지만 이대로 그냥 물러날 순 없었다.

"겨, 곁에 있으면 되죠?"

주저하듯 걸음을 떼 가까이 다가가자 그가 순식간에 손을 잡아끌었다. 그리곤 벽에 밀어붙인 채 양팔로 좌우를 가로막았다.

"내가 무섭지 않은 거야? 당신에게 무슨 짓을 할지도 모르는데?"

으르렁거리는 듯한 그의 물음에 주나가 고개를 가로저었다.

"그, 그런 거 하나도 무섭지 않아요. 제가 두려운 건 일부러 이렇게 행동하는 강, 강우 씨의 마음이니까요."

"일부러라고?"

그가 입매를 활처럼 휘더니 떨리는 그녀의 뺨을 쓸어내렸다.

"내가 내 식대로 널 갖자면 그 처녀다운 상상이 다 깨져버릴지도 모르는데? 설마하니 그런 각오도 없이 내게 오진 않았겠지?"

"그, 그런 각오라니 전 그저!"

그 순간 강우의 입술이 주나의 입술을 덮쳤다. 입 안 가득 혀를 밀어 넣은 채 입천장을 지나 입 벽까지 두루 훑자 그녀가 손을 들어 그를 막았다.

"자, 잠깐만!"

그러나 저항하듯 내민 손을 붙잡으며 그는 위로 치켜 올렸다. 강하게 손목을 움켜쥔 채 다시 한 번 입술을 포개자 그녀가 숨을 할딱였다.

"으음! 음!"

투명한 소리가 날 정도로 혀를 굴리며 그가 좁다란 통로를 관통하듯 목구멍 깊숙이 파고들었다. 입을 움직일 때마다 고개를 돌리는 그녀를 잡아 자신에게 고정시킨 그는 타액이 섞일 만큼 기나긴 입맞춤을 반복했다.

"도망가고 싶으면 그렇게 해. 얼마든지 놓아줄 테니까."

귓가에 들리는 탁한 음성에 주나가 질끈 눈을 감았다.

"도, 도망가지 않는다니까요!"

"아아, 그래?"

강우가 입가에 미소를 띠더니 하얀 목덜미로 입술을 미끄러트렸다. 자유로운 한 손으로 가슴을 감싸 쥔 후 익숙하게 손끝에 힘을 주자 주나가 움찔거렸다. 이를 모르는 척, 그가 여린 살결을 빨아올렸다. 아직도 희미하게 남아 있는 키스마크에 마치 낙인을 새기듯 지그시 이를 박자 그녀가 붙들린 손을 움츠렸다.

"제발!"

"제발, 뭐? 놓아달라고? 곁에 있겠다고 한 건 당신이 아니었던가?"

잔인하게 울리는 그의 말에 주나가 숨을 멈췄다. 아무리 이게 그의 본심이 아니라고 되뇌어 봐도 생전 처음 경험해보는 행위들이 그녀를 공포로 몰아넣고 있었다.

하지만 이 와중에도 가슴 한편이 아려왔다. 이렇게까지 해서라도 철저히 자신을 혼자로 만들려는 그를 절대로 내버려둘 수가 없었다.

"곁에 있을 거예요."

고집스럽게 내뱉는 주나의 뺨 위로 강우가 살포시 입술을 눌렀다. 흐르는 눈물을 맛보듯 입 안으로 머금다 부드럽게 삼키자 주나가 멀거니 그를 응시했다.

"바보 같으니, 이렇게 울 정도로 무서워하면서."

그가 느지막이 입을 떼더니 한 걸음 뒤로 물러났다.

"이만 가도록 해. 유 실장님 댁까지 바래다줄 테니까."

이에 주나가 끊어지는 음성으로 대꾸했다.

"……니에요."

"뭐?"

"무서워서 우는 게 아니라고요! 제가 자진해서 옆에 있겠다는데 왜 자꾸 보내시려고 하는데요!"

그녀가 화가 난다는 듯 씩씩거리더니 젖은 양 볼을 닦아냈다. 다른 무엇보다도 그가 밀어내는 게 속상하다는 듯 계속해서 눈물을 흘리고 있었다.

이를 보고 있던 강우가 나직하니 물었다.

"대체 왜 우는 거지?"

그가 흐트러진 머리카락을 쓸어 올렸다.

"내가 두려워서 우는 게 아니라면 도대체 왜 우는 건데?"

그 말에 주나가 눈물에 일렁거리는 셔츠 깃을 움켜쥐었다.

"그야 당신이 울지 않으니까요! 나라도 대신 울어주지 않으면 그 상처를 평생 마음속에 담고 살아가실 테니까요!"

그리곤 가슴에 기댄 채 펑펑 울자 강우가 홀연한 한숨을 내쉬었다.

"나 대신 울어주는 거라고? 정말이지, 당신이니까 할 수 있는 말이군."

그가 허탈하게 웃음 짓더니 그녀의 머리에 손을 얹었다.

"그만 울어. 나 대신 울지 않아도 괜찮으니까."

"하지만 그뿐만이 아닌걸요? 저……."

또다시 들려오는 주나의 목소리에 강우가 갑자기 웃음을 터트렸다.

"이름으로 부르는 게 너무 힘들다니, 어느샌가 주인님이란 소리가 입에 밴 건가?"

한참을 어깨를 들썩이던 그가 그녀를 안아 품에 가뒀다.

"그렇다면 이 눈물은 아무에게도 보이지 마. 나 말고 다른 사람에게 보이면 결코 용서하지 않을 테니까."

귓가에 들리는 강우의 말에 주나가 더욱 대성통곡을 했다. 이 와중에도 그의 말이 달콤하게 와 닿는 것이 아렸던 마음이 녹아내렸다. 오히려 이쪽이 위로받는 듯.

그런 그녀를 힘주어 안으며 강우가 입가에 미소를 담았다. 품 안에 전해져오는 그녀의 감촉이 절로 이런 말을 하게 만들었다.

"따스하군."


어느 정도의 시간이 흘렀는지 알 수 없는 상태에서 주나는 소파에 앉아 있었다. 집 안은 여전히 어두웠고 창밖에는 빗소리가 들렸지만 그녀는 꼼짝도 할 수가 없었다. 함께 앉아 있는 강우의 무릎 위에 반강제로 안겨 있었기 때문이다.

"대체 언제까지 울 거지? 난 그렇게 눈물이 많은 사람이 아닌데."

느닷없는 강우의 물음에 주나가 훌쩍이며 반문했다.

"그게 무슨 소리예요?"

"나 대신 우는 거라며? 그러면 진즉에 그쳤어야지."

놀리는 그의 말에 주나가 빨갛게 얼굴을 붉혔다.

"지, 지금 우는 건 제 몫이에요. 할아버님이 돌아가셔서 슬픈 건 주인님뿐만이 아니니까요."

그리곤 퉁명스럽게 입술을 내밀자 그가 그 위로 가볍게 입을 겹쳤다.

"그러면 딱 5분만 더 울도록 해. 그 후에 같이 식사하도록 하지."

그 순간 주나가 강우의 뺨을 감싸 쥐었다.

"그러니까 이 얼굴이 대관절 뭐예요! 며칠 사이에 핼쑥하니 반쪽이 되셔서는. 내가 어떻게 해서 찌운 살인데."

그녀가 속상하다는 듯 울상을 짓더니 그의 얼굴을 만지작거렸다.

"아침마다 그 구박을 받아가며 녹즙 내서 갖다 바치고 우리 주오한테도 보이지 않는 정성, 찬합도시락에 고이 담아 배달까지 해드렸잖아요! 근데 이게 뭐냐고요. 그동안의 제 헌신과 봉사가 무색하게시리!"

타박하는 주나의 말에 강우가 희미하게 미소를 지었다. 이리저리 매만지는 그녀의 손을 잡아 입술에 댄 그는 다정하게 속삭였다.

"미안. 다음부터는 주의할게."

그 말에 주나가 떡하니 입을 벌렸다. 그나마 남아 있던 눈물도 쏙 들어갈 만큼 멍하니 보고 있던 그녀가 갑자기 부끄럽다는 듯 고개를 돌렸다.

"몰라요. 이제부터는 살이 찌시던, 빠지시던 신경 쓰지 않을 테니까."

그런 그녀의 얼굴을 잡아 강우가 자신에게 고정시켰다.

"내가 싫어진 거야?"

"누, 누가 그렇대요?"

"그럼, 날 좋아하나?"

그 물음에 차마 답하지 못한 채 주나는 토라진 채로 중얼거렸다.

"정말 교활해."

"그거 누구한테 배웠다는 생각은 못하고?"

"누구요? 설마 저…… 음!"

순간 또다시 부딪쳐오는 입술에 주나가 격하게 숨을 삼켰다. 기다란 타액이 연결될 만큼 깊은 키스를 반복하던 그가 촉촉이 젖은 입가를 어루만졌다.

"이젠 내겐 당신밖에 남지 않았어."

"그게 무슨 뜻이에요?"

두 눈을 동그랗게 뜨고 묻는 그녀에게 그가 이마 위로 입술을 내렸다.

"할아버님이 돌아가시고 난 후 잠깐 동안 생각했어. 내게 조금만 더 시간이 있었더라면, 내가 그렇게 꽉 막힌 인간이 아니었다면, 하다못해 당신을 좀 더 빨리 만났더라면."

그가 주나의 윤곽을 따라 손끝을 덧대며 계속해서 말을 이었다.

"그랬더라면 이렇게 혼자가 되진 않았을까? 스스로도 진력난다고 되뇌진 않았을까? 그리 몇 번이고 물었었지."

그 말에 주나가 손을 들어 강우의 목에 팔을 둘렀다.

"전 주인님이 틀렸다고 생각해본 적은 단 한 번도 없는 걸요? 선택이 잘못됐다고 여기지도 않았고 냉정하시다고 느낀 적도 없어요."

그녀가 그동안 하고 싶었던 말을 솔직하게 털어놓았다.

"전 그저 상처받은 채로 지내시는 게 싫었을 뿐이에요. 할아버님이 가시는 마지막 길을 뵙지 않는다면 다신 그 흉터를 치료할 기회가 없을 텐데, 그걸 그냥 놓아버리시는 게 가슴 아팠을 뿐이에요."

진실한 그녀의 고백에 강우가 긴 숨을 내쉬었다.

"과거로 돌아간다 한들 내가 다른 선택을 했었을까? 아마 처음으로 모든 걸 되돌려놓지 않는 한 내 결정은 같았을 거야. 그러니 상처가 된다 해도 평생을 안고 가야겠지."

"주인님⋯⋯."

안타까워하는 그녀에게 그가 고개를 가로저었다.

"괜찮아. 최소한 내 선택이 틀리지 않았다고 말해준 사람이 옆에 있으니까. 거기다 대신 울어주기까지 했잖아?"

그가 어깨를 으쓱해보이더니 숨이 막힐 정도로 주나를 끌어안았다.

"그러니까 곁에 있어. 만에 하나 후회를 한다 해도 전부 다 내가 짊어지고 갈 테니까 당신은 그저 옆에 있기만 해. 그것만으로도 난 훗날 그분을 다시 뵐 수 있을 거 같은 기분이 드니까."

그의 말에 주나가 머리를 끄덕였다. 자신이 얼마만큼 그에게 온기가 되어줄지는 모르겠지만.

"어차피 몸과 마음을 바쳐 빚을 갚아야만 하잖아요? 적어도 그걸 다 청산할 때까지는 옆에 있을 테니까."

그녀의 말에 강우가 한쪽 눈썹을 치켜떴다.

"방금 뭐라고 했지?"

"빚을 갚을 때까지 옆에 있겠다고……."

순간 주나가 말을 멈췄다. 입술 끝을 느슨하게 올린 강우가 블라우스의 단추를 풀기 시작한 것이다.

"지, 지금 뭐하시는 거예요?"

"보고도 몰라 묻는 건가?"

"제 옷은 왜 벗기시는 건데요?"

"그야, 당신이 실수를 했으니까."

그가 드러난 맨살에 얼굴을 박으며 벌을 주듯 도톰한 살결을 빨아 올렸다. 아무에게도 보여준 적이 없는 속옷에 싸인 가슴을 노골적으로 탐한 그는 얇은 레이스를 매끄럽게 어루만졌다.

"자, 잠깐만요! 그건!"

주나가 브래지어를 잡은 손에 힘을 주며 빨개진 몸을 뒤로 돌렸다. 아무리 그래도 처음인데 이렇게 함부로 보여줄 수는 없었다.

이런 그녀를 끌어안으며 그가 목덜미에 입술을 내렸다. 짜릿한 느낌이 척추를 타고 갈 만큼 집요하게 혀를 놀리던 그가 커다란 손을 둘러 봉긋한 언덕을 감싸 쥐었다.

"아무래도 당신은 내 것이라는 자각이 부족한 거 같군."

"내 것이요?"

"그래, 내 것."

그가 등 뒤에 있는 브래지어 호크를 찾아 능숙하게 풀어헤쳤다. 작지만 손안에 쏙 들어오는 가슴을 움켜쥔 채 지그시 힘을 주자 주나가 비명을 내질렀다.

"아앗!"

아찔하고 자극적인 감각에 움찔거리는 사이 강우가 귓속 가득 뜨거운 숨결을 불어넣었다. 머리카락에 가린 귓불을 찾아 자근거리며 유두를 집어 살포시 누르자 그녀가 파르르 몸을 떨었다.

"아, 안 돼요! 그러지 말아요!"

"어째서? 내 거에 하는 건데."

입 끝에 웃음을 담은 그가 주나의 몸을 마주보게 했다. 시야에 훤히 드러난 가슴을 감상하듯 짙은 눈동자로 바라보다 한 움큼 베어 물자 그녀가 그의 머리를 움켜쥐었다.

"제, 제발! 제가 뭘 잘못했는지 몰라도 무조건 사과할 테니까!"

하지만 이런 그녀의 애원에도 불구하고 강우는 최상의 단맛이 모여 있는 과실을 삼키듯 단숨에 유방을 빨아올렸다. 수축과 이완을 반복하며 양쪽 젖무덤을 번갈아 희롱한 그가 고혹적인 시선을 들어 주나를 내려다보았다.

"심장이 터질 것만 같군. 설마 느끼는 건 아니겠지?"

은밀하게 들려오는 그의 말에 주나가 도리질을 했다.

"아, 아니에요! 이건 그냥 놀라서. 게다가 이런 거 아무나와 하면 안 되는 거잖아요? 그러니까……."

그 순간 강우가 곱아버린 그녀의 손을 잡아 입가에 갖다 댔다.

"그래, 맞아. 아무나와 하면 안 되는 거야. 오로지 나와만 해야 하는 거지."

그리곤 손가락을 입속에 넣은 채 오물거리자 주나가 멍하니 넋을
놓았다. 베일처럼 드리워진 머리카락 사이로 손마디를 훑는 그의 모
습이 무척이나 아름다우면서도 동시에 두려움을 주었다.

이런 그녀의 마음을 알아챘는지 강우가 동그스름한 어깨에 입을
맞췄다. 하얀 살결에 붉은 꽃잎을 새기듯 자잘한 키스를 반복하다 폭
파인 쇄골까지 따라간 그는 떨리는 입술에 보드랍게 입을 겹쳤다.

"겁먹지 마. 단지, 난 널 놓치고 싶지 않을 뿐이니까."

내리는 빗소리 속에 섞인 그의 음성에 주나가 말없이 고개를 끄덕
였다. 이 와중에도 심장이 두근거리는 것이 자신 역시 이 사람 외에는
이런 일을 할 수 없을 거란 생각이 들었다.

"내가 허락할 때까진 곁에 있어야 해. 그게 평생이라고 할지라도."

서로의 입 안으로 오가는 농염한 혀 놀림 속에 강우가 손을 내려
주나의 다리로 미끄러트렸다. 본능적으로 허벅지를 오므리는 그녀를
달래듯 콧등에 키스를 내린 그는 낮은 소리로 속삭였다.

"당신을 좋아해."

그 말이 가슴까지 와 닿아 주나는 저도 모르게 힘을 빼고 말았다.
그에게 있어 그 말이 얼마나 진솔한 것인지 잘 알고 있기에, 누구도
닿은 적이 없는 처녀지에 강우의 손이 들어와도 미처 저항을 할 수가
없었다.

"으음! 아, 아파요."

"좀 더 힘을 빼, 주나."

그가 약간은 촉촉함이 느껴지는 그녀 안으로 가운뎃손가락을 진입

시켰다. 한 번도 경험하지 못한 이물질에 입술이 절로 벌어지자 강우가 거친 숨을 토해냈다.

"생각보다 훨씬 더 좁군."

그린 듯한 눈썹을 찡그리며 그가 갑자기 몸을 일으켰다. 빨갛게 물든 그녀의 다리를 잡아 안쪽에 키스마크를 남긴 그는 조심스럽게 어깨에 걸쳤다.

"지, 지금 뭐하시는 거예요?"

깜짝 놀란 주나가 그를 내려다보자 강우가 매력적인 웃음을 흘날렸다.

"나쁜 짓."

"네?"

"오늘은 감시하는 성모상도 주위에 없잖아?"

그 말에 주나가 두 눈을 껌벅였다. 감시하는 성모상이 없다니, 그렇다는 건!

"놔, 놔주세요!"

금방 무슨 뜻인지 알아채고 몸부림을 쳐봤지만 강우는 상관없다는 듯 재빨리 젖은 속옷을 벗겨냈다. 야릇하니 습기를 머금은 검은 숲에 다시 손가락을 밀어 넣으며 혀로 달콤하게 할짝거리자 그녀가 '헉!' 하니 숨을 들이켰다.

"아, 안 돼요! 아무리 그래도 이건 할 수 없어요!"

주나가 저항하며 머리를 내리누르자 강우가 고개를 치켜들었다.

"언젠가는 해야 할 일인데? 나라도 안 되는 건가?"

"네, 안 돼요. 저 아직 마음의 준비가 안 됐단 말이에요."

그녀가 반쯤 울먹이며 고개를 내젓자 그가 아쉽다는 듯 몸을 빼냈다. 흐트러진 머리카락을 쓸어 넘겨주며 달래듯 품에 안은 그는 혼탁한 소리로 속삭였다.

"그렇게 무서워할 거 없어. 조금씩 익숙해지면 되는 거니까."

그 말에 주나가 안도를 한 듯 새된 숨을 내쉬었다. 마음 한편으론 약간의 서운함도 없지 않았지만 일단 안심이 되는 건 사실이었다.

이 모습을 보고 있던 강우가 느닷없이 귓불을 깨물었다.

"대신 오늘 밤 나와 같이 자 주겠어?"

"네에?"

뜬금없는 그의 말에 주나가 뜨악한 표정을 지었다. 방금 무리하게 요구하지 않는다고 해놓고 이 무슨 치사함이람?

"그, 그냥 이 정도로 끝내면 안 될까요? 저 이것도 너무 버거운데."

벌게진 귓가를 만지작거리는 주나에게 강우가 쿡쿡거리며 웃음을 토해냈다. 허나 그것도 잠시뿐, 이내 진중한 얼굴로 그녀를 내려다보았다.

"나 역시 여자에게 자자고 청한 건 이번이 처음이야. 그러니까 이렇게 싫어하지 않았으면 좋겠군."

"처음이라고요?"

주나가 생각지도 못한 그의 말에 두 눈을 휘둥그레 떴다. 이 잘나고 잘난 남자가 여자와 자는 게 처음이라니.

"주인님, 혹시……."

"혹시?"

"동정童貞이세요?"

"뭐?"

거침없이 내뱉는 주나의 말에 강우가 황당하다는 듯 미간을 모았다. 잠깐 동안 무슨 말을 해야 할지 모르겠다는 듯 순진한 표정을 짓고 있는 주나를 바라보다 느닷없이 무릎 위에 다리를 벌리고 앉게 했다.

"그 말에 굳이 대답할 필요를 못 느끼겠군. 이것만으로도 충분히 설명이 될 테니까."

그와 동시에 주나의 몸을 아래로 누르자 다리 사이로 단단한 감촉이 전해져왔다. 그것에 놀라 억지로 몸을 떼어봤지만 강우가 도망갈 수 없도록 강하게 붙잡았다.

"예전에도 말했지만 탐나는 여자를 두고 참아내기란 내게 익숙한 일이 아니야. 그러니 이것만은 알아뒀으면 하는군. 이제부터 난 유일하게 너만 안을 거다."

"그게 무슨 말씀이세요?"

고개를 까우뚱하는 주나에게 강우가 엄지손가락으로 턱을 잡아 올렸다.

"앞으로 봐주는 건 절대로 없다는 뜻이야. 이 순간 이후로는."

그리곤 가차 없이 여성 안으로 손을 밀어 넣자 그녀가 엉덩이를 들썩였다.

"그, 그러지 말아요! 저 아직 아프단 말이에요!"

그렇지만 어느샌가 매끄러운 이슬을 쏟아내는 그녀를 보며 그는 회심의 미소를 지었다. 물기 어린 눈가와 붉게 물든 두 볼 그리고 흔들리는 가슴까지, 아직은 어리기만 한 이 아가씨는 그를 사로잡지 않는 구석이 단 한 군데도 없었다.

"잘 들어. 내가 오늘 당신을 안지 않는 건 행여나 잃은 자제심에 상처를 입히진 않을까 염려해서니까."

그가 더욱더 깊이 손가락을 들이밀며 뜨거운 숨결을 쏟아내는 주나의 입술을 가로막았다. 이 영악스럽고 사랑스러운 모기새끼가 어서 빨리 자신의 여자가 되어주길 바라며.

"으음! 강, 강우 씨!"

그는 미친 듯이 혈관을 타고 흐르는 욕구를 참아낸 채 그녀에게 난생처음 여자로서의 쾌감을 주고 있었다.


잠시 후, 축 늘어지듯 기댄 주나를 안으며 그는 다정하게 토닥거렸다. 분명 오늘 밤 그녀는 꿈조차 꾸지 않을 만큼 깊은 잠에 빠져들겠지만, 그 역시 그 안에 함께 하고 싶었다. 이 지독한 상처의 고통도 잊을 정도로. 그러니……

"같이 자자."

나직하니 중얼거리며 강우는 다시 한 번 진한 입맞춤과 더불어 진심을 담은 고백을 주나에게 전하고 있었다.

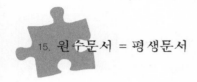

## 15. 원수문서 = 평생문서

　사랑이란 감정은 좋든, 싫든 사람을 바꾸어 놓는다고 하더니 그 말
이 딱 맞나 보다. 그게 아니라면 여느 때와 똑같은 이 아침이 이리도
다르게 느껴지진 않을 테니까.

　"으음."

　주나는 잘 떠지지 않는 눈을 비비며 희미하게 들리는 새소리에 미
간을 찌푸렸다. 창가에 드리워진 커튼 사이로 옅은 햇살이 비추는 것
을 보니 얼추 일어날 시간이 된 듯한데 도무지 몸을 움직일 수가 없
다. 마치 쇠사슬에라도 묶어놓은 듯 강우가 뒤에서 끌어안은 채 옴짝
달싹 못하도록 옭매어 놨기 때문이다.

　"어쩐지 부끄러워."

　벌게진 얼굴로 중얼거리며 그녀는 허리까지 올라간 셔츠를 끌어내
렸다. 시트에 가려져 있긴 하지만 사실 아래는 속옷 외엔 아무것도 입
고 있지 않았기 때문이다.

　지난밤, 주나는 곁에서 한시도 떨어지는 것을 용납하지 않는 강우

로 인해 그 어떤 행동도 할 수가 없었다. 입에 담기도 민망한 농밀한 행위가 끝난 후에 간신히 정신을 차려보니 이미 옷은 벗겨져 그의 셔츠로 갈아입혀진 다음이었다. 그것에 당황해 별채에서 잠옷이라도 가지고 오겠다고 설득해봤지만.

[날 못 믿는 건가?]

그 한마디로 그는 모든 걸 종식시켰고 셔츠만 입은 여자는 전 세계 남자들의 로망이라는 말도 안 되는 논리와 함께 결국엔 그녀를 포기하게 만들었다.

"솔직히 주인님이 그런 말하시면 농담도 진담처럼 들린단 말이야."

단념한 듯 종알거리며 주나는 어깨에 둘러진 강우의 팔을 붙잡았다. 밤새도록 팔베개도 모자라 그녀를 꼭 껴안고 잔 그는 여자와 처음 잔다는 말이 무색하게시리 깊은 잠에 빠져 있었다.

"하긴, 며칠 동안 제대로 주무시지도 못했으니까."

겨우 강철 같은 품에서 빠져나오며 그녀는 망설이듯 강우를 돌아보았다. 이렇게 가까이에서 그를 볼 수 있다는 게 왠지 쑥스러우면서도 신기했다. 그동안에는 항상 그에게 들킬까, 몰래 훔쳐보는 것이 일과였는데 이제는 이리도 감상하는 여유마저 생겼다.

"사람의 감정은 참 알 수가 없다니까."

그나저나 자는 모습도 한 폭의 그림과 같았다. 이마 위로 부드럽게 흘러내린 머리카락에 곧게 뻗은 턱과 콧날, 그늘이 질만큼 긴 속눈썹이라니. 게다가 살짝 벌어진 입술은 여자처럼 붉고 고왔다.

문득 주나는 저 입술이 자신을 얼마나 탐했는지를 떠올리며 빨갛게 얼굴을 붉혔다. 온몸을 구석구석 맛보는 건 물론이고 감히 상상하지도 못한 곳까지 훑어 내린 그는 여자와 사랑을 나누는데 무척이나 능숙해보였다. 그것이 속은 상하지만 뭐 어쩌겠는가?

[이제부터 난 유일하게 너만 안을 거다.]

그 말을 믿는 수밖에.

"그러니까 그 약속 꼭 지키셔야 해요. 저도 제 처음을 드릴 테니까, 아셨죠?"

자그맣게 속삭이며 주나는 잠든 강우의 눈꺼풀 위로 입술을 내렸다. 그날이 언제가 될지는 모르겠지만 아마도 그리 긴 시간은 아닐 거란 예감이 들었다. 이 순간에도 그를 만지고 싶어 견딜 수가 없었으니까.

주나는 자제심을 잃기 전에 서둘러 그에게서 벗어나는 게 나으리라 여기며 침대 밑에 다리를 내려놓았다. 그러다 깜박한 듯 한 마디를 덧붙였다.

"좋아해요."

화르르, 그 말과 동시에 양 볼이 불에 탄 듯 달아올랐다. 이 말을 하기가 그의 집에 처음으로 쳐들어갔을 때보다 더 어렵고 힘들었지만 이제는 자신의 감정을 확실히 알 수가 있었다. 한때 모기새끼라 불리던 정주나는 모스키토이자 원수 같던 주인님을 사랑하고 있었다. 가능하다면 그에게 직접 이 고백을 들려주고 싶을 만큼.

그때, 불현듯 기다란 손이 뻗어와 그녀의 몸을 끌어당겼다. 그리곤 놀라 벌어진 입술에 입을 겹치며 나직이 읊조렸다.

"그 말 자주 들려줬으면 좋겠군."

헉!

주나가 생각지도 못한 말에 후다닥 몸을 일으켰다. 이 사람, 대체 언제부터 일어나 있었던 거지?

아무 말도 못하고 입만 벙긋거리고 있는데 강우가 여유롭게 상체를 들어 올리며 싱긋 미소를 지어보였다.

"잘 잤어?"

"아, 네."

그녀가 갑작스런 그의 인사에 얼떨결에 고개를 숙였다. 모든 것을 다 꿰뚫어보는 듯한 검은 눈동자와 시선을 마주하고 있자니 자동으로 심장이 두근거렸다.

'설마 내 말을 다 들으신 건 아니겠지?'

간신히 요동치는 가슴을 진정시키고 있는데 강우가 자연스럽게 허리에 팔을 두르며 무릎 위로 머리를 기대어왔다.

"좀 더 자고 싶군. 왠지 당신이 곁에 있으면 마음이 평온해지는 기분이야."

그 말에 주나가 두 눈을 껌벅였다. 어쩐지 어리광을 부리는 듯한 그를 보고 있자니 절로 엄마 미소가 돋아났다.

"피곤하시면 조금 더 주무셔도 돼요. 오늘까지는 쉬셔도 아무도 뭐라고 하지 않을 테니까."

"으음."

그가 대답인지, 신음인지 모를 소리를 흘리며 더더욱 깊숙이 파고들었다. 그것이 더 마음을 먹먹하게 만들어 주나는 살포시 그를 감싸 안았다.

한 번도 누군가에게 기대어본 적이 없을 사람이었다. 혼자인 게 더 익숙하고 감정을 숨기는 게 훨씬 능숙한 사람인데 그녀에게만큼은 이런 모습을 보여주니 그게 고맙고 감사했다.

적어도 강우의 입술이 하얀 맨살에 닿기 전까지는.

"자, 잠깐만! 지금 뭐하시는 거예요?"

"내 거라는 흔적을 남기고 있는 중이야. 어젯밤에는 미처 살피지 못한 곳이 많이 있거든."

살피지 못한 곳이 많이 있다고?

주나는 말도 안 되는 그의 발언에 재빨리 다리를 빼냈다. 하지만 이미 그녀의 허벅지까지 파고든 그는 안쪽의 예민한 살에 지그시 이를 박았다.

"아앗! 그, 그러지 말아요! 벌써 충분히 보실 만큼 보셨잖아요?"

"내가? 미안하지만 난 당신의 몸의 절반도 보지 못했어. 그나마 처음인 널 배려해주느라 고행하는 수도승처럼 사리를 쌓기 일보직전이란 말이야."

아아, 그래서 밤사이 잠옷도 벗어 던지신 거예요?

그녀는 지난밤엔 분명히 입고 있었던 그의 잠옷이 바닥에 떨어져 있음에 입가를 일그러트렸다. 그래도 뭔가 입지 않으면 절대로 같이 자지 않겠다는 그녀의 말에 생전 걸치지도 않는 잠옷을 꺼내 입은 강우는 양의 탈이 벗겨진 늑대마냥 너른 상반신을 드러내고 있었다.

"거짓말쟁이, 손만 잡고 잔다면서."

자꾸만 위로 치켜 올라가는 셔츠자락을 붙잡은 채 퉁명스럽게 내뱉는 그녀를 보며 그가 피식 웃음을 터트렸다.

"손만 잡고 잤잖아? 최소한 난 약속은 지켰어."

"어디 가요! 지금도 막 만지려고 하시면서!"

강우는 자신을 마치 변태 취급하는 주나에게 어깨를 으쓱해보였다. 잘 익은 앵두마냥 빨개진 얼굴로 옹알거리는 모습이 금방이라도 덮치고 싶을 만큼 유혹적이었지만 결코 서두르지 않은 채 서서히 배수의 진을 치기 시작했다.

"언제까지 도망갈 수 있으리라 여기지 마. 게다가 당신이 한 말도 있잖아?"

"제가 한 말이요?"

고개를 꺄웃하는 그녀에게 그가 나른한 어조로 속삭였다.

"내게 처음을 준다는 말. 이보다 열렬한 고백이 또 있을 수 있을까?"

이런!

주나는 스스로 무덤을 판 자기의 성급함을 한탄하며 점점 끌어당기는 강우를 밀쳐냈다. 역시 그런 약속은 함부로 하는 게 아니었는데 잠든 그의 미색에 홀려 쓸데없는 말까지 해버린 이놈의 입이 방정이었다.

"드, 드릴 거예요. 하지만 오늘은 아니에요!"

"그럼, 대체 언제 줄 거지? 지난번처럼 내 속을 다 태운 후에?"

그가 버둥거리는 그녀를 잡아 침대 위에 가두었다. 눈앞에 솟아나 있는 유두를 탐욕스레 바라보다 셔츠 채 빨아올리자 주나가 비명을 질러댔다.

"하, 하지 말아요! 이런 거 나중에 해도 되잖아요?"

"안됐지만 나중 따윈 필요 없어. 이 순간 널 갖지 않으면 틀림없이 후회할 테니까. 더욱이……."

강우가 잠시 말을 멈춘 채 붉게 홍조 띤 그녀의 뺨을 쓰다듬었다.

"알고 싶지 않아? 이다음이 어떻게 될지."

그 감미로운 속삭임에 주나가 숨을 멈췄다. 떨리는 손을 잡아 입술에 대는 그를 보고 있자니 간밤의 일이 떠오르며 호흡마저 뚝뚝 끊어졌다.

"알고 있어. 당신에겐 아직은 이 정도가 좋겠지. 그렇지만 날 위해 조금만 더 노력해주면 안 될까? 다른 건 아무것도 원하지 않을 만큼 미치도록 널 갖고 싶어."

애절하게 들리는 그의 말에 주나가 긴 숨을 내쉬었다.

그래, 그녀 또한 알고 있다. 강우가 마음만 먹으면 얼마든지 그녀, 스스로 원하게 만들 수 있다는 것을. 하지만 그렇게 하지 않는 건 자신을 향한 신의를 배반하고 싶지 않기 때문이었다.

처음인 그녀를 소중히 하고 감정을 존중하며 진심을 알아주길 바라는 강우의 심정은 지난밤에 보인 인내심으로 충분히 알 수 있기에, 주나는 부끄러운 듯 중얼거렸다.

"부드럽게 대해 주실 거죠? 제가 겁을 먹고 무서워하거나 도망치려고 해도 끝까지 참고 기다려주실 거죠?"

쑥스럽게 이야기하는 그녀에게 강우가 비스듬히 턱을 기울였다.

"아아, 약속하지. 세상의 그 어떤 여자보다 당신을 소중히 대할 거야."

그 말에 주나가 손을 뻗어 강우의 목에 팔을 둘렀다.

"그러면 드릴게요, 제 처음을. 강, 강우 씨에게 드릴 테니까 부디 귀하게 받아주세요."

작게 울리는 그녀의 말에 강우가 낮게 눈을 내리깔았다. 여전히 이름 부르는 것마저 힘겨워하는 그녀가 이렇게까지 내어주는 것이 남자로서는 기뻤지만 한 인간으로서는 가슴 한쪽이 뻐근해왔다. 다시는 혼자이고 싶지 않을 만큼.

강우는 붙들린 새처럼 파르르 몸을 떠는 주나를 껴안으며 자신이 할 수 있는 가장 달콤한 고백을 귓가에 전했다.

"사랑한다."

그 순간 주나가 우뚝 몸을 굳혔다. 잠깐 동안 무슨 말을 해야 할지 모르겠다는 듯 이리저리 눈을 굴리다 온화하게 보고 있는 그와 시선이 마주하자 민망한 듯 입술을 달싹였다.

"저도요."

그리곤 더는 견딜 수 없다는 듯 폭 하니 머리를 파묻자 강우가 웃음을 터트렸다. 이리도 수줍어하는 그녀가 그동안에는 몇 번이고 그의 속을 뒤집어놨다니.

"아무래도 벌을 줘야겠군."

"네?"

무슨 뜻인지 몰라 살그머니 고개를 드는 주나의 입술을 그가 격하게 가로막았다.

"음!"

"오래도록 곁에 두고 괴롭힌다는 뜻이야. 내 품 안에서."

"그렇지만 부드럽게 대해주신다면서요? 방금 약속해놓고서. 한데 이제 와서 그런 말씀을 하시면……. 자, 잠깐만! 강우 씨! 주인님!"

그렇게 주나의 들리지 않는 메아리는 강우의 입속으로 천천히 사라지고 있었다.

조금만 건드려도 마치 여린 꽃봉오리처럼 톡 하니 떨어질 것만 같았다. 손가락 하나만으로도 온몸의 신경이 곤두서 민감하게 반응했고 한 줌, 한 줌 소중하게 대는 입술에도 더는 견딜 수 없다는 듯 발가락까지 곱아들었다.

"긴장 풀어, 주나. 이러면 아무 짓도 할 수가 없잖아."

"그렇지만 제 맘대로 되지 않는 걸요? 아무리 그러지 말자고 다짐해도 몸이 멋대로 움직인단 말이에요."

강우는 옆으로 누운 채 등을 돌리고 있는 주나를 보며 길게 한숨을 내쉬었다. 움츠린 어깨가 펴질 생각을 하지 않는 걸 보니 무척이나 겁을 먹은 모양이지만, 그도 힘들기는 매한가지였다.

'예상은 했지만 쉽지는 않겠군. 그렇다고 놓아줄 마음도 추호도 없지만.'

그는 벌써부터 뻐근해 오는 남성에 다시 한 번 호흡을 가다듬었다. 욕심 같아선 당장이라도 저 셔츠를 벗겨버린 채 좁은 그녀 안으로 들어가고 싶었지만, 가냘픈 숨을 토해내는 주나를 보고 있자니 간신히 끓어오르는 욕구가 자제되는 것이었다.

"괜찮아. 모든 게 다 처음은 아니잖아? 이것도 그리고 이것도."

강우가 연한 목덜미에 입술을 누르며 두 손으로 가슴을 움켜쥐었다. 엷은 천 위로 조심스럽게 손을 놀리다 벌어진 셔츠 사이로 손가락을 밀어 넣자 주나가 또다시 움찔거렸다.

"죄송해요. 차라리 그냥 어젯밤에 할걸. 그랬더라면 이렇게 창피하지는 않았을 텐데."

그녀도 자신의 상태를 아는지 민망한 듯 중얼거렸다.

아무리 깜깜한 밤이라 한들 그가 전등을 꺼주는 배려를 해줬을 리가 없을 텐데, 그것도 모르는 주나는 오늘따라 유독 화창하기만 한 날씨를 원망하고 있었다.

"밝은 햇살 아래에서 모든 걸 내보여야 하는 건 당신만이 아니야. 나도 똑같이 보여줘야만 하는데? 내 몸도 보기가 싫은 건가?"

"아니요, 그렇지 않아요! 주인님의 몸은……."

순간 주나가 말을 멈췄다. 얼떨결에 고개를 돌린 것이 그를 정면에서 봐버리고 만 것이다.

"왜 그러지? 어딘가 당신 마음에 들지 않는 곳이라도 있는 건가?"

마음에 들지 않는 곳이 있냐고? 맙소사.

주나는 마른 듯하면서도 단단한 근육에 놀라 재빨리 머리를 숙였다. 덕분에 날렵한 허리를 지나 허벅지로 이어진 라인 사이로 우뚝 솟아 있는 남성을 보게 되자 그만 기겁을 하고 말았다.

'말도 안 돼! 저게 저렇게나 큰 거였어?'

후다닥, 얼굴을 가리며 그녀가 울상을 지었다. 이제 와서 도로 물리자고 할 수도 없고 언젠가는 해야 하는 일이라고 스스로를 다독여봐도 브리프 위에서조차 티가 나는 그의 남성은 그녀를 패닉 상태에 몰아넣기에 충분했다.

"어떡해요. 아무래도 저 안 되겠어요. 이건 단순히 보는 거랑은 차원이 다르단 말이에요."

주나가 반쯤 울먹이며 가슴에 기대자 강우가 난감한 표정을 지어 보였다. 아직은 완전히 발기하지도 않은 상태이건만 이 순진한 아가씨는 그에게 무리한 것을 요구하고 있었다.

'하긴, 나와의 키스가 처음이라고 했으니 성에 대한 지식 또한 거의 아는 바가 없겠군.'

그는 이 와중에도 남자로서의 정복욕이 자극되는 것을 느끼며 주나의 턱을 들어 두 눈을 마주치게 했다.

"내가 어젯밤에 했던 일이 다 싫었어? 두렵고 고통스럽기만 하고 아무것도 느낄 수가 없었나?"

"아니요, 그건 아니에요. 분명 놀라긴 했지만……."

싫진 않았다.

어디 그뿐인가? 그가 자신의 몸을 만질 때마다 뭔가 찌릿하고 샘솟는 감각이 들어 정신을 차릴 수가 없었다. 특히 그의 손가락이 여성 안으로 들어왔을 때는 아프면서도 좀 더 해줬으면 하는 심정이 간절해 어리둥절하기까지 했다.

"그럼, 그대로 받아들이도록 해. 하고 싶은 마음은 내가 들게 할 테니까, 당신은 그저 즐기기만 하면 되는 거야."

"그렇지만……."

강우가 저항하듯 벌린 입 안으로 혀를 밀어 넣으며 셔츠의 단추를 풀어 내렸다. 여전히 달달 떠는 가슴을 감싸며 손끝에 힘을 주자 주나가 그의 팔을 움켜잡았다.

"강우 씨!"

"쉿, 겁먹지 마."

나직이 속삭이며 그가 향긋한 살내음을 풍기는 젖무덤에 얼굴을 파묻었다. 참는 듯한 신음이 잇새로 흐를 때까지 부드럽게 과실을 빨아올린 그는 살짝 유두를 이로 깨물었다.

"아앗!"

"싫지는 않은 거지?"

입가에 미소를 담은 그가 조금씩 아래로 내려갔다. 거칠게 오르내리는 복부를 지나 움푹 파인 배꼽과 힘이 들어간 허벅지까지, 깃털처럼 가볍게 입을 맞춘 그는 살며시 몸을 일으켜 가느다란 발목을 붙잡았다.

"지금 뭐하시는 거예요?"

"빠짐없이 전부 나로 채우는 중이야."

강우가 톡 불거져 나온 복사뼈 위로 입술을 눌렀다. 절로 오그라드는 발등을 스쳐 발가락마저 낱낱이 낙인을 새긴 그는 이번엔 주나의 손목을 잡아 똑같은 행동을 반복했다.

"하아, 어쩐지 기분이 이상해요."

그녀가 뜨거운 숨을 토하며 그를 올려다보았다. 그러자 강우가 손을 뻗어 붉은 입속으로 가운뎃손가락을 밀어 넣었다.

"핥아 봐."

"으음, 음."

마치 엄마의 젖을 빠는 어린 아기처럼 주나가 입술을 오물거리자 강우가 짙은 눈동자를 고정시켰다. 그 눈빛이 흡사 삼켜버릴 듯 격렬해 그녀는 안 그래도 두근거리는 심장이 터질 것만 같았다.

'어쩌지? 이 사람에게 모든 걸 다 내보인 느낌이야.'

그 사이 강우가 반대쪽 손을 내려 엷은 속옷 틈으로 미끄러트렸다. 이미 젖기 시작한 여성 안으로 기다란 중지를 삽입한 채 슬며시 손마디를 움직이자 주나가 엉덩이를 들썩였다.

"아앗, 핫! 강, 강우 씨!"

민감한 그녀의 반응을 살피며 그가 지그시 음핵을 눌렀다. 순간 주나가 튕겨 오르듯 비명을 지르며 그의 손가락을 깨물었다.

"흡!"

"죄, 죄송해요."

이에 전혀 개의치 않은 채 강우는 매혹적인 입 끝을 들어 올렸다. 어느 순간 찰박거리는 소리가 귓가에 들릴 때까지 계속해서 좁다란 통로를 지분거리던 그가 입속에 있던 손가락을 빼내 그녀의 상체를 안아 올렸다.

"무슨?"

"지난밤에 느꼈던 감각, 기억해? 그것보다 좀 더 가게 해주지."

탁하게 중얼거린 그가 다리 사이의 손을 늘려 세차게 움직여댔다. 단단한 어깨에 손톱이 파고들고 주나가 경련과 같은 울음을 터트려도 결코 멈추지 않은 채 강우는 잔인할 정도로 그녀를 몰아붙이고 있었다.

"그만! 그만해요!"

마침내 그녀가 몸을 굳히며 무너지듯 가슴에 기대자 강우가 흠뻑 젖은 손가락을 뽑아냈다. 그리고 마치 보란 듯 혀로 달콤하게 핥아 내리자 주나가 눈물로 얼룩진 두 눈을 가렸다.

"정말 미워."

"어째서? 당신을 이렇게까지 느끼게 해줘서?"

그가 더 이상은 제 역할을 하지 못하는 축축한 속옷을 빼낸 후 그녀의 다리를 잡아 좌우로 벌렸다. 미처 주나가 뭔가를 알아채고 저항하기 전에 동그스름한 엉덩이를 얼굴 가까이로 끌어당긴 그는 지난밤 엔 다 하지 못한 연인들의 은밀한 행위를 이어가기 시작했다.

"아, 안 돼요. 그러지 말아요. 그런 짓까지 하지 않아도 저…… 하앗!"

주나가 검은 숲을 헤치고 파고드는 그의 입술에 비명을 내질렀다. 안 그래도 방금 전에 있던 유희로 그곳이 흠뻑 젖어 있는 상황인데 농 후한 숨결까지 와 닿으니 정신마저 혼미해져갔다.

이런 그녀와 상관없이 강우가 분홍빛 속살을 강하게 빨아올렸다. 후들거리는 손이 머리카락을 휘어잡고 몇 번이나 공기 중에 흩어지는 신음소리가 들린 후에야 그는 만족스럽다는 듯 고개를 치켜들었다.

"괜찮은 건가?"

그가 극한의 쾌감에 전신을 떠는 주나를 쓰다듬으며 나직하니 물었다. 하지만 진즉에 '시집은 다 갔다'고 여긴 주나는 그나마 간신히 걸쳐져 있는 셔츠자락만 움켜쥔 채 말없이 도리질만 해댈 뿐이었다.

그 모습에 강우가 그제야 약간 후회가 되는지 짧은 한숨을 내쉬 었다.

"미안. 당신에겐 자극이 좀 강했던 모양이군."

"좀이라고요? 이게요?"

한껏 목청을 높인 주나가 흐느적거리는 다리를 오므렸다. 여전히 가랑이 사이로 뭔가가 들어 있는 거 같은 게 불편하기 짝이 없었다.

"나로서는 충분히 기다려준 거야. 당신이 아직 잘 몰라서 그렇지, 근간에 더 해달라고 애원하게 될 거라 장담하지."

"애원이라고요?"

그녀가 점점 가관인 그의 말에 경악을 토했다. 그럼에도 머릿속을 스쳐가는 이 야한 상상은 또 무엇인지.

더 무서운 건 어쩐지 그의 말대로 될 거란 사실이었다. 주나는 브리프를 벗어 다가오는 강우를 보며 옆으로 고개를 돌렸다. 서서히 몸을 덮는 그의 감촉이 무척이나 두렵고 겁이 났지만 이다음엔 뭐가 있을지 궁금하기도 했다.

"말해봐, 좀 더 시간이 필요한 건가?"

그가 흐트러진 머리카락을 귀 뒤로 넘겨주며 주나에게 물었다. 허벅지에 닿는 딱딱한 남성이 이미 준비가 다 되었음을 알려주고 있었지만 강우는 잠자코 그녀의 대답을 기다린 채 짧은 키스를 반복하고 있었다.

"제가 멈춰달라고 하면 멈춰주실 건가요?"

조심스럽게 묻는 그녀에게 그가 단호히 대꾸했다.

"아니."

하긴, 그러리라 기대도 안 했다. 자신을 내려다보고 있는 그의 눈빛만 봐도 이번엔 결코 놔주지 않으리라는 것을 본능적으로 알 수가 있었으니까.

"그렇다면 절대로 멈추지 말아요. 그리고……."

강우가 조그맣게 들려오는 그녀의 말에 입가를 들어 올렸다.

"사랑하는 사람에게 처음을 줄 수 있어 기쁘다니, 날 홀리게 만드는군."

그와 동시에 좁은 여성 안으로 거대한 남성이 밀고 들어왔다. 되도록 고통을 주지 않기 위해 전희를 길게 했지만 아무런 소용도 없는 듯 주나가 거친 숨을 할딱였다.

"아, 아파. 아파요, 강우 씨!"

"알고 있어."

그가 이를 악물며 힘겹게 답했다. 입술이 터질 정도로 깨무는 주나를 보고 있자니 마음이 아려왔지만 어차피 한 번은 겪어야 할 일이었기에 강우는 최대한 그녀가 익숙해지길 기다리며 탄탄한 엉덩이에 힘을 가했다.

"흐흡! 아, 아무래도 안 되겠어요. 이렇게까지 아플 줄은 미처 몰랐어요."

그녀가 울먹이며 고개를 내젓자 그가 달래듯 입술을 내렸다. 마치 생살을 뚫듯 안으로 들어오는 남성에 주나가 금방이라도 자지러질 듯 비명을 쏟았지만, 강우는 계속해서 빠듯한 내부로 자신을 밀어 넣고 있었다.

"숨 쉬어, 주나. 참지 말고 천천히."

"그렇지만…… 흡!"

그녀가 온몸이 찢길 듯한 격심한 통증에 강우의 어깨를 깨물었다. 잇자국이 선명하게 날 만큼 깊이 치아가 파고들었지만 그는 괜찮다는 듯 다정하게 속삭였다.

"다 왔어. 거의 다 도달했으니까."

하지만 너무 긴장한 탓에 여성에 힘이 들어가자 그는 별수 없이 작은 둔부를 안아 올렸다. 그리곤 자신에게 고정시킨 후 곧추선 분신을 단숨에 담그자 주나가 '헉!' 하며 숨을 멈췄다.

"거, 거짓말! 절대로 움직이지 말아요. 만약 조금이라도 움직이면 더 세게 깨물 테니까!"

허나, 이런 그녀의 귀여운 저항에도 불구하고 강우는 안쪽 깊은 곳에서 격렬하게 움직이기 시작했다. 외마디 소리가 귓가를 찌르고 두 손이 등을 내리쳤지만 그것을 오롯이 받아내며 그는 더욱더 몸을 묻고 또 박았다.

"사랑한다, 주나. 널 사랑해."

"흐흑, 흑!"

뜨겁게 달궈진 뺨을 가리며 주나가 끊어질 듯 흐느껴댔다. 매트리스의 삐걱거림도, 전신에 강타하는 충격도 더는 견디기가 버거웠지만 그의 입술이 끊임없이 달콤한 고백을 전하며 아픔을 넘어선 쾌감을 주고 있었다.

"강, 강우 씨!"

그리고 마침내 두 심장의 고동이 하나로 겹쳐질 때쯤, 강우는 그녀의 몸 안으로 세차게 들어가며 자신을 풀어놓았다. 이것이 어떤 결과로 나타날지 지금으로선 알 수 없었지만 부디 두 사람을 묶는 또 다른 '원수문서'가 되길 바라며.

"내 곁에 있어, 주나."

그대로 정신을 놓아버린 어린 연인을 향해 그는 강한 염원을 드러내고 있었다.


"괜찮아?"

"……아니요."

"움직일 순 있겠어?"

"아니요."

"그럼……."

"제발 부탁인데 더 이상 묻지 말아주시겠어요? 저……."

잠시 말을 멈춘 주나가 벌게진 얼굴을 베개에 파묻었다.

"부끄러워서 죽겠단 말이에요."

이미 시간은 오전을 넘어 정오로 가고 있었다. 단 한 번도 이렇게 늦게까지 누워본 적이 없을 만큼 부지런한 이제 스물세 살의 아가씨는 지금 완전히 녹다운이 된 채 침대에 쓰러져 있었다.

"미안. 좀 더 적응이 된 다음에 하고 싶었지만 나도 나름대로 남자로서의 사정이라는 것이 있어서 말이야. 당신에게는 미안하면서도 감사하고 있어."

감사하고 있다니, 아니 그걸 떠나…….

"어쩐지 어제부터 계속 사과만 하시는 거 같아요. 원래 그런 말 잘하시는 분이 아닌데."

희미하게 미소를 띤 주나를 보며 강우도 웃음을 지어보였다. 사실 이렇게 웃지도 못할 만큼 그녀의 상태는 엉망진창이었지만 그래도 말뿐인 몸과 마음을 바쳐서가 아닌 실제로 그리된 듯해 어딘지 뿌듯함을 느끼는 주나였다.

"다음엔 이보단 훨씬 나을 거야. 물론 난 당장이라도 또다시 사랑을 나누고 싶지만 당신은 무리겠지?"

"당연하죠. 나중에 많이 해드릴 테니까 부디 오늘은 이 정도로 봐주세요."

애원하듯 이야기하는 그녀에게 강우가 한쪽 눈썹을 치켜떴다.

"나중에 많이 해준다니, 그 말에 책임질 각오는 되어 있는 건가?"

그제야 주나가 자기가 한 말의 심각성을 깨닫고 재빨리 두 손을 저어보였다.

"그, 그러니까 제 말은 아픈 게 좀 나은 후에. 최소한 일주일 아니 한 달 후에나…… 음!"

갑작스런 그의 키스에 주나가 입을 다물었다. 이제는 완전한 소유를 드러내며 허물어트리듯 입 안을 장악한 그는 목까지 채워놓은 셔츠를 풀어헤친 채 얼룩덜룩한 흔적이 남아 있는 가슴으로 내려갔다. 그리고 마치 터트릴 듯 물컹한 언덕을 움켜쥐고 강하게 빨아올리자 그녀가 그의 결 좋은 머리카락을 휘어잡았다.

"제, 제발! 힘들단 말이에요! 더 이상은 안 된다고요!"

그러자 강우가 아쉽다는 듯 입 끝에 힘을 주었다.

"아앗!"

기어코 그녀가 흐느끼는 소리를 흘린 후에야 겨우 입술을 뗀 그는 아까보다 더 부푼 유두를 어루만지며 달콤하게 속삭였다.

"같이 목욕할까?"

에엑!

주나가 뜨악한 듯 몸을 일으켰다. 이 상황에서 같이 목욕을 하자니.

"제가 아직도 그렇게 순진해 보이세요? 저 이젠 더 이상 그런 말에 속아 넘어가지 않을 만큼 충분히 당했단 말이에요! 게다가……."

그녀가 난감한 듯 아래로 시선을 떨어트렸다.

"혼자서 처리해야 할 일도 있고요."

"혼자서 해야 할 일이라고?"

다 기어들어가는 그녀의 목소리에 강우가 미간을 찡그렸다. 여전히 두 손으로 셔츠를 움켜쥔 채 다리를 옥죄는 모습이 뭔가를 그에게 보여주고 싶지 않은 듯했다.

'아, 그런가.'

강우는 주나가 처녀였을 뿐 아니라 자신이 피임에 대한 특별한 조치를 취하지 않았음을 떠올리며 슬쩍 입가를 일그러트렸다. 마음 같아선 함께 몸을 씻으며 그녀가 겪었을 아픔까지 위로해주고 싶었지만 민감해 있을 주나의 감정을 고려해 잠자코 자리에서 일어났다.

"당신이 이 방에 있는 욕실을 사용하도록 해. 난 객실에 있는 곳을 쓰도록 하지."

"그렇지만……."

서둘러 고개를 든 그녀가 후다닥 얼굴을 돌렸다. 눈앞에서 당당히 나체를 드러낸 채 자연스럽게 가운을 걸치고 있는 강우를 보고 있자니 다시금 심장이 두근거리며 끈적이는 듯한 열기가 아랫도리를 감싸기 시작한 것이다.

'내가 왜 이러지? 마치 뭔가를 원하기라도 하는 것처럼.'

달아오른 몸에 이러지도, 저러지도 못하고 있는데 강우가 부드럽게 입을 맞췄다.

"괜찮아. 누구나 다 이런 일을 처음 겪고 나면 자신의 변화에 당황하는 법이니까. 더욱이 당신은 유독 서툴렀잖아? 겁먹지 말고 순리대로 따르도록 해."

다감하게 들려오는 그의 말에 주나가 살포시 몸을 기댔다. 이제껏 살아오며 누군가를 이성으로 마음에 담아본 적은 단 한 번도 없었지만 이 사람을 좋아해서 다행이란 생각이 들었다. 살짝 턱을 내밀어 먼저 키스를 청할 만큼.

그때, 강우의 휴대폰이 요란스레 진동을 했다. 슬며시 두 눈을 감고 있던 주나가 화들짝 놀라 탁자 위의 휴대폰을 가리켰다.

"전화, 전화 왔는데요?"

그 말에 강우가 입술을 비스듬히 올린 채 통통한 귓불을 깨물었다.

"앗!"

"받지 말까?"

마치 은밀한 상상을 일으키는 그의 말에 주나가 도리질을 했다. 얼른 받으라는 듯 휴대폰을 집어 공손히 내밀자 그가 '풉!' 하고 웃음을 터트렸다.

"네, 유 실장님."

잠시 후, 통화를 하는 강우의 표정이 어딘지 모르게 미묘히 변해갔다. 아무 대답도 하지 않은 채 묵묵히 듣고만 있던 그가 휴대폰을 내려놓은 후, 주나의 흐트러진 귀밑머리를 쓸어 넘겨주었다.

"무슨 일 있으세요?"

"아니. ……당신은 샤워하고 좀 더 자겠나? 오후에 같이 식사하러 나가도록 하지."

그리곤 다시 한 번 격렬하게 입을 맞춘 후 밖으로 나가자 주나는 그대로 녹아내릴 것만 같았다.

"정말 내가 아는 그 주인님이 맞는지 의심스러워."

그러면서도 배시시 웃음이 돋아났다. 그에게 사랑받는다는 걸 확인하는 것만으로도 이리 가슴이 벅차오르니, 앞으로 숨조차 쉴 수 있을지 염려스러웠다.

물론 남이 들으면 닭살이 돋아 대패부터 찾을 테지만.

"아무래도 병에 걸린 게 틀림없어. 사랑하면 함께 온다는 그 행복
병에 말이야."

도로 침대에 누우며 주나가 하반신의 통증도 아랑곳없이 데굴거
렸다. 약도 없는 그녀의 병이 그렇게 중증을 향해 달려가는 순간이
었다.


강우는 눈앞에 서 있는 초라한 차림의 중년 남성을 보며 짙은 눈썹
을 가운데로 모았다. 그렇게 찾고자 애를 썼지만 미꾸라지처럼 쏙쏙
빠져나갔던 사람이었다. 어떤 이유에선 간에 자신의 조부는 그를 신
뢰했고 정신을 놓은 와중에서도 일억이란 거금을 빌려줬지만 그 은혜
도 모르고 도망가 버린 쓰레기 같은 인간이었다.

하물며 어린 자식에게까지 빚을 떠넘겨버린 채 부모로서의 의무도
저버린 그를 강우는 당장이라도 내치고 싶었지만, 위층에서 아무것도
모른 채 잠들어 있을 주나가 떠올라 차가운 어조로 입을 열었다.

"나를 찾아온 용건이 뭡니까?"

냉기가 뚝뚝 떨어지는 그의 말에 만복이 어깨를 움츠렸다. 금방이
라도 물어뜯을 듯 사납기 그지없는 눈빛이 이쪽을 향해 있었지만 그
는 그 자리에 무릎을 꿇고 앉은 채 강우에게 고개를 숙였다.

"잘못했습니다."

"잘못…… 했다고요?"

일부러 말을 늘린 강우가 가소롭다는 듯 입가를 이죽거렸다.

"신문에서 부고 기사를 봤습니다. 회장님께서 돌아가셨다고."

잠시 동안 입술을 깨물던 만복이 손톱이 살에 박힐 정도로 주먹을 움켜쥐었다.

"그렇게 일찍 가실 줄은 정말 몰랐습니다. 만약 알았더라면 절대로 그분 곁을 떠나지 않았을 텐데. 아니, 애당초 돈을 빌리는 배은망덕한 짓도 저지르지 않았을 겁니다. 반드시 제가 돌아올 때까지는 건강하시리라 믿어 의심치 않았기 때문에 그리 행동한 것인데."

떨리는 목소리로 읊조리던 만복이 다시 한 번 머리를 숙였다.

"용서하십시오, 제가 죽을죄를 지었습니다. 회장님뿐 아니라 사장님께도 버러지만도 못한 짓을 저질렀으니 절 경찰에 신고하시든가 아니면 사회에서 매장시키시든지 뜻대로 하십시오."

"뜻대로 해달라……."

말끝을 흐린 강우가 소파 깊숙이 몸을 기댔다.

"그전에 사죄할 사람이 틀리지 않았습니까? 내게 찾아올 게 아니라 돌아가신 그분에게 잘못을 빌어야 할 텐데요."

"회장님께는 평생을 두고 사죄하며 살아갈 작정입니다. 이 생에서는 결코 용서받을 수 없을 테니 죽어서라도 그분을 떳떳이 뵐 수 있도록 노력해야 할 테죠. 그러니 부탁드립니다. 제게 그 빚을 갚을 수 있는 기회를 주십시오."

"이제 와서 말입니까?"

강우가 싸늘하게 중얼거리더니 양손을 강하게 팔짱을 끼었다. 마음 같아선 기회는커녕 다시는 그들 앞에 나타날 수 없게끔 이 땅에서조차 사라지게 하고 싶었지만, 얼마 전 이런 인간도 부모라고 눈물을 흘리던 주나의 모습이 마음에 남아 낮게 눈을 내리깔았다.

"내가 그 빚을 갚지 않아도 좋으니 이곳을 떠나라고 하면 어쩌시겠습니까?"

"네? 그게 무슨?"

갑작스런 강우의 말에 만복이 두 눈을 휘둥그레 떴다.

"빚을 탕감해드리겠다는 뜻입니다. 어차피 채권자인 조부께서도 돌아가셨고 처음부터 당신을 찾는다 한들 돈을 받을 수 있을 거란 기대도 하지 않았으니 없었던 셈 치도록 하죠. 단!"

강우가 매섭게 만복을 내려다보았다.

"내 눈앞에 띄지 마십시오. 물론 당신 대신 빚을 갚고 있는 자식들에게도 말입니다."

"어떻게 그런 심한 말씀을!"

그때였다.

"아빠?"

자그맣게 들려오는 주나의 음성에 만복이 멍하니 고개를 들었다. 잠깐 동안 헛것을 본 것이 아닌가, 미간을 찡그리더니 이내 차마 못 볼 것을 봤다는 듯 얼굴을 일그러트렸다.

"으윽……."

그제야 주나가 2층 계단에서 내려오던 걸음을 멈춘 채 자신을 둘러보았다. 누가 봐도 한눈에 상황을 알 수 있을 만큼 흐트러진 매무새였다.

이제 막 샤워를 마친 머리는 촉촉하게 젖어 있었고 갈아입을 옷이 없는 탓에 여전히 몸에는 셔츠 한 장 달랑 걸치고 있을 뿐이었다. 게다가 사랑을 나눈 지 얼마 되지 않아 얼굴엔 홍조마저 띠고 있었고 물기 어린 눈가는 아무리 거짓말을 하려 해도 특유의 농후한 분위기를 물씬 풍기고 있어, 그녀는 혼백이 나간 표정으로 강우를 돌아보았다.

"주인님······."

이런 그녀에게 다가가며 강우가 만복에게만 들릴 수 있도록 나직이 속닥였다.

"이젠 제가 한 말이 무슨 뜻인지 명확히 아시겠습니까?"

그리곤 얼음이 되어버린 만복을 외면한 채 입고 있던 카디건을 벗어 주나의 어깨에 걸쳐주자 상처받은 눈동자가 그에게로 향했다.

"이게 대체 어떻게 된 일이죠?"

"······좀 전에 집 앞에서 서성이다 경호원들에게 발견됐다고 하더군. 할아버님의 부고 기사를 봤던 모양이야."

"그런데 왜 제게 말씀을······."

그 말에 강우가 서늘하게 대꾸했다.

"넌 내 거니까. 내 여자를 지키고자 하는 게 잘못인 건가?"

온몸이 움찔거릴 만큼 냉랭한 대답에 그녀가 숨을 멈췄다. 좀 전과는 달리 냉혹함이 맴도는 것이 심장마저 얼어붙을 듯 차가웠다.

이를 보고 있던 강우가 한숨과 동시에 굳은 볼을 쓰다듬었다.

"위에 올라가 있어. 이 일은 나중에 따로 이야기하도록 하지."

"그렇지만······."

이때, 뭔가가 '쿵!' 하며 바닥에 부딪치는 소리가 났다. 깜짝 놀란 두 사람이 그쪽을 쳐다보니 만복이 머리를 땅에 쳐대며 몸을 조아리고 있었다.

"제발 부탁드립니다. 제 딸을 놓아주십시오. 부모 잘 못 만나서 여태껏 고생만 한 귀한 아이입니다. 제가 능력이 없어 제대로 돌보진 못하고 오히려 돌봄을 받았지만, 이렇게 자식을 팔아먹으면서까지 살고자 할 만큼 막돼먹진 않았습니다."

"아빠!"

"대신 제가 이 집에서 머물며 머슴살이라도 하겠습니다. 그렇게 해서라도 제가 진 빚은 꼭 갚아드릴 테니까."

간절하게 애원하는 만복의 모습에 주나가 충격으로 눈물을 일렁거렸다. 당장이라도 달려가 그런 게 아니라고 외치고 싶었지만 차마 발이 떨어지지 않아 움직일 수가 없었다.

그런 주나와 만복을 번갈아 보던 강우가 두 사람을 가로막듯 앞으로 몸을 돌렸다.

"돈이 더 필요해서 그렇습니까? 그렇다면 원하는 금액을 말씀해보시죠. 그게 얼마가 됐든 준비를……."

"그게 아닙니다! 제 자식을 돌려달라고 간청 드리는 겁니다. 돈 따위와 비교할 수 없을 만큼 소중한 내 아이들을요!"

"그 돈으로 인해 당신 자식들이 제 발로 이 집에 들어온 것을 모르셨습니까? 그걸 알면서도 외면한 못난 부모가 당신이 아닙니까?"

싸늘하게 내뱉는 강우의 말에 만복이 또 한 번 얼굴을 일그러트렸다. 그의 말에 단 하나의 거짓도 없기에 더더욱 할 말이 없었다.

"그 사실을 안다면 조용히 물러나십시오. 그러면 살 길 정도는……."

"……세요."

"뭐라고?"

강우가 갑작스런 주나의 말에 뒤를 돌아보았다.

"그러지 마시라고요. 제 아빠니까요."

그리곤 소맷자락을 잡은 채 뚝뚝 눈물을 흘리자 강우가 긴 숨을 내쉬었다.

"끝내 넌 이런 부모라도 차마 버릴 수가 없는 건가?"

그가 포기한 듯 입가를 휘더니 그녀에게 붙잡힌 팔을 빼냈다.

"이대로 당신은 아버지를 따라가도록 해."

"강우 씨?"

놀란 주나가 멀거니 그를 응시했다. 아버지를 따라가라니, 그 말은!

"날 선택하라고 하면 이곳에 남을 텐가? 내가 원하면 아버지를 버릴 수 있겠어?"

"그건……."

"알아. 넌 결코 그럴 수 없을 테지. 그러기엔 마음이 너무 여리니까."

강우가 고조 없는 음성으로 읊조리더니 눈물로 얼룩진 주나의 뺨을 닦아 내렸다.

"따라가. 이미 경험상 혈연은 끊는다고 해서 끊어지는 게 아님을 알고 있으니 내 앞에서 이렇게 울 필요까진 없어. 당신은 그저 마음 가는 대로 해도 반드시 옳은 쪽으로 향하게 될 테니까."

그가 밖을 향해 차분히 입을 열었다.

"유 실장님."

"네, 사장님."

마치 기다렸다는 듯 유 실장이 현관에 모습을 드러내자 강우가 나직이 말을 이었다.

"주나 양이 이 집을 떠날 수 있도록 준비해주십시오. 가는 곳이 어디가 됐든 배웅할 수 있도록 조치도 해주시고요."

"네. 알겠습니다, 사장님."

유 실장이 한 치의 망설임도 없이 밖으로 나가자 강우가 스치듯 주나를 바라보았다.

"다음번엔 널 위해서 울도록 해. 항상 이렇게 남을 위해서만 울지 말고."

그리고 2층으로 사라지자 주나는 떨리는 손으로 얼굴을 감싸 쥐었다. 그 말이 무슨 뜻인지 잘 알고 있기에 그녀는 더 이상 그 자리에 있지 못하고 힘겨운 걸음으로 만복에게 다가갔다.

"죄송해요."

"주나야……."

결국 강우는 끝까지 그녀를 배려해준 것이었다. 그와 아버지라는 갈림길에서 그녀가 힘들어하지 않도록.


"……라고 생각했는데, 그냥 먹튀였어."

혼잣말로 중얼거린 주나가 하늘을 올려다보았다.

어느새 시간은 흘러 계절은 또 한 번 변할 준비를 하고 있었다. 늘 그렇듯 자연의 순리에 맞춰 오는 사시사철이었지만 올해의 느낌은 사뭇 달랐다.

작년 이맘때, 사랑에 빠질 줄 몰랐던 것처럼 한 달 전만 해도 이리 사랑에 가슴 아파 울 줄도 미처 몰랐었다. 그저 앞으로는 행복감에 젖어 그 사람과 알콩달콩 지낼 수 있을 거라고만 여겼는데, 역시 '원수 문서'로 이어진 인연은 쉽게 이루어질 수 없는 모양이었다.

"하긴, 그분과 내가 어울리지 않기는 하지. 나이도 차이가 나고 타고난 환경도 그렇고."

쓸쓸하게 웃은 그녀가 주위를 둘러보았다. 남은 사람보다 떠나간 사람이 더 많은 언제 사라질지 모를 산동네였다. 아버지인 만복을 따라 이곳으로 다시 돌아왔지만 생각해보면 여기가 그녀에겐 더 친숙한 장소였다.

조금만 고개를 돌려도 동네가 한눈에 들어왔고 옆집의 숟가락 개수가 몇 개인지 알 만큼 가까운 곳이었다. 그랬기에 이곳을 더 마음에 들어 했었는데.

"그동안에는 내가 잠시 환상 속에서 살았어. 가사도우미였지만 모두 다 친절했고 내 뜻대로 행동해도 전부 다 잘했다고 칭찬해주셨으니까."

딱 한 사람 냉혈인간 같은 주인님만 빼놓고.

주나는 마지막 말은 입 안으로 삼킨 채 퉁명스레 입술을 내밀었다. 자상한 유 실장도, 상냥한 수원댁도, 인품 좋은 윤씨도 모두 다 그리웠지만.

"그 사람만큼은 절대로 보고 싶지 않아. 날 이렇게 기다리게 만들었으니까."

우뚝, 그 자리에 멈춰서며 주나가 눈물이 날 것 같은 눈가를 비볐다. 사랑한다는 말도, 유일하게 너만 안을 거라는 말도 이제는 모조리 거짓말처럼 느껴졌다. 방금 자신이 한 말이 진심이 아니었던 것처럼.

"바보, 뭐가 날 위해서 울라는 거야? 그사이 내가 자기 때문에 얼마나 울었는지 알기는 하는 거냐고, 이 모스키토야!"

큰 소리로 외친 그녀가 속이 다 시원하다는 듯 도로 발걸음을 옮겼다. 이렇게 자기 비하에 빠져 허우적거릴 바에야 곧 일을 마치고 돌아올 만복과 옆집에 맡겨놓은 주오를 위해 저녁이나 짓는 게 나을 듯싶었다.

"그 후에 아르바이트해야지. 이번엔 꽤 비싼 건의 코스튬 의뢰가 들어와서 수입도 좀 늘어날 듯하니까."

주나는 얼른 부지런히 일해 가족의 남은 빚을 청산하자 다짐하며 거친 비탈길을 씩씩하게 올라갔다. 저녁 반찬거리로 산 콩나물과 고등어가 든 비닐봉지가 그녀가 걸음을 옮길 때마다 바사삭거렸지만 오히려 리듬을 타는 듯 기분이 상쾌해져 갔다.

문득 그녀는 먼지가 섞인 햇살에 눈살을 찌푸리며 이 풍경이 낯설지 않다는 느낌을 받았다. 몇 달 전에도 이런 햇빛 아래에서 똑같이 집으로 향하고 있었고 손에는 검정 비닐봉지를 들고 있었다. 더욱이 좁다란 골목 앞에는 도무지 어울리지 않는 수입 세단이 나란히 주차되어 있어,

"저런 차가 왜 우리 동네에 있는지 모르겠다는 말을……."

불현듯 주나가 그 자리에 멈춰 섰다. 낯익은 검은 양복을 입은 남자들이 그녀를 향해 고개를 숙인 것이다.

"기다리고 있었습니다, 정주나 양."

"어떻게 여길!"

그녀가 울렁거리는 심정을 진정시키고 있는데 유 실장이 차에서 내리며 미소를 띤 채 다가왔다.

"그간 잘 계셨습니까? 무척이나 만나뵙고 싶었습니다."

그 순간 그녀가 그대로 뒤돌아 걷기 시작했다. 당시와 똑같이 유 실장이 이름을 부르며 따라왔지만 결코 쳐다보고 싶지 않았다.

"돌아보지 마. 돌아보면 그 사람이!"

그때, 나직하니 들려오는 그리운 음성에 그녀가 입술을 깨물었다.

"이리 와, 주나."

그 말에 자동으로 휙 하니 고개가 돌아갔다.

"내가 강아지예요? 이리 오라고 하게?"

그리곤 터져 나올 것 같은 울음을 참은 채 시선을 떨어트리자 강우가 살짝 웃음을 지어보였다.

"애완동물이나 다름없지 않을까? 늘상 나를 주인님이라고 불렀으니까."

"그게 그 뜻인가요? 게다가 쫓아낼 때는 언제고 이제 와서 다시 오래요?"

빈정거리는 그녀의 말에 그가 어깨를 으쓱했다.

"난 쫓아낸 적이 없어. 단지, 당신 아버지를 따라가라고만 했지."

"그걸 지금 변명이라고……."

이런 그녀에게 다가서며 강우가 탁하게 읊조렸다.

"보고 싶었어. 몇 번이고 찾아오려는 날 자제시킬 만큼."

애틋한 그의 말에 주나가 흐느적거리는 심장을 붙잡았다.

"보고 싶으면 그냥 오시면 되지, 왜 자제시키신 건데요? 내가 얼마나 상처를 받았는지 알기나 해요?"

"주나……."

"정말로 안 오는 건 아닐까 걱정하고 나한테 한 말이 모두 거짓은 아닐까 의심도 했단 말이에요. 거기다 진짜로 미워하게 될까 봐 겁까지 났는데 이런 나보다 더 힘드셨어요?"

속사포처럼 내뱉는 그녀의 투정을 들으며 강우가 한 마디로 정리했다.

"미안."

그 말에 더 화가나 주나가 싸늘히 그를 노려보았다. 순간 마지막으로 봤을 때보다 더 핼쑥해진 그의 모습에 가슴이 무너져 내렸다.

"정말로 뭐예요. 앞으로 내가 곁에 없으면 어떡하시려고."

울먹이는 그녀의 말에 강우가 꽉 쥔 손가락을 잡아 한쪽 뺨에 갖다 댔다.

"넌 마음이 따뜻하니까 날 떠나지 않을 거라는 걸 잘 알고 있어. 내가 이렇게 식사도 하지 않고, 옷지도 않고 일만 하고 있으면 또다시 투덜거리면서 날 쫓아다니겠지. 그럼, 난 아무것도 모르는 척 당신이 주는 정을 듬뿍 받으면서 행복하면 되는 거야."

그가 투명할 정도로 빛나는 검은 눈동자를 들어 주나와 마주했다.

"돌아와. 내게는 네가 필요해."

간절하게 들리는 그의 말에 주나가 입술을 삐죽거렸다.

"그런다고 내가 돌아갈 줄 알아요? 이젠 아빠도 빚을 갚기 위해 열심히 일하고 계시고 주오도 주인님 따윈 보고 싶어 하지 않는단 말이에요. 그리고 저도 벌써 잊었는걸요."

"하지만 난 잊은 적이 없는데?"

"그건 제 알 바 아니고요. 주인님이 또다시 그 원수 같은 차용증으로 우릴 옭매어 놓지만 않는다면……."

"그건 이미 찢어버렸어."

생각지도 못한 강우의 말에 주나가 두 눈을 동그랗게 떴다.

"찢어버렸다고요?"

"그래. 더 이상 내겐 소용이 없는 거니까."

"소용이 없다니, 그러다 저희 아빠 아니 우리 가족이 전부 도망가 버리면 그땐 어쩌시려고요? 제가 '때는 이때다!' 하고 사라져버릴 수도 있는 거잖아요."

"안됐지만 그러지 않을 거라는 걸 알아."

"제 어딜 보고요?"

"글쎄, 아마도 거짓말을 끔찍이도 싫어하는 점? 무엇보다 그런 일이 생기면 끝까지 찾아내서 끌고 오면 되는 거야. 진즉에 파악했겠지만, 내겐 그다지 어려운 일이 아니거든."

그녀는 섬뜩하기까지 한 강우의 말에 부르르 몸을 떨었다. 장담컨대 그는 충분히 그렇게 하고도 남을 사람이었다.

"더욱이 당신 아버지 역시 같은 실수를 반복하진 않을 테지. 내가 당신 남매를 놓고 곁을 떠나라고 했을 때 날 보던 그의 눈빛은 그분과 많이 닮아있더군."

"그분이라뇨?"

"내 아버지를 보낼 때 보았던 할아버님의 눈빛 말이야. 그건 진심으로 자식을 사랑하는 부모의 눈빛이었지. 무척이나 절실하고 애절한 그런 눈빛은 아무에게나 나오는 게 아니야."

"그래서 그렇게……."

"확인할 필요가 있었어. 당신과 앞날을 같이 하는데 있어 그는 장애가 될 게 빤하니 내 눈으로 직접 판단할 필요가 있었지. 과연 정만복이란 인물이 내 할아버지와 당신이 신뢰할 수 있는 사람인 것인지."

그가 긴 숨을 내쉬더니 다시금 주나를 바라보았다.

"늦게 와서 화가 났다면 그건 용서하길 바라. 이 자리에 오기까지 처리할 일이 많았기 때문에 쉽사리 몸을 움직일 수가 없었어. 할아버님의 삼우제도 있었지만 아버지의 묘를 그분 곁으로 이장도 해야 했거든."

"큰 사장님의 묘를요?"

"그래. 아버지가 할아버님을 용서하셨을지는 나로서는 알 수 없지만 최소한 두 분이 함께 하시길 바랐어. 그래야 나도 뭔가를 했다는 위안이 들 테니까."

"주인님."

안타깝게 중얼거리는 주나에게 강우가 손을 내밀었다.

"그러니까 이리 와, 주나. 이만 나와 같이 돌아가자."

"그렇지만……."

여전히 망설이는 그녀를 보며 강우가 뜬금없이 손에 들고 있던 지갑에 시선을 주었다.

"혹시 내게 돈을 빌려줄 수 있겠나?"

"방금 뭐라고 하셨어요?"

주나가 황당하기까지 한 그의 말에 고개를 갸웃했다. 대한민국에서 손꼽히는 금융그룹의 사장이, 지금 통장에 만 원짜리 한 장 달랑 있는 그녀에게,

"돈을 빌려달라고요?"

"그래. 내가 지갑을 가져오지 않았거든. 물론 이 돈은 몇 배의 이자를 붙여 나중에 돌려주도록 하지."

"됐어요! 이 상황에서도 돈을 빌려달라는 사람한테 무슨!"

그녀가 신경질적으로 지갑을 뒤적거리더니 찬거리를 사고 남은 잔돈을 끄집어냈다.

"정확히 5,420원이에요. 갚지는 마시고 그냥 빚진 돈에서 제해주세요."

"아니, 그럴 수는 없지. 이것과 그건 차원이 다르니까. 그러니 반드시 갚도록 하지. ……유 실장님."

강우의 부름에 한 걸음 뒤에 물러나 있던 유 실장이 뭔가를 상의에서 꺼내 내밀었다.

"차용증입니다. 빌려주시는 돈이 얼마가 됐든 간에 평생을 두고 갚는다는 조항이 붙어 있습니다. 참고로 사장님의 자필 서명은 이미 되어 있으니, 주나 양만 보시고 사인하시면 될 듯합니다."

이 사람들이, 점점!

주나가 끓어오르는 화에 붉으락푸르락이 되어가고 있는데 강우가 여유롭게 미소를 지으며 그녀를 내려다보았다.

"이젠 내가 당신 집에 쳐들어갈 차례인가? 안타깝게도 난 가사도

우미를 할 수는 없으니 다른 쪽을 생각해보도록 하지. 그래, 이왕이면 연인 같은……."

그 말에 주나가 해맑게 웃으며 강우에게 손짓을 해보였다.

"주인님, 잠깐만."

"무슨 일이지?"

그때, 강우의 입술로 주나의 입술이 겹쳤다. 유 실장을 포함해 근처에 있는 경호원들까지 모두 고개를 돌릴 만큼 격렬하게 입을 맞추던 그녀가 슬쩍 혀를 빼내 특유의 순진한 표정을 지어보였다.

"이걸로 다 갚으신 걸로 하죠? 다음부터 전 평범하게 사랑을 하고 싶거든요."

그리곤 뒤돌아 걷기 시작하자 강우가 멍하니 넋을 놓았다. 대체 이런 키스는 언제 배운 거지?

"참고로 제 모든 기교는 주인님한테 배운 거니까 앞으로 조심하셔야 할 거예요. 전 무척 습득이 빠른 편이거든요."

장난스럽게 내뱉는 그녀의 말에 그가 가볍게 웃음을 터트렸다. 역시 이 영악스러운 모기새끼는 만만히 볼 게 아니었다. 차용증을 가장한 평생문서로 곁에 꽁꽁 묶어둘 만큼.

"더더욱 골치 좀 썩겠군."

"뭐라고요?"

"아니, 아무것도."

"흐음, 어쨌든 빨리 오세요! 오늘 저녁 반찬은 콩나물국에 고등어 조림이니까."

강우는 눈부시도록 빛나는 노을을 등진 채 손을 내미는 주나를 보

며 찬찬히 걸음을 옮겼다. 그날, 이 사랑스러운 가사도우미를 만나게
해준 원수문서에게 감사하며.

"이젠 당신의 손자는 괜찮습니다, 할아버님."

나지막한 울림을 전한 채 그는 두 번 다시 놓지 않을 작은 손을 붙
잡고 있었다.

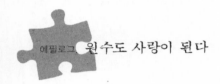

에필로그 원수도 사랑이 된다

　끝도 보이지 않을 만큼 높은 하늘 아래 노랗고 붉은 나뭇잎들이 하늘거렸다. 그 밑을 여유롭게 걸어가며 주나는 주위를 둘러보았다.

　황금빛으로 빛나는 너른 잔디밭과 그보다 더 상큼해 보이는 여학생들 그리고 이 학교의 상징이기도 한 장미동산.

　언젠간 다시 돌아오고 싶었던 곳이었다. 여러 가지 사정으로 그만둘 수밖에 없었지만 한 번도 손에서 놔버린 적은 없었기에, 그녀는 뒤에서 들려오는 투덜거림에도 환한 미소로 화답했다.

　"언니, 시험 잘 봤어요? 왜 그렇게 표정이 밝아 보여요?"

　"그러게. 우리는 완전히 죽을 쑤고 나락으로 떨어지기 일보직전인데."

　후배들의 귀여움 섞인 투정에 주나가 또 한 번 입가를 들어 올렸다. 시험이라, 물론 그녀도 잘 봤다고 할 순 없지만.

　"뭐, 어때? 누군가가 10월의 어느 멋진 날이라고 했듯이 날씨는 화창하고 바람은 선선한데. 무엇보다 오늘이 시험의 마지막 날이었잖아? 이런 날은 그저 맛있는 음식 먹고 집에 가서 푹 쉬면 되는 거야."

태연하기까지 한 그녀의 말에 후배들이 오만상을 찌푸렸다.

"아무튼 언니의 긍정마인드는 끝도 없다니까. 요즘처럼 취업하기 힘든 시기에 성적이라도 좋아야죠. 아, 저 정말로 좌절이에요."

"저도요."

주나는 또다시 시작된 후배들의 한숨에 어깨를 으쓱해보였다. 스물넷 평생, 남들은 겪지 못할 산전수전을 다 맛본 그녀였기에 이제 1학년 2학기의 중간고사쯤이야 별일 아니었지만 분위기를 맞춰주듯 그녀는 통 크게 소리쳤다.

"가자, 언니가 떡볶이 사줄게. 튀김에 순대는 옵션으로 붙여주면 되지?"

그 순간 후배들이 '와아!' 하며 환호성을 질렀다.

"역시 명성여대 최고의 거부巨富라니까! 사랑해요, 언니!"

"저도요. 언니가 복학해서 얼마나 좋은 줄 몰라요."

그 말에 주나가 어이없다는 듯 웃었다.

올 8월, 그녀는 이 학교의 의상디자인과에 복학했다. 사실 복학을 결정하기까지 고민이 없었던 건 아니었다. 이제 일곱 살이 된 주오는 여전히 누군가의 손길을 필요로 했고 만복 또한 여러 사람들의 배려로 다시 요양원에 취직하긴 했지만 그 여린 심성이 바뀐 건 아니었기 때문이다. 게다가…….

[원래대로 빚을 갚고 싶다고?]

[네. 아무리 주인님이 차용증을 찢어버리셨다고 해도 저희 아빠가 빌린 돈이 되돌아오는 건 아니니까요. 무엇보다 아빠 스스로가 그래야 된다고 여기고 계시거든요.]

그날 만복이 강우 앞에서 무릎을 꿇고 '평생을 두고 사죄하겠다.' 했던 말엔 한 치의 거짓도 없었다. 그것이 반드시 용서로 이어지진 않겠지만 사는 동안 최선을 다해 잘못을 빌고 돌아가신 분에게 조금이나마 떳떳하고 싶은 게 만복의 본심이리라.

[그리고 저도 그 말씀에 동의하고 있고요. 돈 때문에 얽힌 관계라니, 어쩐지 진심이 보이지 않는 거 같아서 싫거든요.]

누군가는 그들을 좋지 못한 시선으로 볼 수도 있을 거라는 걸 잘 알고 있다. 가사도우미였던 그녀가 고용주였던 강우를 만나 신데렐라처럼 연인이 된다는 것은 그런 의미로 비추기도 했다.

그럼에도 그가 내민 손을 결코 놓을 순 없었기에 주나는 오랫동안 고심했다. 그가 주는 모든 것을 무조건적으로 받아들이는 게 아니라 그 곁에서 함께 걸어갈 수 있는 방법이 무엇인지.

그러다 우선 학업부터 마쳐야겠다는 결론을 내렸다. 누가 봐도 사랑하는 연인처럼 보일 수 있도록 그녀 스스로가 지금보다 더 당당해지고 싶었다.

이런 그녀의 결정에 강우는 아무 말도 하지 않았다. 그저 일 년이 지난 현재까지도 묵묵히 지켜봐주며 때로는 조언자로서 때로는 연인처럼 그 자리에 있어줄 뿐이었다.

[언젠가 당신이 먼저 손을 내미는 그날까지 이 차용증은 내가 보관하도록 하지.]

그가 다시 그녀를 데리러온 날 빌린 5,420원에 대한 '평생문서'였다. 단 한 번의 키스만으로는 쉽게 사라지지 않을 만큼 일억보다 값진 금액이었기에 일생을 두고 갚고 싶다고 강우는 말했다. 그녀에게 미리 미래를 예약하듯.

"아휴."

주나가 갑자기 붉어지는 두 뺨에 얼굴을 감싸 쥐었다. 그 후로도 수많은 일들이 있었지만 강우의 그 마음은 변치 않았고 그녀 또한 그랬다. 되도록이면 빨리 시간이 흘러 약속한 그날이 왔으면 할 만큼.

다만, 한 가지 문제가 있다면······.

"주나 양, 기다리고 있었습니다. 가시죠."

눈앞에서 차문을 연 채 옆으로 비켜서는 검은 양복의 남자들을 보며 그녀는 눈살을 찡그렸다.

그랬다. 바로 저게 문제였다.

그녀의 어른스럽고 완벽한 연인은 '경호'에 관한 한 절대로 양보가 없었다. 누가 태신금융그룹의 수장 아니랄까 봐, 복학한 직후 운전사를 포함해 경호원들까지 딸려 보낸 그는 집에서 학교에 이르기까지 그야말로 철통보완을 시키고 있었다.

'이러니 거부라는 말도 안 되는 소문이 나지.'

주나는 입술을 삐죽거리며 그들 중 윗사람을 쳐다보았다.

"죄송하지만, 오늘은 그냥 가시면 안 될까요? 이 아이들과 같이 떡볶이를 먹으러 가기로 했거든요."

그 말에 옆에 있던 후배들이 손사래를 쳤다.

"아니에요, 언니. 저희는 안 먹어도 괜찮아요."

"맞아요. 떡볶이야 다음에 먹으면 되죠. 괜한 소리 마시고 어서 가세요."

"그렇지만······."

난감한 듯 말을 흐리는 그녀를 못 본 척 후배들이 재빨리 뒷걸음질을 쳤다.

"저희는 이만 가볼게요. 내일 봬요."

"네. 그럼 안녕히 가세요, 언니!"

그렇게 사라지는 후배들의 뒷모습을 보며 주나는 긴 한숨을 내쉬었다. 대관절 이게 몇 번째지?

경호원들 역시 미안하다는 듯 그녀에게 고개를 숙였다.

"송구합니다. 미리 선약이 있다고 말씀하셨다면 이렇게 대기하고 있진 않았을 텐데."

"아니에요. 아저씨들 잘못이 아닌걸요."

굳이 이야기하자면 과보호의 극치인 그녀의 연인 탓이었다. 그러니 이번에야말로 반드시 결판을 짓겠다고 다짐하며 주나는 경호원들을 향해 입을 열었다.

"이대로 태신금융그룹 본사로 가주세요!"


강우는 이번 기획안으로 제출된 '드림저축'에 대한 세부내용을 살펴보며 가운데로 미간을 모았다. 꿈의 드림(Dream)과 나눔의 드림(DRIM)을 합쳐 내년 하반기에 일시적으로 시판할 예정인 이 상품은 태신금융그룹이 사회 환원 차원에서 마련한 일종의 복지통장이었다.

기존 '희망키움통장'에서 아이디어를 얻어 하위 10프로에 속해 있는 사람들을 대상으로 한 것으로 아주 적은 금액을 저축하되, 일정기간 동안 성실히 적금 시 약정한 이율은 물론이고 그들이 완전히 자립할 수 있도록 지원을 해주는 컨설팅 프로그램까지 포함되어 있었다.

그랬기에 이를 추진하는데 있어 강우는 신중을 기하고 있었다.

"어떠십니까? 사장님이 의도하신 대로 기획은 잘 나온 듯하십니까?"

"네. 일단 제가 말한 내용들은 전부 포함되어 있군요. 몇 가지 수정 사항이 보이긴 하지만 그건 차차 보완해 나가면 될 듯하니, 크게 신경 쓸 필요는 없어 보입니다. 그보다 기금문제는……."

"변호사와 협의 하에 있습니다. 회장님이 돌아가시며 이미 자산 중 상당 부분이 재단 명의로 바뀌어 있고 또 사장님의 의견은 충분히 전 달했기 때문에 근간에 잘 해결될 거 같습니다."

"그거 다행이군요. 되도록 빨리 마무리 질 수 있도록 조치해달라고 민 변호사님께 전해주십시오."

"네. 알겠습니다, 사장님."

전략기획 실장이 밖으로 나간 후 강우는 다시 한 번 기획안을 살펴 보았다. 작년, 그의 조부가 세상을 뜨고 잠시나마 주나를 떠나보냈을 때 그가 한 생각이었다. 최창만, 최석진, 최강우 그들 세 부자 중 유일 하게 남은 그가 모두의 유지를 따를 수 있는 방법이 무엇인지.

그러다 조부가 남긴 유산으로 이 제도를 만드는 것을 고려해보았 다. 그에겐 이미 돈보다도 귀한 것이 손안에 들어와 있었기에 과할 만 큼 넘치는 재물은 필요치 않았다. 그리고 이 '드림저축'을 만드는 이 면엔 주나의 삶에 대한 성실한 의지가 반영되어 있음도 부정할 수 없 으리라.

[신데렐라가 되고 싶은 게 아니에요. 제 의지로 당신 곁에 있고 싶 은 거지. 그러니까 얼마간의 시간을 주세요. 반드시 지금보다 더 나은 모습으로 제가 먼저 손을 내밀 테니까.]

"먼저 손을 내민다라⋯⋯."

강우가 가벼운 웃음을 띠었다. 역시나 그녀다운 대답이었다.

아무리 그가 갖고 있는 모든 것을 주고 싶어 해도 그녀는 절대로 원하지 않았다. 늘 그래왔듯 일한 만큼 정당한 대가를 받는 것, 아마도 그게 그녀가 원하는 최선의 삶일 것이다.

"그래도 이 소식을 듣고 조금이나마 기뻐해줬으면 하는군. 한때 그녀에게 모스키토라 불렸던 내가 직접 기획한 내용이니까."

강우는 환한 미소를 머금은 채 품 안으로 안길 주나를 기대하며 입 끝을 들어 올렸다. 안 그래도 요 며칠 시험기간이다 뭐다 해서 통 그녀를 볼 수 없었기에 영악스러운 모기새끼의 온기가 무척이나 그리웠다.

적어도 그 모기새끼가 화난 표정으로 사장실 문을 벌컥 열기 전까지는.

"잠깐 저랑 얘기 좀 해요."

강우는 토라진 듯 퉁명스럽게 내뱉는 주나의 말에 한쪽 눈썹을 치켜떴다. 이게 대체 무슨 일인 거지?

그런 그녀의 뒤에서 유 실장이 입을 뻐끔거렸다. 경. 호. 원.

'아아, 그런가?'

그는 또다시 시작될 주나와의 입씨름에 미리 인내를 다지듯 짧은 숨을 내쉬었다. 그리곤 자리에서 일어나 달래듯 그녀를 쳐다보았다.

"그래서 이번엔 뭐가 문제지? 그들이 학교 안까지 데리러 들어왔던가? 그것도 아니면 후문으로 도망치려는 당신을 붙잡았어?"

"아니에요, 이번엔 도망가지 않았단 말이에요. 그리고 그분들도 잘못한 게 없고요."

"그러면?"

재차 묻는 그에게 주나가 한 발자국 다가섰다.

"제발 부탁인데, 경호원들 좀 그만 붙이시면 안 될까요? 제가 꼭 특별한 사람이라도 된 거 같잖아요."

"특별한 사람이라고?"

강우가 황당해하며 반문했다. 이 여자, 자기가 얼마나 남다른지 아직도 모른단 말인가?

"전 그저 평범하게 학교생활을 하고 싶을 뿐이라고요. 그런데 매번 이렇게 사람을 붙이시고 뒤를 따라다니게 하시면 아무것도 할 수가 없잖아요."

그녀가 불만이 가득한 눈빛으로 그를 마주보았다.

"그러니까 그분들은 필요한 곳에 배치하시고 전 그냥 내버려둬 주셨으면 해요. 예전에도 여러 번 말씀드렸지만 절 노리는 사람은 아무도 없다고요."

하지만 강우는 철딱서니 없는 소리로까지 들리는 그녀의 말에 단한마디로 대꾸했다.

"안 돼."

"왜요? 제가 주인 아니, 강우 씨처럼 이 나라에서 중요한 사람도 아니고 경제계를 좌지우지할 만큼 힘 있는 사람도 아니잖아요. 그런데 왜!"

"중요하고 힘 있는 사람이기도 한 내가 널 사랑하니까. 이렇게까지 해서라도 널 지키지 않으면 나로 인해 다칠 수도 있으니까."

그의 말에 주나가 입을 다물었다. 다칠 수도 있다니, 왠지 극단적이기도 한 단어 선택에 절로 어깨가 움츠러들었다.

그 모습을 보고 있던 강우가 길게 숨을 내뿜었다.

"나 역시 여러 번 이야기했었어. 다른 모든 것은 다 들어줄 수 있지만 이 점만은 절대 양보할 수 없다고. 그러니 힘들더라도 내 뜻대로 따라줬으면 해."

"그렇지만……."

"이만 하도록 하지. 쓸데없는 신경전으로 당신과의 시간을 소모하고 싶지 않아."

그 말에 주나가 입술을 깨물었다. 그래, 이해한다. 그로서는 충분히 그렇게 느낄 수도 있을 테지.

"하지만 전 아직은 오롯이 강우 씨에게 속한 사람도 아니고 또 그런 점까지 감내하기엔 수양이 많이 부족하단 말이에요. 그러니까 어느 정도 적응이 될 때까지는 경호원들은 붙이지 말아주셨으면 해요."

그리곤 후다닥 밖으로 뛰쳐나가자 강우는 또 한 번 길게 숨을 내쉬었다.

"오롯이 내게 속한 사람이 아니라고? 그럼, 그걸 깨달을 때까지 널 가둬놓고 몇 번이고 가르쳐줘야만 할까?"

이때, 유 실장이 안으로 들어와 넌지시 말을 건넸다.

"주나 양이 화가 많이 나신 모양이군요. 그런 말까지 다 하시고."

"……그녀에게는 속박처럼 여겨질 수도 있을 테니까요. 나로서는 이미 과할 만큼 충분한 자유를 주고 있다는 것도 모르고."

언젠간 태신금융그룹의 안주인이라는 짐을 짊어지고 그 옆에 나란히 서야 할 여자였다. 그 자리가 결코 쉬운 곳이 아님을 잘 알고 있기에 다소 강경하게 나갔음은 부정할 수 없지만.

"그녀가 이겨내야 할 것들은 단순히 태신이라는 이름과 그에 따라올 부수적인 것들이 아닙니다. 사람들의 시선과 편견 그리고 그로 인해 받을 상처까지, 전부 다 극복해야만 하겠죠."

그에게는 실로 별거 아닌 것들이었다. 주나의 배경과 어린 나이, 한때는 가사도우미였다는 사실까지도.

"하지만 세상 사람들은 오히려 그 별거 아닌 것들에 관심을 갖곤 합니다. 가능하다면 품에 안고 상처 주는 모든 것들로부터 그녀를 보호하고 싶지만, 그건 그녀에게 어울리는 것이 아니겠죠."

한없이 오지랖이 넓은 그의 모기새끼는 스스로 먼저 손을 내밀겠다고 할 만큼 현실을 당당하게 직시하고 있기에 그 의지에 찬물을 끼얹을 수는 없었다.

"되도록이면 씩씩하게 모든 것을 이겨내주길 바라고 있습니다. 허나, 한편으로는 그냥 기대어주길 원하는 저 또한 존재하고 있군요."

늦은 밤, 홀로 집으로 가면 환한 불빛이 그를 맞이하곤 했다. 햇살보다 더 밝은 미소가 당연하다는 듯 그에게로 향했고 작은 팔이 넓게 펼쳐져 따스하게 끌어안아 주곤 했다.

"시도 때도 없이 들리는 재잘거림에 그녀가 없었을 때 얼마만큼 조용했는지 기억조차 나지 않습니다. 정말로 그녀를 위한다면 이대로 놔줘야겠지만 그러기엔 너무 늦어버렸군요."

나지막이 울리는 강우의 말을 들으며 유 실장은 낮게 눈을 내리깔았다. 그래서였었나? 주나가 복학한 후 경호원을 드러나지 않는 여성으로 교체하자는 자신의 말에 그가 반대한 건.

"이제부터라도 제 삶에 적응해두지 않으면 앞으로 더욱 힘들어질 수도 있습니다. 고작 경호원들 가지고 투덜거린다면 좀 더 강경책을 쓰는 수밖에요."

"그렇지만, 사장님."

"아무 말 하지 마십시오. 이게 소중한 사람을 지키는 제 방식입니다."

최강우, 그가 '정주나'라는 온기를 얻어 강해진 건지 아니면 오히려 약해진 건지는 아직은 알 수 없다. 다만, 확실한 건 어느 쪽이든 간에 결코 그녀를 놔줄 수 없다는 사실이었다.

"계속해서 사람을 붙이도록 하십시오. 반항하고 저항한다면 인원을 두 배로 늘려 더 철저하게 보호하도록 하세요. 그것만이 제가 또다시 누군가를 잃지 않는 유일한 방법입니다."

그 말에 고개를 끄덕이며 유 실장은 밖으로 나왔다. 강우가 염려하는 바가 무엇인지 잘 알고 있기에 이번만큼은 주나의 편을 들어줄 수가 없었다.

"부디 저희 사장님의 마음을 이해해주시기 바라요, 주나 양."

그렇게 작게 중얼거리며 그는 천천히 걸음을 옮겼다.


한편, 주나는 그 길로 바로 태신그룹 본사를 나와 집으로 향하고 있었다.

"정말 너무 하신 거 아니야? 내가 한두 살 먹은 어린애도 아니고 번번이 물가에 내놓은 아이처럼 일일이 보호하려 하시고."

애당초 경호원 문제도 처음부터 원치 않는다고 몇 번이나 이야기했었다. 하지만 그때마다 그는 여러 가지 방법으로 그녀를 설득시켰고 오늘도 마찬가지였다.

"사랑한다니, 그렇게 대놓고 말씀하시면 내가 얼마나 부끄럽겠냐고."

주나가 민망한 듯 말하며 얼굴을 붉혔다.

이제 와 돌이켜봐도 강우는 자신의 감정표현에 참 서툰 사람이었다. 그러면서도 한 번 표현하면 꽤나 '돌직구'를 날리곤 해 그녀를 당황하게 만들곤 했다.

"지난번에도 사람들이 많이 모여 있는 장소에서 뜬금없이 입을 맞춰 날 놀라게 하시더니 오늘도 그러시네. 도무지 그런 면에선 창피함이 없으시다니까."

며칠 전 두 사람은 극장의 VIP클래스를 이용해 식사를 마치고 영화를 본 후 주차장으로 가고 있었다. 그때, 영화의 주인공이 나온 포스터를 보고 주나는 환호성을 질렀고 자연스럽게 칭찬의 말로 이어졌다.

[류태하, 진짜로 멋있죠? 아역배우 출신이면서도 여전히 플래시한데다 세련되고 부드럽고. 게다가 영화마다 연기 변신이 확실하잖아요? 이 사람을 보고 있으면 심장이 절로 뛴다는 게 무슨 소린지 명확히 알겠다니까요.]

대한민국의 절반인 여성이 사랑에 빠져 있다는 국민배우였다. 그 절반인 남성조차도 안티가 없어 '신이 내린 별'이란 칭호까지 가지고 있는 그에게 주나가 이런 식의 반응을 보이는 건 어쩌면 당연한 일이었다.

그렇지만 강우는 아무 말 없이 그녀의 턱을 잡아 자신에게로 돌려놓았다. 동시에 입가에 살짝 입을 맞추며 나직이 속삭였다.

[아무리 유명한 셰프가 만든 음식이라도 당신에겐 캐러멜 시럽을

없은 팝콘이 더 좋은 건가? 얼마든지 먹어도 괜찮으니까 적어도 입에는 묻히지 마.]

그리곤 그녀의 손을 잡은 채 앞장서 걷기 시작하자 주변 사람들의 이목이 한눈에 집중되었다. 더불어 그녀의 눈엔 신이 내린 별보다 강우의 뒷모습만이 보였음은 굳이 말할 필요도 없으리라.

"듣는 내가 어찌나 손발이 오그라들던지. 더군다나 진지한 얼굴로 그런 말씀을 하시니까 차마 반박도 하지 못했잖아."

더 무서운 건 아마도 그가 진심으로 한 말이었을 거라는 거다. 단 한마디도 거짓된 감정은 섞여있지 않기에 좀처럼 드러내진 않긴 하지만 한 번 들으면 상대를 기쁘게 하는 마력이 담겨 있었다.

"반대로 아까 하신 말 역시도……."

주나가 시무룩하니 중얼거렸다. 자신으로 인해 다칠 수도 있다는 강우의 말은 그녀를 화나게 하면서도 슬프게 만들었다.

"왜 날 지켜줘야만 하는 존재로 여기시는 걸까? 난 그분한테 조금이라도 어울리는 사람이 되고 싶어서 이렇게나 노력하고 있는데."

보호해주길 바라는 게 아니었다. 앞에 서서 막이 되어주길 원하는 것도 아니고 고이 모셔놓고 사랑해주길 기대하는 건 더더욱 아니었다.

"그저 내 한 몸쯤은 내가 지킬 수 있다는 걸 알아주셨으면 하는데 그게 그렇게 어려운 일인 걸까?"

주나가 길게 한숨을 내쉬었다.

그와 연인이 되고 이제 일 년, 강우의 그런 면만은 도무지 적응이 안 되는 부분이기도 했다. 마치 뭔가에 트라우마가 있는 사람처럼 안전에 집착하는 건.

"트라우마?"

불현듯 주나가 두 눈을 크게 떴다. 갑자기 세상을 뜬 창만이 전해준 이야기가 뇌리를 스친 것이다.

"강우 씨의 아버님, 분명히 나쁜 사람들에 의해 납치를 당하셨다고 했지? 감금상태에서 목숨까지 잃으셨다고."

그래서 창만과의 사이도 멀어졌다고 했다. 죽을 때까지 용서할 수 없다고 했었고 일평생 지워지지 않을 상처에 괴로워하기도 했다.

생각이 이쯤 미치자 주나는 대번에 후회가 들었다. 그런 줄도 모르고 그 앞에서 아이처럼 투정을 부린 듯했다. 과하게 속박한다고 화를 냈으며 급기야 당신 것이 아니라는 심술궂은 말까지 해버렸다.

"바보같이, 그 사람이 어떤 마음으로 내게 경호원을 붙였다는 것도 모르고."

정작 아무것도 알지 못했던 건 바로 자신이었는데 말로만 그의 곁에 서기 위해 애쓴다고 이야기한 듯했다. 그 속내는 들여다보려고 하지도 않은 채.

"이런 내가 얼마나 이기적인 건지."

돌연 그 자리에 멈춰 선 주나가 지그시 입술을 깨물었다. 가슴 속 깊이 이렇게 있어서는 안 된다는 생각이 들며 뭐든 해야겠다는 감정이 솟구쳤다.

"어차피 입 밖으로 내뱉은 말은 도로 주워 담을 수도 없고, 그렇다면 오늘에야말로 내 진심을 한 번 더 전해보이겠어."

그렇게 다짐한 주나는 서둘러 걸음의 속도를 높였다.

그날 밤, 평소보다 늦은 시간에 퇴근을 한 강우는 유 실장의 배웅을 받으며 집 안으로 들어섰다.

"아직 아주머니가 별채로 돌아가시지 않은 건가? 집에 불이 켜져 있군."

그는 수원댁이 여전히 일을 하고 있다고 짐작하며 정원의 계단을 올랐다. 올여름, 주나가 대학에 복학하며 가사도우미 일도 그만뒀기 때문에 딱히 수원댁이 아니라면 집 안에 전등이 켜져 있을 이유도 없었다.

"하긴, 주나 역시 그녀의 아버지가 돌아오고 나선 입주가정부에서 전일 근무로 일을 바꿔 이렇게 늦게까지 있을 필요도 없었지."

다만, 그럼에도 그녀는 특별한 사정이 없는 한 강우의 퇴근을 기다렸고 곁에서 따라다니며 종일 있었던 일을 떠들곤 했다.

"이젠 당분간은 그런 모습도 볼 수 없겠지만 어쩐지 그리워지는군."

"어서 오세요, 주인님."

"그래, 바로 저런……."

순간 강우가 입을 다물었다. 눈앞에서 주나가 해맑게 웃은 채 그를 맞이하고 있었던 것이다. 게다가 왠지 낯익은 저 옷차림은…….

"당신, 그 옷!"

"아, 기억나세요? 예전에 회사에 한 번 입고 간 적이 있었는데. 그때, 주인님이 굉장히 화를 내셨죠? 저한테 취미냐고 막 따지시면서."

그녀가 재미있다는 듯 웃음을 터트리더니 이내 메이드복 위로 공손히 손을 포갰다.

"오늘도 수고 많이 하셨어요. 자, 어서 들어오세요."

강우는 상상치도 못한 주나의 돌발행동에 양쪽 미간을 모았다. 내가 지금 헛것을 보고 있는 건가?

"아니, 그럴 리가 없지."

그녀라면 충분히 이러고도 남을 테니까.

"뭐라고요?"

강우는 못 들은 듯 뒤돌아 묻는 주나에게 고개를 저어보였다.

"아니, 아무것도."

그렇게 거실로 들어서자 그녀가 그를 끌고 주방으로 향했다.

"설마 식사하고 오신 건 아니시죠? 만약 그렇다면 무척 속상할 거 같은데. 저, 저녁 내내 기다렸거든요. 이렇게 주인님이 좋아하시는 음식들을 잔뜩 차려놓고서."

강우는 식탁 위에 펼쳐져 있는 여러 음식들에 희미하니 이마를 구겼다. 분명 지금의 그들 상태로는 이런 만찬을 즐길 때가 아닐 텐데.

"당신, 나한테 화나 있지 않았던가? 기억하기론 며칠 동안 입도 벙긋하지 않을 만큼 심하게 토라져 있었지."

"아……."

그의 물음에 주나가 사선으로 시선을 떨어트렸다. 확실히 그 말에 부정할 순 없지만.

"이제 그만 화해하고 싶은 걸요? 시험 기간 내내 얼굴도 보지 못했고 또……."

잠시 말을 멈춘 그녀가 손가락을 꼼지락거렸다.

"잘못했다고 여기고 있거든요, 낮의 일은. 제가 생각이 짧았어요."

그녀의 말에 강우가 짙은 속눈썹에 싸인 눈을 반짝였다.

"어째서 그런 말을 하는 거지? 내가 경호원을 붙인 걸 알고 난 후부터는 늘 마음에 들지 않는다고 말해오지 않았던가?"

"그야 그렇지만."

주나가 우물거렸다. 대체 어떻게 설명하면 좋을까? 이 심정을.

"제가 잠시나마 주인님께 시간을 달라고 한 건 행여나 저의 모자란 점이 짐이 되진 않을까 하는 마음에서였어요. 현재의 저는 부끄러울 만큼 내세울 것도 없고 아직 이룬 것보다는 이뤄 나가야 할 것들이 더 많거든요."

그녀가 용기를 내듯 크게 숨을 들이마셨다.

"그런데 자꾸 절 보호하려 하시고 감싸려 하시니까 절 못 믿으시는 건가 하는 의심이 들었어요. 혼자서도 얼마든지 잘할 수 있는데 곁에서 항상 눈을 떼지 않으시니까, 제가 포기하기를 기다리시는 게 아닌가 하는……."

"당신, 날 그렇게!"

목청을 높이는 강우에게 주나가 손을 저어보였다.

"아니에요! 정말로 그렇게 생각했다는 게 아니라 가끔은 저도 힘이 드니까요. 때로는 그냥 주인님께 기대어버릴까 하는 그런 마음이 들기도 하니까."

황급히 외치던 주나가 굳어 있던 어깨를 늘어트렸다.

"절 향한 주인님의 마음을 의심한 게 아니라 제가 응석받이가 될까 봐 그랬어요. 안 그래도 요즘 너무 많은 걸 받아주시는데 이 이상 들어주시면 제가 버릇없는 아이가 될 수도 있을 테니까요."

그녀가 살며시 손을 뻗더니 강우의 손가락을 움켜쥐었다.

"제가 이렇게나 노력하고 싶은 건 다 주인님이 옆에 있기 때문인걸요? 조금이라도 어울리는 사람이 되고 싶어서 지금보다 더 나아지려고 애쓰고 있어요. 그리고……."

빨갛게 얼굴을 붉힌 주나가 아래로 고개를 떨어트렸다.

"저도 지켜드리고 싶어요, 주인님을. 어쩌다가 한 번쯤은 저한테 기대셔도 얼마든지 버틸 수 있으니까, 그래주셨으면 해요. 왜냐하면 전 주인님을 사, 사……."

갑자기 말을 더듬던 주나가 힐끔 그를 쳐다보았다.

"다 저를 사랑해서 그러신 거죠? 절 소중하게 여기시니까 걱정돼서 경호원도 붙이신 거잖아요."

강우는 뜬금없이 말을 바꾸는 그녀의 태도에 입가를 일그러트렸다. 다른 건 아무것도 부끄러워하지 않는 여자가 본인 입으로 '사랑한다'고 말하는 건 그렇게나 힘이 드는 걸까?

"얼버무리지 말고 명확하게 얘기하도록 해. 아니면, 당신이 하고 싶은 말이 뭔지 정확히 알 수가 없으니까."

냉랭하게 들려오는 그의 말에 주나가 더더욱 얼굴을 붉혔다. 그래, 그만큼 화가 나셨다 이거지?

그녀는 다시 한 번 크게 심호흡을 한 채 똑바로 그를 응시했다.

"그러니까 전 주인님 거라고요. 예전처럼 제가 신세 지고 있는 집의 주인이란 뜻의 아니라 온전히 저를 드리고 싶은……."

순간 주나가 두 눈을 휘둥그레 떴다. 느닷없이 그녀를 품 안에 꼭 껴안은 강우가 귓가에 나직이 속삭인 것이다.

"됐어, 그만하면 충분해. 당신의 마음은 그 옷과 함께 만족할 정도로 내게 전해졌으니까 이만하도록 해."

"정말로요?"

"그래. 이를테면 날 사랑한다는 거잖아? 완벽한 내 것으로서."

으응.

주나가 들리지도 않는 대답을 중얼거리며 고개를 끄덕였다. 차마 쑥스러워 말하진 못했지만 그의 말에 백 프로 동의하고 있었다.

"바보 같으니, 아직도 그 말을 하는 게 그리도 힘든 건가?"

그가 길게 숨을 내쉬더니 그녀의 턱을 잡아 위로 올렸다.

"당신은 어떨지 모르겠지만 난 단 한 번도 당신이 부족하단 생각 따윈 해본 적이 없어. 날 이토록 변화시킨 사람인데? 그런 사람이 세상에 또 존재할 거 같나?"

"그야⋯⋯."

당연히 없을 것이다.

계면쩍게 눈을 돌리는 주나를 보며 그가 입 끝을 들어 올렸다.

"그걸 안다면 좀 더 자신감을 갖도록 해. 난 사실 일분일초도 더는 기다리고 싶지 않을 만큼 당신을 원하고 있거든. 지금 이 순간에도."

그와 동시에 강우의 입술이 주나의 귓불을 깨물었다. 그 감촉에 움찔하는 사이 그가 한 마디를 덧붙였다.

"조심하는 게 좋을 거야. 난 언제든지 채 갈 준비가 되어 있으니까."

"그 말씀은 제 의심이 착각이 아니라는⋯⋯ 음!"

주나가 갑자기 밀어붙여진 입술에 입을 다물었다. 그 사이를 은근슬쩍 벌리며 그가 싱긋 매력적인 미소를 날렸다.

"아직은 아니야. 당장엔 이걸로 충분하니까."

그리곤 입 안으로 부드럽게 혀를 밀어 넣자 주나가 그것을 살포시 머금었다. 마치 어린아이가 처음 맛보는 음식을 삼키듯 조심스럽게 입속에서 굴리다 쏙 빨아들이자 그가 가볍게 웃음을 터트렸다.

"키스가 너무 익숙해진 거 같은데? 오히려 조심해야 하는 건 당신이 아니라 내 쪽이겠어."

농담 섞인 그의 말에 주나가 뜨악한 표정을 지어보였다. 뭐야, 나 너무 적극적이었던 거야?

민망함에 이러지도, 저러지도 못하고 있는데 강우가 또 한 번 탁하게 읊조렸다.

"같이 있자. 오늘 밤 널 안고 내 것이라는 걸 확인하고 싶어."

그 말에 주나가 벌게진 얼굴을 위, 아래로 흔들었다. 사랑한다는 말보다도 몇 배나 더 힘든 표현이었지만 이 밤, 그녀 역시 그와 함께 하고 싶었다.

"아빠한테는 아직 시험이 끝나지 않았다고 말씀드렸어요. 밤새 후배네 집에서 공부한다고 얘기했으니까."

그러니 괜찮다는 승락의 말은 생략한 채 주나가 가만히 몸을 기댔다. 아마도 이 정도의 거짓말쯤은 하늘에 계신 엄마도 용서해주시리라.


작년, 그와 처음 몸을 섞고 난 후 열 손가락보다 많은 횟수의 사랑을 나눴다. 아니, 그보다는 몇 번이나 주먹을 쥐었다, 폈다 할 정도의 횟수였으니 어느 정도 익숙해질 만도 한데.

'난 여전히 적응이 안 되니 어쩌면 좋아.'

주나가 침대에 비스듬히 기댄 채 넥타이를 풀어헤치는 강우를 올려다보았다. 아무리 태연한 척하려고 해도 사랑을 나누기 전 서로 몸을 드러내는 단계는 어색하기 짝이 없었다. 게다가 머리부터 발끝까지 흐르는 이 짜릿한 전율은 또 무엇인지.

그녀는 온몸을 꿰뚫는 듯한 자극을 무시한 채 자리에서 일어났다. 그리곤 강우에게 다가가 하얀 셔츠 단추 위로 손을 뻗었다.

"제가 해드릴게요."

"뭐라고?"

그가 잘 못 들었다는 듯 그린 듯한 눈썹을 치켜떴다.

"제가 옷을 벗겨드리겠다고요, 주인님 대신에."

"나 대신이라……."

슬쩍 말끝을 흐린 그가 이내 재미있다는 듯 입꼬리를 늘어트렸다.

"어디, 한 번 해봐. 오늘은 그런 플레인 거 같으니."

그런 플레이(play)?

주나가 무슨 뜻이지 몰라 고개를 갸웃했다. 그러다 금세 그 의미를 알아채고는 빨갛게 얼굴을 붉혔다.

"암만 제가 메이드복을 입고 강우 씨를 주인님이라고 불렀다고 해도 그런 플레이는 하지 않는단 말이에요."

뭐야, 정말로 변태같이.

그녀가 마지막 말은 입 안으로 삼킨 채 유쾌하게 어깨를 들썩이는 강우를 노려보았다. 몰랐는데 이 사람, 은근히 밝힌다. 더욱이 한 번씩 사랑을 나눌 때면 몇 번이고 계속해서 요구하기도 해 그만 해달라고 애원할 때까지 종종 몰아붙이기도 한다.

'이유가 뭐라고 하셨더라? 자주 할 수가 없으니 한 번에 몰아서 해

야 한다고?'

주나는 그야말로 말도 안 되는 이 남자의 사정에 입가를 씰룩거렸다. 아직 그들의 관계를 완전히 인정하지 못한 만복으로 인해 여러모로 눈치가 보이는 건 사실이었지만, 그렇게 폭풍흡입을 할 만큼 드문드문하진 않았었다.

'맞아, 내가 얼마나 노력하고 있는데.'

그녀는 강우가 자신을 어떤 눈으로 쳐다보고 있는지도 알지 못한 채 그의 셔츠를 벗겨 차곡차곡 개어놓았다. 마치 주오의 옷을 갈아입히듯 자연스럽게 허리의 벨트를 풀어 호크를 잡아 내리려 하자 불현듯 머리 위로 뜨거운 숨소리가 전해져왔다.

"저기……."

그제야 주나가 자기의 대담함을 깨닫고 재빨리 뒤로 물러났다.

"나, 나머지는 주인님 아니, 강우 씨가 하세요. 전 드레스 룸에 가서 옷을 정리하고 올 테니까."

이런 그녀의 손목을 잡아채며 그가 가라앉은 목소리로 물었다.

"이 정도까지 했으니 뭔가 특별한 걸 기대하게 되는데. 오늘 밤, 당신에게 색다른 걸 요구해도 되는 건가?"

색다른 거?

"그게 뭔데요?"

멍하니 중얼거리는 그녀에게 그가 손바닥을 아래로 미끄러트려 탄탄한 복부를 어루만지게 했다.

"가령 당신이 아직까지 한 번도 해보지 못한 거."

한 번도 해보지 못한 거?

"그, 그게 어디 한두 개겠어요? 전 그저 강우 씨가 피곤해보여 도와드리고 싶었을 뿐이라고요. 그런 요구 같은 거 들어드리려고 한 게 절대로 아닌데."

거의 울다시피 하는 그녀의 애원에 강우가 '풉!' 하고 웃음을 터트렸다. 어째서 이 여자는 꽤 많은 시간이 흘렀음에도 불구하고 여전히 처녀처럼 순진한 걸까?

그는 일 년 전 '습득이 빠르다'고 외치던 주나의 모습을 기억하며 작은 몸을 안아 침대에 눕혔다.

"됐어, 아직은 내가 가르치는 걸로 충분하니까. 게다가 난 해주는 것보다 내가 하는 걸 훨씬 더 좋아하거든."

그런 그가 그녀의 턱을 잡아 자신에게 고정시켰다.

"혀 내밀어봐."

"네? 혀는 왜요?"

두 눈을 동그랗게 뜨고 묻는 그녀에게 그가 태연히 대꾸했다.

"키스하려고. 그것 말고 다른 이유가 있었던가?"

그 말에 주나가 불안한 눈동자를 좌우로 굴렸다. 하긴, 그거 말고 딱히 할 게 없긴 하지만.

그녀가 망설이듯 조심스럽게 혀를 내밀자 강우가 그것을 입속에 넣은 채 보드랍게 휘감았다. 조금 전 그녀가 했던 키스에 한 수를 더 하듯 입술 전체를 감싸다 입 안으로 끌어당기고 이내 목구멍 깊숙이 빨아들이자 주나가 숨을 할딱였다.

"자, 잠깐만요! 이건 좀!"

그와 상관없이 계속해서 입맞춤을 이어가며 그가 스커트 속의 하얀 허벅지를 쓸어내렸다. 꽉 다문 조개처럼 힘이 들어간 다리를 달래듯 신중하게 손을 움직이던 그가 약간은 습기를 머금은 속옷을 살짝 위로 젖혔다.

"확실히 익숙해지긴 했군. 반응이 빨라졌어."

노골적인 그의 말에 주나가 화악 얼굴을 붉혔다. 반응이 빨라졌다니.

"이게 다 누구 때문인데요. 거기다 그런 말씀은 함부로 하시는 게 아니에요."

정말, 왜 하필 이럴 때 '돌직구'를 던져서는.

그녀가 민망함에 어깨를 툭툭 치고 있는데 강우가 미소를 머금은 채 여성 안으로 손가락을 밀어 넣었다. 동시에 입속으로 혀를 찔러 넣은 채 격렬하게 안을 휘젓자 주나가 세차게 손을 저어댔다.

"으음! 시, 싫어요!"

하지만 더더욱 집요하게 파고들며 그가 드레스의 지퍼를 잡아 아래로 끌어내렸다. 허리까지 메이드복을 내린 후 상반신을 드러내게 하자 주나가 재빨리 옷자락을 움켜쥐었다.

"잠시만!"

이런 그녀의 팔을 잡아 위로 올리며 강우가 브래지어 속에 있는 동그란 유방을 꺼내 욕심껏 베어 물었다. 주나가 뜨거운 감촉에 비명을 지를 때까지 연이어 번갈아 가슴을 탐한 그가 흠뻑 젖은 손가락을 빼내 그 체액을 가슴골에 발랐다. 그리곤 다시 한 번 강하게 빨아올리자 그녀가 부끄러움에 도리질을 해댔다.

"이, 이런 거 이상해요. 변태란 말이에요!"

그 말에 강우가 고개를 치켜들었다.

"내가 직접 맛을 보는 건 괜찮고 이런 건 이상한 건가? 내가 봤을 때 당신이 더 밝히는 거 같군."

그 순간 주나가 강우의 목덜미를 깨물었다.

"흠!"

"제가 이렇게 된 것도 전부 강우 씨 탓이란 말이에요. 그런데 저한테 그런 말씀이나 하시고. 대체 제 몸에 무슨 짓을 하신 거예요?"

강우는 그야말로 적반하장도 유분수인 그녀의 반응에 잇자국이 선명하게 난 목덜미를 쓰다듬었다. 억울하다는 듯 씩씩 거친 숨을 토해내는 주나를 보고 있자니 어이가 없으면서도 약간은 장난기가 샘솟았다.

"좋아, 당신은 이런 게 싫다는 거지?"

"네."

"알았어. 나 역시 강제로 하는 건 바라지 않으니 원하지 않으면 그만하도록 하지. 대신 내가 먼저 손대는 일도 없을 거야."

"⋯⋯네?"

갑작스런 그의 말에 주나가 거푸 눈을 껌벅였다. 먼저 손을 대지 않는다니.

"그럼, 어떡하라고요?"

천진하게 묻는 그녀에게 강우가 잘 모르겠다는 듯 두 손을 놓아주었다. 그리곤 자리에서 일어나 테이블 위에 있던 물컵을 들이켜자 주나가 그 모습을 넋을 잃고 바라보았다.

'설마 정말 이대로 끝내시려고?'

허나, 입가를 닦아 내리는 그의 표정은 별 상관이 없어보였다. 오히려 잘됐다는 듯 거만함마저 전해져와 그녀는 뚜웅 입술을 내밀었다.

그래, 알고 있다. 저건 덫이었다.

그녀의 말도 안 되는 투정에 화가 난 그가 보란 듯 던지는 은밀한 함정이었다. 하지만 그걸 알면서도 주나는 자꾸만 강우에게 가는 시선에 미칠 것만 같았다. 흐트러지듯 이마 위로 흘러내린 머리카락에 우아한 턱선과 더욱이 일부러 떨어뜨린 듯한 저 투명한 물방울.

무엇보다 채 벗지 않은 바지 위로 선명하게 드러난 날씬한 치골이 그녀의 마음을 홀리고 있었다.

'비겁해.'

주나는 아직 만족하지 못한 욕구를 감추듯 허전한 두 다리를 꽉 오므렸다. 여기서 지고 들어가자니 뭔가 원통했고, 그냥 참자니 왠지 손해 보는 느낌이었다.

그때, 그녀의 머릿속으로 얼마 전 유 실장이 했던 말이 떠올랐다.

[아마 주나 양이 이렇게 하시면 사장님은 뭐든 다 들어주실 겁니다. 경호원 문제만 제외하고 말이지요.]

'이렇게라……'

잠시 머뭇거리던 그녀가 슬며시 손을 내밀어 강우의 팔 위에 얹었다. 비스듬히 내려다보는 그를 모르는 척, 촉촉이 젖은 입술을 파르르 떨던 그녀가 기다란 속눈썹을 반쯤 올려 작은 소리로 속삭였다.

"같이 하고 싶은 걸요? 그러니까 곁에 있어주세요."

그 요염이 섞인 애교에 강우가 우뚝 동작을 멈췄다. 도대체 이런 건 또 어디서 배운 거지?

그가 점점 반응해오는 남성에 숨결을 고르고 있는데 주나가 결정타를 날렸다.

"사랑해요."

그 말에 강우가 격한 숨을 토했다. 결국 오늘 밤은 그가 진 건가? 아니, 그보다도 앞으로도 계속 이럴까 봐 두려워졌다.

그는 조금씩 기교를 드러내는 주나의 행동에 입가를 활처럼 휘었다. 아무래도 이대로 져주기엔 위험부담이 너무 큰 듯했다.

순진한 척 두 눈을 깜박이는 주나의 팔을 잡아 강우는 그대로 뒤돌려 엎드리게 했다. 당황해하는 그녀의 몸을 덮치며 허리를 옭아맨 그가 탁한 음성으로 속삭였다.

"말해봐, 당신이 원하는 게 뭐지?"

"네?"

놀란 그녀가 뒤를 돌아보았다. 그 턱을 잡아 손가락으로 감싸며 그가 다시 한 번 물었다.

"바라는 게 정확히 뭐냐고. 아까도 말했지만 분명히 청하지 않으면 들어주지 않을 거야."

그 말에 주나가 당혹한 기색을 보였다. 바라는 게 뭐냐니.

'아니, 그것보다 이 이상은 배운 적도 없는데 대체 뭘 어떻게 해야만 하는 거지?'

그녀가 곤혹스러움에 미간을 찌푸리고 있는데 강우가 드러난 목덜미에 농밀한 입술을 내렸다. 드문드문 키스마크가 새겨질 정도로 강한 흡입과 자잘한 입맞춤을 반복하던 그가 슬그머니 여성 안으로 손가락을 미끄러트려 민감한 통로를 어루만졌다.

"하앗!"

"빨리 말하도록 해. 아니면, 좀 더 날 흔들어보든가."

그 심술궂은 말투에 주나가 입술을 깨물었다. 아닌 말로 묻고 싶었다.

"이 이상 어떻게 더 흔들어요? 제가 할 수 있는 최선을 다했는데."

그리곤 금방이라도 눈물을 흘릴 듯 아래턱에 힘을 가하자 그 모습을 강우가 말끄러미 바라보았다.

"······방금 날 확실하게 흔들었는데? 당신은 의외의 면에서 날 자극시키는군."

그와 동시에 여성 안의 손가락이 빠져나가며 그보다 거대한 감각이 밀고 들어왔다. 이미 수도 없이 경험해봤지만 새삼 숨이 턱턱 막혀오는 것을 느끼며 주나는 끊어질 듯 비명을 내질렀다.

"제발, 조금만 천천히!"

온몸을 관통하는 압력에 그녀가 신체를 굳히자 강우가 이를 악물었다.

"좀 더 힘을 빼, 주나."

"그렇지만 지금도 충분히 뺐걸요? 이 이상은, 하악!"

그녀가 자지러지듯 울음을 토하자 그가 귓가에 속삭였다.

"괜찮아, 늘 그렇듯 금세 익숙해질 테니까."

하지만 주나가 쓰러지듯 베갯잇에 얼굴을 파묻자 강우는 별수 없이 몸을 돌려 서로를 마주보게 했다. 어느샌가 축축이 젖어 있는 그녀의 눈가를 핥으며 여린 입술을 격하게 겹친 그가 다시금 하체를 밀어붙였다.

"아앗! 핫!"

너른 가슴에 풍만한 가슴이 짓눌리고 하나로 연결된 그곳에서도 질척한 소리가 들려왔다. 허나, 새된 비명이 허공에 들릴 때까지 끊임

없이 전진과 후퇴를 반복한 강우는 마침내 강타하듯 살을 차올리며 비옥한 여성 안을 자신으로 가득 채웠다.

"사랑한다, 주나."

그제야 다리를 타고 흐르는 끈적한 느낌에 주나는 그가 피임을 하지 않았음을 깨달았다. 하지만 그걸 얘기하기엔 정신이 너무 혼미해 아무 말도 할 수가 없었다. 마치 기분 좋은 구름 속에 잠긴 것처럼 포근히 안아오는 두 팔에 그녀는 간신히 입을 열어 다감다정한 한마디를 건넸을 뿐이었다.

"저도 사랑해요."


"얼마 전에 꿈을 꿨어."

강우가 여전히 거친 숨을 토해내는 주나를 토닥이며 조용히 말문을 열었다. 단 한 번도 이런 말을 해본 적은 없었지만 오늘은 왠지 전하고 싶었다.

"하늘을 가릴 만큼 풍성한 나무 아래 당신과 내가 나란히 누워있더군. 그 앞으로 너른 벌판이 펼쳐져 있었는데……."

그녀를 쏙 닮은 여자아이와 그를 빼닮은 사내아이가 그곳을 뛰어다니며 해맑게 웃고 있었다. 그 웃음소리에 기분이 좋아 또다시 부푼 배 위로 자연스럽게 손이 옮겨갈 때쯤, 눈이 부시도록 찬란한 햇살이 내려와 그들을 따스하게 감싸왔다.

"그런데도 그 온기가 낯설지 않아 위를 올려다보니 한때는 내게 가장 소중했던 두 사람이 우리를 내려다보고 있었어."

그래, 그건 그가 유일하게 우러러볼 수 있을 거라고 여겼던 한 그

루의 고목과 차마 사랑한다 말하지 못했던 잃어버린 나무였었다.

"아마도 단순한 꿈이었을지도 모르겠지만 어쩐지 기대하게 되더군. 그리 머지않은 미래에 당신과 내가……."

불현듯 강우가 말을 멈췄다. 어째 아무 대꾸도 없다 했더니, 주나가 깊은 잠에 빠져든 채 새근새근 고른 숨소리를 내뿜고 있었다.

그 모습을 온화한 눈빛으로 바라보다 강우는 살포시 손을 내려 그녀의 배를 어루만졌다. 아직은 아무것도 느껴지지 않지만 근간에 그들을 행복하게 만들 또 다른 원수들이 자라길 바라며, 그는 잠든 어린 연인의 귓가에 달콤하게 속삭였다.

"그래, 언젠가 멀지 않은 그날에."

- The End -

작가 후기

삼 년하고 두 달 그리고 영일.

제가 첫 책인 '사로잡아봐!'를 낸 후 '원수문서'가 나오기까지의 시간입니다.

안녕하세요, 홍차 강선영입니다.

이렇게 지면으로 다시 인사드릴 수 있게 돼서 얼마나 기쁜지 모릅니다. 사실 그동안에 개인적으로 여러 일들이 있었기 때문에 한때는 글쟁이를 그만둬야 할지도 모른다고 여겼었는데, 결국 상상하기 좋아하는 저의 이 망상 벽은 또다시 저를 '글'이라는 세계로 인도하고 말았군요. (웃음)

여하튼, '원수문서'는 마지막 장까지 함께 해 주셨나요?

이 글은 로망띠끄에 2011년 3월에 연재를 시작하여 두 달 동안 지속하다 결국 끝을 못 맺고 만 제게는 가슴 아픈 손가락이었답니다.

당시에 저는 '구라 홍차', '뻥 구라' 등으로 불릴 만큼 연재를 지르고 사라져버리는 신작 중독자였기에 이 글을 끝낼 수 있을지도 솔직히 장담하지 못했었죠.(아마 계약 건이 걸려있지 않았다면 아직도 컴퓨터에 하나의 파일로 남아있을지도…….)

그럼에도 어느 순간 글을 써야겠다는 생각이 들었고, 여러 작품들 중에서 이 글을 두 번째 책으로 선택한 건 참 잘했다는 마음이 듭니다.

결코 적지 않은 시간동안 '원수문서'는 제가 웃음을 주었고 눈물도 흘리게 만들었으며 스스로의 한도를 경험할 수 있게끔 괴롭히는 친구이자 동반자 같은 아이었어요.

물론 때로는 광분도 일으키게 했지만 그건 저의 한계치 때문에 그런 거니까 이 친구는 죄가 없을 테지요.

다만…….

저도 간혹은 신기해할 정도로 주나가 밝은 아이여서 참 감사했습니다. 강우가 자신의 과거를 이겨내고 제법 '돌직구'를 던질 만큼 감정을 드러내줘서 고맙고, 귀여운 주오와 상냥한 유 실장 그리고 은근 감초 역할을 해준 수원댁과 윤씨를 만날 수 있어 행복했습니다.

아마도 현실에선 결코 있을 수 없는 이야기겠지만, 제 안에선 줄곧 함께 해 왔기에 언젠가 길을 걷다가 이들 중 한 명을 만날 수 있지 않을까 하는 상상도 조심스럽게 해보며…….


'그리 멀지 않은 그날에' 저의 또 다른 아이들로 여러분께 다시 인사를 드릴까 합니다.

그때까지 건강하시고, 고맙고 감사합니다.


– 강화도에서 홍차 강선영 드림. –

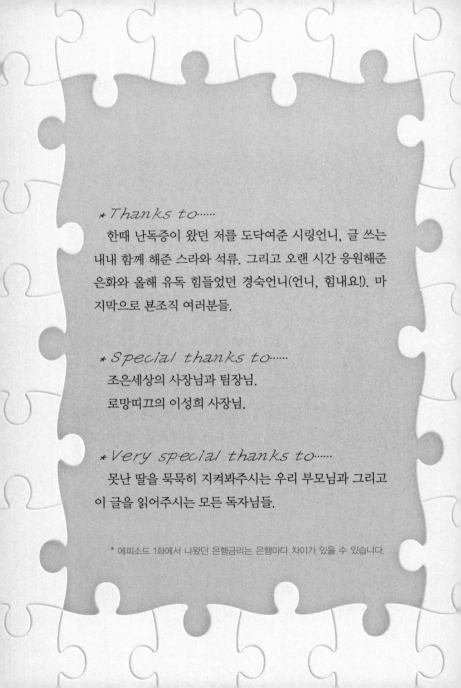

*Thanks to……
한때 난독증이 왔던 저를 도닥여준 시링언니, 글 쓰는 내내 함께 해준 스라와 석류. 그리고 오랜 시간 응원해준 은화와 올해 유독 힘들었던 경숙언니(언니, 힘내요!). 마지막으로 본조직 여러분들.

*Special thanks to……
조은세상의 사장님과 팀장님.
로망띠끄의 이성희 사장님.

*Very special thanks to……
못난 딸을 묵묵히 지켜봐주시는 우리 부모님과 그리고 이 글을 읽어주시는 모든 독자님들.

\* 에피소드 1화에서 나왔던 은행금리는 은행마다 차이가 있을 수 있습니다.